2020年
短篇小说年选

孟繁华————编选

山东文艺出版社

图书在版编目（CIP）数据

2020年短篇小说年选 / 孟繁华编选．—济南：山东文艺出版社，2021.1

ISBN 978-7-5329-6279-2

Ⅰ．①2… Ⅱ．①孟… Ⅲ．①短篇小说—小说集—中国—当代 Ⅳ．①I247.7

中国版本图书馆CIP数据核字（2021）第005867号

2020年短篇小说年选
2020 NIAN DUANPIAN XIAOSHUO NIANXUAN

孟繁华　编选

主管单位	山东出版传媒股份有限公司
出版发行	山东文艺出版社
社　　址	山东省济南市英雄山路189号
邮　　编	250002
网　　址	www.sdwypress.com
读者服务	0531-82098776（总编室）
	0531-82098775（市场营销部）
电子邮箱	sdwy@sdpress.com.cn
印　　刷	山东泰安新华印务有限责任公司
开　　本	710毫米×1000毫米　1/16
印　　张	22.75
字　　数	367千
版　　次	2021年1月第1版
印　　次	2021年1月第1次印刷
书　　号	ISBN 978-7-5329-6279-2
定　　价	65.00元

版权专有，侵权必究。如有图书质量问题，请与出版社联系调换。

序：今年说说宁肯

孟繁华

宁肯长在北京，就是北京人。但宁肯的小说一直没有写北京；宁肯另一个特点是只写长篇，不写中短篇。但是现在不一样了，宁肯的《城与年》系列，都是写北京城的，而且都是短篇小说。这个变化显然是宁肯的有意为之。在我看来，北京城肯定是越来越难写了。这不只是说老舍、林海音、刘绍棠、陈建功、史铁生、刘恒、王朔、石一枫等文坛长幼名宿有各式各样写北京的方式方法，而且也将北京生活的各个方面、各种人物、各种灵魂写得琳琅满目活色生香。在一个无缝插针的地方重建一个新的小说王国，其艰难可想而知。但是，宁肯还是带着他的小芹、五一子、黑雀儿、大眼儿灯、四儿、大鼻净、小永、大烟儿、文庆等一干人马，走向了北京，当然也是中国的历史纵深处。

宁肯写的是北京城南。那里的场景让人情不自禁地想起林海音的《城南旧事》。不同的是，小英子的天真、善良被一群懵懂、无知和混乱的少年所取代。宁肯的笔下是70年代的北京，在时间的维度上，这是一个在"皱褶"里的北京。它极少被提及，更遑论书写了，虽然我们知道其中的原因。但更重要的是，这一时间在历史的链条中不能不明不白地遗失了。如果亲历过的作家不去书写，以后就不会有人以亲历的方式去书写。宁肯显然意识到了问题的严重性。于是，他将心灵重返故里的创作内容，果断地推后了四十多年。

四十多年前的历史和生活，今天的作家会有怎样的记忆，他将为我们提炼出什么样的"硬核"知识，他记忆中的那些细节会本质地反映那个时代吗？他会复活我们共同的记忆吗？这是我们对作家的期待和追问，当然也隐含了我们的自我拷问。在我看来，宁肯笔下的历史生活和人物，向我们展示了这样几个与文化政治相关的问题——

首先是人性的荒寒。《防空洞》，开始写孩子们戏仿着要在院子里挖防空洞，这本来是孩子时代性的游戏，但是，黑雀儿从学习班出来后不一样了。他要大干一场，要挖真的地道。于是，院子当中被挖开一道黑色的口子，这时，时代的荒诞性便如期而至。热火朝天的劳动场面伴随着老戏匣子里电影录音剪辑的《地道战》，一个时代的生活剪影就这样被塑造出来了。小说主要写张占楼和黑雀儿"杠上了"，黑雀儿虽然打架斗殴，但知道人民内部矛盾和"敌我矛盾"。张占楼有历史污点，曾在傅作义的铁路局工作过，是留用人员。黑雀儿一吓唬张占楼，张占楼一家全都吓得像筛了糠。但黑雀儿只和张占楼一个人过不去，当张占楼老婆独眼祁氏、女儿张晨书在众目睽睽下跪下时，黑雀儿说："三奶奶，我是胡说八道，吓唬三爷爷呢，起来，您快起来，我是真的胡说八道。"黑雀儿用力挽起三奶奶，眼圈儿都红了，"您把我三爷拉回去吧，别让他管这事儿了，苏修老要突然袭击咱们，不光是扔炸弹，还有氢弹、原子弹，冲击波一来房子就全倒了，没地躲没地藏，真的说不准什么时候就扔下来。您拉他回去，我真是吓唬他，突然袭击就几分钟的事，家门口有个洞还是好，真的，我们'学习班儿'都放过片子。"黑雀儿对三奶奶好，是因为他爹头几年吊打黑雀儿时满院子没一家吱声，只有瞎了一只眼的三奶奶劝过。张占楼毕竟因历史污点心虚，他被拽走时缓过点神来甩了一句："黑雀儿，你早晚遭报应。"黑雀儿笑："我呸，我还怕报应，我就是报应。"黑雀儿的混不吝只一句话便形象全出。在《火车》中，善良的小芹因为有零花钱，"每次出门远行小芹都会给我们买冰棍，去时一根回来一根，还买过汽水呢。汽水一毛五分钱一瓶，当然不是每人一瓶，五六个人一瓶，你一口我一口分着喝，喝着喝着我们就打起来。"回家后姥姥骂小芹，小芹没有反抗的办法，刚回家只好又跑到大街上。"我们毫无同情心，没有一次到街上看看小芹。"不可理喻的姥姥以及家长、孩子等人与人之间的关系莫名其妙。这种关系就是一个时代的缩影。但是，到了火车上，这些孩子又是另外一种状况，尽管他们生活贫困又贫乏，但他们谈论的都是天大的话题——

>　　随便上到一辆尾车上，像以往一样，像一种固定的仪式，所有人的头习惯性地凑到一起。
>　　"海外来人了。"
>　　"第三次世界大战就要打起来了。"
>　　"联合国军已经登陆。"

对孩子来说，这种大而无当的话题是没有任何营养的，以至于当火车开走，男孩子可以跳车，女孩子小芹被火车拉走的事情，他们都没有告诉小芹的姥姥，姥姥三个月之后死去了。没有同情心，缺乏人性，在孩子相处的过程中被表达得格外触目惊心。一年多以后，小芹回北京时，他们已是满口脏话，传统文明就这样在孩子的口语中被彻底颠覆了。更令人震惊的是小芹因抄了一整本《少女之心》，被警察带走了。小说让人感动的还是四十年之后——

>　　虽然我们院早已不存在，费尽了周折，有一天终于打通小芹父亲的电话。小芹的父亲不知道我是谁，我具体描述了当年的自己，然后我听到了小芹母亲的声音。小芹母亲接过了电话，给了我小芹

的电话。

这天晚上，我拨通了小芹的电话。

人性通过时间漫长的隧道重临人间，但一切早已物是人非。《探照灯》中，四儿在夜间和小朋友玩耍划破了脸。回家时，"大眼睛的父亲披衣出了被窝，拿着镜子上上下下给四儿照，四儿看见了自己紧张起来，母亲给四儿慢慢上紫药水、红药水，像化妆一样。翻砂工父亲照完镜子一掌揎过来，四儿应声倒下，一声都没有，好像睡着了。母亲继续上药，什么也没发生一样，更像化妆。"父亲的凶狠在揎过来的一掌中淋漓尽致。人性的荒寒，不只是说大人孩子对具体人与事的情感态度，同时也包括社会对"身份"的态度。《黑雀儿》中的黑雀儿爹，似乎就是一个"身份不明"的人——

> 黑雀儿厚嘴唇的爹的工资不会因拉氧气瓶多一分，这也和职业板爷计件不同，虽然他是临时工——工资本可不固定——却像正式工一样工资是固定的。所谓正式工即国家的人，理论上还是国家的主人，主人怎么能计件工资？是固定的。黑雀儿爹不是正式工自然也不是主人，又干着主人的活，没人能说清楚他。但有一点是清楚的，可以随时被辞退，主人是铁饭碗没有被辞退一说，因为理论上行不通。但临时工不同，上午说了下午就得离开，这点甚至不如"走资派""历史反革命""反动学术权威"诸如此类。

但是，黑雀儿爹到哪里去讲理呢？同是在北京厂甸一带生活，《城南旧事》中小英子眼中的人与事，无论大人还是孩子，以及心理层面的善与爱，与《防空洞》《火车》和《探照灯》中的大人孩子们，竟是如此的不同。

其次是物质生活的贫困和精神生活的贫乏，这是《火车》的日常生活中呈现出来。小说的讲述者是一个四十年后满头银发，雪山似的，身体短小如藕节的侏儒。他不是生活的主角，他只是一个可有可无的参与者和旁观者。我们看到孩子们为了几分钱，几乎费尽心机。小芹的父母在新疆，每月给她五元零花钱由姥姥掌控。去铁道边游玩她请大家坐车，先是五一子不上车，跟在公交车后面跑，几站地后所有孩子都下了车，就是为了省下几分钱；小芹姥姥——一个不知是有文化还是没有文化的老太太，和自己的外孙女算计一两粮票。小芹的零花钱包括早点钱，每天一个油饼，8分钱，另外的7分钱才是零花。粮票可以兑钱，或者也是钱，油饼要是交一两粮票可以省2分钱。为了这一两粮票小芹跟姥姥打了好长时间。《探照灯》中四儿和大个子两个人吃饭，"基米饭，馒头，窝头，这些都和大家差不多。不同的是四儿有菜，白菜帮子或萝卜条，偶尔里面有几根粉条。大个子就是腌萝卜老咸菜，哪怕吃最难吃的基米饭也如此。四儿有时拨一点白菜帮子粉条给大个子，大个子有时也会干笑有时不。大个子屋里的火炉子上永远烧着水，嗞嗞响。茶和烟——大个子主要就是活在这两样里，牙都完全黑了。"这是这些人物基本的物质生活条件，贫困的物质生活让人没有尊严可言。《黑雀儿》中的黑雀儿爹，"每天下班见谁都点头哈腰又躲躲闪闪，以至他的目光看上去和他的厚嘴唇完全不同，阴晴不定，没人知道是怎么回事。多年来竟也没人发现他的古怪行为。哪怕就算是这些天拉氧气瓶，最后也是这个麻烦又多此一举的回家程序，他趴在牛头把上，同样眼直勾勾的，别人是空车他还拉着破烂儿。"他之所以如此，就是因为他还是一个兼职拾破烂的，是生活的重压让他卑微得直不起腰身。黑雀儿一家的物质生活的贫困境况，是小说中最具典型性的。

日常生活的乏味和无聊很难书写。这种乏味和无聊，与西方现代派小说和后现代小说完全不同。西方现代小说有一个隐含的对话关系，它们或是反抗，或是解构，都有一个面对的对象，有一个具体的文化指向。但宁肯的小说不是，他要正面书写那个年代的贫乏空虚，并要通过一个具体的场景或物件形象地表达——

我们一有清晰记忆就赶上了"破四旧"，脑袋像归零一样，当插队的哥哥姐姐带回扑克牌，我们无比惊讶，世界竟这种新鲜玩意儿，神奇极了。我们当然玩不上，一向被世界忽略。但并不妨碍我们创造自己的世界。我们撕了作业本，裁成五十四张同样大的纸，写上红桃黑桃方块梅花和数字，大猫写上大猫，小猫写上小猫，也是一副牌。

我们玩大百、小百、升级、争上游、憋七，甚至带到火车上玩。我们坐在两边铁椅子上，像开会一样，非常神秘，一点也不觉得那些破纸可笑。发现真正的扑克牌那堆烂纸立刻被我们扔到窗外，随风飘散。五一子和小芹一头，大烟儿和文庆一头玩起对家，小永和大鼻净围观，替补。五一子让我把门关上。

精神生活的贫乏，可能是宁肯少年时代最深的创伤记忆。在《探照灯》里有这样一段描写："每年一进九月就有探照灯。四儿数过有三十六根，我们谁也没核实，数不过来，数它干吗？探照灯明明暗暗，有的很淡，一会儿合起来，一会儿散开，一会儿分组交叉，一会儿整体成一个几何图形，又简单，又不解，还数它真是撑的。一般在九月十五号左右出现，但我们早早就开始仰望星空。真是仰望，个个都很肃穆。我们不知道康德，不知道李白，不知道牛郎织女。就是干看，有时你捅我一下我捅你一下，捅急了打起来，打完再看。"对"探照灯"——星空的好奇，不是知识性的讨论，也不是与想象力有关的思考。下面这个场景从一个方面写出了孩子脑子里空空如也的生动性：

我们站在当院的小板凳上，小桌上，台阶上，窗台上，高高低低，有着几乎自然界的层次，我不能说是猴山，但和人也真有点区别。有人还上了房站在了高高的两头翘起的屋脊上。对于星星我们一无所知，月亮稍好一点，知道嫦娥，猪八戒调戏嫦娥，仅此而已，不甚了了。我们有着极大的耐心面对浩渺的星辰，说赤子之心真的不为过，真是赤子，赤得什么也没有。我们等，直到屋脊上的人突然大喊："探照灯出来了！""我看到了！""就在那边！"

《黑雀儿》中有一场黑雀儿追咬蝈蝈的场景——

蝈蝈跑，黑雀儿追，喊声响彻后青厂，一前一后，穿过顺德馆，双折回穿到前青厂，永光寺西街，后面刮风似的跟着"观众"。蝈蝈原本怂货，外强中干，又肥，跑不快，几次被尖嘴猴腮的黑雀儿追上，无论屁股肩头咬上一口。黑雀儿几次被打倒，被使劲踢，踩，踹，鼻子、眼睛、嘴都给踩烂了。蝈蝈跑，黑雀儿爬起来追，扑，尖叫……蝈蝈总算跑回了他们院，插上街门。黑雀儿蹿，跳，砸。

没有人劝阻，没有人难过，大家像过节一样欢快无比。一如当年看菜市口杀人一样，地点和情景都惟妙惟肖。

第三点是《成与年》对直接经验的书写。当下的写作，直接经验越来越少，身体不必挪移许多事情都迎刃而解，于是间接经验越来越多，因为传播间接经验的方式和手段越来越多。也正因为如此，书写直接经验的作品也越来越弥足珍贵。小说中的生活，特别是少年时代的生活以及精神状况，同样是我亲历的。宁肯本质地写出了那个时代的生活，敢于走进历史深处，是一种"逆向"的写作。现在的情况是，普遍信奉一种"当下主义"的时间观，在这种时间观里，我们失去了很多经验。经验主义要不得，但经验非常重要。过去的时间观是"厚古薄今"，现在是"厚今薄古"。如果坚持今天的时间观，历史将会毫无意义，历史和传统正是通过经验的不断重演形成的，一如本雅明所说，那是一些实践上有用的"传世忠告"。但是，当下主义经验的匮乏，失去的是经验的连续性。在宁肯的小说中，那些忠告不只是文化的，比如《地道战》《铁道卫士》、安东尼奥的《中国》《曼娜回忆录》也叫《少女之心》《基督山恩仇记》《第三帝国的兴亡》《梅花党》《绿色尸体》《李宗仁归来》《长江大桥》等文化符号；同时也是文化政治。文化政治是宁肯小说最重要的元素。对中国来说，历史和现代的文学，文化政治一直没有缺席，而且是最重要的表达部分。宁肯深受这一文化传统的影响，他的小说——过去的长篇，今天的短篇，都有文化政治鲜明的色彩。这也是为什么说宁肯小说重要的原因之一。宁肯在创作上的"还乡"，就是心灵的还乡。过去，他人在北京是"生活在别处"，现在，心灵的游子归来，一头扎进了北京南城的历史，那是他过去的情感和经验，也是与老舍、林海音、刘绍棠、陈建功、刘恒、王朔、石一枫等人的潜在对话。

2020年7月21日于北京

目录

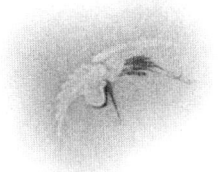

序：今年说说宁肯 / 孟繁华…………01

训练课 / 王祥夫…………01

酒窝 / 毕亮…………12

夜莺湖 / 班宇…………24

都市夜骑手 / 余一鸣…………40

飞鸟和池鱼 / 张惠雯…………53

她 / 蔡东…………65

跑风 / 黄咏梅…………80

家庭生活 / 吴君…………95

仙境 / 哲贵…………112

和解云锦一起的若干瞬间 / 张楚…………133

蒙面人 / 王小王……………149

演唱会 / 李铁……………167

摩天轮 / 汤成难……………180

宥真 / 金仁顺……………190

雾岚的声音 / 夏鲁平……………206

果蝠 / 南翔……………221

无尽之中 / 鬼金……………241

离开中英街需要注意什么 / 邓一光……………252

羊群过境 / 弋舟……………269

午夜之椅 / 朱山坡……………280

听他的演唱会 / 林森……………297

老师和学生 / 韩东……………313

防空洞——城与年系列 / 宁肯……………323

王祥夫

训练课

下了一场雪,到处湿漉漉的。

老大卫认为事不宜迟,不能再等了,鲍宇的爷爷一去世,老大卫就认为这件事已经落在了自己的身上。老大卫那天在电话里对女儿也就是鲍宇的妈妈说他不能眼看着自己的外孙变成一个只会在城市里生活的人,老大卫认为自己必须要把外孙鲍宇教成一个可以在荒野里活下去的人,"以后的世界还说不定是什么样呢,他必须马上学会生火做饭,必须把自己锻炼成一个敢一下子脱光衣服跳到雪地里去的小伙子,不能再等了,在他去意大利之前"。

鲍宇的爷爷,去世得也太突然了。那天老大卫接完电话就急匆匆赶到了医院。那家医院在河的东面。已经是晚上了,医院走廊里的灯光显得特别地白。现在想想,其实那就是一次告别,虽然在那之后鲍宇的爷爷变成了植物人又活了三年多时间,但植物人其实就是死人,只会出气。鲍宇的爷爷和老大卫是很好的朋友,他们在一起总是有说不完的话,鲍宇的爷爷坐在靠窗子的那把椅子上,老大卫坐在电脑桌这边的椅子上,窗台上的那颗南瓜可真红。他们一边喝茶一边说着永远也说不完的话,说这个小镇里最近发生的事情,说灰蒿雀又从南边飞回来的事,讨论猪肉怎么会一下子涨到四十块钱一斤。但那天,鲍宇的爷爷去车站接一个从利物浦回来的老朋友。他在家里先做好了饭，摆好了酒。其实他在出门的时候应该多少吃那么几口，谁都知道鲍宇的爷爷有低血糖的毛病，动不动就头晕，但只要是从口袋里摸出一块水果糖就没事了。可是这天鲍宇的爷爷去车站接人时既没吃东西口袋里也没放糖，他接了朋友，和朋友一起上了出租车，还来不及说话，头一歪，人就失去了知觉。

老大卫赶到医院的时候正赶上医生们在急救室里紧急抢救，天已经黑了。那个心脏起搏器在老大卫的眼里简直就是个打夯机，太可怕了！老大卫看着鲍宇爷爷的那两只脚，起搏器每击打一下，鲍宇爷爷的那两只脚就会猛地抽搐一下，那是两只苍白得不能再苍白的脚。鲍宇的爷爷去世是在他成为植物人的三年之后，也就是前不久的事，这次，老大卫又急匆匆赶到了医院。让老大卫想不到的是鲍宇的爷爷突然醒了过来，居然认出了围在他身边的人，眼睛居然还会动并且转来转去。但时间很短，十多分钟，然后人就不行了。从医院出来，老大卫满眼都是泪。"鲍宇，鲍宇。""鲍宇，鲍宇。"老大卫能听见自己在心里呼喊小鲍宇，那一刻老大卫觉得小鲍宇是那么可怜。

老大卫觉得不能再等，他急匆匆地赶来了，在鲍宇去意大利之前他要把鲍宇接到老地方去教他一些事情，住几天，抓紧锻炼锻炼。老大卫喜欢把那个地方叫作"老地方"，其实那只不过是一座红砖砌的老房子，房子的东边是一大片林子。过了林子就是山，房子的西边是一个湖，很大的湖，冬天的时候，不少人会到湖上凿开冰捕鱼。那老房子，还是老大卫父亲留下的。老房子特别好玩的地方是有个地下室，那个年代，人们特别喜欢在自己家里挖地下室，好像不挖就吃了亏似的。地下室的好处就在于到了冬天可以把用来过冬的东西储存在里边，圆白菜啊，土豆啊，胡萝卜啊。老大卫记得有一年地下室里放了很多南瓜，那一年冬天老大卫吃了不少南瓜。

老大卫的名字叫黄大卫，但人们一直都叫他老大卫。

老大卫觉得自己不能再等了，因为那天晚上，也就是不久之前，老大卫和朋友喝了酒，是他喜欢的"黑龙江"牌子的白酒，好多年了，他都没见过这个牌子的白酒了，老大卫还以为这种白酒不生产了。因为这个牌子，老大卫喝多了，结果晚上就犯了病，是心绞痛，后半夜两点的时候他疼醒了，疼得不停地在床上翻滚。老大卫明白是心绞痛，他挣扎着给自己找了药片，小药瓶就在床头，吃了药，好像是好了一点，但过了一个多小时，心绞痛又来了，老大卫又吃了一片。老大卫做心脏支架已经快一年了，长得实在是漂亮的小陈大夫对老大卫说就先放一个吧，另外那根V字形血管不能放，要是同时放支架，恐怕会互相影响。老大卫觉得自己不能再等了，他来了，没把心绞痛的事告诉任何人。

"许多事情鲍宇都必须学会，既然他爸爸教不了他，那么就由我来教他吧。"老大卫在电话里对女儿说。

鲍宇十七了，鲍宇长得跟他父亲一点都不像，也不像他的母亲。

"他到底像谁？"老大卫问女儿。

"我怎么知道他像谁？"女儿笑着说。

老大卫来了，像往常一样从外边进来，换了鞋，大声喊了一下鲍宇，鲍宇马上就从他的屋里走了出来，手里拿着手机。他们都站在客厅里，你看着我我看着你，还好像，他们都有点激动，他们每次见面几乎都是这样。其实不久前他们刚刚见过面。"你又长高了。"老大卫对鲍宇说。然后他们就坐了下来，老大卫马上又对鲍宇说："你不要用手指抠这地方。"鲍宇的脸上，鼻子那地方长了两个小疙瘩，有一个已经被抠破了。老大卫不说还好，他这么一说鲍宇的手就又抬了起来。老大卫告诉鲍宇，"鼻子，再往下，包括嘴一直到下巴，这个三角区一旦感染就会有危险，千万不能用手去抠。"老大卫用手轻轻地打了一下小鲍宇的手，因为他的手又抬了起来。小鲍宇笑了一下，想说什么，但没说，他站起身，对着客厅墙上的镜子看了看自己，又摸了一下鼻子上的那个小疙瘩。这时候，鲍宇的父亲，也就是老大卫的女婿正在院子里给那几棵树浇最后一次水，从窗子里可以看到他手里举着一根粉红色的胶皮管子。那是几棵海棠树，树上的果实还在，红红的很好看。院子里的珠颈斑鸠经常会来啄食这些果实，虽然它们不是多么喜欢这种果实，但冬天一旦来临，它们别无选择。

鲍宇转身找出了两个杯子，鲍宇把茶递了过来。

老大卫端着茶杯一动不动地看着小鲍宇。

"喝吧姥爷。"鲍宇说。

"许多东西你都要学会。"老大卫说,"你既然一个人去意大利。"

鲍宇不知道姥爷在说什么,鲍宇还在看他的手机,几乎是从老大卫一进家开始鲍宇就一直在看手机,鲍宇不知道老大卫说的许多东西里边都包括了哪些东西。

"什么许多东西?"鲍宇说。

"许多东西连你爸都不会了,所以他更不可能教你,但我能教给你,必须教给你。"老大卫又说现在的孩子就是缺少这种……老大卫不知道是应该说"教育"这两个字还是应该说"锻炼"这两个字,但老大卫很快就明白是应该用"传授"这两个字。

"现在的孩子就是太缺少这种传授。"老大卫说。

鲍宇还在看他的手机,突然小声叫了一句:"看这双鞋子。"

鲍宇把身子凑过来,老大卫把身子偏过去:"什么鞋子四千多?"

鲍宇的手指在手机上动动动,又让老大卫看另一双鞋,老大卫更吃惊了,这双鞋子的价格居然是一万三千四百。

"还有这么贵的鞋子?"

"我没钱买。"鲍宇说,"我刚换了手机。"

"为什么要买这么贵的鞋子?"老大卫看着鲍宇。

"我会慢慢攒钱。"鲍宇说。

"宝贝,你什么意思?"老大卫说。

"我会慢慢攒。"鲍宇又说。

在那一瞬间,老大卫觉得自己是不是太不了解鲍宇了?是不是该给鲍宇一笔钱让他去买那双鞋子,老大卫看着鲍宇,鲍宇虽然没看老大卫,但他知道老大卫正在看着自己。

"我会慢慢攒。"鲍宇又说。

鲍宇的素描画得真好,他经常把自己的画儿发给老大卫看。

吃饭的时候,外边天已经黑了,对面楼的灯光很亮。老大卫的女儿也就是鲍宇的妈妈用烤锅烤了几个土豆,她只不过是想试试那个看上去又厚又重的烤锅,那个锅是楼上的邻居登门向她推销的。楼上的邻居去年就下岗了,可她的儿子还在读大学,生活可真够困难的。为此,鲍宇的妈妈向她买了一口烤锅。这口锅可真够重的,但烤出来的土豆真的很好吃。吃着土豆，鲍宇的爸爸也就是老大卫的女婿突然笑了起来，说："老爸就要开始他的训练课了。"这话是对鲍宇的妈妈说的，鲍宇的妈妈和爸爸同时笑了起来。也许是他们都觉得自己不该这么说也不该这么笑，他们忙给老大卫搛菜。

老大卫"呃"了一声，又"呃"一声："够了够了。"

鲍宇站了起来，也给老大卫的碗里搛了一筷子菜。

老大卫又笑着说："够了够了，这次真够了。"

鲍宇说他已经吃饱了，其实吃饭的时候他一直没停了看手机。这时他拿着手机离开了饭桌。

"鲍宇——你吃得也太少了。"老大卫回过头对鲍宇说。

"就这样，一直这样，别管他。"老大卫的女儿鲍宇的妈妈说。

"吃饭的时候不能看手机。"老大卫对女儿说。

"那边，生活用品都有吗？"老大卫的女儿说。

女儿这么一说老大卫想起了去年夏天放在那地方的粮食，好像是有一袋大米还有面粉还有挂面，还有半桶食用油什么的，好像还有两个南瓜，还有方便面。

"也许，早就生虫子了。"老大卫说。

"我估计那些东西也不行了。"老大卫的女儿说。

"我想还要再给鲍宇带几袋奶粉，"老大卫说，"要在以前，一定还要带上猎枪，双筒的，弹药、靴子和厚袜子，现在不行了，谁的手里都没有猎枪了。"老大卫停停又说，"要下雪了，天气预告有雪。"老大卫朝窗外看了看，因为是晚上，根本就看不到外边的天色。"估计有雪。"老大卫又说，听见鲍宇穿过厨房，开冰箱的声音，鲍宇从厨房出来，回他的房间，手里是一瓶牛奶和一个汉堡。

"离上冻还有一段时间。"老大卫说，"湖上了冻就可以凿开冰抓鱼了，多吃鲜鱼对身体有好处，这几天的鱼很肥。"

"你给你外孙好好儿抓几条鱼吃吃。"老大卫的女儿说。

"会的。"老大卫说，用手捂了一下胸口。

"有事吗？"鲍宇的妈妈问老大卫。

"没事。"老大卫说也许自己吃得太多了。

天真是要下雪了，老大卫和鲍宇到了老地方，他们开车用了两个小时。车把城市甩到了后边，又把他们带到了黑色的林子旁边，那林子是一个狭长的带状，冬季的时候看上去是黑色的，而湖水在这个季节看上去也在由蓝慢慢转黑。秋天的时候，会有许多人来到这里收林子里的那种又小又硬的山核桃，然后再把它们卖给喜欢这种山核桃的人。

"这地方能听到流水声。"一下车，老大卫就大声对鲍宇说。

鲍宇说："那边不是个湖吗？又不是河？怎么会有流水声？"

老大卫说："你说得对，应该不是流水声，应该是水声，湖里的水声。"说话的时候，鲍宇已经跳下车进到了院子里，他把用铁条焊的院门用力哗啦哗啦推开，老大卫把车开进了院子里。鲍宇此刻已经进了屋，屋里还很干净，就像是刚刚有人住过一样。屋子里很冷，但实际上真正的冬天还没有来。

鲍宇说："怎么没有暖气？冷死了。"

老大卫说："有炉子，炉子可比暖气好多了，你要学会生炉子。"

"床单不脏，枕巾也不脏，真好。"鲍宇说。

"上个星期我来过。"老大卫说，"来给后边窗子安玻璃。"老大卫又说，"后面的玻璃不知道怎么坏了，窗台上发现了一只死老鸹，可能是那只老鸹撞坏了玻璃。"

老大卫从门后拎出把斧子："你明天就用这把斧子劈柴。"老大卫放下斧子，又坐下来。他想给鲍宇讲讲钓鱼的事，十多岁开始，老大卫就在旁边的湖里钓鱼，那时候鱼很多。鲍宇已经知道了这个地方以前是农科所，也已经知道了老大卫的父亲，自己的外曾祖父是农科所的技术员，但鲍宇对这些都不感兴趣，他的兴趣在手机上，一进屋他就又开始看手机。

"你现在是一刻也离不开手机了。"

老大卫这么一说，鲍宇就马上把手机放到了一边，但过不了一会儿手机又在他的手里了。"我在看照片。"鲍宇说。来的时候，他们路过那个湖，老大卫带着鲍宇先看了看湖，老大卫对小鲍宇说就在那座桥下自己钓到过一条两尺多长的大鱼。说话的时候他们站在桥上，那是一座很老的木桥，桥栏曾经刷过绿颜色的油漆，只不过现在都掉光了。鲍宇趴在桥栏上看看桥下的水,水是一丝不动,水底铺满了金黄的树叶。"这地方根本就看不到鱼。"鲍宇又用手机往下边看,"但是景色可真够美的。"鲍宇拍了照片,并马上把它们发到朋友圈去。鲍宇在发朋友圈的照片上标注了一句话:景色可真够嘿的。

"明天早上起来你先劈柴生炉子。"老大卫说这是鲍宇的第一课。

"可真够冷的。"鲍宇说,"我会劈的。"

"晚上可能要下雪了,下过雪天气才会冷。"老大卫说。

鲍宇的头发立着,嘴唇有点发紫。

"够冷的。"鲍宇又说,打了个哆嗦。

"晚上你和我躺一起就不冷了。"老大卫说。

"不。"鲍宇说。

"为什么?小时候我老搂着你睡!"老大卫说。

"我大了。"鲍宇说。

"那就两床被子你睡你的我睡我的。"老大卫说。

"那条鱼足够两尺长。"老大卫又想起钓鱼的事了,"也许不够两尺,但我觉得够了。"老大卫用手一拃一拃量了一下胳膊,"有我的胳膊这么长,这么大的鱼,不算小了。"

鲍宇把胳膊伸直了:"其实这么大的鱼也不能算太大。"

这时候天上有飞机轰鸣的声音,有飞机飞过去了。老大卫忽然想起了别的什么,说,"以前还有送信的,天天往这边跑,现在估计没人了。这个地方现在太安静了。"老大卫说话的时候鲍宇又开始看手机,"睡觉吧,明天你早起劈柴生炉子。"老大卫说,"煤就在厨房,煤这种东西就是好东西,有了木柴和煤就不怕冷了。"他还想说什么,但他想不起来自己要说什么了。

老大卫出去了,他想出去看一下。

"下雪了,好大的雪。"老大卫在外边大声说。

从外边进来,跺跺脚,老大卫又拍拍自己身上的雪,他觉得自己还想跟鲍宇说些什么。老大卫对鲍宇说你不要再看手机好不好。老大卫忽然又说起这地方当年种南瓜的事来,说外边这一大片地原先种的都是南瓜,南瓜太多了,都把人吃怕了。

"最大的南瓜这么大。"老大卫看着鲍宇。

"南瓜可以做南瓜蛋糕。"鲍宇头也不抬。

"主要还是鸡蛋。"老大卫说。

"好家伙,看这双鞋。"鲍宇看着他的手机。

"你怎么总是看鞋?"老大卫说外边雪下大了,明天也许会打不开门了,到时候要从窗子里跳出去,"脱光,跳出去。"

"脱光跳出去?"鲍宇抬起脸,"太夸张了吧?跳到哪里去?"

"跳到雪里去。"老大卫说我们小时候都这样,一下雪就这样,我父亲会让我们把衣服脱掉,会像赶鸭子一样把我们从屋里赶出去。你明天也要这样,洗个雪澡,一冬天就不会感冒了,你必须来这么几回你才会变成一个男子汉,你必须脱光衣服让自己直接跳到雪里去。

"我会的。"鲍宇说不过也许我受不了。

"我其实早就该教你这些了,现在也许都有点儿晚了。"老大卫说。

"我跟你说,姥爷,我跟朋友来过这里你信不信?"鲍宇突然说。

"我才不信呢。"老大卫看着鲍宇,想听他往下说。

"夏天的时候,我和女朋友。"鲍宇不看手机了。

"你才多大啊,还女朋友。"老大卫笑了起来。

"不信你看看那个床垫子下有什么。"鲍宇指了指床垫。

老大卫看着床垫,这不费什么事,一伸手,老大卫把床垫翻了起来,老大卫呃了一声,床垫下边有两片树叶。

"怎么回事?"老大卫说到底怎么回事?

"是她放的。"鲍比说。

"你说说,是怎么回事?"老大卫有点兴奋了。

"我们来游泳,过来看了一下,就这么回事。"鲍宇说没了,"这地方我很喜欢,我都可以长期住在这里。"

老大卫看着鲍宇,笑了起来。

"那是夏天,现在是冬天,外边下雪了,你要洗个雪澡,脱光衣服洗个雪澡。"老大卫很高兴鲍宇把这种事都告诉自己,"像我小时候那样脱光衣服一下子跳到雪里。"老大卫嘴里说这这话,心里其实想着别的,想着鲍宇带女朋友过来的事,想着鲍宇的女朋友,长什么样?怎么回事?都发生了什么？

"我该铺被子了。"鲍宇说咱们钻在被子里说话。

"什么说话，你就看你的手机吧。"老大卫说。

鲍宇三下两下把被子铺好了，一床被子是被头朝墙被脚朝外，一床被子横着铺在另一床被子的脚下。"这么样可以了吧？"鲍宇说我横着睡在你脚下你的脚就不冷了，脚不冷你身上就都不冷了，你老了。

"鲍宇。"老大卫说。

"姥爷。"鲍宇说。

屋子里确实很冷，他们站在那里互相看着，外边是雪的声音，下雪是有声音的，沙沙沙沙，沙沙沙沙，是这个声音，只要静下来，这声音就像是从很遥远很遥远的地方传来。

躺下后，老大卫突然又叫了一声："鲍宇。"

手机把鲍宇的脸照得很亮，鲍宇的脸很好看，少年的好。

"鲍宇，你告诉姥爷你和你女朋友的事。"老大卫说。

"我和她什么事都没有，主要是我不想。"鲍宇说。

"鲍宇。"老大卫又叫了一声，但不知道自己要说什么了。

"你老了，这样你的脚就不会冷了，脚一不冷，身上就都不会冷了。"鲍宇用手触摸了一下老大卫的脚，说，"我听见下雪的声音了。"

两个人都静了下来，外边是雪的声音，下雪是有声音的，沙沙沙沙，沙沙沙沙，是这个声音，只要静下来，这声音就像是从很遥远很遥远的地方传来，很遥远很遥远的地方是什么地方呢？这是谁也说不清的事情。

"睡吧，好好睡一觉。"老大卫轻声说。

"老大卫，你也睡。"鲍宇说，鲍宇喜欢这么叫姥爷。

"鲍宇，鲍宇。"隔了一会儿，老大卫又小声说。

"睡吧，老大卫。"鲍比又说。

"睡吧，好好儿睡一觉。"老大卫说。

鲍宇那边没声音了。

……

鲍宇的父亲和母亲还有鲍宇哥哥赶来的时候已经快中午了，雪下得实在是太大了，高速公路都封了，没办法鲍宇的父亲只好从另外一条路往过赶。他们从来都没这么急，就像这场雪，多少年了，从来都没下过这么大的雪。鲍宇把电话打过来，电话里，鲍宇像是被吓坏了。鲍宇早早就起来了，起来后的第一件事就是他轻手轻脚地把柴给劈了，鲍宇怕把老大卫惊醒，所以他去了另一间屋子，鲍宇在另一间屋把柴劈了，然后生着了炉子，生炉子用学吗？鲍宇一边生炉子一边还在心里说。但还真让鲍宇碰上了，那个炉子就是点不着，那黑色的煤块儿怎么也点不着，鲍宇用打火机引着了几张旧报纸，但炉子就是点不着。鲍宇从来都没有生过炉子，鲍宇把煤块儿先放在了炉子里然后才放的木柴，也就是说，煤块儿在下边，引火的木柴在上边。

鲍宇没了办法，他又轻手轻脚回到卧室，他不想惊动老大卫，他想让老大卫多睡一会，既然他睡得那么香，睡得一动不动。鲍宇又轻手轻脚钻到被窝里去，又去看他的手机，又去看他的鞋子，鲍宇是太喜欢鞋子了，为什么喜欢连他自己都说不清。鲍宇现在脚上穿的那双鞋子居然会变色，在屋子里是白的，但只要一走出屋子，只要一走到太阳下边，鞋子就变色了。鲍宇继续看他的鞋子，继续玩儿他的手机。看着看着，鲍宇又困了，又快睡着了。但是，是什么，好像是什么猛地推了一把鲍宇，一下子又把鲍宇推醒了。鲍宇毕竟不小了，他觉出不对头了，他一下子坐了起来，但一切都晚了。老大卫在床上静静地躺着，他那样子真像是睡着了，但要是仔细看能看到老大卫的下嘴唇有那么一点往下耷拉，就一点点……

院子里终于有了动静，鲍宇的父母亲和鲍宇的哥哥出现了，还有别的什么人。纷纷的雪中，人影渐次清晰起来。纷纷的雪下个不停，好像是，鲍宇一直在睡梦中，一直就那么呆坐着。只有当鲍宇的父亲和母亲还有他的哥哥出现在了屋子里，鲍宇才清醒过来，才明白过来。

鲍宇本来已经穿好了衣服，此刻他却突然跳起来开始脱衣服，上衣，脱了。裤子，脱了。内衣，脱了。身上只剩下一条小裤衩了。鲍宇光着脚，赤裸着全身，朝屋外跑去，屋外是纷纷的雪，这是天上，地上也是雪，是没膝的雪。

鲍宇喊着："老大卫，老大卫。"

鲍宇朝屋外跑去，鲍宇跳到了雪里，整个人跳到了雪里，鲍宇又跑回来，浑身沾满了雪。

鲍宇再次喊着:"老大卫,老大卫。"

鲍宇的脸上都是泪,再次朝屋外冲出去。

天上是纷纷的雪,纷纷的雪,纷纷的雪……

原载《海燕》2020年第1期

毕亮

酒窝

一

我们坐烧烤摊前，沾满油渍的方桌摆一堆炭烧生蚝、肉串。对面的胖子不停地劝我喝酒。我告诉他我患重感冒、咽炎，正在打吊瓶、吃药，不能再喝了。胖子浑身是野猪的莽气，他说，感冒，以毒攻毒，搞点酒没准好得更快。我提醒他公司资金周转困难，那笔货款该结了。胖子盯着我看，把酒倒进嘴里，只字不提钱的事。他拿肥厚的手掌当扇子，在油腻的鹰钩鼻前挥舞。他说，油烟味越来越重，真让人受不了。

一阵冷风刮过，吹皱桌面报纸上李嘉诚的脸。

我猜台风"苏迪罗"就要来了。昂头，我望向左边，是成排的城中村农民房，我刚在那租了套两室一厅的租屋。长满老年斑的潮州籍房东老头说，关内的租客似蝗虫，全涌到龙华来了，就剩这套房，里头什么都不缺，拎包即可入住。我大概能听懂他蹩脚的广东版普通话。

屁股在木质靠背椅上挪了挪，手探入驼色手提包，指腹摸到瑞士军刀刀柄。我感觉后背蒙了层细密的汗液，是冷的。胖子说，我来，我来结账。胖子以为我要掏钱埋单。每次跟他吃饭，要结账时，他都会说："我来，让我来。"但他总是慢半拍，比我晚一步掏出钱包。我说，还早，咱俩继续喝。

终于，胖子舌头开始打结。他说，马陆，你，你怎么挑这么个地？我多少年没在城中村吃烤串了。我又探手摸了一次瑞士军刀，刀柄凉滑。我说，刘总，再过十分钟，答案自然会揭晓。我盯着胖子看，理直气壮地看着他。胖子似帕金森症患者，端酒杯的手直打抖，我估计，他喝大了。

胖子变成一条沉默的尾巴，跟我走过窄街，走进黢黑不设监控的楼道。我扶他上楼梯，一堆肉比秤砣还重。走进顶层六楼租屋，我伸手将门关严。

胖子说，这是哪，黑灯瞎火的？

我说，是哪不重要，咱们来谈钱的事。

胖子说，马陆，现在，现在谁不缺钱，你告诉我？

我说，别把我逼急了。

胖子说，美国佬不结款，我也着急。

我说，少废话，工厂几十号人要吃饭，等着我发薪水，你直接告诉我，什么时候打款？

我摁亮厅灯，灯光刺眼。

胖子眼珠子乱转，发现靠墙的位置摆了台大型钢面机器，表面凸起部分呈现醒目的文字——绞肉机。他似乎闻到可疑的异味，想离开，两只脚却不听使唤。我掏出瑞士军刀，刀尖紧顶胖子腹部，我说，狗急了也会跳墙，对不住刘总。

握刀的手往下压，刀锋嵌入充满弹性的腹肉。胖子酒醒了大半，他说，马陆，别冲动，钱的事咱们好商量，如今世道不景气，欧洲人都在勒紧裤腰带过日子，你比我更清楚。我将他搡进窗帘紧闭的卧房，用事先备好的捆绳绑他手脚，拿强力胶布封牢他的嘴。我说，等着吧，委屈两天，等你老婆提款赎人。

二

到家时我以为她们都睡了。

黑暗中传来毛茸茸脆亮的声音："喂，你又喝酒了吧！"她翕动鼻翼，闻到一股酒味飘浮鼻前。我说，不多，喝了一点。小家伙说，酒味都传到我这了，我不喜欢你喝酒。

客厅黢黑，我没开灯。

感觉有一双黑瞳盯着我看。毛茸茸的声音又说，我也不喜欢你这么晚回家。

我说，睡觉，赶紧睡觉。

小家伙说，我都睡醒了，以后你能早点回来陪我吗？妈妈根本不会拼乐高积木。还有，她给我讲睡前故事，老是走神。昨天，妈妈又哭了。

我说，乖，睡觉去！

小家伙说，现在我睡不着。告诉你，妈妈又在看那本书，我猜，妈妈是想去一个遥远的地方，是天堂吧！你能带她去吗？

我知道女儿提到的那本书，是一本旅行手册。女儿对我提的要求，不喝酒、早点回家，肯定是赵薇教她讲的。赵薇身边长年备有两样东西，一样是水果刀，一样是旅行手册。她不开心，情绪失控时，就会掏出水果刀，像递一双吃饭的筷子那样漫不经心地递给我。她说，马陆，我知道你已经不爱我了，动手吧，杀了我！凝视着亮晃晃的刀锋，我想起过去的一些事，紧握刀柄，又将水果刀还回去。我说，我下不了手。她说，哪天等我有了自杀的勇气，就不必麻烦你了。她收起刀，藏好，藏在一个我费尽力气也寻找不到的地方。在藏东西那方面，赵薇是个天才。

我比谁都清楚，赵薇眷恋这尘世，她心还活着，舍不得小家伙。跟她一样，我也舍不得。

三

雨没日没夜地下。

小家伙蚂蟥般附在阳台玻璃门上，昂头看幽暗的天。除开阴郁的天空，屋外还有连绵的暴雨。深圳今年的雨季特别漫长，小家伙整天闷屋里，时间稍长，躁动不安。许多个见不到阳光天空阴霾的日子，她木偶似的保持同一姿势，长时间张望落雨的天空愣神。有时候，听得见心跳的客厅猛地会响起她尖利的喊声："妈妈，我身上快长霉了，我要出去，要下楼!"

以往若是天气好,黄昏时分,我会带小家伙和妻子赵薇到小区散步。相比待在家里,小家伙显得愉快一些。但她的愉快并不挂在脸上,而是其他动作的反应。比如,下了楼,她会疾步冲进树林,蹲榕树下捕捉蚂蚁或别的竹节爬虫;挑拣芒果树上掉落的青涩果实,不剥皮,直接将青芒往嘴里塞。落在后头的我手推轮椅,来不及制止,小家伙已经贪婪地咀嚼起来,两边嘴角流出夹杂黑泥、枯叶等脏物的汁液。或许在小区的树林里,她也愉快不到哪里去,一直以来,她总是一副忧心忡忡的模样,看人的眼神,涣散,毫无光泽。她那两粒眼珠子,仿佛泥丸捏成。

小家伙穿碎花裙子,安静地坐在客厅冰冷的瓷砖地板上,吮吸手指头。搭了会乐高积木,她又悄无声息地走到阳台,贴在玻璃门上看雨,看阴郁的天空。

豆大的雨珠撞击着窗玻璃,噼啪响。我窝坐沙发榻,想着租屋里被捆绑手脚的胖子,他该不会挣脱捆绳,该不会逃出简上村租屋吧?我用另一个手机号给他老婆发短信,交代她拿钱赎人。那边半天没音讯。我躁了,又连发了两条信息。那边说,能换种骗术吗?我拼了条短信:"等着吧,时间会给你答案。"电视机里正播放一档综艺节目,是深圳电视台录制的,女主持人瘦得锁骨毕现,她是个漂亮的花瓶,绞尽脑汁也没能逗笑现场观众,倒是她的窘迫惹得观众阵阵发笑。

客厅突如其来的声音盖住电视机里的阵阵笑声。

"喂,你是不是不要妈妈了!"小家伙不在阳台边,蹲在了沙发旁。她矮下头,那双细嫩、隐现青绿色血管的手臂摆在胸前,十根手指头藤条般绞一起。我一时没反应过来,发了片刻愣。小家伙扭头朝卧房望了一眼,又把眼神挪向我,受惊的鸽子般缩紧脖子,她细声细气地说:"你,你不要妈妈了是不是?!"

小家伙已经满五岁吃六岁的饭,她从来不拿我当爸爸。在她眼里,爸爸就是"喂"或者"你"。

盯着女儿两只没有内容的空洞的眼眸,我保持沉默。得不到答案,小家伙的眼神猛地变得像萧瑟的秋天一般忧伤,嘴里嘀咕着我听不懂也听不清的话。小家伙不再看我,只顾自言自语。稍后她挪步至阳台,继续盯着屋外落雨的天空，嘴巴一张一合，絮絮叨叨。她吮吸起手指头，立在那里，似一条受伤的幼狗，舔舐带血的伤口。

屋外是淅沥的雨。

我推开卧房门，赵薇半躺在床榻上。她正用苹果笔记本电脑上网，查看一家网上购买假肢器械的网站。我猜她听到了女儿在客厅的质问，我说，赵薇，以后有话直接跟我讲，别让女儿当传声筒。我还没来得及讲第二句，小家伙已立在门边，瘦弱的身体斜靠门框，她说，你藏到卫生间讲电话，我听到了。

我一阵面热，前一天，小家伙居然听到我跟唐欣通电话。她仍旧倚靠在房门边，用无光的眼神扫视悬挂在白色墙面上的相框，那是八年前我和赵薇拍的结婚照。屋里静得出奇，听得见挂钟摆动的滴答声。小家伙嘴里倏地蹦出一句，我不准你们离婚！她的脸色比薄纸片还苍白，嘴唇因激动哆嗦起来。深吸一口气，她又嘟囔道，我……我不准你们离婚！

四

大约是九年前，母亲和继父来过一回深圳，他们没提前打招呼，搞了次偷袭。母亲走进我住的租屋，屋角摆着金威啤酒瓶、装青岛啤酒的易拉罐空壳、两个劣质奶白色快餐盒，茶几烟灰缸盛满好日子牌香烟烟蒂。母亲里里外外收拾，住了两晚，临走时母亲说，马陆，你该找个对象结婚了。继父也盯着我看，客气地沉默。我说，会的，你们放心。不久我就结婚了，对象是赵薇。

结婚前，我告诉母亲我有个心愿，想看父亲照片，看父亲长什么样子。好多年了，我终于将闷在心里的这句话讲出口。母亲眼窝潮湿，叹了口气，她说，马陆，这些年跟着我，委屈你了。

父亲在我年幼时患癌去世，我差不多忘了他的样子了。但我记得唐欣，她的长相已刻进我骨头里。

接到唐欣电话那天，是我将胖子囚禁在租屋的第二天。我等着胖子老婆提款赎人，等得心焦。他老婆倒好，似乎一点也不着急。打了消炎针，鼻塞、流涕等感冒症状在减弱，我刚吞下两片阿司匹林，闭目坐沙发榻休息。手机响起铃声，我希望是另一个唱汪峰歌曲《春天里》的手机响铃，那边早一点提款赎人。但不是。电话是个陌生号码打来的，听声音，距离十分遥远，却熟悉。

是唐欣。

那个曾经在长江堤岸边跟我一起烧野火，写诗，嚷着要离开小城去远方去西部流浪的姑娘。她告诉我正在椰城办事。我说，椰城离深圳差不多一个小时车程。

唐欣说，那我过来看你。

身上某处骨痛。浑身骨痛。我说，唐欣，我们有十二年没见了吧！

唐欣说，等着我！

感冒，我嗓子发痒，声音涩涩的。我说，等你，我等你。

唐欣是个开朗、阳光的女孩，有点婴儿肥，一笑嘴角两边会露出浅浅的酒窝。在深圳这些年，我一直留意着唐欣的消息，我知道她某一年放弃了远方，不再写诗，嫁了个阔佬；知道她什么时候怀孕什么时候生子，孩子是男是女，生下来有几斤几两。从同学那里打听到这些消息，我感到心安，她小日子过得不错。

唐欣来访当天，台风"苏迪罗"光临深圳，整个城市落暴雨落疯了。她来得不是时候，我正为胖子的事焦头烂额。上午，我去了一趟简上村租屋，胖子眼眶深陷、眼袋青灰，看上去整个人瘦了一圈，从狗熊变成土狗。我说，刘总，你老婆不信我，以为我骗她，得你亲自打电话。我用另一个号码拨通胖子老婆手机，扯下他封嘴的胶布。胖子说，是我，赶紧凑八十万，赶紧的。女人说，凑钱，做梦吧你，绑匪呢，绑匪在哪里？让我跟绑匪说话。又说，你们手上有刀吧，放血弄死他。他是个畜生，一天到晚在外嫖，还把性病带回家。喝了酒，脱光老子衣服，让老子跪客厅地板，把老子不当人打。赶紧，你们赶紧弄死他！

雨滴敲击窗玻璃，令人心烦。挂了电话，从头到脚打量着胖子，我说，刘总，混到今天，替你收尸的人都没一个。胖子说，我早就听说她跟健身教练有一腿，看来这事是真的，她一天到晚盼老子死。

五

唐欣手拖带滚轴的行李箱出现在我面前。唐欣不再是我记忆中的模样，她变了，眼神里透出一股不易察觉的哀愁和忧伤。十二年未见，她脸上并没有流露出重逢的喜悦。

唐欣说，马陆，台风把我吹来了。

我说，这么大的雨，带个行李箱，多麻烦。

眼望落成瀑布的雨，唐欣吞吞吐吐地说，我……我不回椰城了，到时直接回家。

带唐欣到租屋，进门我就后悔了，应该带她住酒店。一间卧房的门紧锁，唐欣转动门把手，打不开。我说，工厂的货堆里头，门锁了。目视靠墙的钢面机器，她说，这里怎么有台绞肉机，马陆你不是做外贸生产山寨手机吗，现在转行做食品加工生意制造肉丸了？我沉默，脸发热发烫，没接话茬。

我们走进另一间卧房。

这时我才认真打量唐欣，穿宝蓝色连衣裙的她，手臂、小腿留有新鲜的伤痕，是抓痕。我猜到什么，又不敢肯定。我说，跟老公吵架，他动手了？

唐欣说，别瞎想，儿子抓的。她的视线越过我头顶，眼神东躲西藏。

我安静地看着她，想把跟她十二年分开的时间全部看回来。我说，唐欣，十二年没见，还写诗吗你？

唐欣说，马陆，我又不是黑板，你老盯着我看干什么？

又说，写诗……

话音未落，唐欣脸颊绯红。

刹那间，我感觉到唐欣依然是多年前的唐欣，扬眉一笑，便生出浅浅的酒窝。房间里静得能听见彼此的心跳。唐欣的手机铃声打破了沉寂，接二连三响个不停，她将手机调为震动，却不接电话。

我说，谁电话，你老公打来的？

像是在考虑某件事，停顿了片刻，唐欣说，是的。

我说，他知道你来深圳吗？

唐欣说，不知道，我谁也没告诉。她抓起床头柜边的电话，像是跟自己说，又像是跟我说，这座机能打长途吗，我得给我妈拨个电话，省得她担心。

半边屁股坐在床沿上，我成了一名忠实的听众。

唐欣跟她母亲通话，似乎只是她一个人在讲。她讲起在椰城投资开连锁餐厅的老公当着她的面，跟瘪胸的广东女人调情。愤怒的她跑去操起一扎啤酒，倒在瘪胸女人头上。她还顺势扇了老公两记耳光。她接连讲了两个——他妈的，我要离婚，我跟他过不下去了，等老子回家，就跟他离婚。

泪水在唐欣脸上流成了河。她哭得肩膀一抖一抖的，脸哭得稀巴烂，露出一截牙龈。我起身从洗手间寻来毛巾，递给唐欣。我默默地看着眼前这个流泪的女人，这个自己过去深爱过的女人。我一直以为她过得不错——幸福，其实并不是。尽管是面对面，伸手就可以触摸到的距离，那一瞬间，我觉得我们离得相当遥远。唐欣变了，过去的她阳光、透明，也不知何为生活的忧伤。十二年时间，唐欣脸上的酒窝枯萎了。

手机继续在震动。但唐欣始终不接。客厅的电视开着，正播报国际新闻，女主播字正腔圆的声音传至卧房：

今年年初，国际货币基金组织再次将全球经济增长预测指数从3.8%下调至3.5%，这已经是国际货币基金组织去年以来连续第四次下调这一指数。这是G20和全球必须面临的一个重要的挑战。这些不确定和复杂因素是G20成员国必须面对的，并且应选择正确的宏观经济政策来应对。目前中国经济形势严峻，将要面对内需不足、制造业转型升级、外资投资放缓等多重挑战。

唐欣从桃红色手提包掏出一张折叠的白纸，递给我。她说，你看，我一提离婚，那个贱东西就写了保证书，他不想离婚，但晚了，现在不离也得离。注视着那份保证书，字迹我一扫就晓得是唐欣的。

字是唐欣写的。

我猜不透她的心思，为何把她自己写的保证书给我看。我再次陷入沉默。唐欣跟母亲通完电话后恢复平静，眼睛却是红的，似给毒虫咬过。她的瞳孔不聚焦，毫无神采。靠在床头，她双手抱膝发呆，偶尔低头，拿食指抠涂了紫色指甲油的脚趾盖。目视眼前的唐欣，我不自觉地想起家中的女儿，心里怜惜起她来，却不知该如何安慰。我用两只手托起唐欣凉滑的手掌，轻轻揉捏。

我的举动似乎唤醒了她。

唐欣说，马陆你讲话，我想听你讲话。这是多年前唐欣对我讲得最多的一句话。

我说，我现在不晓得讲什么，没见你时，心里有一箩筐话要对你讲，见到你，那一箩筐话找不到了。

唐欣说，那你说点别的，反正你要讲话。

我说，你想我吗？

唐欣说，不告诉你！

尽管唐欣满脸是愁和苦，但从她莞尔一笑的神情中，我知道了答案。腾出一只手，捋唐欣头顶的发丝。又用双手捧起唐欣脸颊，数她鼻梁上的雀斑。这也是多年前我跟唐欣恋爱时常做的事。雀斑只是零星的几粒，我默数，七粒。数完我用大拇指和食指轻捏她鼻尖。

我说，唐欣，你一点没变。

唐欣说，你也还是从前那副老样子，像全世界的人都欠你的。

又说，什么没变？

我说，雀斑，跟十二年前一样，七粒。

唐欣说，还有呢？

指腹抠着床单，我没接话茬。隔壁传来细微的喘息，我听到了，咳嗽一声，两声。我抬手捂嘴，发出一串咳嗽声，掩盖墙那边的动静。

夜里十点，唐欣拿座机拨电话，将白天跟她母亲讲过的话，对电话那边的人重新复述了一遍。我猜不到对方是谁，凑过去听，没动静。唐欣在电话里絮叨了几近半小时。搁下电话，她说，马陆，你赶紧回家吧。

我说，今晚我陪你。

唐欣说，你还是那个捕风的人吗？

我默然不语，忍住没告诉她，这么多年她已经成了我的乡愁。盯着唐欣苍白的额头，我想起多年前的月夜。白月亮高悬夜空，唐欣说，马陆，我要离开这座小城，去看看外面的世界。等哪天我成为风的主人，我就安定下来，不再行走四方。我说，那我愿意做一个捕风的人，用一根水做的绳子，将形迹可疑的风捉回来，献给你。我的意思再明显不过，我想当唐欣的骑士，让她留在我身边。但她还是走了。

走进浴室冲凉，面对浴镜，我第一次认真打量镜子里的身体，它完全是一副中年人的体形。一股愁绪涌上心头，我想，时间真是一柄凌厉的刻刀，将岁月和生活的痕迹刻在了正在颓败的肉身上。

六

黑暗中，我抱紧唐欣，像抱一尾水中的游鱼。被褥里我的手触摸到唐欣的底裤，棉内裤起了毛球，我猜这是一条穿了很久的内裤，见面时唐欣满脸愁苦的模样又出现在我眼前。我又想起唐欣搁浴室的胸罩，黑色蕾丝已褪色，也起了毛。

唐欣说，不行，这样会出事。

干燥、暖和的手掌滑至她尾椎。

唐欣说，戴套。

茫然四顾，我说，租屋没有。

唐欣说，你想办法。

我重新穿戴整齐，走出租屋。台风"苏迪罗"光临后，街道路面湿滑，天空没有月亮，但城中村窄街灯火辉煌，仿若白昼。步行五十多米，我找到一家药店，买了盒冈本。返回路上，装裤兜的手机响铃，是赵薇打来的。她说，女儿不肯睡，要等你回家。我说，今天我要晚一点回，正陪客户。我还准备解释，电话那边传来稚嫩的声音，你好久回来，不准你跟妈妈离婚！又说，你现在是不是跟那个女人在一起！女儿的话仿佛尖利的匕首插进我心窝。

返回租屋，唐欣双手抱膝坐卧房床榻，似只木偶。她说，墙那边有响动，是不是有人？

我说，哪有声音？

唐欣说，你听，仔细听。

我说，不会是老鼠吧？

唐欣说，我听到墙那边有人喘气。马陆，你看过"动物世界"吧，就是那种草原上被狮子、猎豹攻击，五脏六腑给掏空了，濒临死亡的瞪羚、斑马的喘息声。

……

半夜，我起床上了趟洗手间，顺道打开手机看微信。那位一直帮我提供唐欣消息久居小城的同学发来微信，他告诉我，唐欣离婚了，从精神病院跑了，家人正满世界找她。

我的心跳到嗓子眼，我不愿相信唐欣是从精神病院跑出来的。回想跟唐欣见面时的情景，种种细节，脊背冒出细汗。我有些犹豫，不敢肯定心中的答案，但我还是回到床上我睡的位置。后来我不知道是怎么睡着的，许多稀奇古怪的事闯入我的梦里。

房门虚掩，我在客厅未见到小家伙。以往回家，小家伙都是一个人闷头坐在塑料板凳或者瓷砖地板上搭乐高积木，或摆弄其他玩具。

洗手间传来唰唰声和哗哗的水声。循声过去，我目睹小家伙双手戴着橡皮手套，正往赵薇的假肢上打香皂。小家伙挥手卖力地刷洗，大号的橡皮手套仿若失控的风筝一样不时滑落。她伸手两边一捋，抖一抖双手，套牢后，继续喘着粗气刷洗。若是发现假肢上细小的血渍，她会将力气集中至那一点，来回仔细地擦，直到血渍消失。

洗毕，小家伙已是气喘吁吁。拧开水龙头，她用净水冲洗香皂沫，再清一遍，而后拿毛巾揩干假肢上的水珠。她动作细缓，擦得无比温柔，完全把假肢当成妈妈的两条腿。

直起身，转头，小家伙才发现我站立背后，她的眼神依旧空洞，涣散，没有神采。小家伙望了我一眼，当我是空气，当我是透明的。她拎起两条假肢，面无表情目不斜视朝卧房走。假肢沉重，单薄瘦弱的小家伙拎着它，像是提了两座山。她走路时因重心不稳左右摇晃，风中的芦苇般飘摇。

与女儿迎面而过时，我听到她嘴里嘀咕了一句，囫囵的声音我未能听清。盯看女儿的背影,我心头燃起一团烈焰,罹患地中海贫血症的女儿懂得心疼车祸后失去双腿的妈妈了。

……

墙的另一边传来类似困兽粗重的喘息。睁眼,凝视墙顶的黑暗,我盼着外面的天空快一点亮起来,盼着黎明早一点到来。

原载《钟山》2020年第1期

班宇

夜莺湖

吴小艺想约我见面,但不直说,发了两天信息,第一天问我,最近过得怎么样。我说,一般化。她半天没回,估计是想等我问,你过得如何,但我就是不说。分手一年半,少扯犊子为妙。第二天晚上,她发过来一段视频,熊猫给饲养员开门,四肢蜷在把手上,缩作一团,轻松后仰,铁门顺势而转,我看了好几遍,想回点什么,但也不知说啥。后来半宿没睡着,始终在分析这段视频,琢磨出来两层意思:第一,你的心门,我来打开。并非自我感觉良好,主要是从某个角度看去,吴小艺长得的确有点像熊猫,上下一般粗,加上最近的种种反常举动,让人不得不产生这样的想法。第二,运用潜意识,向我推销。吴小艺在防盗门公司上班,干销售,其企业形象就是一只熊猫,1990年亚运会的吉祥物,名叫盼盼,手持金牌,眼神飘忽,向前冲刺,仿佛即将跌倒,很令人担忧。所以我觉得,她发这个视频,也有可能想让我买一樘门,这么长时间过去,我仍记得她曾无数次纠正,卖门论"樘",而不是"扇",一樘门可以有两扇、三扇、四扇,量词使用要严谨。针对这两种可能,我也想了一下相应策略,若是前者,那就算了,好马不吃回头草,好男不跟前任搞,不是不行,而是没有必要。但若是想卖门,那我就支持一下,这个条件还是有的,盼盼到家,安居乐业,口号喊了多少年了,也信得过。想清楚这两点,我心里就比较有底，睡到中午十二点，冲了个澡，把车开到卫工街，沿着路边停好，后挡风玻璃贴上"收车"二字，便去旁边饭店喝羊汤，一碗见底，又再填满，直至后背湿透，冒一身汗。买卖二手车这生意，我干了好几年，数今年行情最差，价格透明，普通轿车每台能赚一千五就不错，SUV也就两千来块，而且一个月出不了两台，好几辆破车都压在手里，小半年了，来摸的人都少，说不急那是瞎话。

  我吃完饭，回到车里，给我妈打了个电话，说晚上准备过去看她。结果她没在家，出门旅游了，报的夕阳红团，华东五市，加上扬州、镇江、宁波、绍兴、普陀山、乌镇双卧十日游，一路高歌猛进，全程自助早餐。不用问，肯定是跟相好的一起去的。事先也没通知，可见我在她心里的地位。我妈这人，性情比较活泛，擅长分析事儿，总乱出主意，但就有人愿意信。一来二去，跟活动室认识的杨师傅走得就比较近。杨师傅以前是工程师，长得挺大派，常年披着风衣，退休金丰厚，一个人也花不完，我妈就帮着一起想办法。我挺支持他们的，明里暗里，提过好几次，但俩人也没在一起过日子，就是游山玩水，畅享自然风光，然后各回各家，不知道图啥。

  其实我也不是想去看望我妈，主要是我家有个传统，每逢周五，必包饺子，夏天吃黄瓜馅儿的，冬天是羊肉，春天的韭菜嫩，就包三鲜的，里面还有虾仁，雷打不动。当年我跟吴小艺在一起时，我都怀疑她是奔着这个跟我好的。吴小艺特别爱吃我家的饺子，吃过一次，就上了瘾，个个礼拜都要来，不用筷子，煮好拎起来就往嘴里送，塞满三只，同时咀嚼。即便是我们吵架期间，赶上周五，她也一声不响地提着肚子来吃饭，饺子进了肚儿，关系就缓和一些。所以我俩处对象时，没大矛盾。我妈挺得意她，觉得会来事儿，说话好听。吴小艺有这个本领，跟谁都能唠到一起去，上天入地，无所不知。但我后来就有点烦她这点，觉得里外不分，没个亲疏远近，我说过几次，她也没太当回事儿，依旧我行我素，大大咧咧。分手之后，经人介绍，我又处过一个对象，叫苏丽，小我几岁，在超市的调味品区负责理货，跟吴小艺的性格正好相反，内向，不爱说话，问啥答啥，多余的一句不讲。苏丽又瘦又矮，眼睛大，往外鼓着，像条小金鱼，性格温顺，一点脾气也没有。我俩头一次见面，约在超市里，她的头发焗成黄色，扎在后面，一颤一颤的，戴着永远洗不干净的棉线手套，拉一辆平板车，也不抬脑袋，怄气似的，车上摆着好几箱油盐酱醋，花里胡哨。我跟她打过招呼，不知说点啥好，就陪着整理货品，苏丽走路带风，干活细致，不仅讲究品牌摆位，还会注意不同的区域配色，方方面面，都照顾得到，是门学问。下班之后，我问苏丽，工作几年了。苏丽说，三年多。我说，累不？苏丽说，还行。我说，头发颜色挺时髦。苏丽说，白的多，挡一挡。我说，下班去哪？苏丽说，回家啊。我说，吃点饭去不？麻辣排骨串。苏丽说，也行。我们之间的交往差不多就是这样，任何要求她都没有拒绝过。有时好像也想说点什么，话到嘴边，又想了想，也没说出口。我性子急，遇到这种情况，就愿意多问几句，但这样一来，她反而更不讲了。

电台里播着一档情感类节目，一位女性在讲述自己的婚姻经历，语调悲切凄惨，一言蔽之，再婚家庭矛盾多，想方设法来耍我，好心当作驴肝肺，前妻招手就去睡。我听了都跟着上火，但还是没扛住困意，在车里眯了一觉，没几分钟，便被铃声吵醒，吴小艺的号码。我揉揉眼睛，接起电话，假装不知道对面是谁，客气地说，喂，您好！吴小艺说，像个人似的。我继续说，请问您是哪位？吴小艺说，猜！我说，抱歉，猜不到！吴小艺说，你爹。我说，我是你爹，去你的。然后就把电话挂了，来气！过了一会儿，她又打了一次，我也没接，把收车的牌子取下来，调了个头，速度七十迈，开车去了浑河西峡谷。这半年来，不忙的时候，我经常去那边，一坐一下午，比较肃静，景儿也好，放眼望去，一片浩荡，河水平缓漫延，消失在远处的荒草里。岸边总有人放风筝，各式各样，有燕子、老鹰，还有长虫和猪，被地上的人们遥相牵引，风将其吹得鼓胀，烈日穿过，更显苍白，近乎透明，整片天空像是一个巨大的墓园，各守其位。还有民间乐团演奏，成员都是老年人，满脸斑点，表情僵硬，肢体动作丰富，摇头晃脑，压着嗓子唱苏联歌曲，三句一停，气力不足，但歌儿还是好，"冰雪覆盖着伏尔加河，冰河上跑着三套车……"我坐在台阶上，点了支烟，想象着走在结冰的浑河上，浓云蔽日，老马只剩一把骨头，鬃毛覆雪，确实也有几分忧愁。中场休息时，乐团成员也坐过来抽烟，捧着保温杯，自说自话，边喝茶边吐碎末。有一次，其中一位跟我借了个火，对我说，家近吧？见你常来。我说，也不近，愿意过来歇会儿。他说，好听吗？我说，好听。他说，老了，年轻时可比这强。我说，专业搞音乐的。他说，不算，厂里文艺队的，我们这批总共九位，走了一位，还有两个在海南，一个在北京，带孙子呢，剩我们四个。我说，难得，还能聚在一起，但数目不对，差一位。他说，心思挺细。我说，做买卖的，对数字敏感。他说，确实还有一个，女的，以前主要负责演唱，没联系了，她那嗓子是一绝，长得也好，九四年，单位解散，我们跟工会恳求许久，在文化宫办了最后一场，十首歌，都带着家属过来听，她唱的压轴，俄语一遍，汉语一遍，麦克风不好使，基本是清唱，全场鸦雀无声，不敢喘大气，生怕错过一个音儿，演出结束了，还缓不过来，没人敢拍巴掌，我往下一看，底下无数个发亮的脑门，往外冒着汗水，什么原理？我说，不知道，人多，热。他说，兴许是，当天唱的是苏丽珂，格鲁吉亚民歌，第一句，为了寻找爱人的坟墓，天涯海角我都走遍，第二句，但我只有伤心地哭泣，我亲爱的你在哪里，问谁呢啊，没答案。电视上演过的，半导体里放过的，古今中外全算，没有一个唱得比她好，了不得，就因为这个，把自己名儿都改了，就叫苏丽珂。我说，本来叫啥？他说，苏丽，加了一个字儿。我说，我对象也叫这名儿。他说，不加还行，加上之后，越活越坎坷。我说，这我相信。他说，出了点意外，昏迷半个月，去北京做的手术，好几个月没说过话，再一出声，动静完全不一样了，精神有点受不住，就与世隔绝了。我敷衍着回了一句。过了半晌，他站起身来，我抬头向上望去，一只黑色的蝴蝶风筝飞过，正好将太阳挡住，光在减弱，周围泛起一层虚影。他继续说，但现在过得也行，安度晚年，不唱苏联的了，改唱耶稣。我前几天见过她一次，就在十三路教堂，请我去拉琴，一天五十块钱，台上人唱一句，她学一句，都唱完了，她也不走，摇着轮椅过去，拦住领唱，问人家，我该往哪儿走，可笑不？大门朝西，你说往哪走，不回家还能干啥，耶稣也不供饭。但人家不这么回答，他说，你本来四十天就能走出去，由于常有怨言、不断犯错，神就罚你在旷野，来回逛荡，一直走了四十年，她点了点头，我听不下去，净扯犊子，没打招呼，收拾东西走了。出门后我就琢磨，四十年啊，神咋不整死我呢？我没回话。过了一会儿，他又说，你知不知道谁最爱听这首歌？我说，不知道。

他说,斯大林,他有四句话,说得比神还好,人生最宝贵的是生命,人生最需要的是学习,人生最愉快的是工作,人生最重要的是友谊,慢慢品去吧。

吴小艺在小区里堵我,一袭花衣,十分显眼,像要登台唱大戏。她蹲坐在花坛上,旁边放着一个布包,用手给自己来回扇风,腰间的肉直往下坠,看着心惊,好悬没掉地上。我想去麻将社避一会儿,还没来得及转身,就被她发现了,以前我俩处对象时,她就有这特点,眼睛尖,凡是我干点啥坏事儿,她当场就能发现,瞒不过去。吴小艺扯着嗓子喊我,像是准备要我命,接着又一路狂奔,周围空气化作一股热浪,扑袭而至,我吓得退后几步,稳一下精神,方才站定。她跑至近前,双脚急速并拢,摆出立正姿势,身体挺直,气喘吁吁,我误以为她要跟我敬礼,条件反射,提前先敬了一个回去,权当问候。她一脸不解,咽了口唾沫,跟我说,我打电话,你骂我干啥?我说,以为是黑社会要账。吴小艺皱紧眉头,稍加思索,问道,最近得罪人儿了?我说,是,正躲呢。吴小艺说,事儿大不?我说,说大就大,说小就小。吴小艺说,到底啥事儿,我看看我有朋友没。我说,宰了一只大熊猫,正逃案呢。吴小艺说,这牛让你吹的。

我买了两罐汽水,站在超市门口,一边喝一边听吴小艺讲,最近确实遇到一些麻烦,具体说来,具体就不说了,反正现在差十来万。我说,要不你还是说说?吴小艺没吱声。我说,借高利贷了?她摇摇头。我说,我姨生病了?她继续摇头。我说,又摇头儿去了?吴小艺,多少年不去了都。我说,那到底因为啥呢?吴小艺,离了,我想要房子,得给前夫找点儿平衡。我顿了一下,说道,吴小艺,你上我这儿来给前夫找平衡?吴小艺说,江湖告急,想来想去,就认识你一个做买卖的,很神秘,有实力。我说,给个车行不,水淹捷达,刚泡好没几天,开着跟喷泉似的。吴小艺说,能别闹不,哥,实在没办法了。我说,你是真敢张嘴。吴小艺说,跟你提怎么也比跟别人强,毕竟有感情在。我原地转了一圈,问她,哪儿啊?我咋没看见。吴小艺说,一句话,帮不帮吧?我说,对不起,真帮不上,我有对象了,她管钱。吴小艺说,超市那个啊?我听说了,你妈可老看不上她了,方方面面都不行,拿不出手儿。我一下子有点火大,叨逼半天,就为了说这个,纯他妈闲的。我捏扁易拉罐,抛到空中,又飞起一脚，但没踢多远，落在路边的井盖上，发出一声空响。我迈步离开。

  我没走正路，钻进绿化丛里，绕着往家里走，柳树垂在面前，我薅了一枝叶片，团在手掌里，感受着它一点一点展开。吴小艺踮着脚尖，紧跟身后，不离不弃，游魂似的，行动飘忽。我总想往后偷瞄一眼，担心她要捅我，人一急了啥事儿都能干出来，防人之心不可无，况且有过教训。到了门口，我迅速掏出钥匙，本来想给她拦在外面，但没掰扯过，还是让她窜进来了。进屋之后，她也不脱鞋，假扮巡视员，背着手挨个屋视察，厕所也开灯看一遍。平白无故冲了一下马桶，水声阵阵，然后跟我说，没住一起啊你们？我没理她。她又说，关系还是不到位。我说，不是不帮你忙，实在无能为力，生意不好，要钱真没有。吴小艺说，你妈手里，是不是多少应该存了点儿？我说，你想啥呢，咋好意思的啊！吴小艺坐在沙发上，嘟着脸，一脸刚受完欺负的熊样，我懒得看，躺回卧室，脸朝着窗外，一只灰鸟飞到窗台上，蹦了几下后停下来，与我对视。过了一会儿，忽然听见一声尖细的悲鸣，立体声环绕。开始我还以为是防空警报，怕发生什么战争，内心有点慌，出来一看，原来是吴小艺在哭泣，声音从鼻腔里出来，还带着节奏，但就是不见眼泪，纯属干号，五官错位，满脑袋虚汗。我看着闹心，跟她说，打个借条，我给你拿。吴小艺立刻止住哭声，眨了眨眼睛，说道，还得是你，对我够意思。我说，卡号发我，这几天有空给你转，赶紧滚蛋。

  送走吴小艺后，我盯着看那张借条。从桌上的新笔记本里撕下来的一页纸，字写得横平竖直：本人吴小艺，女，一九八三年生，沈阳市铁西区人，籍贯辽宁鞍山，现从事销售工作，因婚姻惨遭不幸，前夫纠缠不休，特借款十万元整，处理未尽事宜。将来必定努力工作，争取早日归还，口说无凭，立此为据。底下是签名，还龙飞凤舞一下，像个领导似的。我将这张借条的边缘裁齐，认真折成一架纸飞机，打开窗户，使劲向外掷去。

  夜里我做了一个梦，吴小艺过来找我，穿着工作服，胸前画着一只口歪眼斜的熊猫，面目狰狞，满脸是血和泥，黑红交错，好像刚摔过几跤，双臂抡着门板，虎虎生风，非要跟我拼命。我尽量保持镇定，跟她说，冤有头债有主，你来找我干啥。吴小艺说，不是你我能离婚？我说，跟我有啥关系，不该你不欠你的。吴小艺说，不跟你分手，我能遇到我前夫？我说，能不能讲点理，谁介绍的找谁去。吴小艺说，你妈介绍的，她有个相好，姓杨，我前夫就是他儿子。我说，我妈把我对象介绍给她相好的儿子？吴小艺说，对。我说，你冷静一下，咱俩一起找她去，我问问到底咋回事，母子关系处到尽头了。吴小艺放下门板，坐在地上，两腿一伸，开始哭闹，这时，我才发现，我俩在一座桥上，底下是深河，绿水涌动。天空下起雨来，我有点魂不守舍，因为忽然想起，在同一时刻，苏丽正在等我，我们之前有过约定，目前这个情况，我又脱不开身，心里很急。无计可施之时，水面上跃出一条金色怪鱼，体形极大，如四五个成年人叠加，长相奇特，头部是圆形，像小孩儿玩的布老虎，身躯和尾巴逐渐收缩，眼睛占据半张脸，龇着牙大笑，有点不怀好意。这条鱼跃起之后，在半空中翻腾数次，最后跳落在岸上，掀起几块砖瓦，尘雾弥漫，有人过去将其扑倒，死死压住，使其动弹不得。我看着非常惊讶，上前询问，那人说，这是龙舟开始的信号，大鱼既出，再无水鬼兴风作浪。话音刚落，河上有数条龙舟经过，头尾相接，秩序井然，与平日所见略有不同，所有划桨者均十分懈怠，没有口令，动作疲惫，没精打采。吴小艺也不哭了，起身探出桥栏，目光呆滞，观赏龙舟。我趁其不备，转身溜走，一路小跑，来到与苏丽相约的地点，但她却不在。我有些失魂落魄，掏出手机想要联系，说明一下情况，却收到她发来的一段视频，不知拍摄者是谁，时间应该是下午，苏丽顶着刚染过的头发，穿着一条松松垮垮的金色旗袍，对着镜头笑，斜阳散射，衣服上的亮片看起来近似鱼鳞，不断反光。她赤脚站在岸边的草丛里，又扎了一遍头发，比了个手势，然后舒展身体，向前冲刺几步，跃入水中，消失不见，只荡开一圈波浪。一只灰鸟从远处飞来，速度极快，像弦上射出的箭矢，驶过湖水，最终栖于岸边。

  醒来之后，我又将这个梦回味了一遍，心头发紧。饭也没吃，开车去银行取了个定期，把钱给吴小艺汇过去，又发信息告诉她，钱已转过去了，记得早点还，有用。我坐在大厅里等了半天，也没回复。出来之后，发现车又被贴了条。没办法，点子就是这么背。这十万块钱也不是我的，我妈前阵子刚给的存折，说留着以后结婚当彩礼用。我说，我跟苏丽还没到那步呢。我妈说，或早或晚，你俩有点缘分。我说，那是幻觉，我跟小沈阳还有缘分呢，走哪都能看见广告牌子，打开电视都是他演的小品。我妈说，苏丽比吴小艺合适，你俩能过长远，我看人很准。我说，苏丽有个妈，残疾，坐轮椅，家庭负担不小。我妈说，我都不在意这个，你还在意。我说，说得轻巧，反正以后也不是你伺候。

其实苏丽没妈，我也就这么一说，她父母很早离异，她一直跟着爸过。有次喝多了酒，我俩去开房，鼓捣大半宿，完事之后，酒都醒了，也睡不着，就躺在床上说话。我问她，这些年来，见过你妈没？苏丽说，见过，但没敢认。我说，在哪？她说，超市里，她坐着轮椅，可能是骨折了，后面有人推，一个男孩，跟我弟差不多大。我说，没打招呼呢？苏丽说，她戴着口罩。我说，挺讲卫生。她说，挑挑拣拣，最后买了一瓶醋，搁在手里捂了半天，才去结的账。我说，还是应该走动走动，血浓于水。她说，后来又碰见过两次，我就想，别是奔着我来的，就一直躲在库房里。我说，不至于，娘俩儿有啥仇。苏丽说，没仇，也没感情。我说，你这人心硬。她说，对，我爸也这么说，你可想好。我说，没啥好想的。苏丽说，再想一想。我说，不用，我认准了，就不怕这个，前几天梦见你一回，伸胳膊蹬腿儿，非往湖水里跳，扎进去就没影儿，我也不会游泳，扯着嗓门去喊，但怎么都发不出声音，急得干瞪眼，醒过来时，心脏怦怦乱跳，半天缓不过来。苏丽挪了挪脑袋，顶在我的胳膊上，说，别想太多，我能下去，就还能上来。

给吴小艺汇完款的第三天，我头一次见到苏丽她爸，在超市门口，披着一件棕黄色外套，与季节不太相符，个子不矮，驼背厉害，脸上很多皱纹，像用小刀刻过，嘴角往下耷。那天我等苏丽换衣服下班，准备一起去看场电影，票都买了。她爸站在门口抽烟，迎面看见我们，也没反应，只将烟头踩灭，双手插进裤兜里。苏丽拉了一下我的袖口，低声说，我爸。我有点措手不及，事先她没提，便问了声好，语气生硬。他点点头，又打量一下我，将苏丽拉去一旁说话，我不好打扰，独自走去停车场，发动好车子，拧开空调，过了一会儿，苏丽小跑过来，没拉车门，敲了敲窗户。我摇下玻璃，苏丽跟我说，今天不去了先，她弟出了点事儿，正在医院里，上班也没看手机，刚知道，得过去看看。我说，我陪你去，不然我也不放心。苏丽犹豫了一下，还是坐到车上，我绕到路边，看见她爸正在打车，冲着大街上招手，漫无目的，我停下来，将他一并接上，向着医院驶去。路上，车内温度有点低，苏丽打了好几个喷嚏，我想问问情况，但不知道要怎么开口，又觉得她也许不想回应，就先算了。后来开了窗户，风声很大，每过一个路口时，她爸都会跟我说一句，谢谢。语气相当局促。我听得隐隐约约，不太确定，刚开始还点头回应，后来苏丽开始啜泣，我也就没什么心情。虽然不是亲弟弟，跟她姨后来生的，但相处多年，总归有感情。她给我讲过几次，她弟从小体质弱，发烧感冒，总去医院报到，全家跟着操心。我给他们放在医院门口，又绕过天桥，找了半天停车位，才进到住院处，不好打电话问，只发了条信息，就在走廊里闲逛，差点撞了个老头儿。大半夜，他自己颤巍巍地走出来，以为我是护工，先跟我要烟，我没敢给，又非要我搀着他去上厕所，这不好拒绝，于是搀着他进去不说，还帮他解下裤子，仔细扶好，他尿完后又甩一甩，上下左右，我心里倒也没多嫌弃。老实说，我伺候我爸都没这耐心，不怎么上手，但那天就想做点好事儿。方便过后，我又给他送回病房里，撅到床上，挺大的三人间，就住着他一位。我问他，啥病啊？他说，没病。我说，老干部？过来疗养？他说，王八犊子，给我拿支烟。我说，你好好说话，我都给你把尿了，能不能有点涵养！他没吭声。我想了一会儿，没跟他一般见识，往床上甩了根烟，他拾起来，先用鼻子闻了两遍，又含在嘴上，空吸几口，我转过来，凑到近前，给他上了火。他眯着眼睛，抽了半支，咳嗽数声，又跟我说道，快没了。我说，这儿还大半盒，够用。他说，不是烟，我说我快没了。我说，别想太多，我看你挺好，还能骂人呢。他说，我心里明白，就这几天的事儿。我说，家人没来？他说，撵走了，图个清静。我说，想开点儿，都得经历。他说，一辈子攒点儿钱，都看病了，最后给自己看没了，我图啥呢！

我没再回应，低头看一眼手机，还是没有消息。他叹了口气，也不再说话，闭着眼睛，又过了一会儿，开始哼唧，偶尔干呕。问他哪里疼，他摆摆手，问他需不需要找大夫，他也摆手。非亲非故，再多问不合适。我躺在旁边的床位上，闭目养神，那天半夜，温度骤降，屋里越来越冷，我忍不住拉起被子，盖在身上，一不小心就睡着了。直到凌晨，我感到有人往我身上拱，半睁开眼，发现是苏丽，正背对着我，脱了外衣，只剩白色胸罩，头发披散下来，身体缩得更紧，我顺势移开一点，从后面轻轻抱住，搂着她的身体，肋骨如柴，且有点往外翻，我像在抚摸一只营养不良的小狗。苏丽说了句什么，我没听清，就又睡着了。再醒来时，已是早上八点多，医生过来查房，房间里只有我们两人，衣衫不整，那个老头儿不知去向。一位医生用铁夹子敲着床栏，后面跟着一排实习生，高声问我们，左卫武呢？我说，谁？医生说，三床的左卫武，不是你家人吗？我说，不是。医生说，那你是谁，在这干啥？我说，我来陪护别的病人。医生说，谁？哪个科的？我一下子答不上来。医生说，你们这号的我见多了，都不爱多说，跟动物没区别，两眼一睁，干到熄灯，两眼一闭，梦里继续，警告你们，以后别来了，挺大个岁数，也要点脸，干啥得分个场合。我说，不是，你误会了。医生没听我们解释，扭过头去，对着学生们说，过半个小时再来看看，左卫武要是还没在，联系家属。

一宿没睡好，我看苏丽也是灰头土脸，毫无精神，就让她跟我一起回家。我妈炒了俩菜，没吃几口，苏丽噎了一下，开始流泪，无声无息，完全止不住。我安排她在我的床上休息。睡了一个小时，醒来又洗了把脸，情绪缓过来一些。我问她，昨天到底咋回事？她说，弟弟没了，也不是昨天，前天的事儿，游泳池里过电死的，没在病房，太平间里看一眼，开始没敢告诉我。我说，游泳池里咋还能过电？她说，壁灯漏的，总闸没关，目前是这说法，具体还在调查。我说，多少能赔点钱，估计要打官司。苏丽说，人没了，要啥都没用。我说，在哪出的事儿，劳动公园的夜莺湖？苏丽说，是，你咋知道？我说，有过类似事故，许多年前，那次我正好路过，本来也想去游泳，但我爸没让，算是躲过一劫。苏丽说，听说这个事情，我就不信，做梦似的，看见我弟躺那儿，胖了一大圈，总觉得不是他，现在也这感觉。我说，接受现实，节哀顺变。苏丽说，接受不了。我说，人死不能复生，体面送好，风风光光，自己的日子还得过，谁都一样。

出殡那天，我闹表定的四点，头天晚上有点失眠，想了些别的事情，就没能按时起床。闹表也许响过，但让我又给关了，再睁眼时，五点十三分，天放了大亮。我连忙穿衣下楼，闯了一路红灯，来到苏丽家楼下，当时所有流程已走完一遍，她家亲戚不多，就等着我来。我内心很愧疚，这么个事情还迟到，实在说不过去。我的车跟在灵车后面，从大润发往德胜殡仪馆开，这天早上特别堵，本来四十分钟的路程，硬是开了一个半小时，头一炉是烧不成了。苏丽坐在副驾驶座上，也不讲话，直勾勾地愣在那里，双目无神。我想放点歌曲，但切了几首，氛围都不太对，好不容易到了地方，往门里拐时，又跟一辆别克商务车发生剐碰，右前脸蹭了几道划痕，露出底漆，本来不是什么大问题，按理来说，责任一人一半，各修各车就好，在这种地方，谁也不是故意的。但对方不依不饶，大呼小叫，气势汹汹，我都回到车上了，又给我生拽下来，让当场赔付，我也不好发作。苏丽她爸先进入园内处理事情，我忍住脾气，给保险公司打电话，刚刚接通，便看见苏丽疾步走出，倒持一柄十字改锥，来到近前，谁也不看，反手握稳，干脆利索，将改锥斜着刺入别克商务引擎盖里。还没等我报完保险，对方便已一脚油门开走，连号码也没留。改锥还悬在车上，像一只刚长出来的小犄角，跃跃欲试，准备出门闯荡一番。我有点没反应过来，咬了几下嘴唇，苏丽扭头直奔隔间，去挑选骨灰盒。

  我没跟进去，就在外面等，里面气场太阴，我待不住，每次都起一层鸡皮疙瘩，很长时间回不过劲儿。殡仪馆的绿化搞得不错，四处葱郁，树枝明亮粗壮，早上刚下过一点小雨，地面湿润，味道很好闻。高炉已经废弃不用，但还没拆，铁质爬梯缠绕在外，像是一只庞大的多足纲昆虫，身子微微立起。我忽然想到，很多人的一生，最后都在这里度过，躯体化作灰尘与烟，跟汽车排出的尾气、植物吐出的氧气、所有的雾和霜，彼此交融，肆意流淌，沉积在旷野上。世上没有死者，但它却是由死者一点一点构成的。我又想起那个梦，也许是在说，既然人生的龙舟之赛中，金色大鱼已经现身，且被人按捺于岸，那么，所有的傀儡自然消散了。

  雨又下起来，我躲进展示栏的低檐下，读着玻璃窗里的文字，有历史概况，也有政策方针、服务口号，以及部分工作人员的个人介绍。图片泛白，字迹模糊。我在上面看到一张照片，有些眼熟，底下名字写的是左卫武，想了半天，才记起是在医院遇见的那个老头儿。他在照片里还很年轻，系着绶带，头部后仰，笑容质朴，颇有几分自信。实际上，现在的他也许并不老，应该没到退休年纪，但人一生病，很快就会垮下来，或者变得跟以前完全不同。这种情况我见过很多次，我爸当年就是这样，最后瘦得脱了相。刚认识吴小艺的时候，她也瘦，八十来斤，头发烫成大波浪，好几处文身，爱去夜场跳舞，一蹦半宿，水都不喝，活力四射，眼睛往外喷火光。后来生过一场大病，大概是基因问题，北京上海都去过，属于疑难杂症，没办法治，只能吃激素，价格不低，也不敢停，停药就犯病，还自杀过，被我拦了下来：骑在窗台上，晃着小腿唱歌，好容易劝住，又去厨房拿刀逼我，让我别管，我咋能不管，扑过去硬抢，被她划了好几下，胳膊上都是血道儿。我也难过，一点办法也没有。那阵子我们过得都很难，我刚上班，在4S店干后勤，一个月就两千来块钱，根本不够花，租了个旧房子住，冬天交不起采暖费，室内没办法待，脸盆里的水很快就上冻。吴小艺实在太冷了，每天我上班后，她就去附近的超市里待着，至少能有个空调，晚上我再去接她。整个冬天就是这样过来的。有一次，我加班到很晚，超市关了门，吴小艺也没回家，就一直在外面坐着，缩进棉门帘里，那时她已经开始发胖，鼻尖冻得通红，呼吸急促，眼睛也睁不开，迷迷糊糊，哑着嗓子跟我说，刚做了个梦，以为我不要她了呢，她也没地方可去，只能在这里等一等，也不知道我会不会来。我说，别乱想，梦都是反的。吴小艺抽了抽鼻子，站起身来，拉过我的手，放进她的袖管里取暖，笑着跟我说，哥，我俩快结束了，你知道的吧，我挺感激你的。我说，我不知道。吴小艺说，我知道，你会过得不错，我也许没那么好，但也还行。我说，纯扯淡。吴小艺说，我早就知道。我说，你还知道点啥？吴小艺叹了口气，说，我将来可能会变成一只熊猫啊。

想到这里，我在雨中给吴小艺拨了个电话，响了数声，无人接听。我情绪有些低落，一时间不知道该做点什么，便去服务部买了个花圈，五百块钱，写好一副挽联，挂在两侧。我举着花圈出来时，苏丽正坐在池塘边上，四处张望，我挥一挥手，然后走过去，她没打伞，雨水淌在脸上，看上去像是在哭，但我不太确定。我挨着她坐下，说，买了个花圈，送你弟走，都是鲜花现扎的。苏丽看也没看，说，退了吧。我说，没多少钱，我的一份心意。苏丽低着头说，我弟没了。我说，我知道，别太难受，他往好地方去了。她说，不是这意思。我说，那是啥？她说，刚准备遗体告别，工作人员一直没找到他，现在还在找。我说，什么情况？她说，不知道，就是没了，原来记录的抽屉，刚一拉开，什么都没有，空的，旁边几个也都找了，都不是。我说，是不是还在医院里，做一些检验。苏丽说，打电话问过了，说也没有，那天半夜在医院的太平间，我看完一眼，就拉到这边来了。我说，这不合理。苏丽没有说话。我说，不行，得找他们领导去，怎么也要有个说法。苏丽还是没说话。我说，这样，我现在回医院，看看什么情况，实在不行喊几个人过来，今天必须弄明白。苏丽说，我知道，我都知道，我爸去医院了，你能不能先别说话，让我休息一会儿，我头疼。

我与苏丽并排而坐，心中充满疑惑，同时感到一阵眩晕，仿佛大地正在下沉，无休无止，我们跳入其中，要在茫茫无际之中，去寻找一个不存在的人，没有任何启示，更不会有答案。殡仪馆有钟声响起，也有鞭炮声、鸣笛声，迎来送往，一切按部就班，没人在意一具消失的遗体。

雨越下越大，落在身后的池塘里，响起一片沙沙的声音。这期间，我进去问过两次，没有任何消息。到了中午，殡仪馆的很多工作人员都已结束工作，换掉制服，相互道别。我的全身早就湿透，直打寒战，或许还有点发烧，偶尔能感受到心脏泵血，舒张与收缩，像伸开又握紧的拳头，蓄势待发，却不知要朝向何物。风将池塘里的水吹开，带来一片彻骨的阴凉，在我们身边积聚。苏丽捂住脸庞，茫然无措，仿佛沉入一场梦里，任人摆布，无法醒来。我始终在调整呼吸，使其均匀，并向着她身体起伏的节奏靠拢。我们的周围到底是什么，我们所能掌控的又是什么呢？一个人在水中死去，最终会去向哪里？我想，如果我们能拥有一致的气息，也许一切就会清晰起来。

苏丽浑身无力，我替她接了电话，另一端是她爸，声音低沉无力，先问了苏丽这边的情况，然后跟我说，经人分析，目前有三种可能：第一，当天夜里，尸体并未送到殡仪馆，而是在医院或者路上被劫走，也许与公园那边有关；第二，殡仪馆方面，存在工作失职的概率，申请领取遗体时疏忽，以前也有过这种情况，还上了报纸，殡仪馆的回应是，烧错了，下不为例，目前正调查相关记录；第三，请了一位高人指路，他说，苏丽她弟没死，但也没不死，溺毙之人往往如此，睁不开眼，看着是往前游，其实没方向，在水里迷了路，久而久之，没有船来渡，变成水鬼，回头不是岸，只有汪洋一片。挂掉电话之后，苏丽什么也没问，我也没讲，只是想象着，在刚过去的那个夜晚，他会猛然苏醒，站起身来，像电影里演的那样，吐出全部的水，深呼吸数次，直至平静下来，也许还会走出铁柜，在树的搀扶之下，来到池塘边，坐在我们对面，面容安静，轻轻地喊我们的名字，却听不到他自己的声音。雨停之时，我的手机震动了一下，我解开屏幕，是吴小艺发来的一张照片，她插着饲管，穿着病号服躺在床上，面色苍白，头发散乱，比着胜利的手势，像是刚做完一场手术，没有任何文字。

  劳动公园浸在暮色之中，我从侧门驶入，按了喇叭，栏杆自动升起，无人问询。泳池就在眼前，但此刻已被铁栅紧密围住，不得入内。池里的旧水尚未抽去，落叶、废伞与无数垃圾漂浮其上，塑料椅子东倒西歪，只停业几日，便呈现一片荒芜迹象。苏丽从后座上爬起来，头伸出窗外，望向这潭死水，开始呕吐不止。我绕着泳池开了一周，最终在售票处停了下来，其门窗被木板封死，没人看守，我踹开一道口子，进入其中，苏丽也下了车，步伐摇晃，紧跟在身后。泳池分为深浅两个区域，从中间通道行去，是两排低矮的平房，左边为洗浴间，右边为控制室，有只灰鸟落在池边，朝着天空啼鸣，声音清脆，清晰如哨。我对苏丽说，许多年前，我的一位朋友消失在这里。那天他约我一起游泳，但我在院里踢球，兜里没钱，就跟他说，你先游，在那边等着我，我爸下班回来，我管他要钱，然后过去找你。他跟我说，那你快点儿，我今天要早回家，感冒没好利索，得按时吃药。结果他自己来到这里，游了很长时间，我也没去。泳池关门时，他躲在水里，彩灯一闭，无所凭依，溺水身亡。没什么人知道这件事情，但我一直忘不了，这些年来，总能梦见他。他对我说，自己变成了水鬼，困在池中，永远上不了岸，除非有另一个人来接替。苏丽一脸困惑，并没听懂我的话。我也不再解释，只是对她说，我想去看看他们。之后转身进入控制室，拉开电闸，霓虹灯被点亮，红绿相间，时明时灭，拼成一条条泳道，我褪掉外衣，上身赤裸，扶着栏杆，一步一步，慢慢走入深水区。池水散发着温度，黏稠如油脂，死死裹住我的身体，我不会水，任由下降，双手向前扑去，奋力游向那些光线，却越沉越深，许多大鱼围聚在池底，窃窃私语，如同密谋。我觉得自己缓缓睡去，无数的梦纷至沓来，载着我向黑暗滑行过去。接着是落水的声音，灰鸟尖叫着割破水面，分开一道裂隙，暗流涌起，大鱼四散，我低头看见数道流动的影子，由远及近，我想那是我的朋友，苏丽，或者她的弟弟，我分不清楚，但他们正穿过光的深处，朝我游来。

我们倒在岸边的长椅上，筋疲力尽，苏丽埋在我身上，只是哭，一句话也不讲。在这样一个不恰当的时刻，我忽然很想跟她结婚，极其渴望。在此之前，我从未考虑过会跟她在一起生活，没有一秒这样想过，但现在，这个念头在我脑海里奔涌不息，无法遏止。我的视线有些模糊，仿佛看见了一点点未来，并非多么美好，而是它的糟糕程度，我恰好可以完全忍耐。灯光射在她金色的头发上，炫人眼目。我有些激动，但不知从何说起。一条或者几条大鱼，在身后的池里持续跃起，争论不休，溅起无数水花，像一个调皮的孩子，藏在荷叶深处，一直朝着我们扬水。我不再回望，只将苏丽交织在一起的双手握住。我能感觉到，我的血液流向她的身体，畅通无阻，我们正融为一体。

晚风吹来更多的倦意，我擦去水滴，舒了口气，决定重讲一遍。一九九四年，有天傍晚，我爸浑身酒气，骑着自行车回来，我正在院儿里踢球。他将车停在一边，上前几步，把给球断下来，卷起一层灰尘，问我说，作业写完没？我说，今天没作业。他说，吃饭没？我说，吃了，我奶炖的豆角。我爸扭过我的脑袋，指了一下自行车后座，跟我说，走吧。我很听话，拍拍裤子，转身上车。他一路骑得歪歪斜斜，总在咂嘴，原因不明。经过劳动公园，门口挂着一排彩灯，沥青路面上铺着一层细沙，游泳池正在营业，有小孩儿肩扛救生圈，光着脚走出来，步伐轻巧，像是行于水面。我说，爸，我想去游泳。我爸说，有水鬼，三上三下，连提带拽，能给你淹死。我说，他们都去了啊。我爸说，那你也别去。我说，咱们去哪？我爸没说话。到文化宫时，天已经黑下来，门口斜立着一座船锚石雕，环着生锈的锁链，从远处看去，整座楼像是一艘停泊在此的航船，搁浅数年，长眠不醒。路边是刚栽的矮树，未经修剪，我爸带着我从中间穿过，我的脸总被刚结成的蛛网粘住，怎么也抓不掉。礼堂分为两层，前厅空荡荡的，人影都没有，但进入室内，便是黑压压的一片，后排与过道挤满观众，密不透风，我们在入口处，什么也看不到。只听见琴声从头顶上传来，将静默的空气锯开，反反复复，时有时无。待了几分钟，我爸便拉着我离开，说要去楼上看。一般情况，二层不让进，演员休息区，我爸以前常在文化宫跳舞，一直是逃票，所以知道个办法。我们来到礼堂后面，爬上廊柱，从二楼的窗户钻进去，其中半扇没有玻璃，反手伸进去，就能把插销拔出来。我个子矮，骑在我爸的脖子上，撑上廊台，将窗打开，我爸找了几块砖头垫脚，翻身进入。走廊空旷，只能听到一些隐约的歌声。我们绕至侧方，俯身观看，舞台上空亮着几个高瓦数灯泡，紧挨着我，晃得我头昏。我刚听了一会儿，便失去耐心，就问我爸，啥时候回去。我爸说，快了，快了。我望向舞台，乐队在底下演奏，一个女的站在新搭起来的楼阁上唱歌，与我高度接近，左手持麦克风，右手撑着木栏，穿一身金色长裙，袖口开阔摆动，如夜莺扑扇着翅膀。她唱的声音很小，即便我在二楼，也不能完全听清。一曲终了，没有任何掌声，她俯视左右，面无表情，又抬起头，有那么一个瞬间，我觉得她正望向我，我有点犹豫，不知是否应该藏在椅后。还没等我做出决定，她像是被什么提着，飞出栏杆，踏入半空，我伸出手去，想要隔空抓住，但距离太远，无济于事。她轻飘飘地落在地上，悄无声息。如一张糖纸，缓缓展开。忽然间，我感受到一股莫名的力量，凭空而来，集成一束，拉紧我的手臂，极力要将我拖出，下面仿佛不是人群，而是深池，我不由自主向前跌去，眼看要坠入。此时，台下响起热烈的掌声，仿佛浪潮一般，长久不息，将一切重新托起，我借势退后半步。一股带着腥味的热气，由下至上，逐渐抬升，很快又消散。我满头大汗，蜷起身体，不知所措，靠在我爸身上。虽隔着衣物，却依然能听到他紧绷的心跳，强健而有力，像是来自古代的击鼓之音，唤醒所有湖底的长眠者。

　　讲完之后，地上的水渍不断扩张，仿佛有人从池中上岸，周身湿漉漉的，立于面前。我低下头去，轻轻亲吻苏丽。她在我怀里，闭着眼睛，始终沉默，分不清是睡是醒。而在身后，或者更远处，大幕正在收拢，光暗下来，灰鸟飞去，万物宁静，只有那动人的鼓声，一次又一次，垂直降落，荡开枯叶与池水，向我们环抱而来。

原载《收获》2020年第1期

余一鸣

都市夜骑手

一

今天是六月九日。一大早,张顺利洗漱上床前,就絮絮叨叨,说了一遍又一遍。王胜利说,今天是你的什么好日子?生日,初恋纪念日,还是破处日?张顺利不理睬他,王胜利说,再好的日子也不属于你我,有太阳的日子才叫日子,我们这种人属耗子,只属于夜晚,洗洗睡吧。张顺利好像聋了,走进自己的小房间,关上门,对自己又说了一遍,今天是六月九日。下午四点四十刚过,闹钟铃声和手机铃声几乎同时响起,张顺利其实根本睡不着,他一跃而起,伸手去掐闹钟,闹钟却掉到地上,一边滚一边闹,他弯腰左手捉住,掐掉。右手的手机接通,小月说,哥,考完了,都考完了。张顺利说,考完了,好,考得如何,还好吧?小月说,不知道好不好,我觉得,还行。张顺利松了一口气,小月是个谨慎的人,有这句话,说明发挥正常。小月在县中模考排名,从没出过年级前十,每次考完问她,都只说两个字,还行。小月说,哥,我们班同学今晚聚会,吃饭,吃完后去唱卡拉OK,我能参加吗?AA制,每人一百元。张顺利说,参加,当然参加,记得回宿舍时与同学结伴,别落单。小月挂了手机,张顺利忍不住在床上跳了一下,那竹皮床板嘎吱叫了几声,要坍塌的样子,张顺利跳到地上，水泥地面凉飕飕的，踏实而坚硬，张顺利却不跳了，泪水洇湿了眼眶，张顺利仰天对纸糊的天花板说，爸，妈，小月肯定能考上。

张顺利的工作是跑腿，不是那种跟在老板后面的跟班，在老家这种人被称为"狗腿子"，张顺利是所有客户的"狗腿子"，听说过"饿不饿""美极团"这样的跑腿公司吗？张顺利的公司叫"有我跑腿"，全城范围，您一个电话，要什么有什么，不超过一个小时送到您门口。跑腿分两种活，一种是"帮我送"，另一种是"帮我买"，这是当初，现在业务范围扩大，可以帮您干活，比如替某个客户把放在门外的垃圾袋扔进垃圾箱，你别小看这活，光垃圾分类就得费一番心思，好在每位员工都受过培训。可以帮您接送老人，甚至可以陪您聊天，按小时收费。工作时间分三班，白天是白班，夜班分小夜班和大夜班，小夜班干到凌晨两点，大夜班则干到第二天早上六点。张顺利基本都是选大夜班。王胜利是这个区域的片区经理，王胜利说，你这年纪，正是睡不够的时候，别要钱不要命。张顺利说，没事，我缺钱。张顺利说的实话，大夜班有六十元补贴，王胜利点头同意了。

跑腿们不喜欢别人叫自己"跑腿"，他们称呼自己"骑手"。

张顺利敲王胜利的门，敲得梆梆响，他俩租的是巷子里的简易房，是房东在院子里搭的违建房，每个城市金碧辉煌的大楼背后，都藏着这种简易房，王头说，即使在香港摩天大楼后，也藏着这样的死角。当初房东租给王头一间，张顺利加盟他的队伍后，王头替张顺利又租下了房东放杂物的隔壁那间，反正只要能放得下一张床就行。王头打开门，哈欠连天，说，今天是六月九日，我知道。张顺利说，今天我请你吃晚饭，还管你的夜宵。王头擦擦眼睛，说，今天是什么日子？噢，六月九日，太阳从西边出来的日子？他说完，麻利地穿衣穿鞋，怕张顺利突然改变主意，张顺利是个小气鬼，可不能让快到嘴的晚餐飞走。

张顺利其实话刚说出口就后悔了，吃晚饭不是大问题，今天他和王头是大夜班，公司规定上班之前不准喝酒，现在酒驾查得严，骑电动车酒驾与开汽车酒驾同等处罚。可是夜宵那一场，是下班后的狂欢，这大热的天，王头一人能灌一箱啤酒，要是喊上三五个同事，花费不是小数目。不过，男子汉大丈夫，说出的话泼出去的水，张顺利不做那种没脸没皮耍赖的事。

二

那是一个深秋的夜晚，应该是月初，张顺利给妹妹转账了一个月的生活费后，剩下的钱只够第二天的早饭钱。对进城的农民工来说，只要有力气，就会有明天的饭钱，这不算个事。要命的是，张顺利所在的工地老板跑路了，商品房大楼盖了大半年，先是停工了，接着工头通知说，大伙走路吧，甲方办公室都让人砸了，员工散伙了，有消息再联系你们。走路的永远追不上跑路的，农民工最怕遇上这种主儿，工地上平时只发生活费，年底才会结清工资，甲方这趟跑路，农民工大半年的工钱泡汤。工头是乡里乡亲，他只能耐心挨大伙的埋怨，逼急了也没辙，有人会爬塔吊，欠钱毕竟不是欠命，一般人讲几句狠话也就认命。过了些日子，工地让人封了，工棚也不让住，张顺利只能收拾行李，在大街上一边流浪一边找活干。张顺利白天在农贸市场帮人卸货，卸各种冻肉各种蔬菜大包，糊口不成问题，晚上随便找个角落，摊开棉被就是床。

张顺利开始是找公园的长椅睡，半夜常被人叫醒，睡不踏实，后来就在草坪的大树树脚下睡，没人赶他，有一回却被一泡尿浇醒，公园到了夜晚就是恋人的世界，除了狗，也有人喜欢在树脚下尿尿，张顺利一声怒吼，把那家伙的尿吓了回去，落荒而逃，可那股尿臊味追了他的棉被好多天。张顺利学乖了，还是在街边上找个过道或者在屋檐下睡觉安稳。光线太亮，睡不着；光线太暗，防不住遭遇撒尿的路人。那次他在一茶馆的门头下住下，已经过了夜里十二点。这种店家的门口最适合他过夜，上午一般不开门，没人一早凶神恶煞地把他从梦中惊醒。睡意蒙眬中，他却被吵闹声弄醒，本来懒得起身，有什么闲事也轮不上他去管。偏偏他此刻有尿意，就拎着裤子往吵闹处凑。那地方是个临时停车场，停的都是高档车，越野车居多。越野车停的地方，不妨想象成野外，车身高大，躲在车后面没人能看到，闭上眼睛，打开尿闸，你就恣意地想象在越过山川，跨越旷野。把急事办了，张顺利没了睡意，有了看热闹的兴趣。吵闹处是在停车场的出口处，俩人拦着，不让另一个人走。张顺利以为是交停车费起了纠纷。这个临时停车场，其实是左侧夜总会的专用停车场，也没见有收费处的红白横杆拦着，再说，从这里进出的人，传说小费出手就是上百上千，不会为了停车费那几个小钱计较。夜总会的门头金碧辉煌，赤橙黄绿的霓虹灯不停地变换着色彩，门口两个保安高大威武，像两根柱子一般分立两侧，目不斜视。这里的保安想来也是见过大世面的人，静夜里的吵架声比高音喇叭还响亮，他俩充耳不闻，大概是认为门外天大的事也与自己职责无关。张顺利走近一看，除了推搡的三个男人，地上还躺着一个女人。这女人侧躺在地上，金黄的头发遮盖了半个脸，嘴角边有呕吐物，头发发梢上也粘着呕吐物，大冷的天，她穿着羊毛衫和皮短裤，白生生的腿搁在石子上。羊毛衫下摆卷起，露出了胸衣，而皮裙已遮盖不住粉红的内裤，张顺利看一眼就不敢看第二眼，这女子显然是夜店里喝多了，出来呕吐就醉倒了。看那三个男人，穿着打扮也有些特别。站在车头的那个男人，戴着长舌帽，帽檐伸出来遮住了整个额头，捂着一个大口罩，天冷了，这都说得过去，问题是大半夜的他还戴着一副墨镜，他穿着裹得很严实的鸭绒棉衣，脖子上有围巾，看上去也不像刚从夜店出来的顾客。另外那一方，一高一矮，高的胖，矮的瘦，他俩看上去更不像夜店的顾客，戴一样的帽子，橙黄色，穿一样的工作服，橙黄色，应该是同一家公司的同事。倒是个子矮的那位嚷得凶，说，你凭什么要将她带走？凭什么？

墨镜说，我是她哥，她是我妹，我妹喝多了，我带她回家。

矮子说，你凭什么证明她是你妹妹？

墨镜说，我凭什么要证明给你看，你是警察吗？你算老几？

矮子跳了几跳说，老子不是警察怎么了，老子是马路警察，管得宽。

墨镜掏出包烟，递过去，说，哥们，行个方便，行不？

一高一矮将烟点着，高个子说，不行。

张顺利说，这事要证明也不难，你说她是你妹，那你告诉我，她右手手背上有什么？

女子的右手在背后，张顺利蹲在那侧，看得清楚。墨镜说，她手背上能有什么，有颗痣呗。

张顺利翻开女子的右手，用手机屏照亮，手背上白白净净，什么也没有。

不等墨镜辩解，高个子一拳打在他脸上，把墨镜打飞了，墨镜后面是一双惊慌无措的鼠眼。他顾不上捡墨镜，蹿进小车的驾驶座，锁门，发动，一溜烟跑了。

高个子东张西望了一下，走到一边弯腰捡起了那副墨镜，他朝镜片吹了几口气，用衣角抹了一下，自己戴上，说，好东西，不捡白不捡。

张顺利觉得这高个子戴了墨镜，比挨揍的那小子更像一个坏人。张顺利转身要走，高个子说，站住。张顺利说，我只是过来撒尿的。高个子说，我们也是过来撒泡尿的，我就喜欢朝这些豪车撒尿。张顺利说，没我什么事。高个子说，这事没完呢，搭把手，把这女酒鬼抬到霓虹灯那边，那边有探头，有保安，没人敢去那里捡她。三人手忙脚乱地抬起那女子，那女子没有知觉，张顺利想摸摸她鼻孔看她还活着不，那女子突然一侧身，吐了他一身污秽。夜总会大门边上有一垃圾桶，桶边上倒着几个醉鬼，有男有女，他们将女子在那里丢下，张顺利急着找地方擦干净衣服，高个子喝住他，别走，一块儿喝酒去。

他们喝酒的地儿在街对面的巷子里，张顺利当然没指望他们带他进夜总会喝酒，以为就是找个街边广场的大排档，然而不是，巷子里有一家小店，门头是个数字号，看上去不像饭店，却亮着灯，有俩人在酒桌前等着他们，服装打扮跟那一高一矮一个样。

高个子就是王胜利，小个子叫三核子，估计不是他的大号。他们都是"有我跑腿"的骑手，门口几辆带后备厢的电动车，就是他们的座驾。王胜利是他们的区域经理，他们称他为王头，王胜利手下有十几个人。他们的接单区域是三公里范围之内，但是说不定其中某单是让你从城南送到城北，公司承诺客户是一个小时之内送达目的地。接长途单，配送费自然也高，一旦接到长途单，骑手都恨不得将电动车开成火箭，心情好，车速就快，古人说春风得意马蹄疾。

张顺利觉得这是个机会，说，王经理，我跟您干可不可以？

王头说，刚才那事儿，看出来你脑子倒挺好使。

张顺利说，电动车我会骑，我农村人，能吃苦。

王头说，你什么学历，高中毕业生？

这是张顺利的软肋，张顺利以前找过几次工作，人家都跟他要简历，简历重要的一项是看学历，张顺利高一没读完就退学了，这年头，本科生研究生满大街，没他一个初中毕业生什么事。

张顺利说，只读到高一。

王头说，明天去公司填表，你就填高中毕业，咱们干苦力活的，没那么多讲究。

三核子说，你爸妈没有长远眼光，读到高一了，再怎么也应该让你把高中读完，鼓捣个什么野鸡大学，出来混世界也就敢号称是大学生，说不定就能坐上办公室。

张顺利说，我爸妈一下子没了，我才退学。

三核子灌了一杯啤酒，笑着说，你这是给王头唱苦情戏吧，我们去洗头房打个炮，每个小姐都说，爸妈没了，或者是爸妈生大病住医院，谁信？

另一位没喝酒，大概轮班，这时候插上来说，我们那一年考大学，作文题目是"逆境生存"，很多人都在作文中把爸妈写成了亡人，老子没那样写，结果落榜了。

几位都大笑，张顺利脸胀得紫红，拎起一个酒瓶，盯了他俩几眼，砰的一声响，酒瓶没砸着人脑袋，砸在水泥地上，一地玻璃碎片。王胜利想不到这小子这么愣，赶紧打圆场，说，没事没事，反正瓶里的酒也快喝光了。

三核子闭了嘴，那一位借口说接到了单，匆忙走了。王头说，以后都是兄弟，话出口之前得掂量轻重。得，咱换个话题，我给你们说说夜店门口那些"捡尸"的人。

张顺利听说过捞尸的人，从没听说过捡尸，他老家是平原，有河有湖，淹死人的事每年都发生，尸体往往不会很快浮起，死者家人就哭着跪着求人去捞尸。夏天发洪水，大河的水差不多能涨到堤面，有上游冲毁的房屋家畜流过来，当然也有人的尸体流过，就有捞尸人将尸体拦到岸边，用尼龙绳系住死者手腕脚踝，另一端系在河边的树枝上，等死者家人来认领。王头讲的不是死人的尸体，是活人，就像刚才那位女醉鬼，不知生死，躺在那里如同一具死尸。

王头说，捡尸者大体分为两种，一种是潜伏者，进入酒吧后眼观六路，耳听八方，盯上落单的女客，搭讪，邀酒，善倾听，勤劝酒，如果女人酒量实在太好，就只得暗中下药，终于倒下了，就可以抱着扛着走出大门，旁若无人。第二种是狩猎者，他们在夜里十二点后进入夜店大门附近，有的蹲守在灌木丛中，有的趴在小车的方向盘上，眼睛如同聚光灯，盯牢夜店门口走出来的每个人，一旦发现走路跌跌撞撞、抓住垃圾桶呕吐的女性，他们就压住心中的窃喜，走过去，嘴里骂着醉酒的女人，冒充女子的家人或恋人，把女人带走。

张顺利脱口而出，捡尸者捡回去做什么用？三核子笑得把嘴里的酒都喷了，说，你说能做什么？一脸坏笑。张顺利明白自己问得实在愚蠢。

王头说，他们把女人带回去，拍照，强奸。大部分女人吃了哑巴亏，第二天走人都不吭声。有不甘心的女人，也害怕捡尸者把手上的裸照发到网上，打掉牙齿往肚里咽。

张顺利说，王头，你咋知道得这么详细？后半句他没敢说出口。张顺利读过一则小报通讯，有一篇凶杀案小说精彩传神，公安局顺藤摸瓜，最后逮捕了作者，作者本人就是凶手。

王头说，看不出来，你小子存一肚子坏水，我知道你想什么。以前我无聊时常逛网站，他们有一个网叫"捡尸者联盟"，里面发言的人都是捡尸者，他们彼此交流经验，上传受害者照片，可疯狂了。当然，现在这种网站肯定被封掉了，但是，刚才你看到了，捡尸者还在夜色中出没。

结账的时候老板给王头打了对折，王头也没客气一声。在这城市夜色中有很多的人在忙碌，有很多的外卖小店一直经营到天明。若干天后，张顺利的手机中也有了外卖店的电话目录，心中有了一张这城市的外卖店地图，他们在夜色中彼此依赖，互相取暖。

三

王胜利以前吃完晚饭，人就不见了踪影，大伙心里都明白，他是找"白孔雀"去了。"白孔雀"在一家名为"孔雀林"的按摩店打工，皮肤白，这种店里的女子不会报真名实姓，大伙都喊她"白孔雀"。王胜利是白孔雀的老主顾，时间长了，白孔雀告诉他，她叫郑三妹，川妹子。打知道了她的真姓名之后，王胜利去孔雀林次数更多了，饭盒一丢就往那里奔，在那里抽完一根烟拔腿就走。王胜利再不肯在按摩店里与她做那事，为啥？王胜利觉得他俩是朋友，甚至觉得他俩是亲人了，不能把那事当生意做。白孔雀，不，郑三妹挺感动，张胜利做夜班，白天时间多，郑三妹所在的店，上午不开张，郑三妹上午就抽空来王胜利的小屋幽会。可是十几天前，孔雀林关门了，树倒猢狲散，孔雀们被遣返回了老家。以前有过"扫黄打非"，三五天就过去了，这一回好像动了真格的，郑三妹在微信中说，在家陪老公带孩子，不想出来了，王哥多保重。王哥如何保重得了？他想安宁，可他的身体安宁不了。三十郎当岁，如狼似虎的年龄，岩浆般滚烫的身体，实在让王胜利不堪招架。

正是月头，上个月的薪水到账，这个时候王胜利会喊张顺利一起开短信研讨会。说是研讨会，首先是给短信评分。王头这名号以前是三个字，王工头，牛气哄哄的工头变成了跑腿的头儿，这变故不说也能猜得到，开发商不是跑路就是进去了，王胜利遇到的是后面这种，行贿蹲监了。王胜利欠了乡亲们大几十万的工钱，王头说，这钱我得还，我爸我妈我老婆我儿子都在村里，跑得了和尚跑不了庙，这钱不还，我一家老小、子子孙孙在村里都抬不起头。张顺利服气王头这一点，讲义气，讲信用，张顺利想起老家带他进城的包工头，要是他有王头这样的人品，张顺利就去庙里烧高香。王头苦笑着说，小子，我也不是电视上的道德模范，倘若我撞了天大的窟窿，舍命补也补不上，我也会开溜。我算了账，这点工钱，大不算大，小不算小，我打拼几年能还上，后面几十年还是可以挺直腰杆做人，还这点欠账，从长远看还是划算。说是这样说，王顺利这些年的日子不好过。那些打断骨头连着筋的亲戚，因为几千块钱的工钱，说翻脸就翻脸，别说关系一般的村里人了。老婆说，电视冰箱被人搬走了，桌子柜子也让人搬走了。这些年，王胜利从不敢回家过春节，家里的门槛怕已经被要钱的人踩烂了。王胜利有两部手机，一部是工作用机，二十四小时开机，一部是原来的号码，这部手机白天关着，晚上他才偶尔打开，看一眼，就匆忙关了，看多了影响心情。只有在现在这种时刻，他才开机，把所有短信梳理一遍。

这些短信，有恶狠狠咒骂他的：

王胜利，你昧良心吞了我的血汗钱，不得好死。

王胜利，你用我们的苦钱在外面吃喝嫖赌，老天不会放过你。

王胜利，别让我撞见你，撞见了老子一定废了你。

……

更多的短信是苦情戏：

王总，我老娘已经住院大半年，再不付款，医院就不管她了，您千万不能见死不救。

王总，那一年我在县城买的商品房，我再还不上贷款，银行就要收去拍卖了，帮帮我。

王总，我儿子下半年就要上大学了，学费还没着落，你一定要帮帮我，把我的工钱付了吧，求你。

……

王头和张顺利给每条信息编号打分，王头再根据掌握的实情剔除戏精类，排出最急用钱的前几位。王头的收入扣除家人和自己的基本生活费，余下的钱分成两笔或者三笔还款，分期偿还，没多有少，每月如此。王胜利不接他们任何人的电话，也不回他们任何人的短信，王头说，说什么都是废话，钱是硬道理。

王胜利让张顺利小睡一会儿，省得夜里打瞌睡。他自己出门转悠，虽说他是大夜班，可他是头，说不定有什么突发事件需要他处理，比如迟到投诉，比如电动车撞车撞人。他骑车上街，漫无目标，在"孔雀林"门口停了一下，卷闸门关得紧紧的，落地锁躺在那里，死气沉沉。经过几条街，所有的足疗店按摩店都关着门，看来，这次公安清理得干净彻底。

王胜利今天接到的第一单，是往某小区送一盒避孕套，王头看看腕表，才十点多一点，街上的商店好多没打烊，他实在不如自己下来买一盒，肯定比跑腿快。当然，王胜利也知道这想法不对，顾客是上帝，给你生意就是让你赚钱，再说，王胜利自己也是过来人，古人说春宵一刻值千金，其实不论春夏秋冬，那样的一刻谁都不想离开分秒。几乎每过一分钟，客户就有信息发过来：

亲，到哪里了？

亲，快一点，我加红包。

亲,麻烦快点快点。

王胜利加速送到客户门口,敲了几遍,门不开,手机铃响了。客户留言:麻烦兄弟把东西挂在门把手上。那么急吼吼地催,却原来还是个脸嫩的人。王胜利下了电梯,手机铃声响了,这人情急之中还没忘了给他发红包,五元。

每逢周末大夜班,骑手接的单子有一半是送避孕套,城里人活得累,只有在周末才想起来得做那什么。今天是六月九日,是星期天,张顺利早晨念叨的这日子,还真是怪了,王胜利跑的单子居然大部分还是送这玩意儿。

替客户送吃的东西,骑手肚子饿的时候也馋,但骑手有规定,不敢偷吃,实在忍不住,也买一份站着扒拉几口再上路。王胜利替客户送那玩意儿,也勾起了王胜利身体内的馋虫,可是,任凭那馋虫在他血管内东奔西突,王胜利都找不到解馋的出路。

四

张顺利接的第一个单子有些奇怪,订单备注中写道:陪我聊天一小时,付费三百元。骑手遇到过各种业务,比如替儿女到父母家看守生病老人,比如替抽不出身的小伙子送一款冷饮安抚女友。最邪门的事,是听三核子说的,说有个独居女客户,进门就把他往卧室拖,吓得他屁滚尿流,落荒而逃。三核子的话不可信,就他那小样,还会有女人看上他?编故事罢了。张顺利有点犹豫,这类业务他从没做过,不做又心有不甘,三百元的大单哪!张顺利决定去,他是个敬业的骑手,而且也确实抵挡不住三张红票子的诱惑。

地点是在一家咖啡馆,客户坐在一个僻静的角落,尽管她描了眉毛涂了口红,穿着露肩的吊带衫,但张顺利还是能看出来,这是一个小姑娘。张顺利拿定主意,他只倾听,少说话,对生活在另一个世界的城里人,他确实也不知道该说什么。

今天是六月九日。

今天是六月九日。张顺利点头。

今天是我生活中最黑暗的一天。

张顺利心里猜测，这小姑娘肯定是高考考砸了。

姑娘说，今天，我突然没了爸爸和妈妈。

张顺利的心一下子缩紧了，他想到了自己和妹妹，都是没了爸爸和妈妈的人。

姑娘说，考完最后一门课，他俩请我吃大餐，吃完了告诉我，他俩一年前就离婚了，只是等到今天才向我摊牌。

这种事他听说过，为了不影响孩子高考，父母约定等孩子高考完了才离婚，或者像这一家，离婚了也等待孩子考完才告知。

姑娘将头埋在臂弯里，嘤嘤地哭泣，张顺利有些慌张，怕别人以为是他欺负了姑娘。

过了一会儿，姑娘抬起头说，骗子，他俩都是骗子，这一年中他们在我面前装着恩爱，陪我做作业，陪我赶家教，模范父母都是装出来的，其实是心中有鬼，心中有愧。

姑娘的眼泪又涌出来，说，骗子，都是骗子，东东也是骗子。在我最需要他的时候，却和一帮狐朋狗友聚餐去了，我在咖啡馆等到现在，人没影，微信不回，电话不接。你说，为什么我身边所有的人都骗我？

东东可能是她的早恋男友。张顺利这样猜测。

姑娘又埋下头哭泣。一个小时很快就要过去，张顺利觉得要说点什么，毕竟人家付费三百呢。张顺利说，其实，你爸妈都是爱你的，要不，为什么要熬到今天才向你公布？

张顺利说，你比我幸福。你爸妈还在，只是家散了，我爸我妈在一场车祸中一下子没了，那是真没了。

张顺利现在宁愿将自己的不幸封闭，也不想通过倾诉来换取别人的怜悯。那一年，张顺利上高一，小月上初一，爸爸妈妈来镇上给他俩送米送钱，回去的路上小三轮翻进了湖中，爸爸妈妈被压在水底，一个也没能逃生。

姑娘说，我宁愿他俩去死，也不愿他们活着撇下我。

张顺利没想到她小小年纪，说话却如此歹毒，忽然对她有些生气。捱满一个小时，他走出咖啡馆，忽然想到小月该回宿舍了，打电话，没人接，发微信，居然不回。张顺利莫名地有些慌张，六月九日，是个莫名其妙的日子。

夜里三点，据说是人深度睡眠的时候，也是夜骑手消停的时候，张顺利的手机响了，他以为是小月，却是王头，王头说在夜总会对面的巷子外卖店等他，人齐了。王头这家伙还惦记着他的那顿夜宵，张顺利只得赶过去，这个大夜班赚头不少，挨王头这顿宰他也无奈。说人齐了，其实也只有他和三核子在，桌上排了一溜啤酒瓶，王头说，今天我下线了，后面不接单了，你们呢？张顺利和三核子互相看一眼，摇头。轮班时间内下线多了，在客户的信任度那里会失分，公司的排位表上也会降格。王头是头，可以任性，他俩可不敢随意下线。王头两瓶啤酒下肚，朝张顺利歪歪嘴，撒尿。今天夜店门口的醉尸躺了不少，张顺利扫了一眼，大多是些稚嫩的面孔，估计是高考结束后狂欢的高中毕业生。张顺利忽然在中间发现了一张熟悉的面孔，是那个咖啡馆里他陪聊的姑娘，明显酒喝多了，她倚墙坐着，吊带衫的一侧滑落，幸亏胸衣还囫囵，遮住了胸口。张顺利说，你怎么还不回家？姑娘说，东东，东东你今晚得陪我喝个够。张顺利不知那个叫东东的人是在里面闹腾，还是已经是喝成醉尸的某一位。王头说，是你的熟人？张顺利说，不，不是，是我的客户。就在这时，偏偏线上来了单子，王头说，你先去跑单，我守着，等她的朋友过来找她。

张顺利跑完单回到外卖店，三核子走了，王头也走了。他骑回夜店门口，依然有醉尸躺着，那姑娘已经走了。张顺利想到小月，小月绝对是乖孩子，不可能做这种出格的事，他不敢再打电话，小月肯定是睡熟了，这两年，为了学习，她缺的觉太多了。他打王头的电话，王头也不接，王头很少出现不接电话的情况，现在已经过了六月九日了，怎么还是遇到怪事？

张顺利忽然有了不祥的预感。

他风驰电掣地骑回出租房，王头的门对着院内，夏天这扇门平时都开着，通风，现在关上了。张顺利敲门，没有声音，再敲门，声音在静夜中越来越重，快要惊醒那些睡梦中的邻居。王头把门开了，他的床上果然趴着那位姑娘。王头结巴着说，我什么也没做，我就是看着，看着她睡觉。张顺利看了一眼那姑娘，衣着还算完整。张顺利说，你要敢把她怎么了，我就敢报警。

王头相信这家伙说到做到，真能做出报警那种事。王头说，是哥一时糊涂了，幸亏你来得及时。

从来都是王头给张顺利上课，讲各种道理，张顺利在王头面前一直是小学生。张顺利现在想给王头上课，却开不了口，能有什么道理是王头不懂的呢！姑娘睡熟了，王头和张顺利坐着，各自埋头抽烟。窗外天白了，姑娘终于醒来，她问张顺利，这是哪里，东东人呢？他怎么能扔下我走了？

张顺利说，你在夜总会门口醉倒了，我们怕你被坏人捡走，把你带回这里。

姑娘披头散发地咆哮起来：

谁让你们带走我的？你们征求我的意见了吗？

我要东东，我是故意喝醉的，我要把自己给了东东，如果进了大学我还是处女，我会让人鄙视的。

姑娘呜呜呜地哭起来，说，谁稀罕你们的好心，我爸我妈敢不要我，我就敢把自己废了给他们看。

姑娘甩门走了，王头莫名其妙地大笑起来，笑得直不起腰。张顺利追到院子里，手机叮咚一声响，是小月来的微信：哥，昨晚我手机没电了，困，没顾上回你电话。张顺利抬头看看天，夏天的太阳真厉害，还没升上天，天空就火辣辣的了。但是，打开的院门吹进来晨风，还是带来了阵阵清凉。

原载《北京文学》2020年第2期

张惠雯

飞鸟和池鱼

1

那天,她终于愿意出门了,我们开车去我姑姑家吃饭。那天一早就刮起了风,我醒来,还未起床,就听到楼下树枝碰撞、树叶簌簌干落的声音,这种风声我很久没有听过,让我想起很多年前的初冬的光景。

她出门时穿着件大红色的毛衣,脸上还扑了一点儿粉。她看起来和突然而来的好天气一样,很鲜亮,这说明她确实想出去。上次她愿意让我带她出门大概是在三四周前。然后,在几周的时间里,她就待在这间不足八十平方米的房子里,连楼也不愿下。她待在家里,摆弄她的旧东西,想她自己的事。我出门一趟回到家里,她仍然穿着睡衣睡裤,和我早上看见她的时候一样。有时候,我问她在家都想些什么事,她惊讶地看了我一眼,说:"什么事都有啊,太多事了,还有你没有出生以前的事……哎呀,我的脑子里塞得太满,想不清楚的地方我又喜欢一直想下去,弄得我头疼。"

我们出门,天空浅蓝,高远,前些天的阴霾、闷燥突然间消散了。我开着父亲留下的那辆白色海马小轿车。这辆车十年了,我父亲开了将近八年。以往我每次回家,他都会开着这辆车去火车站接我。然而他走了。他离世以后，我以为悲伤会慢慢弥合，生活会逐渐恢复平静，尽管对我母亲来说，她肯定更为孤独，而对我来说，她肯定更为无助……但另一件事发生了，生活完全变了样。

　　她坐在副驾驶座，看着车窗外。她因为要看什么东西而夸张地变换着坐姿，一会儿把头缩下去，一会儿使劲把头往外伸。如果不是头发几乎全白了，她那样子就像个幼稚的孩子。生活完全变样了，我指的就是这个：她变成了一个孩子。而我变成了她的什么呢？我得像对待孩子一样小心而耐心地对待她，密切留意她的一举一动。我们两个倒换了角色：前三十年，我是她的孩子。现在，她是我的孩子。

　　想到这一点，我就觉得生活很荒唐。从小学开始，我所有的努力似乎都指向一个目标：离开这个地方，到更好、更广阔的地方去。而我确实做到了，我在广州读书、生活了将近十年。即便我父亲离世，我的人生轨迹看起来也不会有什么改变。但某一天，姑姑突然给我打了个电话。于是，我不得不迅速辞掉我的工作，离开那个"更好更广阔的地方"，回到这个小地方，就像我不曾走出过，就像过去的那些年，我付出的努力、得到的一切不过是徒劳地转了一个圆圈，最后，起点和终点重叠在一起。不知道在我父亲去世后的一年多里发生了什么，她在电话里从没有提起她心里的那些变化。有天晚上，她突发奇想地爬到我们住的那栋楼的顶层，在靠近生与死边界的地方来回走动。下面，越来越多的人在围观。不是，她不是想自杀，她说她那天就是觉得会有很危险的事情发生，所以她躲到楼顶上去了。

　　她生病了，一种奇怪的病。她需要持续接受精神治疗，他们说。她随时会做出无法控制的行为，她需要人全天陪护，他们说，除非……但我不可能把她丢进精神病院，我是她唯一的儿子。不犯病的时候，她差不多是个正常人。她对我说，我回家后她觉得自己已经好了。她说过去她常常睡不着，总是有人在门外、窗外弄出动静，他们还想到屋里来。现在，他们消停了，很少再折腾。"他们是谁？"我问她。"不知道，"她烦恼地说，"说不定是你爸那个死鬼派来的。要命啊，我昨天还梦见你姥爷了。他在梦里还吓我，就像他刚去世那会儿。他刚去世那会儿，一直给我托梦，在梦里，他总是吓我，我吓得晚上不敢睡。""那是你几岁的时候?"我问她。"十来岁的时候。他在梦里一会儿变一个脸……"

我把她的床和我的床挪到紧贴着墙壁的位置,夜里,我和她只有一墙之隔。我让她不要锁她的卧室门,留一盏台灯,如果害怕就立即叫我。睡意蒙眬中,我时而听到她在房间里来回走动的声音,还有她哼哼唧唧的含混的自语。我挣扎着让自己清醒过来,敲敲墙问她怎么了。她在墙那边回答:"没事儿,就是睡不着。"我自己的房间里也整夜留着一盏台灯。我渐渐习惯了在灯光里入睡,改掉一个人时裸睡的习惯,穿着整齐的睡衣睡裤,以便随时起床。我的房门也和她的一样不上锁,方便她随时走进来。我知道她仍然睡不好,她日益倦怠,不再出门。除了那些声音、梦、古怪的念头、久远的记忆,她似乎对什么都失去了兴趣。我不得不出去的时候,她反锁上门,在家里等我回来。其实,我和她一样不喜欢出门,在这个小地方,到处都是熟人,谁都没有秘密可言。那些殷勤的询问和廉价的同情令人生厌,他们脸上分明赤裸裸地写着:他妈妈是个疯子!

一切都停顿在这个点,一切陷入困局,她的心智、我的生活,全都卡在这里。但就现在的局面而言,静止、凝滞反倒是让人安心的,而一切的变化、前进可能都预示着危险。

2

我姑父身材高大、肥胖,因为过于庞大的身躯、浑浊的嗓音,以及脖子上厚厚的肉褶子,他显得有点儿凶狠。但他其实是个温厚、容易动感情的人。午饭是他做的,特地做了她喜欢的老鸭萝卜汤,但她吃得心不在焉,汤也只是喝了半碗。有时候,姑姑、姑父问她一句什么,她要过几秒钟才回过神,才明白他们是在对她说话。她的眼神说明她不情愿和人交流,她人已不在此地,正神游于另一个世界。我们和她说话,只是要把她从那个世界里唤回来的徒劳的努力。

午饭后,我姑姑在阳台封闭起来改造而成的厨房里洗碗,她到卧室的床上躺下休息(她虽然严重失眠却很容易疲倦),我和姑父坐在客厅的沙发上说话。姑父穿着一件起球起得厉害的旧毛衣,让他看起来像头毛茸茸的熊。他眉头紧锁地抽着烟,一圈圈烟雾聚拢、漾开,像空气里的青灰色涟漪，然后它们慢慢伸直、攀升，在接近天花板的地方消散。

"今天天气真好。"我说。

"嗯。"姑父应了一声，仿佛在想事情。

随后，我说起让姑父帮我留意一下有没有人想买旧车。

"你要卖车？你这辆车根本值不了几个钱儿。"姑父说。

"给钱就卖。其实也用不着，还得出保险费、养路费什么的。"我说。

"钱上有困难？"他问。

"暂时没有。"

姑父沉默了一会儿，随后站起来说他去拿点儿东西。他回来时塞给我一个信封。"5000块钱，我早就取好放着呢。"我推脱不要，说不缺钱。他用不容置疑的口气说："你拿着，别说其他了。"

事实上，因为那些昂贵的药，我父母的存款、我自己工作这些年的积蓄都在飞速消减，我们处在坐吃山空的危险境地。她需要那些药，据说，它们能避免她坠入更深的抑郁、疯狂，同时，她也需要我，那么我需要一个使我尽量不必外出就能挣钱的方法。考虑了各种可能性后，剩下的选择就是开一个微店。我在微店里卖这里的土特产：胡辣汤料、芝麻油、真空包装的卤牛肉、烧鸡……有时候，一天里我会接到几个单，有些还是朋友们出于同情下的单。有时候，几天也没有一个单，而某个挑剔的顾客的差评能立即毁了你努力很久建立起来的信誉。这东西根本无法维持我们的生活。后来，我又和朋友合伙投资了一家加盟奶茶店，说好我不参与管理，只是抽少量利润。有一天，我偶尔经过那家奶茶店，看到我们雇用的那个小姑娘趴在柜台上睡着了，她身后站着那个我们雇用的男孩子，他斜靠在放机器的台子上，正面带微笑地、沉迷地玩着手机。我默默地走出店，竟然没觉得气恼，我只是羡慕他们。

我收下了那个信封，对姑父说以后有钱的时候再还给他。过后，我姑姑才走过来加入我们。她没有提钱的事，但我想，这是他们俩商量好的计划，只是为了保护我的自尊心，她扮演了那个什么都不知道的人，而我姑父则装作这件事根本没有发生。我从姑姑看我的眼神里感觉到她对我的怜悯，那是真正的、带着疼痛的怜悯，这种怜悯让她那双眼睛湿润。她那双在日常劳作里变得粗糙的、红通通的手放在她还没有解下来的围裙上，看起来有点儿不知所措。我想，她心里一定在叹息：可怜的孩子，命苦的孩子……她只是不敢再用她惯有的悲伤语调说出来，她说出来会惹得我不高兴，姑父会因此斥责她。我的痛苦、我的困境，这都是我的隐私，我并不希望从别人嘴里听到它。

大概过了四十分钟，她从卧室里走出来，脸上带着迷茫又有点儿惊恐的表情："我刚才竟然睡着了。我一醒来，吓坏了，床啊、屋子里的东西啊，都不认识！我这是在哪儿啊？现在才缓过神来。"

午后的光线透过窗帘中间拉开的缝隙，斜照在地板上，那光束在离她脚下不远的地方变细了、暗淡了、消失了。在窗玻璃的外面，贴着一只冻僵的、等待死亡的黑苍蝇。我看看她，什么都没有说。她真的病了，她看起来就像个午睡醒来、受了噩梦折磨的小孩子，懦弱、可怜。我感到一股剧烈的心酸，站起来去了厕所。我想，很久以前，我就是那个午睡醒来、做了噩梦的小孩儿啊，我心情恶劣，会哭着找到她，她会把我搂在怀里，安慰我，我就又觉得这世界温暖、安全了。现在，她却不能告诉我她做了什么样的梦，到底是什么在反复地折磨着她。当然，这不能怪她，这是疾病，她自己也理解不了。她的精神世界里住着一群失控的小恶魔，它们就像夜色中的蝙蝠一样诡异地、阴险地扑飞。

这是疾病——在绝望让我心情阴郁的时候，我每次都是这么安慰自己——那么，也许会有好的一天。我只需要一次次带她去看那个板着脸的、坚决不给出答案的医生，一次次去开那些药……我要从这些机械性的行为里找到一点儿希望，哪怕是微乎其微的希望。

3

"天真好啊！"回来的路上，她说，"你看见那一大片云了吗？看见了没有？像不像一只大鸟？"

我朝她看的方向看过去，惊讶于她的描述多么准确。那块云的确像一只大鸟，一只正在飞翔的鸟。它的翅膀展开，身体舒展，长长的脖颈向前伸着，絮絮的云朵就像它被风吹乱的柔软的羽毛。

我发现她把车窗打开了一条缝,她的额头和眼睛露在外面,脸的下半部贴在车窗玻璃上。干瘦、像孩子般失去女性性征的她看起来像极了一只鸟,一只白头、红身子的鸟。我想,如果我把她想象成一只飞鸟,一只我养护过的鸟,那么她想要飞走、随时可能飞走的念头或许不会那样折磨我。

我们可能很快就会失去这辆车,人们只需要给我一万块钱,我就打算把它卖掉。想到这个,我对车又心生眷恋。它是我父亲的遗物,我开着这辆车,就足以唤回父亲在世时那些生活的回忆,就足以制造某种瞬间的幻觉:生活还是像过去那样——一个无忧的生活世界,一个少年人的生活世界……至少,这辆车让我和那个看起来遥不可及,甚至和它相关的记忆也随时有消失的危险的世界联系起来。但和车相关的一切费用对现在的我们来说都成了没有必要的沉重负担。想要卖车这件事,我从没有问过她的意见。不知道她会极力反对,还是对此根本就不关心。现在,无论是钱,还是冰箱里的食物,还是饭菜,这些东西仿佛都不在她的关注范围内。她似乎在思考更深邃、更邈远的事物,眼神里经常透出有所发现的惊异和极力保存秘密的闪避。

有意思的是,在她患病以后,她在偷偷地写日记,也许,不能说是日记,只是随便写点儿什么,记录在一个本子上。如果她觉得被我发现了,她就把"日记本"藏在某个地方。但她总是忘记她自己藏它的地方,为了寻找它而把整个卧室翻腾一遍,最后,通常是我帮她找到的。我偷偷翻看它,那些文字就是那些诡异、阴险的蝙蝠从她意识里群飞而过的痕迹。那里面充满了我听不到的声音,我所不知道的陌生来客以及我父亲这个鬼魂对她的秘密拜会,挤在窗户上面的朝她窥视的小脸儿,站在雨地里淋得精湿的透明人……我发现,好几次,她混淆了我和父亲的鬼魂。她把父亲也称作"小亮"。我很害怕她有一天会真的把我当成我父亲。还好,到目前为止,在现实生活里,她还没有犯这样的错误。

我看着这些句子,它们来自失序的意识的深渊,却具有某种毒药般的诡秘。我不能看太久,否则我觉得自己也会被这股黑暗的旋涡或是潜流卷到另一个世界里去。我对医生提起这些,他说:"这很好,对她来说是一种纾解。"他要我把我能记住的内容记下来,治疗时向他汇报。我受命去做这个我自己觉得其实是徒劳无益的工作，我必须不带感情地去做，抵制这些自深不可测的黑暗中飞来的句子、形象对我的侵蚀。

显然，她对她写的这些深信不疑，但她平常并不和我说起这些，大概是她觉得我既不会相信也不想听她说。这也是好的征兆，说明她仍在极力控制自己，她对说话的对象还存有判断。总之，她爱"小亮"却不信任他。

"我们去公园吧。"她这时说。

我感到惊讶，但立即听从了。她愿意出去走走，对我来说这就是让人振奋的消息。

她说的"公园"其实只是一个有一点儿绿化的群众活动广场。广场中央有个很小很小的水池，水池中间竖着一块冒充假山的石头，这块石头上非常可笑地刻着三个字：鱼之乐。原因是池子里养着几条鱼。这些鱼总是反复被人弄死，或者自己在污秽的环境中死去，所以总是会有几天，池子是空的，接着又来了一批鱼，几条注定死去的、孤独的鱼。

她喜欢提起"公园"，总会说起她年轻的时候，这里是工会大院儿。那时候流行跳交谊舞，她经常在工会大院里跳舞，就是在跳舞场上遇到了我父亲。我父亲那时候刚刚当兵转业回来，是跳舞场上最高最帅的男人，每个女人都想和他跳舞。

我把车开到"公园"。心想，有一辆车能随时带她到她想去的地方也挺好的，如果她想去郊区呢？想去乡下呢？我可以带她去农家乐，让她呼吸更新鲜的空气，我应该强迫她出去，想更多可以调剂我们俩生活的计划……

公园里闲逛的人很少，因为今天不是周末，时间也不是下班后。只有几个老人，在池塘边坐着。有一个抽完了烟，就顺手把烟头丢进水里。她昂首挺胸地从那几个颓丧、邋遢的老人面前走过，和她在家里时有气无力的样子判若两人。我惊讶地看着她，心想，她大概正在心里重温跳舞场的往事。她看起来像在寻找着什么地方，不时停一下，然后又目标明确地走起来。我走到池塘边去，今天这里竟然有几条鱼，有一些沉在水底，就像死了一样，有两条木然地在漂浮着烟头和塑料袋的池子里游动。

"不要往池子里扔烟头，那边不是有垃圾桶吗？"我突然心烦起来，对刚才那个丢烟头的老人说。

他看了我一眼,我瞪视着他。他有点儿胆怯了,站起来走了。

看他笨拙地把三轮车推到街上,又笨拙地爬上车座,我有点儿后悔。我这算是得了胜利吗?我不知道。我肯定想和谁打一架,但对象绝不应该是这个衰颓的老人。我掉过头去看池子里那几条半死不活的新放进来的鱼,它们本来可以生活在河流里、海洋里,什么人把它们捞起来扔进了这个狭小、污秽的地方?没有人管它们的死活、它们的自由。之后,它们就会一直在这里,直到窒息死去。

我看见她朝我走过来,她的步态、身姿都仿佛是一个走在音乐里的随时准备跳舞的人。不知道为什么,我想起《闻香识女人》里阿尔帕西诺饰演的盲眼上校和酒店大堂里遇见的那个女孩儿跳探戈的那一段。我想,我如果会跳她所说的那种"交谊舞",在这里陪她跳一段,她一定会非常开心,过去那些快乐的时光会在她心里复苏……一个白发的、濒临疯狂的老年女人,一个即将步入中年的、茫然无措的年轻人,这样的画面里倒是有更多令人绝望的悲伤。可惜我完全不会跳舞,我跳起来会像个螃蟹一样。这样的想象让我想笑。无论如何,她昂然的步子、颜色鲜艳的衣服使她变成了一个有气质的小老太,把那几个乡气的老人的目光吸引过去。我朝他们看过去,他们就都把目光转开了。

"池子里还有鱼啊?"她像个孩子一样大惊小怪地喊叫,她的嗓音也是那种女孩子一般的尖声尖气。大概有什么东西在她意识里苏醒过来,强烈地刺激着她,让她的脸颊也变红了。她忘了她是谁,孩子气地把两手一拍。

显然,看到鱼对她来说是惊喜,而我宁可池子永远是空的。

4

在我小时候,傍晚是一天里最好的时候,宁静、肃穆,天空中常常铺满霞光,那奇异的光色会映照在房舍的窗户上、街道的柏油路面上,还有路边那些大树的枝丫上。而现在的傍晚是一天中最嘈杂、混乱、污浊的时候,废气下沉,各种噪音在带臭味儿的空气里似乎都被放大了,所有的人和车拥堵成无数个死结。我们回家时，小城里的南北大道在大堵车，自行车、机动三轮车、电动车在车辆缝隙里钻来钻去，铃声、人声、喇叭声响成一片。天空变灰了，空中也没有了样子像飞鸟的云。

坐在车里，她默不作声。我看看她，她的身形仿佛变小了，仿佛外面这个嘈杂、混乱的黄昏景象碾压着她，令她畏缩。我试图和她聊天，而她只是敷衍地回答。后来，我什么也不想说了。我们俩就那样坐在无法向前行驶的车里，被窗外肮脏、嘈杂的一切围堵、阻碍，听天由命。她的身子在座位上往下滑得很厉害，人变得更小。她从刚才那副回光返照般的少女的怪模样变回了本来的样子：一个衰弱、神经质、惊惧的可怜的老太太。那件她精心挑选的红毛衣，早上还令她很有光彩，现在看起来却像一件极不相配的、可笑的戏服，而她就像个头发凌乱的侏儒被罩在其中。每天的这个时候，我的无力感、绝望都比其他时候更强烈，我对我父亲的想念也比其他时候都强烈。我的生活被他的离去分割成了两半，就像黎明或是黄昏时候的街道两边，一边是阳光，一边是阴影。只是，发光的那面如今像是虚幻的，阴影却是浓重的、实实在在的，能顷刻把人吞噬掉。

我们终于挨到了家。我去厨房里做晚饭，她跟过来，说她要帮忙，但我像平时一样严厉地拒绝了，让她去房间里歇着，等我做好叫她。她离开以后，我找到那把钥匙，打开橱柜上那个抽屉，拿出平时锁在里面的刀具……我实在太累了，决定只煮一些冷冻水饺，切一点儿葱花、香菜做个水饺汤。在我叫她吃饭之前，我把刀洗干净、擦干，再锁进那个抽屉里。

她胃口好像不错，吃了十二个饺子，往汤里加了更多醋。

"酸汤水饺。"她对我说，冲我笑了一下，"你小时候发烧，什么都吃不下，就是爱吃酸汤面叶，要放很多番茄，很多醋，面叶要吃我手擀的。"

"我记得。"我说，"吃别的都会吐，只有这个开胃。"

过了一会儿，她有点儿讨好地看着我，问："吃完饭可以去阳台上看看吗？"

"不行。"我说。

临睡前，我确认大门和通往阳台上的门都锁好了。阳台上的门是我回家以后新装上的，本来，厨房是直通到阳台的。我躺在床上看了一会儿书，察觉到她房间里已经没有动静，不知道她睡着了，还是躺在那里耽于她那奇特的幻想中。我合上书，起来关掉房间里的顶灯，只留着床对面矮柜上那盏黄光的小台灯。我躺在昏暗的光线中，有种没入黑暗之水的困倦和休憩感。小台灯的光经由灯罩在天花板上打出一个圆圆的、柔和的光圈。突然，我回想起一张纸，那张纸的样子那样清晰、生动地跃入我的脑海里，带着它上面蓝色的圆珠笔笔迹，以及它特有的边角处的折痕。那是她写给我的第一封信，也不算信，就是一张留言条。因为她出差了，她临走时给我留下这张纸，上面写着："小亮，妈妈要出门几天，但是妈妈在外面，心里也会一直想着你。妈妈回来的时候，会给你带你想要的火车模型……"我那时候还不到六岁。每一天放学回来，我都会先看看钉在墙上的这封信——是的，它是用两个图钉钉在墙壁上的。后来，妈妈回来了，她说这封信也没有用了，但我不让她扔掉。她问我为什么，我说，这样我长大了还可以看到这封信，就不会忘掉。我的回答显然让她大吃一惊，她说她会一直保存着这封信。我最后一次看到这封信，是在我上大学以前。那时我无意中翻看一本相册，发现它被对折起来，卡在相册里嵌照片的透明薄膜里。当然，它那时并没有怎么让我感动，不过是一件寻常旧物。但现在想起它，它还是当初被妈妈钉在墙上的样子。我似乎还能看到它的下半部分被从门缝、窗口透进来的风吹得轻轻地卷起来，发出轻微的沙沙声，因为那两个图钉仅仅固定住了它的左右上角。记忆是奇怪的东西，有些细微并不那么重要的东西会莫名地清晰如昨，譬如这张纸，但有些东西却在你的记忆里完全褪去了形迹，譬如她过去的样子。这就像一个人在长途跋涉中失去了所有贵重的大物件，最后，一张经年的、毫无用处的小纸团儿却还留在他褴褛的衣服口袋里。

有时候，我努力回想她年轻时的样子，或者至少是中年时的样子，我想，这样也许能让我多爱她一点儿，多一点儿耐心。我反复翻看那些相册，但旧相片根本帮不了我，它们只是存在于过去某个时空中的孤零零的影像，和现在、未来全然割裂了关联。在我脑海里，她的样子固定不变，无法和照片里那个年轻些的女人相互映照、融合，她的样子始终就是她老了以后的样子、现在的样子。

我睡着了，但和平时一样，半夜无缘无故地醒来。矮柜上那盏小灯仍旧孤寂地亮着,我听了一会儿:隔壁一片静寂,连她翻身时引起的床的轻微响动、睡梦中的咳嗽声以及叹息声都没有。她或许睡得很沉,我想。但慢慢地,我感觉到这静寂里的异样,一股彻骨的凉意爬到我后背。我跳下床,径直走进她的房间。她的床上是堆成一团的被褥,她不在那儿。

我又来到客厅、厨房、洗澡间,在这狭小的空间里,她并没有可以藏身的地方。我盯着门——门纹丝不动地反锁着。冷静,冷静,我对自己说。我又转回去她的房间,青色的布窗帘拉得严严实实,我走过去拉开窗帘——背后的窗扇都好好地反锁着。我站在窗边眺望,对面楼房里的大部分窗扇都黑沉沉的,只有楼下街道上的路灯孤寂地亮着,一辆车无声无息地驶过去,仿佛在梦中滑行,车灯光游移般扫过昏沉的街道和楼壁。我已经想到她在哪儿,但我却在她床上坐了下来。我觉得我累极了,身躯沉重得几乎没法动弹。难得有这样巨大的、黑暗的安宁!我感到这巨大、黑暗的安宁笼罩着我。我想:她这次可能真的像鸟儿一样飞走了。

窗户紧闭,但不知从哪里透进来一丝风,窗帘里面那层白色纱帘在微微拂动。那是陈旧得发黄的白纱窗帘,吸满了岁月的尘埃,灰突突的已经裂开的边缘垂落在地板上,沙沙拂动。我伸手摸了摸她的被褥,大部分凉了,中间还余留着一点儿她的体温……我猛然惊醒过来,奔出房间,穿过厨房。果然,从厨房里侧一角通往阳台的那扇小门关着,但锁开了,我藏在大衣柜一套被褥里面的黄铜色小钥匙就挂在锁上。

拉开门的那一瞬间,我感觉到心狂跳得快要冲出胸腔,我预见到那空荡荡的阳台,我觉得我的世界下一秒就会轰然倒塌,什么都不剩。然而,如同令人惊奇的幻象一样,她双手扶着栏杆,稳稳地站在阳台上,朝我转过身来。她穿着肥大的印花棉睡衣,像个憨憨的、面相老成的孩子。她脸上还残留着一些轻松、愉快的神情,但又有点儿困惑、负气,仿佛我打扰了她正专注于其中的游戏。

"你怎么不睡觉?"她问我,好像我是那个捣乱的半夜不睡的小孩儿。

"你怎么不睡?"我反问她,走过去站在她身边。

她看着我的眼睛,慢慢地,她胆怯了。

"我睡不着……出来透透风。"她嗫嚅着说,"我就想到阳台上站一站，看一看，你不让我来，我自己拿了钥匙……"

"没事儿，没事儿。我也睡不着，陪你透透风。"我说着，拉住她的手——一双干燥、皱皱巴巴但很温热的手。

我感到心脏重新在我的胸腔中平稳地跳动。现在她再也飞不走了，我抓住了她，抓得很紧、很结实。我和她又连在了一起，无论是身体还是命运……这比什么都好。

原载《江南》2020年第2期

蔡东

她

　　关严房门，拉上窗帘，我是我自己的了。
　　身体像叠起来的被子几下抖开来，在床上摊平。攥紧的拳头变软，手指离开手掌，一根根分开，过了一会儿，并住的脚趾也松开了。在外游荡的神魂缓缓落回到身上。我依次感觉到额头、脖子、肩膀、膝盖的存在，它们作为我的一部分，此刻跟我一起，等待着沉入宁静。跟我一起等待的，还有一些本来不属于我的东西。比如，左边后槽牙里用来填充龋齿洞的白色复合树脂，大概十年前它成为我牙齿的一部分。还有五年前到来的一小段镂空金属管，撑在胸口的动脉里，让血液得以顺畅流过。最近这几年，右眼增添了一样东西，来回飘动的黑影，并非实体，无法碰触，却始终跟随，如此真实。它来了就再没走，于是黑影也成为我的一部分。
　　所有这一切，一直属于我的，后来成为我的，都随我一起陷入细沙般柔软的寂静中，越陷越深，寂静的尽头有一个安全的小山洞，我终会到达那里。我翻个身，挪到床的另一侧。靠窗的一侧是她躺过的地方，我的小迷信，以为在她躺过的地方入睡会更容易梦到她，这样就能在梦里见个面了，这是相见的唯一方式。然而这只是我的臆想，哪有什么规律，她偶尔出现，并且在梦里我不知道这意味着什么，没有紧紧拉住她，也没有急切地倾诉。梦总是全然自由又毫无逻辑的。醒来时，梦境迅速退去，我重新闭上眼睛，反复回想，在梦的断壁残垣中久久徘徊。

在她躺过的地方醒来，有那么一瞬间，我又忘了，叫她的名字，声调从低到高。女儿在外头应了一声。我的心一沉到底，身体坐起来，把房门打开一条缝，问，这就上班了吗？

走出房间，看见女儿连芯子斜倚着墙，站着穿鞋。临出门时她四下看看，钥匙，车钥匙呢？我说在沙发背上，边说边拿起钥匙，快走几步递给她。

姥爷再见！防盗门关上的时候，外孙女道别的声音传过来，跟关门声一样清脆利落。

早晨的匆忙和紧张也被关在门外。门合上的一刹那，我瞥见外头的白昼年轻明亮。屋里，纱帘只拉开一道缝儿，我站在柔和的光线中，搓搓手，准备开始我的一天。早饭是热面条配腌黄瓜，吃完我来到楼下的花园。

工作日的花园属于老人和孩子。会走会跑的孩子们荡秋千、溜滑梯、跳沙坑、坐跷跷板，哪知道什么叫累，一玩就是半天。小一点的孩子躺在婴儿车里，老人们推着车，沿着彩砖铺成的小路一圈圈地散步。

我坐在一棵凤凰木下。

时值秋天，眼前仍是大片的碧绿。清晨的阳光照向菩提树的树冠，光线从心形的叶片间漏过去，充盈的光线中绿叶更加清透，毫无杂质的坦然的绿色。露珠晶莹，垂荡在菩提叶子细长的叶尖上，风吹过，一颗颗掉在地上，滚动着滚动着不见了。花坛旁的扶桑开着深红色的花，花瓣如绉纱，花蕊长长地向外伸着，几棵夹竹桃也还开着，到底是四季有花的南方。

园子西南角有几棵大叶紫薇，花期已过，树叶还是密密的，叶子吸纳着阳光，看上去比春夏时分还要油润饱满。风雨连廊旁，冬青和红叶石楠被修剪成一个个圆球，细看过去，红叶石楠的几片叶子变红了，透出一丝淡淡的秋意。

不知道谁家的窗户里传来弹钢琴的声音，一开始若有若无，似林中小径起伏隐现，接着，小径出了林子，宽阔起来，向着前方伸展得越来越快，琴声逐渐激扬，最后一连串的敲击，为清晨的花园降落一阵骤雨。

一只棕色的巨型贵宾犬拖着一个老太太走。经过凤凰木时，我认出了他们。记得第一次遇见他们是老太太牵着狗，慢悠悠地走过来。离近了看，我的第一反应：这只狗是假的。全身羊毛般的小细卷，分明是一只玩具狗。狗摆动着四条腿往前走，我跟上去，心想难道是电动狗？细看上去，狗鼻子表面像黑色的荔枝纹皮，鼻翼潮湿，微微颤动，我还是不确定，直到看见它抬起前腿去够老太太的肩膀，用侧脸蹭她的下巴，才相信这是活生生的小动物，只有真正的狗才会露出这般热切依恋的模样。

老太太头发雪白，驼背比前几年更厉害了。她应该也能模糊记起我来吧，正这样想着，她转身冲我点点头，我也招手致意。狗在一棵龙眼树下细细地嗅，然后拖着她继续往前走。

老连，是你吧？

循着声音看过去，看见一个穿枣红色坎肩的男人踱过来。我赶紧起身打招呼，也叫不上他的名字来，只记得他姓王，住在三栋，心里暗自称呼他为"三栋的"。以前他总是一手推着婴儿车，一手擎着手机，音乐外放，曲目循环。不知别人做何感想，曲子对胃口，我也就不怎么厌恶。这会儿他独自一人，看上去精神很好。

下来转几圈？孙子呢，上幼儿园了吧？真快呀！我感叹着。

太慢了。他笑着说。接着问，好几年没见，回老家了？

任务完成，早回去了，现在孩子都上小学二年级了。我伸出两根手指。

闲聊几句，他看看四周，这趟跟老伴一起吧？

我闭上眼睛又快速睁开，脑子里出现短暂的空白，漫长的几秒后，我说一起一起，她出去买菜了。

他拍拍我的肩膀，说多住几天。

我点点头，说，她也该回来了，我往门口迎一下。边说边朝着东边的铁门走去。

东门旁边有一排木质长椅，我坐过去，不停地望向门外，像是在等人。等着等着，我以为还是以前，好像坐在这里等她就真的会出现，提着一袋子蔬菜水果，欢欢喜喜地向我走来。我等呀等，地上的影子慢慢拉长，她怎么还没回来？心里有点害怕，手哆嗦着，从裤子口袋里摸出手机打电话，提示音还没响起，我整个人一激灵，全身冰凉，只眼眶里暖暖的。等泪全部流下来，我用手背抹抹脸，又向门外望了两眼。

连芯子提前给我说，今晚末末有兴趣班，要晚些回家。九点刚过，她带着末末回来了。对了，末末就是我外孙女，这小名儿还是我起的。女婿姓周，他们刚结婚的时候我开玩笑，以后孩子小名儿可以叫末末。几年后孩子出生，旧话重提，两夫妻正发愁呢，当即采纳。连芯子人裹在被子里，声音传出来，末末，小末末。

末末头发高高挽起，身穿黑色连体衣，腰间围着短裙，是玻璃纸一样的蓬蓬裙。这是我头一回见末末穿舞蹈服的样子，恍惚间想到另一个人。连芯子看着末末，忽然转头问，我妈那时候跳什么舞呀？

我一愣，说只知道跳得好，哪叫得出名字。

没亲眼见过她跳，但妈的气质真是不一样。连芯子说着，不自觉地调整体态，挺直了后背。

我点点头，思绪一下子飞走了。所谓气质，并不玄妙，她明明穿的是睡衣，看起来却像身上挂着一件希腊式裙子。她早年的舞姿凝固在胶卷时代的几张旧照片上，照片并没有放进相框摆出来，现在也不知道变成什么样子了。泛黄，虫蛀，变脆，一拿起来就碎成几片？

末末的身影从眼前掠过。今晚学的是爵士舞，末末一边说，一边踮起脚尖，五根手指向上伸直，然后她的头好像从一根长杆下钻过去，接着肩膀、胸腔、腹部依次向前送，再往回拉，我的眼前出现了一个柔软完整的波浪。

趁着末末演示新学的动作，我压低声音问女儿，小周经常出差吗？一出去就好些天，顾不上家呀。她说，刚带着项目转去另一家公司，开始会忙一点。她显然没有往下讨论的兴趣，这情况她也改变不了，我不好再说什么。毕竟，我真正参与她生活的日子已经过去了。气氛滑向凝重，她语气轻松地说，放心放心，幸福会遗传的。你和我妈幸福了一辈子，我也尽得真传。

我笑笑说，能有什么不放心的。一边又暗自打定主意，趁这几天在能帮她一点儿算一点儿吧。

这天晚饭后，我让连芯子坐着，刷锅洗碗擦灶台都是我来。先让她歇歇，不一会儿她又要辅导孩子功课，孩子睡下后她才能喘口匀和气儿。上周末一起去商场，我发现一处室内游乐场，两眼一下子亮了，买了张通票让孩子进去玩，换她一两个小时的清闲。后来在卖甜品的地方我买了两支草莓冰淇淋，一支给她，一支给末末。

厨房收拾完我准备下去散步，莲芯子笑着说，爸，你越老越贤惠呢。我嘴上说，一直贤惠，心里说，你妈生病后我就什么都会做了。

在花园里转了两圈，依旧坐在凤凰木下。这是老伴夸过的花树，说凤凰木开花不扭捏，成片成片地开，开满花的树冠在空中横铺，像一个跳舞的人正展开身体。躺在病床上的时候她还说过一句话，等我好了再去女儿家住几天，看看楼下那棵树。

凤凰木初夏开花，一树金红，是我见过的最热烈的色彩。

音乐声随风飘过来，听见这声音便知道三栋的老王也在园子里。二胡演奏的《汉宫秋月》回荡在夜色里，渐渐地，空气变重了，像含满水分一样含满惆怅。一想到老王家的孙子听《汉宫秋月》长大，我就哭笑不得。老王倒是个讲究人，记得早晨的时候是古筝曲，明快一些，晚上才是二胡。

月亮升起来，待在半空中，像是正好停在楼上一户人家的窗前。一天一天的，它瘦下来了。注意到月亮的模样，算算来这里已近半个月，我寻思着该去下一站了。

接下来几天我为女儿家搞大扫除。细细擦拭地板、台盆、镜子、家具，又收拾四处散落的玩具，码进几个收纳箱里。有整整一箱都是毛绒玩具，猫、松鼠、海豚、小熊、长颈鹿，还有一些有名有姓陪着孩子长大的人偶。

搬起收纳箱走进卧室，把箱子往松木床下面推，床下有东西挡着，推了几下推不进去。我跪在地板上往里够，手碰到一个毛茸茸的东西。看也看不清，心一横，拽了出来。

是只毛绒猴子，满脸尘灰，一只耳朵不见了。我用半湿的布把猴子抹干净，放在窗台上晒，等猴子全身暖过来，它没进收纳箱，住进了我的行李背包。

家事是无穷无尽的，接下来我在屋里转悠，看看还能做点什么。洗衣机上有一堆衣服，担心洗起来有讲究，拿起来又放下。阳台花架上放着几盆吊兰，是缺水的样子，我挨个浇了水。

这一天真短。很快到了下午放学时分，末末被专职接送的阿姨送回家。小姑娘迅速跑进自己的房间，我站在门口试着跟她说说话，她不理我，沉浸在另一个世界里。嗯，这孩子具备专注的天赋，我因此心生感激，轻轻为她带上门，转身忙自己的事情了。

跟女儿告别之前，先跟凤凰木道别。我走到树下，心里默念：我替你来过了。树枝间的鸟扑棱着翅膀飞走，几片叶子缓缓落下来。

来之前，我在电话里对女儿说，想你了，来看看，别的什么都不提。若说是为她妈来看看凤凰木，白惹她一顿伤心。年轻人的力气全用在应付生活上了，不够伤心的。

明天我启程去往下一个地方。

车子在山脚下等着，待客满后开始上山。沿着盘旋的山路，车子转过一个弯，又转过一个弯，随着山势逐渐向上攀升。路旁山间有一条小溪，时隐时现，树木稀疏处显现出一道白亮的溪流，到了植被茂密的地方，不见溪流，只隐约听到流水的声音。

目的地是一座建在半山腰的小镇，抵达的时候，黄昏已至。找到一家宾馆住下，洗把脸，向外看，最后几缕光线已然消失，天色暗了下来。第二天醒来拉开窗帘，窗玻璃上一层冰纹，推开窗户，漫山遍野白茫茫的，下霜了。

吃过午饭，我往镇子西边的小酒馆走，一路想着酒馆的名字，叫什么来着，想不起来了。走到了抬头一看：归林酒肆。

时间还早，酒馆里没几个客人。我在窗边坐下，让店家温了一斤黄酒。等着吧，我要找的人深夜才会陆续到来。

傍晚时山里升起青色的烟霭，两杯酒的工夫，天黑透了，远处的山融进夜色，几乎看不见了。不知道过了多久，外面传来一阵笑声，我往门口张望，见一条美人鱼正婀娜地往里走。她化的妆很浓，眼皮褶里嵌着两抹深紫色的珠光。黑色羽绒服敞开着，里面的上衣像一层闪闪发亮的鳞片，紧紧包裹住她的身体。她手里拎着长长的尾端开衩的蓝色鱼尾，进门后将鱼尾放在长凳上，店家马上为她端来热酒和几样小菜。

接下来进来几个侏儒。他们扮成外国人的样子，头上戴着假发，身穿黑色礼服。坐定后，他们摘掉假发，随便擦擦脸上的彩色颜料，开始大口大口喝酒。

夜渐渐深了，舞者、柔术艺人、拿着手杖的魔术师，还有一些游客，陆续进来，酒馆里越来越热闹，但我找的人一直没现身。接近午夜时分，一个裹着军大衣的高个子男人走进来，他肩上站着一只鹦鹉，身后跟着一只孔雀。他在我旁边的座位坐下，点了半斤酒，配菜是花生米和酱猪蹄。他跟我打招呼，问我是哪里人。我说北边，这下才看清楚他的脸，半边脸上有一大块紫红色的胎记，灯光下看着颇为可怖。

聊了一会儿，我瞅了个机会问他，你常年在这里，见过一个人吗？他马上说，啥样的人？话出口我就觉得不对劲儿了，既无名字又无相貌特点，让他怎么回答。我往嘴里倒一口酒，环顾四周，回忆像一股流水从地底下慢慢涌上来。

说起来是六七年前了，我和几个刚退休的朋友来镇上泡温泉。也是晚上，也在这家酒肆。

泡完温泉全身放松暖和，加上几杯酒落肚，恩恩怨怨便开始泛起，又到了吐槽陈芝麻烂谷子的时段。有咒骂单位领导的，大家跟着附和；有不满自己老婆孩子的，大家打哈哈。忽然有人夸起我的老婆来，夸她人善良文静，脸上总带着笑，说话不紧不慢的，气质还那么好。我心里得意，嘴上说气质什么，都一大把年纪了。不知道谁问了一句，她年轻的时候跳舞吧，怎么后来也不上台了？我说，自己不愿意跳了，跳舞哪能跳一辈子。

我们说着笑着，后来也搞不清到底几点了，有两个人已趴在桌上睡过去了。我强睁着眼睛，准备叫店家结账。这时候，坐在我们前桌的人慢慢回过头来。整晚他都安静地坐在那里，背对着我们，一动不动。

我看见转过来的脸，酒醒了一大半。

一张戴着面具的脸。煞白的鬼脸，仿佛被一双手用力拽着，拉得长长的，脸部下方是歪斜的血红大嘴，嘴里两排尖利的白牙，再往上，一个带钩儿的鼻子，鼻子上面是两个不规则的孔洞。接着，一辈子再也忘不了的一幕出现了。面具留下的孔洞后面是这个人的眼睛，我看见眼泪充满了他的双眼，泪水颤动着，颤动着，终于流下来，两行泪流过煞白的面具，一滴滴，落下来。

我别过头去不敢多看他，谁知道他却主动走向这一桌，还醒着的人忍不住倒抽一口冷气，身体往后缩了缩。他说羡慕你们亲兄热弟，不像我孤零零一个人，父母妻儿都过世了。我问他是不是当地人，他说不是，接着解释所为何来——在哪里做表演都能糊口，这些年一直待在镇上是因为桥东住着个盲人。我们还是云里雾里的，他正正身子，低声说，那盲人能看到死去的人，知道他们在哪里生活，过得好不好。

我只觉得脊背冰凉，其他人脸色也变得青白。我们勉强陪他喝了几盅，他还想继续说，跟我一起的朋友朝我使个眼色，说不早了。我俩把趴着的人拉起来，一起离开酒馆。我回头看鬼脸面具人，桌旁只剩他一人了，看不见他的脸但我注意到他的眼神，他留恋地看着我们这几个陌生人，见我回头，他抬起右手向我挥动。

胎记男人听我讲完，啜一口酒，问，你的什么人没了？我说，老伴，我妻子。他摇摇头说，所以你又来到这里，也算个痴人呀，酒话也信。

我说，当年不信，现在信。

人就是一心盼着解脱得救，盼出些大骗子来。桥东哪有什么盲人，以前有几个摆摊算命的老头，这几年也见不着了。胎记男人说。

是，去看过了，现在那里是一家奶茶店。

胎记男人沉默下来，神色变得黯然，半天才说，真有这样的奇人就好了，我也找他打听点事。

突地，他肩上的鹦鹉发出清亮的口哨般的声音，伏在地上的孔雀站起来，头上的羽冠一颤一颤的。我以为它要抖开尾屏，不料它左右看看又趴回地上，尾羽收拢在身后，泛着金属色泽的绿光。

青灰色的月光照着一座青灰色的石拱桥。我跟胎记男人来到桥边，不，现在我叫他老苗了。我俩互相搀扶着走到桥的最高处，倚住栏杆往桥东张望。

河水缓缓流过，小镇在夜色中徐徐铺展开来。青瓦屋顶一重重高低起伏着，一道道飞檐柔软地弯向天空，巷子曲曲折折，伸向前方的黑夜，路灯稀疏，站立在大树旁边。

此刻，我站在半圆形的桥拱上，低头往下看，还有一个半圆映在水里。

老苗叹息一声，说，生老病死，谁也逃不过。一阵风吹来，我身体来回摇晃，那种感觉又来了，胸腔是中空的，就像脚下的桥孔。我重新回到那一刻：医生宣布她死亡，有什么东西硬生生地穿过我的身体，我被开了个大洞。

一年过去了，那个大窟窿还在。

老苗拉我一下，嗨，谁不苦呢，你看看我，打小儿没人疼，自己养活自己。你至少有工资，退休也能吃上饭。来，别闷在心里，说说她长啥模样，什么性格脾气，会跳什么舞。

我心里一惊，问，你怎么知道她跳过舞？

这就忘了？刚才在酒馆里你自己讲的。老苗双手举过头顶，扭动起身体来。

我推他一把，说别瞎闹。提到跳舞都是老皇历了，但这么多年来她的身姿始终自然挺拔，像清晨阳光下的一棵小松树。我说，她跳过一阵子，很多年前了，快记不清了。

后来呢？老苗问。

我说，还不是跟大伙儿一样找份普通工作，上上班，照顾照顾家里。

是个贤妻良母吧，她一撒手你日子就难过了。

当然，她是个好人，好女人。我迟疑一下，补上一句，舞跳得也好。

那是我第一次看见她跳舞。也许过往的记忆都已模糊不清时，那个片段仍免于湮灭，随时能从一团晦暗中跳出来，放射异彩。

二十世纪八十年代，每到腊月，市里会举办一场迎新春文艺晚会。那年的晚会在工人文化宫旁边的礼堂举行，她的节目安排在相声后面。两个相声演员退场，大幕合拢，舞台上传来急促的脚步声，接着，红色天鹅绒幕布往两边拉开，灯光先是很暗，随即舞台上方打下来一束光，她出现在那束光里，闹哄哄的礼堂安静了下来。

记不清舞蹈细节了，但我一直记得那场舞给我的感受。一开始能注意到舞台两侧几束光柱的存在，还有她耳垂下方流苏耳环猛然闪出来的一道光，后来没人在意这些了，她跳跃、旋转、摇摆，她本身就是发光的物体，吸饱了日精月华，自行发光。

如果说舞蹈动作是一种语言，那我并未完全读懂，但我感觉到很复杂也很澎湃的情感，一波波撞击着我。我听见旁边有人议论，说她就是文汝静，她跳舞小有名气，上过几回电视，还在省里拿了奖。

音乐节奏逐渐加快，礼堂里的气氛沸腾了。台上那是个野孩子，风吹、日晒、雨淋；天然、快乐、恣意。最后，我看到她在燃烧，像天地未开时一团混沌的火焰，渐渐地，那团火焰长出骨骼、皮肤和毛发，诞生，接近诞生了。就在诞生的前一刻，灯光熄灭，音乐戛然而止。我盯着黑暗的舞台，整个人像发高烧一般，从头到身子都滚烫滚烫的。

离开温泉小镇，我前往此行的最后一站，一处名叫青林泽的湖泊。

从高处看，湖泊像一个葫芦，我住下的地方在葫芦嘴旁边。

门廊下坐着，四下寂然，恍恍惚惚地，我以为自己待在墙上的一幅画里。近处的树木和房舍显得很大，远处的水和云不过寥寥几笔，比一场梦还要缥缈，我在哪里呢？大概是白房子旁边那个黛色的小点。

旅馆前台告诉我，湖边的篝火晚会还是在葫芦下肚那里。我提前往那边走，沿着湖岸，走过葫芦的长颈、上肚、腰线，湖面变得开阔起来。岸边有片芦苇丛，这时节芦花已谢，清瘦的芦苇一杆杆站着，几只水鸟伸着细脚立在杆子上，看过去一派萧索冷清。

秋天欲走冬日将来，湖边没有几个游客，四处都安静，虫叫和鸟鸣清晰完整，还能听到黑夜一步步走近的声音。直到有人点燃一堆干木头，夜晚的火光照亮一小片湖水和天空，人们这才从四面八方走过来，汇集到火堆旁。

我凝视湖水，如果湖水也看着我，不知它有没有认出来，那一年站在湖边的是两个人。

为了庆祝结婚三十周年，我跟文汝静来这里旅行，白天游览湖中小岛，饭后在湖边散步，等篝火点起来的时候，很自然地牵手萍水相逢之人，一起围着火堆跳舞。

那天晚上真是她吗？我到现在还有些怀疑。那天晚上看到的似乎是另一个人，至少不像那个年纪的她。篝火正旺的时候，她从游人围成的大圆圈上把自己解下来，悄悄靠近火堆，等我注意到的时候，她正独自起舞。

原来舞蹈可以模拟流水。大水从高处落下来，涌向弯曲的河道，迂回蜿蜒地流过去，前进，拐弯，回旋，随着河道的形状和地势的下沉抬升，水流曲尽变化。除了四肢，她身体的每一个部位都在起舞，包括脊柱、血液和魂魄。她的身姿越来越柔软，好像快要化作雾和烟，乘风而去。眼前的一切让我感到震撼，同时又暗自盼望这震撼赶紧消散。我也脱离圆圈，走过去拽住她的衣角，她没有停下来，而是挽起我的手，带着我旋转。我抗拒的身体渐渐变得松弛，跟上她的步伐，宛若随水漫流，涨涨落落。

那是婚后我头一次看见她跳舞，也是最后一次。

此时，火堆驱走水边的寒意，烤热了清冷的空气，乐曲声响起，人们拉着手，从成年人的忧愁和戒备中挣脱出来，不管左右两边是谁，一起享受这忘情无忧的短暂时刻。

我在湖区待着，每晚都来到篝火旁，回想我俩在湖边度过的日子。有一天，我在湖水里看到一个身影，是个倒背着手的人。吃了一惊，以前觉得真正的老人才会这样走路，转念一想，可不到岁数了，也该是这个模样了。

除了年老力衰，微薄的退休金亦不足以支撑漫长的旅行，房费一天天往上长，再不舍，还是要回家了。

我害怕回自己的家。家里很挤，归置着多年生活的物件，满满当当没有缝隙，同时又萧条冷寂，仿若一间空房。在那套房子里，我历经了她的后半生，她看上去不胖不瘦刚刚好，她膨胀，再膨胀，迅速变瘦，干缩脱相，直到成为瓷罐里的一把粉末。

火车擦着一座座城镇的边缘呼啸而过，迎面而来的不止是田地、树林、隧道，还有连绵往事。坐在车上，仿佛正驶向时间的深处。

徐阿姨提到她的名字，我以为听错了，文汝静，她不是在南方跳舞吗？徐阿姨没详细说，只强调人早就回来了，工作也找好了。我妈很快站起身来，前来说媒的徐阿姨只好也站起来，她心有不甘，似乎还有很多话等着往外倒，我妈妈轻轻说了一句，女方大两岁呢，别忙活了，回去吧老徐。徐阿姨走后，我妈冲着我爸说，咱这里不知是第几家了，鞋底都磨薄了吧。她说给我听的，我知道。

那是我这辈子唯一一次力排众议。大姑上了点年纪，多次委婉规劝，拖着长音说，你这样老实，这样可靠，后面就没有话了，无尽之意全在空白里。我几次都不接茬，她就直接表达个人观点了：搞文艺的女人，开放，不安分，哪有心思好好过日子呀。我妈见势也跟着说，长得好，又爱打扮，看她好像扎了耳朵眼呢，边说边吸气，不停地摇头。

什么年代了！我气愤地说。

堂弟居然也捣乱，阴阳怪气地说，名人呢，见过她，在操场上跟几个不良青年在一起。别说你不知道，就是那几块料，烫着鬈头跳迪斯科，扭胯，抖啊抖，不知羞。

我胸口一疼，何至于被人这样说。她舞动的身体，好像携带着难以尽述的罪恶。不光女性长辈不喜欢她，很多小伙子也只是远望她一眼，等她走下舞台就躲开了。我想起第一次和她约会看电影时的情景，她穿淡蓝色连衣裙，头发往后梳，在脑后用橡皮筋随意一扎，露出小巧明净的额头，我心里感叹，这是跳舞的人才会拥有的美好额头；她很腼腆，并不比别人更擅长调笑。想着想着，血气上头，这叫什么事呀！我愈发想对她好一点。

图她什么，穿得露，会扭屁股？大姑神色鄙夷。

那是艺术！我高声说，额上的青筋暴起来。堂弟嘿嘿一笑，做了一个具有色情意味的下蹲动作。

大姑憋着一股劲儿，你是见得少！

我也憋着一股劲儿，相信我俩能和别的年轻夫妻一样，恩恩爱爱过日子。事实的确如此，我们勤恳上班，养育了一个孩子，住房从平房换成楼房，存折从没有变成几张，当然啦，渐渐地她也不再穿带颜色的内衣，大部分是肉色的了。粗看细看，这都是一个幸福的家。唯一的危机，是的，危机，那时我脑子里的确闪过这个词。

女儿刚上幼儿园的时候，忽然有几个旧日的朋友来找她，我在里屋听着，似乎是拉她一起去排舞。他们走后，房间里还飘动着一股危险气息。我嘴上没说什么，心里其实不愿意她去，我们已过上安稳生活，我害怕她想起舞台上的自由和激情、荣耀和掌声，那些光鲜东西的后面，从来都潜伏着动荡、混乱和破坏。我甚至忌讳想起那两个字来，仿佛有剧毒，仿佛是洪水猛兽。

她不知道从哪里翻出来演出服和头饰，在灯光下翻来覆去地看。我偷偷瞄一眼，发现服装看起来很粗糙，毫无光彩，头饰也不像在舞台上那么鲜艳，一堆廉价塑料。

她到底没去。年终岁尾的时候单位有人撺掇她登台，她推说身上有伤，怎么也不肯。她也很少跟我谈起舞蹈和舞蹈家了，再往后，跳舞的经历她绝口不提，有人羡慕她自然舒展的体态，难免问起来，她脸上的表情略显尴尬，复又坦然。后来演出服也看不见了，所有的痕迹消失，无人记得那些旧事。我们白头到老。

广播里传来报站声，下一站到家，我忍不住打了个大大的冷战。

最后的那段日子，她会突然叫我的名字，海平，连海平。我回过头去，她欲言又止，呆呆地看着我。我知道她又想起以后了，为她处理后事时我还能撑着，等后事办完我一个人回到家，剩下的那些日子，可怎么过呢？！她强忍眼泪，艰难地用胳膊肘把身体支起来，说，一开始难熬，总会习惯的，看眉毛你准是个长寿的人，不知道还有多少福要享呢。我听了，几步走到她看不见的地方，捂着嘴哭一阵再回去劝慰她。我们互相哄着，哭哭笑笑，又苦又甜，直到，她永远合上眼睛。

那段日子，她身上柔软的脂肪和有力的肌肉都不见了，一层薄皮勉强挂在骨头上，像披了一件不合身的宽大衣服。夜里她侧身躺着，我从后面搂住失去水分枯瘦如柴的她，她挨紧我，都知道这是最后的相依为命。她病中的神情跟以前一样，脸上带着笑，安详满足，让人看见她的脸就觉得舒心。

那段日子，我偶尔回想起第一次见她跳舞的情景，那联结着爱意滋生的隐秘瞬间，一阵冲动上来，想谈谈越来越遥远的过去，临张嘴又觉得没什么可说的。我这个年纪，愿意把所有的事情归结为宿命了。也许每个人年轻时都沉迷过几样事，并误以为自己在那些领域具有神秘的才能。

我打开背包，拿出一件东西抱在胸前，是从女儿家床下找到的毛绒猴子，它被遗忘在黑暗里，头上只有一只耳朵。这一路走下来，我琢磨着它要有个名字才好，一次在湖边漫步时想到不如就叫"独耳大圣"。

在自家门口站了一会儿，我对独耳大圣说，我们回家吧。

我的手，大圣的手，一起推开门，走进去。自她去世后我启用新的纪年方式，将这一年称为"分离元年"。门打开，分离元年的一幕幕涌出来。

保留着她的毛巾、牙刷、拖鞋、杯子，一切生活用品，好像这个屋子里还是两个人在生活。

天变冷了，我找到她常穿的一件棕色开襟毛衣，挂在门口衣钩上。有时把枕头被子搬到床的另一边，在她的地盘躺下。有时待在我那一边，她那边也不空着，照样铺两床被子，躺下后我的手从被子下面伸过去，抓着一角被单，好像握住了她的手。

多少个早晨醒来，迷迷糊糊的，我的手去找她的手，那是幸福的时刻。每个误以为她还在的时刻就是我最享福的时候。

一开始茶几表面的灰尘像一角硬币那么厚，眼睁睁看着，灰尘变成一元硬币的厚度，再后来，我从自己家逃走了。

站在灯下，看着影子，我确信自己回来了。我让独耳大圣坐在沙发上，接着打开电视，不管什么台，只要有声音就行。

睁开眼，看见窗帘缝漏进来的阳光，听见外面传来电视广告的声响，这一年多来，我头一次庆幸自己活着。我走到客厅，抱起独耳大圣，一下一下摸它的头。我熬过了第一晚。

也许，可以去她的小房间坐一坐了。

小房间是她常待的地方。多少回了，我想把一件好玩的事情告诉她，推开门来，下一秒我意识到，她已经不在了。多少回了，我听见小房间传出声音，推开门来，她当然不在，是风把什么东西刮到地上。我总是站在门口看一看，不敢再往里面走。

一切保持原状。窗下放着一把木质靠背椅，那是她经常坐的椅子，椅背上还搭着她的衣服，一件绞花羊毛外套。小桌上放着一本书，拿起来，看到书签别在157页。我坐在她的椅子上，从157页开始看。

自然光渐渐不够了，我合上书，转转脖子，活动活动酸痛的肩膀。猛然看见一个人，勾着头，弯腰驼背坐在那里。再一看，是镜子里的我。墙边放了一面穿衣镜，正好能照见椅子这边。看到自己在镜中的形象，我下意识地调整，收回往前探的脖子，打开背，挺直腰。

就在这时候，我忽然想到什么，过去的画面一帧帧快速从眼前闪过。

无论穿着睡衣还是系着围裙，她始终身姿挺拔。她端坐在沙发上，头和背在一条直线上。她晾晒衣服,手臂在空中划出一道柔美的弧线,她剪脚趾甲,抬腿,收腿,宛若仪式。隔一段日子她就把我的四季衣服找出来,细细检查一遍,将纽扣松动的放在一起,然后她捻起一根针,举到光线充足的地方,另一只手捏着搓细的棉线,对齐了,在清透的阳光中,棉线极富韵律地穿过针眼。

一幕幕黯淡的家庭场景逶迤而来,它们从没像现在这样清晰、优美、光华闪耀。

她无时无刻不在秘密起舞。

回到那一晚吧。我宽厚地一言不发,她反复摩挲演出服。多么平静的夜晚,无声的对话比能说出来的话意味更明确。

我走到瓷罐面前,想解释些什么,话哽在喉头,该从哪里说起呢?盼望在另一个地方找到她。也许她还是生病时的样子,头发掉光了,黄黄瘦瘦的,我会用最热烈的目光看着她,我会如少年扑进母亲怀抱,如父亲将女儿搂进臂弯,不,以赤诚的情诗中丈夫热爱妻子的方式,不用她开口,我就自愿化作她需要的任何东西,腰间的一根银链,手腕上的一根飘带,一束追逐她的光,甚至是她足底的一双舞鞋,如果她张开双臂仰起脸庞,说来一场雨吧,我就化作一朵云彩,飘到她头上,为她降落一场温柔无声的细雨。

原载《十月》2020年第2期

黄咏梅

跑风

年三十夜饭散席后,高富春喝大了,坐在冰凉的晒谷坪上,开始骂。"高茉莉,你个神经病,为了一只畜生,年夜饭不吃你回来干卵啊……"

老大发酒疯是保留节目,就好像在东莞厂子里积攒了一年的怨气,窝成一泡稀,拉在光秃秃的晒谷坪。这种时候,谁都不会当回事,照旧把饭桌清理好,稀里哗啦推麻将,即使他坐在月亮下号哭起来,都没有人去拉他一下。疯过了,酒醒了,他拍拍屁股坐到桌边,指挥人家怎么抱着钻跑风,嗓门比哭的声音还粗。

直到高富杰在屋里喊:"大哥,老娘跑风。"

高富春从地上弹起来:"老娘,跑三圈,整死他们。"他边跑边哇哇叫,像被一串鞭炮驱赶的叫"年"的那只鬼。

高富春刚挨近桌子,老娘一推牌:"家家五十。"

"糟掉了糟掉了,跑三圈,家家一百五……"看见高富春肉痛的样子,桌上的人笑得更开心,好像家家都赢钱了似的。

往后备厢塞满在超市买好的年货,玛丽才有一点过年回家的兴奋。雪儿待在猫包里,隔着黑纱盯着她,她从满满当当的袋子里,找出一只罐头,朝雪儿晃了晃:"知道了知道了,妈咪没忘你的罐罐。"雪儿始终歪着脑袋,它的智商多数来自习惯,对于这只猫包,它只习惯去宠物医院打针或美容。

四五个小时的旅途，雪儿大概被吓傻了，不吃不喝不拉不撒。玛丽每一句自言自语，对象都是它，跟在家的时候一样，但一路上玛丽没听到它应答一声。

这是玛丽带雪儿第一次出远门。她在那个萌宠公号，花79元咨询在线医生，关于一岁四个月布偶猫出远门的各种注意事项。"宠物猫是家庭性动物，出门会使它严重缺乏安全感，造成烦躁不安，必要的时候，可以喂食少剂量安眠药。"在线医生职业地称她——雪儿家长。她带了一粒安眠药，不过，似乎用不上。

在服务站，玛丽停车，试图把雪儿抱出猫包，放放风。它拼命挣扎，世界这么大，它只想占住这个小地盘，窝在里边，一声不吭。玛丽找个空旷处，做了几个伸展运动。高速路上没几辆车开过，一眼能看到路尽头洁白的云朵，就像雪儿蹲在那地方。服务站的垃圾一片狼藉，可以想见前两天的拥堵。玛丽朋友圈里各种直播，平时三小时的路程，昨天足足开了十三个小时。要是堵在路上十多个小时，雪儿说不定会被憋死。玛丽跟老娘说，今年不赶年夜饭了，初一一早回。老娘丝毫不能理解，最远的儿子都已经从广东回来，高铁上站一程坐一程。玛丽离得最近，年夜饭竟赶不上。但老娘也不敢多问。四个小孩中，三个都在工厂打工，只有玛丽穿着高跟鞋坐办公室，走路的的笃笃有威有势。

车子碾着铺满鞭炮屑的山路，一颠一颠停到了晒谷坪上。

高富春耳朵比谁都尖，从西厢房跑出来，待后备厢一翘起，他就忙着把东西一趟一趟搬到屋里。

玛丽下车只做一件事，抱着猫包，跟屋里走出来的人打招呼。

"我的个乖乖，像抱小伢。"姐姐高迎春穿一件嫩粉色羽绒服，肯定是她女儿淘汰了的，脑袋快被帽子一圈夸张的人造毛淹没。老娘应该是在准备祭祖的猪头肉，厚棉袄外罩件油渍渍的围裙，双手油腻，她凑近猫包去看，里面黑乎乎的，只看到一团白影。如果这会儿老娘要伸手进去，估计雪儿会张大嘴巴，发出嘶嘶的威胁，一旦猫包被打开，它就会惊慌出逃，挣脱所有人，像风一样，跑得无影无踪。在线医生说，猫咪到了陌生环境，必须跟家长在密闭的空间待一段，慢慢适应后，才能独处。

玛丽抱着雪儿直接上二楼自己的房间。带来的猫砂盆、食盆、猫窝，一应摆好，把所有门窗锁得牢牢的。单独相处了一会儿，雪儿的好奇心才恢复过来，身子压得低低的，开始用鼻子东嗅嗅西嗅嗅，在房间里小心翼翼地"探险"。它对墙角那只褐色的酸菜坛子很感兴趣，嗅半天，嘴巴半张，狐疑一下，将这些新奇的气味通过上颚收进犁鼻器，继而传递到大脑里，进行辨别和保留。玛丽查过百度，了解猫的"裂唇嗅反应"全过程。买了雪儿之后，玛丽认真学习了很多育猫知识。

待了半个多小时，玛丽才下楼。厅堂里早已坐满了人。她警告那几个吮着棒棒糖的小屁孩："不许开我房门啊，听到没有？！"她的手朝天花板上指了指。屋里人不约而同朝天花板上望一眼，好像楼上住了个不能打搅的神经病亲戚。

这些人多半是过来看猫，算起来都是七拐八拐的亲戚，玛丽不好意思拒绝，分批带他们进房间。看到陌生人，雪儿又缩回那只黑乎乎的猫包，只有玛丽把它抱在怀里，人们才能看到它。他们都恭维玛丽，说从没见过那么漂亮的猫，两只眼睛像湖里面的水。来看的人越来越多，高富春开玩笑嚷着要收他们的门票。

其中有个堂嫂，在南京给人上门做钟点工，一眼就认出了雪儿。"我的个乖乖，是布偶猫。"她每周四下午给那家搞卫生，有只一模一样的猫，说是布偶猫。毛比人的手指还长，还没入伏，就给它在卧室开冷气。这是她最难搞的一家卫生，所有地方得先用吸尘器吸上一遍，再用湿拖把拖。主人强调每个角落都要擦干净，因为那只胖猫专挑角落旮旯睡觉。好几次，那个不用上班的女人指着阳台上挂得高高的热水器说，要重点擦这顶上，肉松这段时间特别喜欢跳到上边睡觉，害得堂嫂的恐高症发作。

堂嫂不断抱怨着那家，玛丽的弟弟高富杰听不得唠叨，从椅子上一蹦老高，龇牙咧嘴打断她："要是我，就把它毛一把烧掉。"其他人也跟着起哄，皮一剥，老酒辣椒大蒜，红烧老猫。

"烧掉？你赔得起？一万多哩。"堂嫂话一出，所有人都静下来了。高富杰转头问玛丽："高茉莉，你这猫一万多？"他一根食指伸向天花板，半天都没放下来。

玛丽眨着眼睛，蹦出两个字："乱讲。"公司里坐在她对面的特蕾莎，划拉着雪儿的照片问，这种母的布偶要多少钱呀？玛丽毫不犹豫就告诉她一万八。现在，这些人一只只眼睛盯着她，她死都不敢承认。姐夫在山里收购蜂蜜，亏本欠下一万二的债，玛丽没借给高迎春。高富春想跟人合股做茶油生意，借三万本钱，玛丽也没借。玛丽上班领薪水之后，老爹曾在某一个年夜饭桌上，以一家之主的身份立下过规矩，除非救命，一律不能向玛丽伸手。十来年，玛丽借出去的钱没救过谁，零零星星地给了出去，给了出去就没指望能要回来，只是赢得了他们对她的宽容，比如说回家从不进厨房烧锅，饭后从不洗碗，家族重要活动吃饭的时候，她是允许上桌同吃的唯一女性，甚至，为了一只猫缺席年夜饭——高富春发酒疯对着月亮骂她的话，玛丽回到家并没有再听到半个字。

很快，他们从猫讲到了钱。搞钱越来越难。人堆里最显眼的那个堂妹，搽着厚厚的粉，粘着长长的假睫毛，因为裙子太短的缘故，一刻都不愿离开火桶——只有她没上楼看猫。堂妹代替雪儿成了话题的中心，她才去杭州两年多，就能挣到一辆车子，弄得高富杰几个心痒痒的。他们围着堂妹问来问去，电话里卖卖保健品就能搞到钱？

闲扯到下午四点，高家出发祭祖的时辰就到了，屋里的人陆陆续续散去。这时，玛丽才见到老爹。跟每一年回来所见到的形象一样，老爹穿着那件"万年防水棉服"，棉服的几个兜永远鼓鼓囊囊，好像他把重要的家当都背在身上，随时可以到处去——菜园、鱼塘以及后山那片杉树林，让人怀疑他在这些地方似乎还有一个家。老爹手上拎着一只湿漉漉的鱼篓子，大概是从鱼塘回来。玛丽觉得，老爹越来越像爷爷了。

高富春和高富杰熟练地拿上母亲备在门背后的几个篮子。晒谷坪外，已经等着大伯、小叔那几家的男丁，一行男人往后山走去。玛丽忽然想起什么，小跑几步跟上老爹，从羽绒服的口袋里掏出两包烟，让他捎给爷爷。黄鹤楼1916，她公司的老板只抽这种，她在公司楼下烟店买的。

屋里只剩下了高迎春和老娘。玛丽脱了皮靴，将脚伸进火桶里的隔板，底下的炭是老娘刚加进去的，热度适中，就像冬天把脚放到雪儿肚子上。

其实玛丽特别想跟他们去看爷爷。但上山祭祖的规矩，绝不能为玛丽打破。女人要是上了坟山，带去阴气，祖宗便没法好好保佑后代。事关命运的禁忌，哪一辈也不敢乱来。

没几句，老娘又提到结婚生伢的事情。玛丽36岁，要是在农村，儿子都准备出门打工了。

高迎春认为玛丽养猫，是因为想结婚当娘了。"养猫不如养伢。"她女儿在横店卖奶茶，儿子高中读不下去了，准备春节后跟高富春到东莞打工，年前她特意到县城超市给他买了新鞋子。

玛丽低着头，有一搭没一搭地应着。她们看看玛丽的脸色，也不敢跟她讲重话。

身子一暖，玛丽瞌睡就浓了，靠在椅子上打了个盹，模模糊糊还听到她们讲话的声音，忽然就看到爷爷了。驼背，脸色蜡黄，还穿那件四口袋的灰色中山装，肩上背着箩筐，站在山坡拐弯的地方喊玛丽："三儿，烟好吃，就是太少喽。"讲完，转过坡去。玛丽一急，醒了。

"离婚是为了躲债，还是住在一起的。"高迎春朝老娘挑了挑眉毛。玛丽瞌睡之前，她们就在讲这个表弟，赌博输了二十来万，债主天天来家里堵，表弟媳索性跟表弟离婚，催债的人一上门，她就拿出离婚证给那些人看，表弟的债表弟自己背，跟她半毛钱关系没有，表弟就算死在家门口，她都不会开个门的。那些人就不再上门了。表弟东躲西藏，隔三岔五敲门回家，过年一家三口也回娘家，就是离婚不离家的。

"十个穷鬼九个赌，越穷越要赌。"老娘长叹一口气。

"梦到我爷了。"就这么醒来，玛丽很不情愿。

"你爷讲话了？"老娘生怕备的东西少了哪样。

"嗯，我爷说，烟好吃，就是太少了。"

"这个老烟鬼，一箩筐都不够他抽。"老娘一颗心放下来。

她们又聊起了爷爷奶奶，还有村里旧年过世的几个亲戚。

玛丽跟爷爷最亲。爷爷去世的时候，玛丽工作招聘面试，没能回家送。谁都知道，爷爷是最想等她的。最后那几天，瘦得剩一把骨头的爷爷，肝腹水，肚子撑得滚圆，就连一口水都难吞下，还拼命要喝粥，并且要喝那种黏稠的硬粥，三九严寒天，他却吃得衣服湿透，好比三伏天挑一担稻谷。家里人以为他是在攒力气等玛丽。死后给他抹澡，裤子上黏着零星几粒屎。老爹抹着眼泪说："他是拼老命要给这个家留福。"乡村里有一个讲法,家里老人去世时,留尿是贫,留屎是富。一个月后,玛丽顺利进入上海这一家外企,成为高家第一个领洋工资的人。老爹说,玛丽的福气,都是爷爷留给她的。大家都这么认为,这样,他们向玛丽借钱的时候,思想负担不至于重,他们在麻将桌上合力赢走玛丽的钱,同样心安理得。

后山上传来一阵集中的鞭炮响。老娘像收到信号,将手上嗑剩的瓜子一把揣进口袋,拍拍手,往厨房去了。高迎春跟在后面。因为玛丽,年初一晚饭才能算是高家真正的年夜饭,高迎春破例初一留在娘家,帮忙张罗。玛丽想着是否要上楼看看雪儿,但火桶实在太舒服了,她的屁股舍不得挪开,就拿起一片芝麻糖,边吃边看微信。

又过了一阵,男人们从后山回来了,说说笑笑。玛丽一眼看过去,每个人两边耳朵上都夹着烟,金灿灿的烟屁股,黄鹤楼1916。玛丽一阵心酸。如果再坚持几年,她把爷爷接到上海治病,现在他应该还可以坐在火桶上,眯着小眼睛抽黄鹤楼1916,谁都不敢抢。

比昨天晚上多出了好几样菜,酒重新开。高富春眼看又要喝多了,他大着舌头问玛丽,你那破猫真有那么贵?一桌的人都不响。高迎春左右看看,干笑几声,"大哥,你伢贵不贵?你说贵不贵?"高富春把酒杯往桌上重重一放,"你讲什么鬼话,我伢是畜生?我伢畜生都不如?你讲什么鬼话……"玛丽觉得高富春都要哭出来了。她很想逃跑,跑上二楼去抱雪儿,让它的蓝眼睛温柔地看着自己,就像过去的那些日夜一样,在上海的那间出租小屋里,四目相对,相依为命。

老爹把碗一推,从凳子上站起来,他那一贯含着痰音的话,仿佛挟着雷声滚过来:"不准喝了。"

饭桌换成麻将桌的时候,高富春酒劲轻了些,他第一个坐到东边椅子上,高富杰、高迎春也自觉地坐到他两边。对面那个空位置,明摆着是留给玛丽的,其他人就趁机散到隔壁家凑牌脚去了。等了一会儿,玛丽还没下楼,高富杰敲着桌子一直喊高茉莉。过年回家打麻将似乎是玛丽的一种义务。不从玛丽身上赢个千把两千,他们会觉得这个年没过好,像去做客酒没喝好一样不爽。

玛丽只好把怀里睡得暖呼呼的雪儿抱回猫包,即将脱手的那一瞬间,玛丽手上感觉到一阵刺痛。雪儿软绵绵的肉掌，有意识地伸出了爪子，紧紧钉进玛丽的掌心。

疏于操练，玛丽的麻将技术不是很好，但也不至于白痴。高富春刚丢出的一个幺鸡，如果她一推，就和了，她懂，但是她饶了他。总之，输钱就是了。

输掉几圈之后，老娘端张椅子坐在玛丽旁边指导。高迎春那只九万刚送出来，老娘就喊，和！喊出去了，玛丽想不赢都不好意思。

农村里有句老话，"技孬牌旺"，玛丽果然总是能摸到顺牌，一上手就有天地和的迹象。如此，在老娘的监督下，玛丽轻松赢回几番。他们就开始抗议老娘，嘿嘿，老娘，五人一桌麻将，还真稀得见了。老娘厚脸皮稳坐军师位，笑着说，你们合起来欺负妹妹，还不得了了。高富杰一听就嚷，高茉莉是我姐！又朝坐在火桶边抽烟的老爹投诉老娘偏心。老爹原来一直都在那边听牌，心里有数，他不搭腔，只是笑出了一口痰，朝炭火堆里吐去，哧啦一声响。

这几圈玛丽觉得挺来劲的，打麻将果然要赢钱才有意思。不过，她不太能理解，老娘为什么要帮助她，在她工作之后，他们习惯了向玛丽寻求帮助——准确地说是资助，他们自然地认为玛丽是不需要帮助的。

第四只发财抓到手上时，玛丽心跳不已。才摸两轮，她就凑齐了四只发财。这一局庄家翻到的钻是发财，现在她手上拿了四只钻，如果她愿意，下一秒就可以和任何一张牌。她看一眼老娘，老娘面不改色，一把从玛丽手上夺过那只发财，紧紧握在手心，像跟谁宣誓般大声喊出两个字："跑风！"三个人都被老娘的大嗓门吓了一跳。牌没摸满两轮，就跑风？高富杰探过脑袋来要看牌："老娘几个钻啊？"被他老娘狠狠地推了回去。

如果跑风者不叫停，在没有一家和牌的情况下，可以一圈一圈跑下去。赢三家，按圈数算钱。

玛丽跑了三圈，分别扔出三筒、二条、八万。他们一个个竟然都接不上，搓着手上刚摸到的那只牌，干着急。跑到第四圈的时候，玛丽感到不好意思，当然更怕夜长梦多，她跟老娘说，和掉算了。可是老娘死死拽住那只发财，只顾继续喊"跑风"。玛丽从来没看到过老娘那样的表情，倔强，笃定，甚至有着豁出去的大义凛然。那表情，让玛丽觉得她手上握住的不是一只麻将，而是一只自卫反击的武器。

邪门的是，一圈一圈跑下来，他们几个摸牌又扔牌，居然没人能成功截掉玛丽的和。桌上的气氛有些严肃。玛丽的手心开始出汗，同时暗暗地感到刺激和兴奋。高富春站起来对老娘说，有本事跑个十圈看看。

第六圈，玛丽刚摸进一只五万，老娘迅速把那只发财往桌上一敲，和！就像士兵听到了命令，玛丽顺势将胸前的牌一推，长出一口气。

尘埃落定，他们哇哇叫。高富春不甘心，又顺手摸起一只牌，"他妈的，等的就是这只屁眼。"说完，瘫倒在椅子上，手上一只大饼甩落桌上，真是只白底红圈的屁眼。

"家家三百。"老娘得意扬扬。高富春他们开始耍赖，说牌是老娘打的，不算。高迎春甚至栽赃老娘起先搞小动作，偷偷从桌上换了只红中……各人都不认账。高富杰干脆把火桶边的老爹拉了过来当裁判。老爹没下结论，在身上几个口袋里摸索，大家以为他要代为付钱，谁知最后摸出只手机，说，你们哪里打得过老娘？你们不在家，她天天在这里面打，机器都能打赢。

于是大家开始讲老娘玩手机看抖音的各种笑话，又讲老爹打麻将当"总支书记"的笑话。麻将就算是结束了，大家围到火桶边坐，嗑瓜子，吃冻米糖，默契地赖掉"家家三百"这笔债。日后，玛丽的"家家三百"仅仅成为嘴巴上赢去的钱，高家村家家都传遍了。

玛丽把雪儿从楼上抱下来。暴露在那么多人面前，雪儿惊慌得想要挣脱。高迎春急急将前后门窗都关了，嘴里碎碎念："我的个乖乖，跑出去，一万多就飞掉了，我的个乖乖。"也怪，雪儿被高迎春一抱，竟然就没有挣扎的意思了。高迎春坐得离火桶最近，一暖和，雪儿连打几个哈欠，喉咙里发出惬意的咕噜咕噜，眼神迷离，慢慢放松了警惕，睡去。

老爹看着雪儿说，没见过这么好看的猫。

他们都过来要摸雪儿身上的毛，真的有手指那么长，高富杰拿自己的手指比过去。

"这猫会抓老鼠？"高富春问玛丽。

玛丽说，它哪里见到过真老鼠？倒是买过电动老鼠，玩两天就腻了。

玛丽给他们讲雪儿的各种好玩的事。说有一次在屋里抓到只臭屁虫，臭屁虫放一个屁,把它熏得干呕,很长一段时间见到虫子就逃。

高富杰刮刮雪儿的鼻子,骂它胆小鬼。雪儿就势把脑袋一歪,不明就里,只睁大眼看着高富杰。那无知的呆样,看得大家欢喜。

后来玛丽又讲到雪儿第一次去宠物店洗澡,好不容易洗好,还没擦干,就拉了一泡稀在人家手上。高富春趴到高迎春的膝盖上,拍着雪儿的后脑勺,骂这个矜贵的家伙。雪儿被拍得舒服,在高迎春怀里打滚,肚皮朝天。高富春顺手拿根棒棒糖在雪儿眼前晃晃,雪儿用小短手去扑。玩了几个回合,高富春嘻嘻笑,"嘿,真像个小伢。"

因为门闭着,谁也没留意,外边开始飘起了细雪。

第二天早上,玛丽还在被窝里,就听到楼下老娘不知道在跟谁说,裤子都站起来了。昨晚的雪落在忘记收进屋的裤子上,一夜结冰,裤子自己站起来了。玛丽脑子里想象着那两根光棍一样的裤子,硬邦邦地站在雪地上。是高富杰的牛仔裤吧?她笑清醒了,伸手在被子上一把摸到了还在睡觉的雪儿。

"雪儿吃鱼不?"老娘指着桶里那几条活蹦乱跳的鱼问玛丽。鱼是清晨老爹到湖里敲开薄冰,用鱼线钓上来的,她不知道该拿去红烧还是清蒸。村里流窜到灶头的那些猫,她杀鱼时顺手从肚子里掏一把内脏,擤鼻涕一样甩在泥地上,猫边吃边嗷嗷地谢人。

雪儿只吃猫粮和罐头。

老娘从玛丽手上拈起一粒猫粮,放嘴里嚼两下,吐出来。一点都没味道。老娘摇摇头,走进厨房,将桶里那几条鱼杀好,放锅里焙干水,喷酒抹盐,用草绳穿好,挂在二楼阳台窗外风干。

那些过来拜年的亲戚,刚踩进晒谷坪,经知情人指导,多半能抬头看到一只雪白的胖猫,蹲在二楼窗台上,仰起头,盯着头顶上那几条鱼。雪儿对这些鱼的热情保持了很久,只看,不吃。玛丽将这个镜头拍下,又将雪儿的蓝眼睛做特写放大,发在朋友圈。特蕾莎在下边留言:妈咪,这是什么鬼?辛迪更搞笑,留言说,猫被鱼吓蒙了。

玛丽抱着雪儿在窗边看风景,就像在上海那扇窗,夜深人静,一起看街上还没打烊的霓虹灯,星星点点。她看过一本宠物护理书,说20米以外的东西,在猫的眼里只剩下一个模糊的形状。就算这样,雪儿还是乖乖地陪她看。

玛丽指给雪儿看西边不远处那座馒头一样的小土山。雪儿在她怀里，安静，看着远方。估计只有小土山动起来，它才能准确地看到玛丽的所指，可是小土山周围就连一只鸟都没有飞过。她猜，从雪儿的眼睛里看出去，小土山就像只快融化掉的香草味冰激凌球。

玛丽眼睛里的小土山像什么？这么看过去，简直就像拱出地面长出萋草的一座坟。玛丽被自己这个想法吓了一跳。二十多年前，小土山可是她们这些小孩子们开心的游乐场啊。海拔不到200米的小土山，只修出一条上山的小路，但小孩子们进山从不走小路，野路探险，爬爬跌跌，没有路的林子里往往能找到好东西吃，地捻子、红叶李、金钩钩、牛串子……当然，不止这些。这小土山还藏着玛丽和爷爷共同的秘密。初中毕业那个暑假，玛丽没考上县重点高中，老娘说，不读了，攒下钱留给高富杰试试，总之高家从来就没出过读书人。玛丽哭闹，绝食，离家出走，钻进小土山，躲在一个隐秘的泥洞里，哭到睡过去为止。蒙眬中听到好多人在喊她的名字，看到灯火在林间远远近近。她被吓傻了，知道闯祸了，怕钻出去会挨打，没敢应，闭着眼睛躲在里面，心里盼望这座小土山能一下子飞起来，带她飞得远远的，甩掉这些愚蠢的大人。等到人声和灯火逐渐消失，她借着月光走上小路，在出山口的地方，远远地看见爷爷提着防风灯走过来。原来爷爷其实已经发现这个躲在泥洞里的小人儿，人散后，再折返回来接她。爷爷对老爹说，她是在瓦塘村同学家玩得忘记了时间。

说服了老爹和老娘，依靠爷爷去腾龙山采野灵芝、养蜜蜂之类的帮补学费，玛丽紧巴巴读完了高中和大学。爷爷让玛丽努力学习，别担心钱，他说，腾龙山就是储蓄所，进去就能取到钱。腾龙山玛丽只去过一次，离高家村三十多里路，人走到山边就已经精疲力竭，不要说爬上山。爷爷背着箩筐消失几天，又在某个傍晚带着一身寒冷的水汽进家门，这印象灰扑扑地充满了玛丽整个读书时代。现在，再也没有人去腾龙山"取钱"，有力气不外出打工赚钱的人，会被人耻笑没出息。

盯着小土山看了好一会儿。玛丽想起前几年跟特蕾莎去万达影城，看《哈尔的移动城堡》，一部日本动漫竟然能把她看哭。苏菲眼看亲爱的哈尔受难，驱赶移动城堡去追寻哈尔，根本不知道哈尔变成了怪鸟，保护在自己周围。玛丽哭得有点难为情，特蕾莎说，她小时候看到这里也哭，现在重看倒没那么要紧了。特蕾莎第一次看《哈尔的移动城堡》是十五岁，十五岁，就是玛丽躲在小土山里哭的年龄，她那时什么都不懂，只希望这座小土山能飞起来，帮她脱身。如果不是爷爷的坚持，她可能到现在都不懂这世界上有一座"哈尔的移动城堡"，就像高富春他们一样，到现在都不懂高茉莉在这世界上还有一个名字叫玛丽。

怀里的雪儿一阵扭动，两下挣脱玛丽的手臂，像发现什么猎物，敏捷地蹿向桌子。那面墙上不知从哪里来了一块小光斑，引得雪儿上下乱扑。顺着光斑的来处，玛丽看见隔壁佑生伯家的晒谷坪上，坐着一个女孩，正借着阳光反射手机屏幕。她应该是想把光射到雪儿身上的，没控制好，光进屋，雪儿也跟进屋了。

女孩是生面孔，被玛丽发现后，羞涩地笑笑，把手机收进口袋。玛丽朝她挥挥手，她又笑笑。女孩不怕冷，坐在一张小板凳上，长长的羽绒服像披了张被子在身上。放下手机，她就剥跟前的棉花，白色的棉花放进篮子里，褐色的棉花壳则放在簸箕上。看起来，倒不像是来佑生伯家做客的。如果换掉那身被子，她不会比走在淮海路上的女孩差，玛丽头一回发现村里还有这么好看的女孩。

刚想下楼去看看那女孩，玛丽就听到了大舅进屋的声音。年初三，外甥们按惯例要提着礼物到瓦塘村给大舅拜年，今年，大舅给老娘打电话让他们不要来，他要来看猫。

外公外婆相继去世，大舅的地位甚至比老爹还高，如果不是因为表哥前年聚赌被拘留，玛丽出钱到县公安局给打点了回来，他说话还会更响。老娘让玛丽把猫抱下楼给大舅看，并吩咐高富杰把门窗都闭上，将屋里的灯拉亮。大舅看这阵势，嘲笑说比接皇后娘娘回家还隆重。老爹难为情，让高富杰把门打开一点，"过年闭门，不像话。"高富杰只好又留出巴掌宽的门缝。

"就这猫？好几万？"大舅的手在猫的背上、屁股上不断拍打，如果不是雪儿躲闪后退，他估计会把雪儿那条粗壮的尾巴拎起来看看，就像在集市买活鸡，把鸡脚朝上一拎，一口气吹开鸡屁股上的羽毛判断是不是绿便病鸡。

"大舅，纯种的布偶猫，市场上根本看不到。"高富春骄傲地说。

"给三皮家那只配个种，生一窝，不要多，几千块就够了。"大舅笑着点起了烟斗。

"母的，早阉掉了喽。"

"糟掉了，糟掉了。"

看起来，雪儿很不喜欢大舅。它被他拍得极其不爽，生气了，往桌子底下、后门，甚至暗幽幽的厨房蹿去，高富杰和高富春两个负责前后堵截。玛丽也不敢说什么，只暗暗期待大舅早点转移对猫的注意力。

大舅开始和老爹聊医保的事情时，雪儿忽然一阵狂颠，往墙上蹦了好几下，又跳到桌子上。那个光斑又出现了，像穿窗而入的蝴蝶，一跳一跳，从墙上落到柜门上、神龛上，最终又落到窗边。雪儿忘乎所以，追追扑扑，但每次都落空。"蝴蝶"迅速跳动，来无踪去无影。被戏弄一番，雪儿竟恼羞成怒，冲着四壁嚎叫，像一只被囚禁多时失去耐心的兽。在人们还没完全反应过来的时候，它追随"蝴蝶"跑到门缝边，脑袋一拱，四肢一跃，跨过门槛，像一道影子，消失在门外。这些动作如此连贯，毫不拖泥带水，仿佛这门外的世界已被它觊觎多时。

一层残雪铺平的泥地，洁净、明亮，这大概是雪儿跑过的最辽阔最平坦的世界了。没有门，没有窗，没有墙，它跑得像风一样，没有半点约束。它的胡子放弃了丈量空间的功能，翘得高高的，它粗壮的尾巴像旗杆一样竖起来，它身上的白毛随着风速耸动，像将军骑马抖动的披风，这耸起的毛发使它看起来比平时壮大了一倍多。很多次，玛丽回忆起雪儿这个奔跑的场景，认为当时它一定是发出了银铃般的笑声。

雪儿仿佛将身后的一声声尖叫和追赶的脚步声当成了战鼓，催促它跑得更奔放。一下子，它就跑到了那个女孩旁边，不过，这场刺激的跑风已经让它彻底遗忘了光斑之类的低级游戏，它被羁绊下来，只是为了女孩脚下那一团团毛茸茸的棉花——它一贯对与自己毛发相类似的东西无法抗拒。它压低身子，试图朝一团雪白的棉花探索而去。

"抓住它，抓住它。"他们边追边大叫。

女孩并没有起身，坐在小凳子上，双手往前做了个扑的姿势，就像雪儿扑向墙上的"蝴蝶"，扑向了虚空。雪儿被这个姿势以及越来越近的脚步声吓到了，它舍弃了那堆棉花，重新跑起来，脚步有些凌乱，朝左边跑一忽儿，又偏往右边，像在要计谋甩掉身后的追兵。

高富杰跑在头一个，他的嘴里发出些不伦不类的叫声，喵喵喵……嗫嗫嗫……嘿嘿嘿……最后，化成了一声长长的惨叫。

等玛丽他们赶到，雪儿已经从一片矮灌木丛钻进去，那里，通向那座从地面拱起来的小土山。

玛丽的脑子一片空白。

这座小土山还是跟过去那样，走进去才知道远远比窗前所见的要大许多，相对于60厘米长，重5.2千克的雪儿来说，它应该等同于一个上海那么大了。

玛丽边哭边唤，祈祷雪儿能像一个真正的小伢，能听懂并理解一个妈咪焦急的声音。然而，只有残雪从树枝间跌落时发出些声响引起过他们的一点希望之光，大部分的时间，山林冰冷沉寂，跟时间一起加深着玛丽心底的绝望。

四处搜寻一阵，高富春决定回去搬救兵。很多年前，有人沿着足迹在小土山找到了那只专门拱鸡圈的山猪，村里几乎所有壮年都出动了，也就一小时不到，土猪就被抬出了山。

"这破猫胆子小，跑不远。"高富春劝玛丽跟他们先回去，找人，关键是拿诱饵，他断定猫一定还藏在附近，饿了，自然就钻出来找吃的。

玛丽想起有一次，一不留神雪儿蹿出阳台，沿着狭窄的墙沿爬到空调外机顶，九层楼高，玛丽想起腿还会发软。最后还是用它心爱的罐罐，一点点地把它引了回屋。

他们急急回家搬救兵。路过佑生伯家的晒谷坪，那女孩还在，没坐小板凳了，站着，一直朝山那边张望。玛丽想起她那个聊胜于无的扑空手势，如果不是她那只"蝴蝶"，雪儿怎么会发疯跑掉？她泄愤地朝她吼："混蛋，找不回要你赔。"没想到女孩一下子就哭了出来，好像早已经准备好了似的，又好像跑丢的是她的猫。

玛丽愣了一下，不再多说话，赶紧回家取罐罐。

带回来的猫罐头都打开了。高富春和高富杰很快张罗了一个队伍，都是附近的亲戚以及正好来串门拜年的乡邻，他们几乎都上楼参观过雪儿。

出发时，他们还拎了好几只鱼篓，好像要到湖里打窝捞鱼。队伍浩浩荡荡，老爹说，比上山祭祖的人还多，猫跑不掉。

"馋猫馋猫，只要有吃的，它肯定就会回来。"见玛丽哭，老娘像安慰小伢。

一直到了吃晚饭的点，雪儿还不饿，影子都没一个。其他人耐不住了，生怕错过了酒局和牌局，说起来，丢失的终究只是一只牲畜，又不是小伢。他们三三两两，陆续收兵回家，冷得一路直跺脚，擤擤鼻涕，说这破猫莫不是被野猫吃掉了哟。

剩下高富春和高富杰以及几个玩得好的老表，尽职地守在几个放置罐头的点。

天黑下来时，玛丽已经彻底不抱希望。她熟悉这种过程，就像她过去经历的有些事情，加薪、升职、找男人结婚，有戏又没戏。不抱希望会让每一种细微的获得都放大到喜出望外。下意识里，她甚至认为等这些人都散开之后，雪儿会施施然从某个树丛里钻出来，就像那一次，她躲过大人，从泥洞爬出，迎面见到了来接她的爷爷，这一幕并不是幻觉，是记忆。

玛丽回到屋里，还没脱掉已经湿透的皮靴，就听到晒谷坪外一阵喧闹。

高富春双手抱着一只鱼篓，一路小跑过来。他跑得小心翼翼，像怀里抱的是一坛随时会溢出来的酒。鱼篓紧紧地贴在他凸起的大肚腩上，正好起到了稳定的作用。高富春从夜色里跑出来，一近，玛丽就看到鱼篓里那团白色的影子。

抱着这只冻得簌簌发抖的猫，玛丽哭哭又笑笑，连高富春也被她哭得不好意思了，他犹豫了一下，一只手举起，在玛丽的脑门上敲了一个栗子，"你这不省心的妹妹，给你找回来还哭。"大家都笑了，拢到火桶边暖身，围着那只毛发又脏又湿的猫看。"你看看，这个样子，跟野猫有什么区别？"高富杰伸手想敲它脑袋，又缩了回来。

雪儿大概是跑累了，或者是惊吓过度，脑袋低垂，眼皮耷拉，四肢蜷缩在肚皮底下，挨着火桶，像揣着双手打盹的老汉。老娘凑过去，手指点点它的鼻子说，你呀，你把你老娘急死了。玛丽忽然觉得尴尬起来。

后来，玛丽想起那个被她骂哭的漂亮女孩，问是谁。老娘说，是佑生伯的儿媳妇，过年前娶过来的。玛丽印象中，佑生伯的儿子好吃懒做，一直赖在家里，顺手给人干点泥水活，做一季歇一季，四十岁，娶媳妇的钱都没攒下来。

"光辉还是命好，娶到那么好看的老婆。"那女孩的面相，笑起来好看，哭的时候也不难看。

"没钱才娶个小儿麻痹症。"

玛丽一惊，回想起女孩朝着空气的那一扑，的确像用尽了整个上身的力气。那么漂亮的女孩啊！玛丽鼻子酸酸的。

年初五，赶在返程高峰到来之前，玛丽带着雪儿回上海了。高富春他们几个要过了元宵才出门打工。跟玛丽的车子挥手告别的时候，没有谁对这个来去匆匆的妹妹发一句牢骚，就像她在执行某种很有道理也很正确的决定。"明天就开始堵车了，十几个小时都开不到上海。"就连老爹也晓得这样跟亲戚解释，当然他并没有提到雪儿。

回到那间熟悉的公寓，很奇怪的，雪儿一直在舔身上的毛，不知道那毛发里是否还保留着高家村或者小土山的味道，也不知道它如此频繁地舔舐，是出于对那些味道的留恋还是嫌弃。总之，除了吃饭睡觉，它就一直在舔，舌头上细密的倒刺摩擦着每一处毛发，发出了沙沙沙的声音。

刚冲好一包速溶咖啡，玛丽就收到特蕾莎的微信，问她给薇薇安凑单买"海蓝之谜"，到底是凑眼霜还是爽肤水？薇薇安是她们的部门经理，逢节假日海购网有活动，不管她们几个是否需要，都邀请在一起凑单，赠品自然都归薇薇安的，识相的人，连快递盒子都不拆，转手送到她办公室。玛丽心里冒出一股无名火，又一下子决定不下眼霜还是爽肤水，干脆手机一关，上床。

辗转到半夜，玛丽还是睡不着，事实上舟车劳顿，她又累又困。熬不住了，想起回家时准备给雪儿路上用的那粒安眠药，一杯温水将其吞服掉。药物发作之际，蒙眬间听到雪儿仍在枕头边上舔毛，沙沙沙，沙沙沙，好像下起了春雨，这空白的噪音把玛丽跟窗外的城市渐渐隔绝了开去。

原载《钟山》2020年第3期

吴君

家庭生活

在很长一段时间里，陈索拉会为老豆跳舞这件事而抬不起头，因为他的老豆是个音乐老师却对乐理所知甚少，反倒对跳舞表现出一种近乎疯狂的热爱。不仅如此，他竟然还说着一口没有改良的家乡话，比如他说"二"的时候，舌头几乎成了一条羊肉卷，这使得他这个人在我们蔡屋围成了又土又骚的代名词。

在蔡屋围，根本没有人发现陈海洋是何时学会的跳舞，而他这样的一种气质擅长的却是国标。有段时间，就连走路，他也会挺胸抬头提臀甩胯，就连眼神、鼻翼、嘴角都夸张得变了形，走了样。这使得我们街上的孩子们每次见了他，都要和同伴挤眉弄眼一番，觉得他又丑又怪。

这些事情，直接影响了陈索拉在学校和整条街的地位。从小到大，没有什么人愿意搭理他，毕竟谁也不想同一个"娘娘腔"的儿子发生联系。

倒是陈海洋完全不知道一样，继续练习跳舞，而且似乎着了魔。要知道这种舞在学校里非常不恰当，也不能替他加分，最终陈海洋还是没有改变自己退居二线的命运。

陈海洋之所以能进到学校教音乐，不仅是因为他当年在宣传队会吹口琴，能打扬琴，还有一个原因就是他的手脚非常灵活，能像女孩子那样弯来弯去，甚至可以像个孩子那样下腰、劈腿。要知道当年进学校还没有那么难，所以他没有像宣传队的其他人那样进文化馆、文化站，而是到了学校。

有一次陈海洋对人讲，是因为女校长特别中意他，说他是个难得的艺术人才，希望他在学校组织一个宣传队。

当然也没有人敢找女校长去求证，毕竟这种事情很难说出口。

陈海洋还说，女校长私下拿过香港烟给他抽，还亲口对他讲抽烟的男人特别酷。为了说明这事儿是真的，他还苦着脸抱怨，烟盒上面还有一个吓人的公仔，你们想不想看啊，真的会做噩梦的，信不信？

听的人冷着脸躲开了他，走到不远处便会狠狠地骂出一句，漆星！广东话神经病的意思。在蔡屋围人的眼里，陈海洋就是这种奇葩。

正是因为这些原因，陈海洋没花什么钱便先后娶了两任老婆，前面那个没有领过证，只是给陈海洋留下了一个孩子。

孩子长大后，总是来找陈海洋的麻烦。每逢这个时候，陈海洋就两手一甩，根本不见，躲到了外面。他说，又不是我让他来的，这么没有志气，一滴滴都不像我。

像你就麻烦了，除了会下腰，还会做什么呀？在学校无论什么人远远见到他，都会躲开。

欧姨是陈海洋到深圳之后认识的，当时欧姨跨过马路到荔枝公园去学跳舞，非常不幸认识了一脸猥琐相的陈海洋，导致她后来成为蔡屋围著名的欧姨。也就是说，躲出去的陈海洋把这些烦心的事儿留给了老婆欧姨去处理，而他则自由快活得不行。欧姨只得拿出一点钱给那个孩子买条新裤子或是一双新鞋，才能把人打发走。每次见到老母这个样子，陈索拉便会特别郁闷，然后逃课一整天，到了别人放学的时候，他才回来。如果碰上老师到家里来找，他便立马闪身，直到远远见到老母赔着笑脸，一脸谦卑送老师过了马路，他才偷偷溜回床上，沉沉地睡去。睡梦中，陈索拉似乎听见有人在争吵，是老豆和母亲。他是在老母低低的哭泣声中睡过去的。

陈海洋说校长夸他身上有种神秘的力量，他说这话的时候眉飞色舞，手脚并动，像是随时会从地面飞起。

当然，这些话必定是背着陈索拉说的，因为他评价过陈海洋其他本领没有，只会吹水，这是一句广东话，就是讲大话的意思。陈索拉公开对家里的女亲戚说，我老豆的话你们根本不用听，因为他自己都不信。他还劝告众人，谁也不用理陈海洋，只有这样才能从根本上制止陈海洋的行为。他说这话的时候从来不避讳任何人，包括陈海洋。比如此刻的陈索拉刚好想到了什么，于是他把迈出去的腿，又缩了回来。陈索拉对着房间里的家具说，你愿意去哪儿就去哪儿吧，我肯定买票给你，因为眼下的好日子你不配拥有。"眼下"，他是故意说给老婆听的，因为小姜已经给他下了死命令，限定他在最短的时间内请陈海洋搬离此地。陈索拉认为自己这样也算是执行了。

事情的起因是陈海洋在七十七岁这一年夏天突然生了个智齿，他先是说牙痛，然后喝各种下火的中药和绿豆汤，包括一小包西洋参，都无济于事之后，他突然什么也不做了，而是眨动起平时都睁不开的小眼睛，兴奋地四顾左右，他急于找个人说说话。而在此之前，他在房间里待了五年多，期间先是儿子陈索拉照顾他，后来就是女亲戚，再后来只能是他的老婆欧姨。过程中的两个人彼此不说话，这样便导致了陈海洋吃饭的速度极快，神经高度紧张，因为他担心欧姨随时可能会抢走他的碗，对他实行打击报复。因为他年轻时的各种荒唐事，伤害过欧姨。这只"靴子"一直没有落地，所以陈海洋的心也就没有踏实过一天。

没事的时候，陈海洋要么在沙发一角的小椅子上笔直地坐着，要么在自己的床上仰着脸，翻着三角眼去看天花板。陈海洋看得很仔细，见到上面有一只细小的蜘蛛爬行，他会瞪圆了眼睛紧紧地追随下去。五年前，他的腿也能够自由地走动，有时他会骑着单车到机场附近去看芦苇，他说那里的风景特别美。眼下，他羡慕那些能够自由走动的人或者动物。

儿子陈索拉说这句话的时候，是对着空旷的房间的，眼睛并不看老豆，他不看陈海洋已经好多年了。陈索拉从不与陈海洋的眼神交集，他说看着心烦。陈海洋睡的大床一侧堆满了他曾经用来炫耀的笔墨纸砚，枕头下面是那把被陈索拉摔坏的口琴，地下则是一双练功用过的男式舞鞋。无论何时何地，陈海洋总是想要证明自己做过老师这件事，即使躺在医院的床上，他也会上下打量护士，然后跟对方说，你一定没有学过跳舞。

对方吃惊了，表情诧异，端着手里的托盘站在地上，一时间不知向何处去的样子。陈海洋来了精神，他说，因为你总是含着胸，腰也不直。陈海洋的眼睛上下打量着对方，当眼睛再次落到女护士的胸前时，他的样子开始变得严肃。

打破僵局的是陈索拉，他不顾那名护士也在场，冷笑道，你是不是还想教她跳啊。陈海洋听了，绷紧的脸开始松下来，他低下头，不再说话，场面极度难堪。

每次见到陈海洋把自己的床摆成这个样子，做儿子的连招呼也不打，直接提个垃圾桶把那些装模作样的东西一股脑儿倒进桶里。尽管连眼皮都没有抬，可是他还是看到了欧姨的表情。欧姨也不说话，可是嘴角分明是上扬的，她认为儿子替她出了这口恶气。

当然，陈海洋会等到儿子陈索拉出门之后，再慢慢地把自己挪到客厅，弯下身从桶里捡回自己的宝贝，擦拭干净后重新摆放到原处，摆放时，眼睛不断向后瞄，他害怕儿子杀个回马枪。直到躺到床上，他才松了口气，接下来，他将会放松一段时间，因为他知道距离儿子下次过来，还有半个月的时间。

做老师的时候，陈海洋短暂地做过花花公子。他的事情在我们蔡屋围没有人不知道，除了被人找上门来，另一个原因就是欧姨特殊的处理方式在蔡屋围是个全民娱乐项目。

话说陈海洋十年如一日活跃在女人们中间，白天晚上穿着一身类似演出服的服装与各色女人翩翩起舞，像一个单身汉那样潇洒自在。起初，他先是教女老师们跳舞，女老师们学会之后便不再理他，接下来，他便会跑到校外去教社会上的那些人，包括后来住到蔡屋围的那些外省女人，甚至还有一些鸡婆。

他说，我不管她们是什么职业，我做的只是教给她们常识，让她们变得优雅起来。

听话的人撇了撇嘴，很是不屑，心里说，还优雅？真好意思，也不看看自己什么样子，裤子已经开线，鞋也差不多掉底了。

后来他差不多每天都去荔枝公园，只有到了那个地方，他唱歌跳舞才没有人取笑。要知道在学校里很多人像看怪物一样看他，尤其是他总是不服老的样子，让年轻老师们反感。新来的校领导已经通知他不用再从事教学工作，工资可以照发。

再后来，他被人追到了我们蔡屋围。

有时是堵在小区的楼下臭骂他一顿，有时对方就近抓起一张板凳做出要打架的姿势，然后再故意等人过来拉开。这样的事情通常发生在我们那条街的下午至晚上之间，这是各家各户共同的娱乐。许多人端着饭碗蹲在自己家的门槛上看，或是站在二楼的阳台上观察，看的人随着来人不断变化的角度在调整自己的身体，浑身上下透着那种看别人笑话的得意和潇洒。这样一来，作为男孩子的陈索拉当然丢了面子，他悄悄记下对方这个仇，心想等以后那家人出事的时候，一定要再帮着加把火，或是到了后半夜在他们家门前挖个大坑，倒进去一些脏水，然后在上面虚搭上两条板条，上面再盖上一些树叶子。把这一切都做好以后，便可以心情愉快地躲在窗台后面一边享受着冰糖水一边等着好戏开场。当然，一定会有人掉进去的，并且提着自己的湿裤子或者皮鞋破口大骂，因为不知道是什么人做的，这个人只好把街上所有可疑的人都骂上一遍。

碰到女老师的老公来寻事，甚至威胁说要求学校开除陈海洋时，欧姨才会出面，这个时候的她，竟然像一个久经沙场的智者，她不哭不闹，也没有像其他女人那样指着自家男人的鼻子骂上一顿，让自家男人无地自容，来为对方消气，也不会用躺在地上哭闹打滚企图转移视线这些土方法。

不知何时，骂人成了欧姨最拿手的事情，这在红桂、红宝、蔡屋围三个地方几乎家喻户晓。而当初陈海洋在永安大酒店遇见她的时候并没有发现她有这个潜能。那个时候，欧姨不仅说话极少，见了陌生人还会害羞脸红，与人跳舞的时候总是低着头，不敢看对方，还有，她总是出错脚。到底是什么时候，欧姨接受了这样一个秘密训练呢？几乎成了一个谜。后来家里的女亲戚认为欧姨这分能力是被陈海洋活活气出来的。因为在过去她只是一个会算账的收款员，不可能有任何超出职业范畴的天赋异禀。

欧姨的能力被激发之后，她像是换了一个人。每次遇到这种情况，她便如同走上了舞台，身披霞光，从容自信，光芒四射。她不仅克服了自己普通话不标准，甚至发音很怪的缺陷，还能够灵活地运用古今中外各类词语，旁征博引，借古喻今，各种典故、新闻事件信手拈来，运用自如，搭配得当，词汇丰富多样，色彩斑斓，层出不穷。每次她只要嘴一张便会哗哗成群结队地出现，连讽刺带挖苦大话套话空话脏话粗话喷薄而出，仅仅用满腔口水就可以把对方变成一只落汤鸡倒地身亡。这些概括和评语是欧姨供职的永安大酒店总经理亲口说的。他说，店里的几位经理个个都愿意带着欧姨去讨债，哪怕打白条的人是个久负盛名的无赖也不在话下。有好多次，他们都特别想把奖状送到陈索拉的家里，可是不知道上面该写什么才算合适，后来又听说陈索拉曾经扬言如果谁敢再来家里，他会把老豆直接拉到对方家。永安大酒店的人一听也害怕了，只能在心里默默地感谢他们的优秀员工欧姨。直到深圳最后这个国营酒楼彻底宣告改制，原来的职工领了钱打道回府或是另谋高就，永安大酒店的领导们才不纠结此事。可是他们总是觉得欠欧姨一份人情，这个情分是欧姨用三寸不烂之舌换来的，正是她捍卫了永安大酒店直到关门大吉前都没有一张白条留下的美誉。

话说在蔡屋围大街上被欧姨骂过的男人女人老人孩子早已不计其数，因为他们嘲笑过陈海洋的各种行径，顺便也连累了他们的儿子陈索拉。后来到了失控的时期，还编造他的各种丑闻，包括不好好教书育人、旷工、骗钱、偷东西之类。只有这样的联想和八卦，才能让他们暂时忘记了自己身上的各种不如意，比如下岗、失业、离异，或者生病、亲人离世之类的各种伤心难受。

对待欧姨，他们则像是对待母夜叉那样，哪怕是一条路很宽敞，他们也会绕道而行，防止欧姨心情不好，逮到什么人不分青红皂白一顿责损。等她走出家门的时候，他们才隔着条门缝去追随她的光影。欧姨是他们的恶魔也是他们快乐的源泉，因为在后来拆迁的时候，面对开发商的那些霸王条款，敢站出来说话的也就是她。所以后来外界评价我们蔡屋围人个个都富得流油时，欧姨也算是功不可没，虽然她并没有多得一分钱好处费。

当年每逢有人投诉，陈海洋便皱着眉头说，她脑子有病，你们不要和她一般见识。说完话，陈海洋就掏出一个伪造的病历本，问对方看不看。对方本来是指望陈海洋可以给个交代或是赔礼道歉之类，最后只落得一个没趣。

欧姨这样的女人谁也不怕，有时她会搬上一把椅子，大腿压着二腿，坐在自家门外，或是街道的中间，面对气势汹汹的滋事者。无论对方是一把鼻涕一把眼泪，想要讨回个公道，还是像黑老大那样，带着家伙企图索点钱财，欧姨都能把对方来时准备的各种说辞一一驳回，直到把那个信誓旦旦，要把陈海洋从老师位置上拉下来的男人骂得身冒虚汗屁滚尿流，直至阳痿虚脱才算善罢甘休。

可惜当年没有什么像样的观众，把她这些不重样的词汇记录下来，整理成一个完整的损人词语汇编。当年那些门缝里偷听的男人女人们估计现在已经老眼昏花，再也记不住什么，倒是有一些小孩子是她的忠实观众，他们或许偶尔会想起丰富过他们性词汇的女导师。所以等我们长大后，比起其他街上那些因打伤人或是出了人命而遭到索赔的事，我们街才是最有智慧最杀人不留痕迹的。我们仅仅靠张嘴便足以让那些滋事者闻风丧胆，让一个人血压升高对于我们来说是小菜一碟，不费吹灰之力便可成功。如果你在商场里遇见我们街上的人，刚好又话赶话发生了较量，那么，你只能等着一场于你无益而对我们是大好的开始。蔡屋围的人根本不需要大动干戈便可以让对方彻底败下阵来。每次骂过对方，欧姨都会像是做完了一份工作的样子，缓缓地站起来，把刚刚坐过的椅子拎到角落，然后她会像个没事人一样，似乎漫不经心地看了一眼不远处的夕阳。这时她的身子似乎也休息好了，她只是用手轻轻拍了下有些麻的大腿，随后缓缓地走向自己的家门。欧姨已经闻到了身后传来的煎海鱼的香味，她没有像那些沉不住气的妇女那样，深吸一口之类，或是露出饥饿的表情，而是让这种气味停在自己的鼻翼附近。这是她最喜欢吃的食品，平时只有逢年过节才会有，到了后来则变成特殊食品。

欧姨像个将军那样，迈进家门时，陈海洋的眼睛自然是低垂的，嘴角悬置于没有下垂也没有太过上扬的位置上。他早已把饭菜端到了餐台上，连筷子也摆放整齐了，只等欧姨坐过来。他本想提醒一下对方先洗个手，或者洗洗脸，借此让之前的事情告一段落，可是此刻他不敢发出任何一种声音，他脑子里想象着老婆，这个远近闻名的欧姨如果此时把桌子掀翻后将会怎样，很可能是一种无法预料的结果。于是他躲在一个不远不近的位置上哈着腰，赔着一张随时可以调整的脸，时刻准备着收回或是放宽自己笑容的尺度。

欧姨并不发火，而是好像从来没有发生过任何事情那样，她的脸上除了笑容什么也不挂，这样一来倒把陈海洋吓得肌肉紧绷在一起，像是一块铁那样。如果她把这顿火发出去，事情倒好办了，也算是告一段落。可是欧姨偏不发，她像是刚刚下班回家的人那样若无其事，甚至还在转个身就能撞到人的地方哼着一种只有她才能听懂的小曲。这样一来，除了陈索拉，家里所有的人都大气不敢出。此刻的陈海洋认为眼前的老婆并不是一个女人，而是一个神。

陈海洋的人生只花心了那么一小段，可是这种恐怖的生活却持续了他整个大半生。

欧姨从来没有骂过陈海洋一句，也不对外人说陈海洋的半句坏话，哪怕是那种想要同情，或是准备挑拨离间的人，她都不回应。当然，也有过例外，那是有个男人见欧姨可怜，暗示道他并不嫌弃欧姨年纪偏大，愿意带欧姨到马来西亚或者泰国一带生活，希望欧姨离开这个不懂珍惜她的男人。实话说欧姨表面上没有任何反应，像是没事人一样，而实际上，在她回绝了那个男人之后的几个晚上，她伤心地哭过很多次。

欧姨只是把陈海洋的工资全部没收于口袋，并牢牢地压在了她的箱子里，哪怕是陈海洋在外面帮人家修个锁、干点杂活挣来的，她也绝不放过。就这样，欧姨利用陈海洋的罪过，为儿子攒了一大笔钱，并且发出话去，要在蔡屋围多买一套旧屋，目的是等候拆迁时天价赔偿。这件事无疑为好吃懒做的陈索拉加了分壮了胆，他的婚事很快便摆上了日程，想找他拍拖的人突然激增了许多。

凭什么呀！蔡屋围那些已婚的男人们气不过了，他们恨的是自己除了没赶上好时候，老天也没有赐一个深谋远略的老母。

虽然这套房还没有买，可是谁都知道这便是陈索拉不菲的身价了。欧姨当务之急是为儿子找一个老婆，她说不会做家务没关系，关键要有文化，知书达理。

到了这个时候，陈海洋也早已收敛了自己的那些爱好，每当他对别人提到自己去荔枝公园玩过，或者教过跳舞之类的事情，欧姨便不再说话，只用眼神看对方一眼，而这样的一眼，便足以让陈海洋低下头不再吭气。另一个原因是陈海洋突然发现自己教的那些人特别忘恩负义，她们似乎忘记了是陈海洋让她们拥有的自信，否则谁认她们是谁啊。他重新回到荔枝公园的时候，那些人像是从不认识他一样，当然，也换了一批新人。偶尔有几个人也认识他，与他打招呼，但是说话的内容让他不舒服，比如说好久没有见您老人家了呀，还在跳呀，真是不服老啊。

　　陈海洋知道对方是调侃和说流行语，可是他听了会觉得特别刺耳。我老吗？我跳舞怎么了？我是多才多艺，谁像你们连个艺术细胞都没有，怎么，退休就没用了吗？我再老还有你们老吗？你们不过是染了头发，化了妆罢了，装什么装啊！想到这里陈海洋已经被气得晕头转向，浑身无力，等到他看到那些女人们在公园的空地上跳的根本不是他教的那种交际舞，而是一种他从来没有见过的新舞步时，才真的生了气，他觉得这简直就是叛变，背信弃义。他连看也不想看，便迈着沉重的脚步从荔枝公园东门，经过重新改造的永安大酒店回到了自己家里。他掏出钥匙的那一刻，突然觉得有些对不起这个家，尤其是自己的老婆欧姨，原来自己已经冷落这个女人好多年，陈海洋发现自己有很多年都没有碰过老婆的身体。

　　这些年她是怎么过的啊！陈海洋忍不住回头去看不远处的永安大酒店，当年的欧姨像一朵刚刚绽放的海棠花被自己摘下，又扔在了家里不再理睬，任其枯萎老去。陈海洋已经有太久太久都没有拉过她的手了，他记得当年就是看中了对方娇羞的神态还有一双无骨的小手。

　　准备买房的欧姨自然位高权重，在儿子陈索拉心里的地位无可替代。为了表达对欧姨的感激，陈索拉说，这些年苦了你，等有条件了，我不会搭理他，让他自己过吧。

　　欧姨不接这个话题，而是对陈索拉说，买房的钱我给你准备了，剩下的就是你找老婆，这个我可没有办法帮你。

　　陈索拉说，你喜欢什么样的呢？

　　欧姨说，什么样的都可以，就是不能会跳舞。

　　陈索拉说，唱歌可以吧？儿子像是故意气欧姨一样。

　　欧姨气得脸都紧了，答，不行。

　　陈索拉听了，吓了一跳，过去了这么多年，原来她还没有忘记，她的记忆力不要太好了吧。

　　谁都知道欧姨的话就是说给陈海洋听的，此刻的陈海洋正躺在不远处，他的身体顿时松软下来。他还听过欧姨在睡梦中哭喊着，我恨你，我永远也不原谅你！她的这些话被在客厅看电视的陈索拉听见了，他兴奋地拍响桌子,好!

欧姨从来不承认自己说过这样的话,好似什么也没发生过,她还会像平时那样,如果不是在厨房里干活就是站在阳台上看天上的云。

陈海洋听了,把整个身体缩回到被子里,用手和脚把被子的两端捂齐了,像个蜗牛那样,不再出来。

再醒来时,他已经中风了。所以说,陈海洋的好日子也没有几天。

矛盾爆发前陈海洋正沉浸在自己的喜悦中,他先是从镜子里见到自己光溜溜的脑袋上面长出一层细细的绒毛,他先是怀疑视力有问题,可很快便又发现牙龈也肿了,是牙龈里冒出一个小小的肉芽。女亲戚有次过来看她,想接着夸陈海洋气色又好了许多,实际上是在邀功,想要家里多赏她几个钱,因为她的仔在东门拉客用的摩托车被差佬没收了,交了罚款才能取回来。陈海洋突然把自己生牙这个事告诉对方的时候,本以为是件喜事,他已经深藏了一段时间。想不到女亲戚吓得大惊失色,眼睛四下瞄过之后,连忙俯在陈海洋耳边,压低了声音说,千万不要说了,这事不能再讲,大家都会生气的,你不能把子孙的饭也吃了,知不知道呀?

当然,这件事到了晚上就被小姜知道了。

小姜是陈索拉的老婆,离婚后,她走了一圈,又回来复婚了。

不久前,陈索拉还与小姜来到陈海洋的床前亲切地喊着爸,爸,你老想吃点什么就说啊,不要客气。整个城市都知道蔡屋围要拆迁,这些事情又怎么能瞒得了她。小姜拖着陈索拉在小区里手拉手走了一圈,看着四处悬挂的开发商动员拆迁的标语,拿出手机要拍照片。拍了几张还不够,小姜发现不远处有个小台子,立马拉着陈索拉跑到上面,准备做个瑜伽动作。陈索拉说,不要搞啊,如果被我老母发现,我就死定了,光是我老豆就已经把她这辈子毁了。她不仅自己不跳,而且从来也不提跳舞这两个字。小姜听了,也吓了一跳,四下张望后,搂住陈索拉说,跳舞怎么了,她自己心理有病,等以后有钱了,我要买个大大的房子,天天跳。

陈海洋这个人就是爱激动,一激动就想说话,可是他已经什么也说不了,只是嘴会不停地抖动。看着他这个样子,儿子陈索拉似乎想起了什么,他的脸从热情转向冷淡,只需半分钟,转过身他拉着小姜的手说,我们走,不要理他。本来想要重新扮演孝顺儿媳妇的小姜这时也放松了,觉得你这位当仔的都这样对待老豆，我凭什么装贤惠啊。于是她撇撇嘴角，又回到了当年。当年，她因为训斥陈海洋，看不起欧姨，背后对人说欧姨虚伪，与老公陈索拉吵过几次架，最后散了伙。想不到，几年过去，她不费吹灰之力就见到老公陈索拉站到了自己的阵营里，和她一道共同反对这对顽固的老年人。

　　小姜是读过大学的人，脑子灵活得很，她把主要精力用在了对付欧姨身上，她首先不喜欢欧姨的就是爱打扮，欧姨总是喜欢把自己打扮得特别整齐才出门。第二她不喜欢欧姨太有头脑，凡事愿意当家做主。当初欧姨坚决不同意小姜进到这个家里，面对小姜怀了几个月的身子，欧姨竟然不动声色地说，乖，快去处理掉吧，你们有大把时间呢，不要被孩子拖了后腿，影响了你们今后的二人世界。

　　小姜差不多动了心，想好了去做男朋友陈索拉的工作，一起到医院，因为私下里欧姨已经许诺给她五万元，外加一个名包。

　　想不到一向夸奖欧姨的陈索拉沉默良久，突然对着半空号叫了一声后，拖着哭腔道，姓欧的，这是个狠心的女人，虚伪自私虚荣，她凭什么要杀死我儿子呀，当年她害老公，现在又来害我儿子。

　　小姜不解地问，害你老豆？

　　是啊，如果她不是那么狠心，强行让那个阿姨把肚子里的孩子打掉，我至少还有一个亲妹妹的。说完话，陈索拉捂着脸嘤嘤地哭泣起来。

　　你要那么多妹妹干什么呀？你傻呀！难道要多一个人跟你争家产，抢你的房子咩？

　　陈索拉愣了一下，辩解道，我是说，有个人帮我分担，我天天服侍他好烦的啊。

　　小姜一下子反应过来，她用两只手捂着陈索拉的脑袋说，亲爱的，想不到你受了这么多委屈，我都后悔之前不理解你，生在这样一个家庭，你真是太不容易了。听见这话，陈索拉又是一声号叫，小姜似乎也受了感染，于是两个人抱头痛哭起来。一向爱钱的小姜竟然在这种情况下，甩出用报纸包好的钱，说，我不要了，再给我这多我也不要。

　　陈索拉愣了下，很快便明白了怎么回事，他用手臂擦干了眼泪，沉默了很长时间，在心里生出更大的恨。于是他拉着小姜的手说，走，我们走,把这些赃钱还给她!

小姜说,去哪儿呀!要还你去还,我害怕她。她看着陈索拉手里的钱说。

还什么,我们拿了这个钱去结婚啊。

小姜躲在陈索拉怀里的时候,陈索拉终于找到了做顶天立地男人的感觉。这么一想,他觉得自己老豆陈海洋根本不配"男人"这两个字,因为这辈子他连吃什么这样的主都没有做过。

就这样,陈索拉终于离开了陈海洋和欧姨的掌控,与小姜去新马泰旅行结婚了。陈海洋和欧姨以为陈索拉回来之后会向他们道歉,陈索拉却是带着老婆来兴师问罪的。

陈索拉说,你不是说我老婆屁股大,不像女仔吗?你还说她把脸抹得惨白像个死人头一样。

欧姨愣在那里已经说不出话来,她想不到儿子这么浑,这是当时母子二人说的私房话。陈索拉又说,你骂我老婆还不够,你还想杀死我的仔。

这时欧姨已经急得快要流泪,她不知道到底发生了什么事情,可是看着小姜微微隆起的肚子和骄傲的神情,她明白了一切。这个时候,她只是向远处望了一眼陈海洋,便发现陈海洋情况不妙,他在远处正哀怨地看着她。

陈海洋出院后,陈索拉把陈海洋接回家里,顺便退掉了小姜在外面租的房子,正式搬回了陈海洋的大屋。陈索拉和小姜住进了最大的主人房,而陈海洋和欧姨则被赶到了门口的小杂物间。小姜悄悄地告诉陈索拉,占住这个才是对的,你老母存的那些钱早已贬值,只是她并不知道。

重新睡到一个房间里的两个人,有些不习惯,尤其是亮着灯的时候脱衣服。还有谁睡在左边谁睡在右边,陈海洋想让欧姨先选。欧姨不说话,直接把件衣服扔在了靠里面的地方,上了床才把衣服解开,躺下。可是很快便发现,陈海洋没有办法去关灯,因为他的一只手已经不灵便了。于是她又赌气地穿好了衣服,把陈海洋挪到里面去,关好灯才脱了衣服躺下。

躺在床上两个人都没有睡着,可是又不能翻身,这一晚上睡得非常累,两个人都像是大病了一场。

第二天,是个周六,陈索拉和小姜睡到中午,欧姨本来也不想起床的，可是她实在睡不着，只好慢慢起了床，犹豫了半天还是煲了白粥，炒了碟萝卜干，然后端了一碗进来。

欧姨扶着陈海洋慢慢坐好，陈海洋靠向她的时候，她的眼里停着一丝温柔和哀怨。这眼神被陈海洋尽收眼底，顷刻间，他后悔之前做的那些事，不应该冷落了老婆那么多年，还谎称自己身体有病，做不了男人而躲避老婆的示好。结婚之前他爱过团里的一个女仔，那个女仔是一个舞蹈演员，扔下孩子去了香港，当年，他帮助对方下腰，可她还是抛下他跟人跑了。他的内心没有人知道，也不可能说，眼下更不能说了，他的眼睛表达不了，嘴也表达不了，陈海洋的后半生只能待在这张床上。看着自己眼前的老婆，陈海洋嘴唇抖了半天却还是说不出话。如果他有办法，他想告诉欧姨，让她对自己好点，不要为了报复他，而把钱留给儿子。现在他知错了，不会再做伤害她的事。

这一夜，两个人躲在被子里，一直井水不犯河水，直到天亮时，欧姨试着摸索到陈海洋那个地方，发现那里早已不是她熟悉的领域，她忍不住把脸埋在了枕头上，天亮前，她把自己的头偎在了陈海洋的手臂上，静静地流泪。

吃饭的时候，儿子陈索拉把碗摔了，他先是摔了一个大的，后面是只小的，他骂骂咧咧像是喝醉了酒。欧姨本想过去劝他，可是已经被儿子陈索拉夸张的气势吓住了。于是欧姨只好回到房里穿着衣服躲进了陈海洋的被子里，起初陈海洋一动不动，像是一个冻僵的冰块，两个人已经有二十年没有在一个被子里待过了。想到这些，欧姨各种滋味在心头，她的抖动让陈海洋有一种要做点什么的震动，陈海洋想起了四十多年前和老婆的那些往事。他越发觉得欧姨还是一个好女人，虽然夺走了他的工资，夺走了他的尊严，也让他没有机会与初恋破镜重圆，却还是给他生了一个仔。虽然前面那个给他生过两个，可是那有什么用呢？每次都是跟他要钱要东西，连句老豆都不喊。

在欧姨把房产转到陈索拉名下之前的一段时间，家里曾经有过短暂的安宁，儿子扶着陈海洋去房管所、银行，办了各种手续。中间吃饭也是主动花钱，小姜嫌贵的时候，儿子陈索拉瞪着对方说，给陈海洋吃点东西怎么了，不用你管我。

小姜不好意思地低下头说，对对，我是说这个菜太咸，我怕老豆吃不惯。

好日子不到一个月，家里又恢复了从前的样子，因为房子的主人换成了儿子陈索拉和小姜。这样一来，欧姨也觉得不对，想着把自己的私房钱藏好，反正自己不讲也没人想起，眼下陈海洋已经口齿不清。

陈海洋不再开口说话的时候，欧姨变得话多起来。她重新变成了蔡屋围上的病人，习惯于滔滔不绝地说话。

她先是表达自己在看护陈海洋这件事上的不情愿，她的脑子里总是回想起当年陈海洋在外面的那些风流事，陈海洋越是谦卑欧姨越是想起这些。导致在最后的日子里，她会一边做饭一边骂，像是一位宝刀未老的女侠，只是她不骂别人，而是骂自己。陈海洋静静地看着她却无法开口，他没有任何怨言地温柔地看着老婆。他越是如此，欧姨越发生气，觉得自己这一世就是被眼前这个男人毁掉了。

女亲戚准备回老家的前一天，过来看陈海洋。陈海洋突然从被子里翻出几张旧钱，递到对方手上，然后在白纸上写道：我的手机不能用了，你给我交上费吧。他总是用这个方式与人交流。

女亲戚笑道，你是不是要给那些女人们打电话啊，可以用我的呀。

陈海洋有些不好意思，他摇了摇头，样子非常可怜。虽然他常常回忆那些事，他觉得如果没有那些事儿，自己这辈子真是白活了，几乎没有什么事情值得去想了。

女亲戚又说，我猜那些女人不会再联系你了，她们避开你还来不及呢。说完，她看了下陈海洋早已经萎缩的身体。

陈海洋露出着急的神情，在纸上写道：不是。

女亲戚问，那你要续费做什么，现在你连手机怎么打都不知道了吧？

陈海洋又写了两次，五元钱，联通。

女亲戚说，唉，我知道，五元钱五元钱，可是对你没有用的。

这句话被站在客厅给宠物狗顺毛的小姜听见了，她本来觉得无所谓，可是眼下她认为对方说话的内容有意思，很好玩。于是她踢开一旁碍手碍脚的瑜伽垫，走到这边打量过每一个人，然后问，手机吗？还想要交费吗？早些退掉吧，总是占着这个号什么意思，让其他人怎么使用，做人不能太自私吧。最近她学会了慢条斯理地气人。

说完话,小姜递给女亲戚一个眼神,示意对方马上去办。女亲戚见了,立刻知趣地要退出陈海洋的房间,说还有事情,要马上告辞。

像是知道女亲戚将要去做什么,陈海洋豆酱色的脸变成了土灰色,身体也缩成了一团。

这些话被正在做饭的欧姨听见了,她从厨房里走出来,站到客厅的中间,她挡住女亲戚,问,你要去做什么,这个事你问过我吗?

一旁的陈索拉见了这一幕,吓了一跳,回过头,他故意气呼呼地对着欧姨说,那个人总是欺负你,让你受了这么多年的苦,小的时候我曾经见过你好多次一个人偷偷地哭。

欧姨冷冷地问,那个人是谁?

陈索拉回头瞥了眼房间里的陈海洋不说话。

欧姨低头看了看地,像是对别人说话,冷冷地问陈索拉,你知道自己的名字是怎么来的吗?

陈索拉说,知道啊!什么意思,不就是希望我搞音乐,哆啦咪发索拉西!索拉嘛!而不要像他那样连个音都唱不准,最后只能下课回家。

欧姨听了,继续问,可是你做了吗?除了好吃懒做一天到晚啃老你还做了什么?到现在为止你还在花着一个病人的钱!

陈索拉没有想到老母如此不客气,脸瞬间红到了脖子,于是他急着辩解,我这么做都是为你,当年老母你受了多少苦啊。

见老母不说话,陈索拉继续说,他把你一个人留在家里,现在这么老了,说到底他就是自私,只是贪图别人喊他一句老师嘛。

欧姨听罢,愣了下,眼圈红了,半天讲不出话。

陈索拉像是得了理,气愤地说,太丢人了。

欧姨看着儿子说,他当年在外面教人跳舞赚的钱你也花过吧,你怎么都忘了?

这些话像是用尽了欧姨的元气,说完这些,她扶着墙壁慢慢地回到了自己的房间,倒在床上,而把陈索拉留在了原处,显得异常尴尬。陈索拉只好讪讪地说,什么意思嘛,是你恨他的,又不是我。

欧姨睡了很久,期间除了喝点水,什么也没有吃。睡梦中,她平躺在一条巨大的管道里，伴随着轰轰隆隆震得耳朵要聋的音乐，身体麻酥酥的一路下滑。前面是愉快地飞翔，到了后面她突然想起了陈海洋的脸，那是一张年轻的脸，甚至是一张骄傲的脸，这个人对她微笑，并做出一个邀请她上场跳舞的动作。当年，她就是被这样的一张脸迷住了，放弃了酒店副经理还有大厨的财礼，接受了一贫如洗、只会跳舞、处处不受待见的陈海洋，为他生了仔。她就是想当一个老师的老婆，她想让自己的后代有文化，受人尊重。睡梦中，她回到了当年的蔡屋围，两个人坐在树下，啃着甘蔗，树上是成串的百香果。很快她便看见陈海洋仔细地看她，用手给她撩起沾在脸上的一缕头发，放到头顶。有一次陈海洋还哭了，像个女人那样。欧姨本来身体就很弱，可是她突然生出一种很怪的力量，她再也看不得自己的男人这副模样，她觉得自己还不能随便地离开。想到这里，欧姨开始把两只脚四下伸展，企图找到着力点，让身体停止坠落，可是惯性使然，她无法停下，于是欧姨连双手也伸向了四面八方，她不断地去碰触四周，可是她的身体已经失控。

然后，她醒了。

醒来时，欧姨看见不远处的藤椅上正蜷着一个男人，这个男人穿了件乳白色的长毛衣，相貌清秀，她似乎在哪里见过。此刻她熟悉的这个人正可怜巴巴地盼着她醒来。

醒来之后的欧姨发现自己的身体有些变化，力气似乎也比过去大了些，之前拖地都会觉得腰痛，现在就连去市场买菜中途都不用休息。看见陈海洋也在看自己，欧姨斗气似的问陈海洋，你还嫌我脾气不好，不想理我吗？

陈海洋深陷在自己的世界里，像个孩子那样，他先是可怜巴巴地看着眼前的人，然后皱着眉头，在纸上写出：我有联通号，如果注销，我就什么都没有了，我就是那个号。

欧姨看着自己老公陈海洋一笔一画写出的这些字，开始面红耳赤，最后，她变得坐立不安，不知道接下来怎么办。终于，她站了起来，她的脸不是对着陈海洋，而是冲着女亲戚和陈索拉的方向，高声叫道："陈海洋，请你不要忘记自己的身份，做男人要顶天立地，你是一名老师，你要那个破东西做咩嘢！"

陈海洋看着老婆的嘴巴一直在动，便越发着急，他为过了这么多年，对方还是没有理解自己而难受，陈海洋抖了一会儿，突然张开了嘴，清晰地迸出一句："除了那个号，我什么都没有了。"

陈海洋竟然在生病后的第六个年头不仅开口讲话，而且能说出这么多。

欧姨瞪着陈海洋，不敢相信自己的耳朵，她抑制不住心中的狂喜，眨动着好像已不是从前的那双眼睛，整个脸庞开始变得明亮而年轻。此刻，她不敢随便开口，害怕再次语无伦次，万一讲错什么，吓到了陈海洋该怎么办。可是她又必须接上陈海洋的话，于是她像是一个小姑娘那样轻盈地翻身下了地，光着一对脚，蹲在了陈海洋身边，她拉起陈海洋软绵绵的手，把自己的头垂在上面，用细细的发丝撩着陈海洋的手心，细声细气地说："除了那个号，你还有我，不要怕不要怕，我会一直在你身边的。"

原载《长城》2020年第2期

哲贵

仙境

1

从家开车到越剧团,大约需要二十分钟。车子一发动,余展飞的身体就有感觉了,兴奋了,柔软了。不是柔软无力,是柔韧,充满力量,跃跃欲试。同时,身体里好像有股水在流淌,可比水要绵柔,几乎要将身体溶化。很轻又很重,很淡又很浓,他很享受。

越剧团有两个排练厅,一大一小。他直接去小排练厅。不用事先联系,更不用打招呼,他知道,团长舒晓夏已经在小排练厅了。一打开车门,一阵音乐声涌进耳朵,那是锣鼓声,是密集如万马奔腾的行板。一听那声音,身体立即又起了不同的反应。这次是热烈的,是滚烫的,是奔放的,他几乎要摩拳擦掌了。他听见身体里有开水沸腾的咕噜声,那是身体被点燃的声音,他要绽放了。他知道,那是《盗仙草》选段,是越剧里难得的武戏,特别有挑战性,让他神往,令他痴迷,他都快恍恍惚惚了。

他进了排练厅,果然,舒晓夏已经化好装,正在厅里踱来踱去。她看见余展飞进来,朝他看一眼,那眼神是急不可耐的。两人直奔化妆间。

这是余展飞的习惯,也是他的态度,即使是排练,即使排练厅里只有他们两个人,他也要化装,也要穿上戏服。他不允许马虎,一点也不行。

舒晓夏给他化装，他们都没有开口说话，他们不需要。几十年了，只要一个眼神，一个微小的动作，便可以领会对方的意思。什么叫心意相通？这就是。什么叫心有灵犀？这就是。而且，余展飞听了进来之前的伴奏音乐，已经知道晚上排练的内容，没错，还是《盗仙草》选段。

他和舒晓夏第几次排这个戏了？起码有几千次吧，甚至更多。

装化完了，舒晓夏帮他穿上戏服。他晚上扮演守护灵芝仙草的仙童，是短打扮，头上扎着一条红头巾。在正式演出的戏文里，守护仙草的仙童是四个，两个先出场，跟白素贞对打。被白素贞打败后，去后山请两个师兄出来。白素贞最后不敌，口衔仙草，被四个仙童架住。这时，仙翁出场，放她下山救许仙。

他们晚上练双枪，这是《盗仙草》里很重要的一场武打戏。当然，双枪几乎是所有中国戏曲里的重要武戏，也是最基础的武戏。正因为基础，要练得出彩不容易，太不容易了，几乎所有武生都会的动作和技术，大家都很熟练，都想做得出彩，怎么办？办法只有一个：创新。没错，只有做出别人不会做的高难度动作，只有做出别人不会也没想过的精彩又优美的动作，只有做出惊险又与白素贞冒死精神相协调的动作。难，太难了。但可能性也正在于此，吸引力也正在于此，激发创新的动力也正在于此。一般情况下，白素贞和仙童都是先拿拂尘出场，然后是剑，再是双枪，最后是空手搏斗。空手搏斗的难点在于翻跟斗，每个仙童翻跟斗都是不同的，都有讲究。第一个是前空翻，第二个是侧空翻，第三个是后空翻，第四个是前空翻加后空翻。空翻都是连续性的，有连翻三个，也有连翻六个，身体是否挺直，动作是否干净，很考验人的。双枪是《盗仙草》里的重头戏，是重中之重。一般的演出，白素贞和四个仙童各拿双枪，打斗到激烈处，四个仙童围着白素贞，将手中双枪抛向中间的白素贞，白素贞要用脚板、膝盖、双肩和手中的双枪，将来自四面八方的枪，准确又利索地反挑回四个仙童手里。这里面有连续性，又有准确性，还要控制好力量和弧度，差一点点都不行。而且，八杆枪要连贯，要让观众眼花缭乱，要行云流水。既要有武术性又要有艺术性，要升华到美的高度。这太难了！

舒晓夏将伴奏音乐调整一下，跳过前面舞拂尘和舞剑的段落，直接到了耍枪花。那枪是老刺藤做的，一米来长，两头都有枪尖，中间涂得红白相间，枪尖绑着红缨，行话叫花枪。他们每人两根花枪，先是象征性地比画几下，戏曲的灵魂之一就是象征。

随着锣鼓声密集起来，他们站到排练厅中间，耍起枪花。看不出他们身体在动，其实他们是全身在动，他们身体很快被手中的枪花覆盖。他们的枪先是在身体左右画着圈，手臂不动，手腕随着身体扭动，锣鼓声越来越密集，枪转动的速度越来越快，红白相间的花纹这时变成红白两道光芒，两道光芒最后连在一起，形成一道彩色屏障。从远处看，排练厅中间的余展飞和舒晓夏不见了，只有两个彩色球体，纹丝不动，却又风起云涌。

耍完枪花之后，他们练挑枪。余展飞投，舒晓夏挑。这是余展飞和舒晓夏的创造，他们不是一根一根来，而是八根。余展飞将八根枪一起投过去，舒晓夏用脚尖、用膝盖、用肩膀、用枪将八根枪反挑回来。考验功力的是，余展飞八根枪是同时投过去的，而舒晓夏却要将八根枪连续挑回来，八根枪要形成一排，在空中划出一个优美的弧度，像一道彩虹。练了一段时间后，反过来，舒晓夏投，余展飞挑。这种挑枪，整个信河街越剧团只有他们两个会，估计全天下也只有他们两个会。

2

父亲余全权是信河街著名的皮鞋师傅，绰号"皮鞋权"。他在信河街铁井栏开一家店，做皮鞋，也修皮鞋。他长期与皮鞋打交道，皮肤又黑又亮，连脸形也像皮鞋，长脸，上头大，下巴尖，张开的嘴巴像鞋嘴。对于余展飞来讲，父亲最像皮鞋的地方是脾气。皮鞋有脾气吗？当然有。皮鞋最突出的脾气就是吃软不吃硬，它不会迁就穿鞋的人，不能跟它"来硬的"，必须顺着它的性子来，要尊重它，要呵护它。但它又是感恩的，懂得回报。谁对它好，怎么好，对它不好，怎么不好，它是爱憎分明的，也是锱铢必较的。擦一擦，亲一口，它会闪亮。不管不顾，风雨践踏，它就自暴自弃了。它对人的要求是严格的，甚至是严厉的。它不会主动选择人，但会主动选择对谁好。不是一般的好，而是全心全意，甚至是合二为一，它会将自己融进人的身体里，成为人的身体的一部分。

父亲就是这样的脾气。每一双经过他修补的皮鞋，都有新生命，是一双新皮鞋，却又看不出新在哪里。他做的每一双皮鞋，看起来是崭新的，穿在脚上却像是旧的，亲切，合脚，就像冬夜滑进了被窝。

从皮鞋店到皮鞋厂，是父亲的一个改变，也是皮鞋对父亲的回馈。那一年，余展飞已经当了三年学徒，理论上说，可以出师单干了。实际情况也是如此，余展飞觉得技术已经超过父亲。

也就是这一年，余展飞"认识"了舒晓夏。农历十月二十五，信河街举办物资交流会，越剧团接到演出任务，将临时舞台搭在铁井栏，就在皮鞋店对面。那天下午演出的剧目是《盗仙草》，舒晓夏演白素贞。

余展飞不是第一次看越剧，也不是第一次看白素贞《盗仙草》，他以前看过的，也觉得好，咿咿呀呀的，热闹又悠闲，真实又虚幻。但那种好是模糊不清的，是不具体的。说得直白一点，就是舞台上的白素贞跟他没关系，没有产生任何联想和作用。但这一次不同，他被白素贞"击中"，迷住了。她一身白色打扮，头上戴着一个银色蛇形头箍。她的脸是粉红的，眼睛是黑的，眼线画得特别长，几乎连着鬓角。美得不真实，惊心动魄。余展飞突然自卑起来，粗俗了，寒酸了。他无端地忧伤起来，无端地觉得自己完蛋了，这辈子没希望了。当他看到白素贞和四个仙童挑枪时，整个心提了起来，挑枪结束后，他发现手心和脚心都是汗，浑身都是汗，这是他第一次发现自己的手心和脚心会出汗。当看到白素贞下腰，将地上的灵芝仙草衔在口中时，他哭了，差不多泣不成声了，他觉得魂魄被白素贞摄走了。

散场了，对余展飞来讲没有散，他依然和白素贞在一起，如痴如醉，亦真亦幻。他不知不觉来到戏台边，来到后台。他看见了白素贞，不对，是正在卸装的白素贞。有那么一瞬间，他有失真的感觉，却又觉得无比真实。卸装之后，舞台上的白素贞不见了，他见到一个长相普通的姑娘，身体单薄，面色蜡黄，眼睛细小，鼻梁两边还有几颗明显的雀斑。

舞台上下的反差让余展飞措手不及，让他惊慌失措。但恰恰是这种反差拯救了他，唤醒身体里的另一个自己，他感到震撼，感到力量，更主要的是，他看到了可能——既然她能演白素贞，我为什么不能演？他突然萌生出一个念头：我要去越剧团，我要唱《盗仙草》，我要演白素贞。

这个念头来得凶猛，令他猝不及防。用父亲的话说就是，丢了魂了。

但余展飞知道，他的魂没丢。他是被舞台上的白素贞"迷住了"，也是被现实中的白素贞"唤醒了"。他回到店里，对父亲说：

"我要去学戏，我要唱越剧。"

莫名其妙了。突如其来了。父亲没有放在心上，小孩子嘛，心血来潮是正常的，异想天开也是正常的，怎么可能去学越剧呢？怎么可能不做皮鞋呢？说说而已。不过，父亲觉得不正常的是，这个下午，余展飞什么也没有做，鞋没有做，也没有修。他还是那句话：

"我要去学戏，我要唱越剧。"

父亲明白了，这孩子鬼迷心窍了。

问题的严重性在于，接下来，余展飞还是什么事也不做，见到他就说：

"我要去学戏，我要唱越剧。"

那就是疯了。走火入魔了。父亲不可能让他去学戏，不可能让他去唱越剧。父亲的人生只有皮鞋，当然，他还做了一件事，就是生下余展飞。对于父亲来讲，两件事也是一件事，可以这么说，他也是父亲的一双皮鞋，甚至可以这么说，他从出生那天起，便注定这一生要和皮鞋捆绑在一起，逃不掉的。这一点余展飞知道不知道？他当然知道。实事求是地讲，余展飞不排斥父亲，也不排斥皮鞋。恰恰相反，他喜欢父亲，因为他喜欢皮鞋，也喜欢修皮鞋和做皮鞋。他喜欢父亲，是因为父亲对待皮鞋的态度，父亲没有将皮鞋当作商品，商品是没有感情的，而父亲对待每一双皮鞋，无论是来修补还是来定做，都像对待儿子。也就是说，在父亲眼中，余展飞和那些修补和定做的皮鞋几乎没有区别。余展飞委屈了，确实有一点。但他内心却是骄傲的，他觉得这正是父亲与人不同的地方，他没有将皮鞋当作鞋来看，而是当作人来对待。这是余展飞喜欢的。余展飞也是将皮鞋当作人来对待的，他跟父亲不同之处在于，对他来讲，皮鞋是有性别的，是分男女的。这跟男鞋女鞋无关，而是跟皮料有关，跟使用的胶有关，跟使用的线有关，跟针脚的细密有关，最主要的是，跟皮鞋的气质有关。但是，无论是哪种性别的皮鞋，余展飞都是喜欢的，无论是他做的，还是别人拿来修补的，只要到他手里，他都会让它们发出独特的光芒，他会给它们全新的生命。

3

那一个月里,余展飞只说一句话,其他什么事也不干。"皮鞋权"先是惊讶,再是愤怒,然后是恐惧,最后是无奈。他懂儿子,就像他了解皮鞋和各道制作工序一样,不能"来硬的"。他做出了让步,但也是有条件的,他答应让余展飞学越剧,但只是业余,主业还是做皮鞋。这就是"以退为进"了。

余展飞答应了。只要能学越剧,让他不吃饭不睡觉都行。

父亲找到一个长期在店里定做皮鞋的人,也是父亲的酒友,他是信河街越剧团的鼓手。余展飞后来才知道,在剧团里,鼓手地位很高,类似于轮船上的舵手,起掌握方向作用,起控制节奏作用。父亲将那个鼓手请到家里喝酒,喝得脸色由白转红,又由红转白。最后,鼓手捏着酒杯,问他想学什么?余展飞说他想学《盗仙草》,想当白素贞。鼓手一听就笑了,说:

"要学《盗仙草》,想当白素贞,在信河街只能找俞小茹老师。俞老师是第一代白素贞,她的学生舒晓夏是第二代白素贞。这事非找俞老师不可。"

余展飞是从这一刻开始,才知道那天演白素贞的演员叫舒晓夏,因为那天演出就是鼓手敲的鼓,他告诉余展飞:

"舒晓夏现在是越剧团的台柱子,俞老师已经退居二线,但要学戏,还得找俞老师,姜还是老的辣。再说,舒晓夏不收学生。"

一个礼拜后的一个下午,鼓手带他去越剧团见俞小茹老师。余展飞记得是直接去排练厅的,一大堆人,有化妆的,更多是没化妆的。穿什么的都有,穿短打扮的,腰间都用一条红腰带扎起来;穿戏服的,比画着动作,沉浸在各自的情境中。排练厅一片混乱,却又秩序井然。他第一眼就找到正在排练厅一角的舒晓夏,她穿着白素贞的戏服,脸上没有化妆。她的装扮让余展飞有不真实的感觉,既是白素贞,又不完全是白素贞。他发现,自己特别迷恋这种感觉,似真似假,如梦如幻,虚中有实,实中有虚,脚踏实地,却又飞在半空。余展飞很羡慕这些演员,他们哪里是在排练？哪里是在演戏？他们就是生活在天宫中的一群神仙，饥食仙果，渴饮琼浆，生活在各自的想象中，悲欢离合，逍遥自在。这样的日子才是有意义的，不用考虑柴米油盐，更不用考虑生意来往，只需要考虑自己和角色的内心。他们就是神仙，是漫无边际的神仙。他多么希望成为其中的一员。

俞小茹老师穿一件黑色旗袍，烫一个波浪头，在排练厅走来走去，有时停下来，对某个演员说几句，或者用手纠正某个动作，偶尔也示范一下。鼓手将俞小茹老师叫到一边，俞老师显然已经知道他，笑眯眯地问：

"你为什么要学《盗仙草》？"

"我要演白素贞。"

"你为什么要演白素贞？"

"我要《盗仙草》。"

"你为什么要《盗仙草》？"

"我要演白素贞。"

俞小茹老师一听就咧嘴笑了，确实是个外行哪。俞老师告诉他，《盗仙草》是《白蛇传》一个选段，以武戏为主。《游湖》《断桥》《合钵》也是《白蛇传》的选段，以文戏见长。俞小茹老师当年最拿手的是《断桥》，其次才是《盗仙草》，余展飞说：

"我只学《盗仙草》。"

紧接着，他又补充一句：

"其他戏都不学。"

俞老师没有觉得余展飞这种思维有什么问题，她觉得蛮正常，而且蛮正确。余展飞不是专业演员，他学戏只是好玩，也可能只是一种寄托。再说了，如果能把一段戏学好，学到精髓，很了不起了。俞老师问他：

"以前学过没？"

"没。"

"会一点吗？"

"我会下腰，就是白素贞用嘴去叼灵芝仙草的动作。"

这一个多月来，余展飞做了一件事，用脑子回忆那天看到的演出，模仿戏里白素贞的每一个动作，他比较满意的是下腰。

俞老师说：

"下一个看看。"

余展飞二话没说，扎个马步，一下就将腰"下"去了，而且是以口触地。他知道自己做得不错，下腰下得轻松，起腰起得利索，脸不改色，心不跳。站起来后，他拿眼睛看着俞老师。俞老师咦了一声：

"腰蛮软的。"

越剧团是不收业余学员的，再说，余展飞已经十五岁，这个年龄才学戏，显然迟了。余展飞见俞老师面有难色，他说：

"俞老师，我只想学戏，只想演白素贞。"

俞老师想了一下，说：

"我给你化个简妆看看。"

俞老师带着鼓手和余展飞进了化妆室，让余展飞在一面镜子前坐下。俞老师先在他脸上打一层底粉，然后在他脸蛋上涂点胭脂红，最后是描眉眼。描完眉后，俞老师往后退两步，看了看余展飞的脸，又咦了一声。这时，站在边上的鼓手拍起了巴掌：

"好俊的一张脸。好一个白素贞。"

俞小茹老师最后收下余展飞，当然是看在鼓手的面子上。鼓手说了，俞老师这次"破例了"，以前没有收过"这样的"徒弟。

余展飞后来才知道，俞老师当初答应收下他，一方面是出于鼓手的面子，另一方面也是可怜他，顺口允了而已。在她呢，也没有太放在心上。这些年来，她见过多少学戏的孩子最终还是选择离去。何况余展飞还有店要照看，家里还有一家皮鞋工厂刚开业。因为余展飞跟父亲有约定，皮鞋工厂开业后，父亲负责工厂，铁井栏皮鞋店由余展飞坐镇，他学戏时间只能在晚上。俞老师心想，这孩子也就是一时心热，正在兴头儿上呢，来几次，吃些苦头，自然知难而退，她也算做完人情了。

让她没想到的是，余展飞是真下了狠心学戏，什么苦都吃。学戏最难的是练基本功，单调、枯燥却费劲，譬如压腿、劈叉、踢腿、下腰、扳朝天蹬，哪一项不需要下死功？就拿最简单的压腿来说，一般人压个九十度试试？压不起来的，即使压起来，用不了五秒钟，保准抽筋，是那种不由自主地抽筋，身体就散了。再譬如劈叉，压腿也可以说是为劈叉做准备的，要将两条腿劈成一字形。对于一个十五岁的孩子来讲，要将腿劈下去，等于将他腿上已经生长出来的筋砍断，那得多疼？得下多大功夫？但余展飞一句疼没说，甚至没有发出任何声音。俞老师让他练拿大顶，让他拿三分钟，他一定拿十分钟。俞老师让他拿十五分钟，他一定拿半个钟头。他在店里练，做皮鞋时练，吃饭时练，睡觉也练。这就让俞老师刮目相看了：这孩子不是一时兴起，而是着了魔了。看得出来，他是真喜欢学戏。这个时候，俞老师的想法发生改变了，将余展飞"放在心上了"，对余展飞有了"新的希望"。当然，俞老师没有将这个想法告诉余展飞，不需要说，也不能说，这是她个人的事，是她和舒晓夏的事，跟余展飞无关。现在，跟余展飞有关了，但他还是不需要知道，俞老师不想让他知道。

练完一年基本功后，俞小茹老师才教他真正学戏。余展飞的嗓音又让俞老师咦了一声。余展飞平时说话属于偏柔和的男低音，很男性化的。他居然能变音，最主要的是，发出的声音不生硬，是很温和的女低音，太难得了。男生扮旦角，第一是扮相，第二是声音，他居然能唱出这么真实的女声。俞小茹老师心里想：是个旦角的料哇。

4

拜在俞小茹老师门下，余展飞最开心的事，是能见到舒晓夏，能向她学戏。

舒晓夏是他师姐，在内心里，余展飞却是将她当作师傅。没有拜入俞老师门下前，余展飞在家"瞎练"《盗仙草》中白素贞的动作，模仿对象就是舒晓夏。他脑子里既有舞台上的白素贞，也有卸装后的舒晓夏，两个形象既分离又合一。他记得白素贞的每一个动作、每一句唱词，甚至每一个眼神。如果要认第一个师傅，那就是白素贞，就是舒晓夏。

舒晓夏是在排练厅看到余展飞的，知道是俞老师新收的徒弟。她只用眼角余光瞟了余展飞一眼，立即感觉到威胁：这人不简单。她感觉到余展飞身上有种"仙气"，也可以称为"妖气"，她能感受到他身上的"执拗""一根筋"和"不可理喻"。他是个"疯子"，是个什么事都干得出来的"疯子"。艺术需要的正是"一根筋"和"不可理喻"，特别需要

"疯子"的精神和行为。她就是个"疯子",为了演戏,她可以什么也不管,可以什么也不要,包括自尊,包括身体,包括生命。她只想成为站在舞台中央的那个人,只想成为戏中的那个角色。

舒晓夏对这种威胁不陌生,她曾经给过俞老师这种威胁。当她第一次正式登上舞台,正式成为白素贞后,她从俞老师的眼神看得出来,俞老师是多么哀伤,多么无奈,那是一种被对方逼到悬崖尽头的怨恨,是走投无路的绝望。这种感觉不是长驱直入的,而是混沌的,是弥漫的,是眼睁睁地看着自己枯萎的悲凉。眼睁睁地看着自己消亡,却无能为力。

她现在感受到来自余展飞的威胁,她觉得,这是俞老师刻意安排的,是专门针对她的。她当然不甘心。她不是俞小茹老师,她不会束手就擒的,为了舞台,为了舞台上的角色,她会拼命的。

必须主动出击,但不能盲目。一个月之后,排练结束后,她在越剧团门口"无意中"遇到余展飞,她主动打招呼,主动自我介绍,主动约余展飞:

"有空的话,咱们一起排练《盗仙草》。"

这是余展飞做梦都想的事,只是没胆子提出来:

"真的?"

"当然是真的。"她停了一下,接着说,"这事不能让俞老师知道。"

她知道,俞老师是不会让她接近余展飞的,他是俞老师用来对付她的秘密武器。而她从余展飞的眼神看出来,他是愿意接近她的。

那以后,舒晓夏经常去余展飞的鞋店,打烊之后,余展飞反锁了店门,他俩一起排练《盗仙草》。

舒晓夏原来的打算,是想让余展飞放弃白素贞,那么多越剧剧本,他演什么不可以?扮演哪个角色不行?为什么偏偏要演白素贞?他可以演青蛇,可以演梁山伯,可以演祝英台,可以演贾宝玉,可以演崔莺莺,可以演杜十娘,也可以演穆桂英。想演什么,自己教什么,可是,余展飞说:

"不,我只学《盗仙草》,我只演白素贞。别的都不学,都不演。"

死心眼了。舒晓夏也是个死心眼,她清楚,跟死心眼的人是没有道理可说的,讲不通的。那么好吧,就学《盗仙草》吧,就演白素贞吧。"教鞭"在她手里，"方向盘"在她手中，她指哪个方向，余展飞只能跟到哪个方向。也就是说，余展飞始终在她掌控之中，余展飞是孙悟空，她是如来佛，逃不出她的手掌心的。

一接触，舒晓夏就知道，遇到劲敌了，跟自己相比，余展飞或许算不上戏痴，他不会为了演戏，生命也可以不要，但他绝对是有魔性的，他心里住着一个白素贞，身体里也住着一个白素贞，一遇到白素贞，他就"魔怔"了，不能自拔了，意乱情迷，差不多是神志不清了。他怎么演都是白素贞，白素贞就是他。作为一个演员，舒晓夏明白，这有多么可怕，那等于说，这个演员进入一个特殊空间，这个空间里只有他，只有白素贞，他想怎么演就怎么演，他想演成什么样就是什么样，没人能够阻止得了。这样的演员，不是"疯了"是什么？一个"疯了"的演员，是什么都可以做得出来的，是无法估量和比较的。有时候，这样的演员就是个"神"，演什么角色都是"神灵附体"，都是"灵魂出窍"。这一点，舒晓夏是有体会的。

既然如此，教还是不教？当然教，而且更要认真教。她要做的事情其实也很简单，就是不让余展飞"疯了"，让他清醒，让他知道，他是在演戏，他不是白素贞，白素贞也不是他。

但是，舒晓夏发现，她做不到。只要一接触到《盗仙草》，只要一接触到白素贞，余展飞就什么也不管了，余展飞不见了，只剩下白素贞，而这个白素贞也不是她通常理解和演绎的白素贞，而是一个陌生的白素贞，一个带着余展飞浓烈气息和情绪的白素贞。那还怎么教？

让舒晓夏意想不到的变化是，在与余展飞接触过程中，她的心理和身体发生了微妙的改变。只有舒晓夏知道，于她来说，这个变化是翻天覆地的，是史无前例的。她居然对余展飞"动了心"，居然有跟他身体发生关系的念头和欲望。在此之前，她只对戏里的人物有过这种感觉，对戏里的白素贞，包括对戏里的许仙，她可以以身相许，可以合二为一，她没想到对余展飞会有这种感觉。但她没有慌乱，出乎意料的淡定。她对余展飞最初的"敌意"来自他的威胁，当她接触余展飞之后，和他排练《盗仙草》之后，威胁升级了，变成了压迫，她发现，一旦成为白素贞，余展飞的白素贞比她更疯狂，比她更迷离，比她更决绝，也比她更柔情。这种感受很不好，是被压挤和束缚却没能力挣脱的感觉，这让她丧气。在演戏方面，她从来没有丧气过，也从来没有服过谁。她是最好的。她演的白素贞，是真正的白素贞，天下第一。可是，跟余展飞的白素贞一比较，她自卑了，无论是扮相、神态、动作、眼神、氛围还是唱腔，余展飞的白素贞似人似妖似仙，却又非人非妖非仙，那是真正的妖孽，光芒四射，摄人心魄，她达不到这个境界。

她对余展飞"动了心"，还有一个只有她才能体会的原因，这种体会或许只有她这样的演员才有，她愿意与余展飞合二为一，因为他们都是白素贞，他们本来就是一体的。

有了这个心思后，她才让余展飞来她宿舍排练。舒晓夏心思不在穿衣打扮上，不讲究，但干净。宿舍却是"垃圾场"，眼睛看得见的地方，都跟越剧有关：脸谱、盔头、戏服、拂尘、刀、剑、枪、剧本等等。随意堆放，杂乱无章。有一面墙壁是镜子，镜子让宿舍显得双倍凌乱。不过，杂乱无章却产生出特殊氛围，即使是兵器，在这里也变得柔和，变得温暖，变得含情脉脉，变得情深意长，变得真实又梦幻。这里每一件东西都可能幻化成白素贞，至少与白素贞有关。

他们是在排练中亲吻起来的，就在那面镜子前，他们穿着戏服练下腰，练白素贞口衔灵芝仙草。他们背对背，在镜子前做成m形，两张嘴便"衔"在一起了。是舒晓夏主动的，余展飞有过短暂迟疑，很快就热烈起来。脱下戏服后，又急切地抱在一起，继续"排练"。

亲吻是什么？舒晓夏理解，亲吻是正式演出前的"头通"，是热场子，是酝酿，是发酵，是含苞待放，是必不可少的过渡。可是，"头通"打了一个月，就是喧宾夺主了，正戏还唱不唱？舒晓夏有意见了，觉得余展飞在这方面的勇气和能力完全不像白素贞，更像懵懂迟钝的许仙。只能依靠自己了，因为她是白素贞，是完整的白素贞。

那天晚上，排练结束后，他们跟平常一样，戏服还没有脱就抱成一团。在亲吻过程中，舒晓夏增加了一个动作，主动探索余展飞身体。慢慢地，余展飞反应过来了，将手伸进她的身体。戏服在不知不觉中被脱掉，身上所有的衣服都不见了，最后时刻来了，当舒晓夏要将身体交出去时，余展飞突然停住了：

"不能。"

舒晓夏心里一冷,问:

"为什么?你不喜欢我?"

余展飞回答说:

"不是,你知道我喜欢你,但我不能。"

"为什么不能?"

"我也不知道为什么不能。"

余展飞的回答让舒晓夏不满意,很不满意。但她没再问下去,她觉得冷,嘴巴都僵住了。

5

俞小茹老师告诉余展飞,以他的天赋,如果一门心思将功夫花在学戏上,将来成就一定超过她,说不定能走出信河街,走上全国舞台,成为一代名角。但是,她没有要求余展飞这么做,她说余展飞的任务不仅仅是唱戏,他还有家族责任。最主要的是,她认为戏曲环境变恶劣,看戏人减少,社会关注点转移到赚钱,能赚到钱才是英雄,才是当家花旦,才是台柱子,才是"名角"。她感到戏曲行业在走下坡路,而且是一条看不见尽头的下坡路。这种时候,她怎么可能让余展飞来做专业演员?她甚至觉得,余展飞根本不应该来学习,他应该跟父亲学做生意,帮父亲把皮鞋厂办好,赚更多钱。但她也没有要求余展飞这么做。在这个问题上,她蛮自私的,她觉得遇上一个好苗子了。唱戏是她的事业,她这辈子只做这件事,当然希望这个行业能够兴旺,希望得到更多年轻人关注,更希望有潜质的年轻人投身这个行业,只有这样,这个行业才有希望,才有未来。

她用一年时间给余展飞"打基础",又花一年时间,将《盗仙草》教给他。是一句唱词一句唱词地教,一个动作一个动作地教。两年之内,俞老师一直"捂着"他,没让他"亮相"。其实也不是完全"捂着",俞老师每周会带他去一次剧团排练,跟他配戏的演员,都是俞老师特意叫来的。他演白素贞,不能总是一个人对着空气比画,要考虑和四个仙童配合,要有默契,特别是挑枪那一段,差一分一毫都是不行的。

他第一次在剧团正式登台，是两年后的汇报演出，听说信河街文化局局长也来观摩。俞老师安排他演《盗仙草》。他在排练厅和四个年轻演员对戏也很正式，都有化妆和穿戏服，但毕竟只是排练。汇报演出不一样，虽是内部观摩，但所有观众都是内行，都带着挑毛病的眼光，还有领导坐镇。其实是考试，是大阅兵。

余展飞没有紧张，恰恰相反，他内心是迫不及待的兴奋。他不是剧团的人，没有考试压力。更主要的是，他知道自己演白素贞时，舒晓夏就在台下。他一直想让舒晓夏看看自己在舞台上演的白素贞，他想让舒晓夏知道，自己演的白素贞是从她那里来的，她演的白素贞，改变了他的人生。他原来的生活除了皮鞋之外还是皮鞋，他看到的和想到的都没有离开皮鞋，是她演的白素贞帮他打开一扇大门，让他看到，除了皮鞋，他的生活还有梦想，而且是一个只有他看得见摸得着的梦想。或者可以换一句话，她演的白素贞让他突然从现实生活中飞起来，让他看到原来没有看到的东西，那些东西是他以前没有想过的。

在他演出之前，是舒晓夏，她演的也是《盗仙草》。舒晓夏上台时，余展飞在候台。他站在舞台右侧，一直盯着舞台上的白素贞，这是完全不同的体验。他上一次是站在台下看台上的白素贞，那时的白素贞是遥远的，是虚幻的，是可望而不可即的。这次不同了，他在舞台上，他能感觉到，自己就是白素贞，他和舞台上的白素贞是相通的。他能感受到白素贞的每一个动作、每一句唱词，更能感受到白素贞内心的愧疚、悲伤和决绝。

确实是不同了。他离白素贞更近了，甚至他就是白素贞。他也觉得离舒晓夏更近了，因为舒晓夏已经和白素贞合为一体。

轮到余展飞上台了，他依然停留在刚才的情绪里，他已经盗到仙草，飘飘荡荡回去救许仙。是锣鼓声提醒了他，让他重新回到舞台，哦，他又回到峨眉山，再盗一回仙草。余展飞不见了，舒晓夏不见了，舞台不见了，舞台下所有人，包括俞老师也不见了。他现在就是白素贞，白素贞现在只有一个目的——盗了仙草回去救许仙。白素贞更哀伤了，也更决绝了。白素贞一边担心许仙的生命安危，一边担心能否盗到仙草。但她内心是坚定的，是没有回旋余地的，必须盗回仙草，必须救活许仙。这事没得商量。

随着锣鼓声,白素贞使用了"莲步水上漂"。她确实是"漂"上去的,腾云驾雾,晃晃悠悠,却又风驰电掣。在舞台上转了小半圈,又回到右侧,她一抬头,开口唱道:"峨眉山。"她能感觉到,这声音是一支射向峨眉山的利箭,穿破云雾,不达目的绝不回头。

一上台,余展飞就忘记了音乐,他不需要音乐,他要的是仙草。音乐似乎又是存在的,变成一种提醒,让他不断向前、不断飞翔的提醒。

回到台下,余展飞依然沉浸在那种情绪和情节之中,白素贞口衔仙草,飞向家中的许仙。他似乎听到舞台下热烈的掌声,看到俞老师跑到后台,激动地抱住他,不停地跺脚。

6

那次汇报演出后,俞老师对他说,文化局同意招他进越剧团,局长特批一个名额。

进越剧团演戏,是他这两年来的梦想。可是,当他真正要成为专业演员时,当他即将成为真正的白素贞时,他又犹豫了。这意味着,他将抛弃皮鞋店和皮鞋厂。在没有直接面对这个问题时,余展飞一直认为自己更愿意当一名演员,那是他的梦想。可是,当机会摆在面前时,他却犹豫了,但他不好意思直接回绝俞老师,只好说:

"我没问题,我回去问问我爸。"

余展飞记得,听他这么说,俞老师突然很夸张地笑了两声。但是,俞小茹老师那么骄傲的人,后来还是托鼓手去做余展飞父亲的工作,鼓手和父亲喝了一顿酒,回去问了俞老师一句话:

"你说做生意和唱戏哪个有前途?"

俞小茹老师再没说什么。或许,她已经想通了,或者,是绝望了。她在那一年提前办理了退休手续,与人合伙成立了一家演出公司。

也是那一年,余展飞进入父亲的皮鞋厂,父亲抓生产和管理,他负责采购和销售,父亲主内,他主外。他向父亲提出要求,在工厂顶楼要了一个房间,装修成排练厅。下班后,他会去排练厅待一两个小时,有时更长。

也就是那一年，余展飞和舒晓夏开始每周一次排练，他们只排《盗仙草》。

他们两人演的白素贞是同一个白素贞，却又是不同的白素贞。舒晓夏的白素贞显得坚毅，甚至刚毅，眼神、动作和唱腔都显示出坚硬的力量，这种力量是掷地有声的。余展飞的白素贞是柔软的，甚至是哀怨和哀伤的。他的白素贞显示出另一种力量，是冰下流水的力量，看不见，但能够感受，那种感受让人忧伤，忧伤是一种无法言说的力量，特别"摧残"人。说不清两个白素贞谁更出彩，坚毅和柔软都能打动人。

皮鞋厂的发展是飞跃式的，从刚开始的三十个工人，增加到三百个，然后又增加到三千个。余展飞的职务也在发生变化，从科长升到副厂长。"皮鞋权"不管生产管理了，只抓技术。

舒晓夏凭《盗仙草》参加省文化厅戏曲比赛，她挑枪的动作设计打动了所有评委，拿到一等奖。这是信河街越剧团几十年来第一次拿大奖，半年之后，舒晓夏被提拔为副团长，成了"有级别"的人。

两个人都到了谈婚论嫁的年龄。这几乎是顺理成章的事，一个搞经济，一个搞艺术，还有比这更般配的结合吗？不可能了嘛！

余展飞也是这么想的，他觉得这是理所当然的。他知道舒晓夏喜欢自己，而且，他也知道，舒晓夏没有别的人选。以前没提出来，是因为他没想过结婚的事，他想舒晓夏也是。结婚看起来是人生大事，但在决定婚姻时，往往是一刹那的决心，甚至是草率的。

余展飞想结婚，是因为父亲想他结婚，父亲对他说：

"我老了，这个摊子要交给你，希望你早点成家。"

余展飞没有当面答应父亲，但也没有反对。那就是可以商量的意思了。他找谁商量？当然是舒晓夏。

周一晚上，他们在皮鞋厂顶楼结束排练后。初秋的晚上，天气还没有凉下来，即使开着空调，两个小时排练下来，也内衣湿透。他们脱了戏服，坐在镜前卸装，余展飞突然对舒晓夏说：

"嫁给我吧。"

舒晓夏手里拿着卸妆湿巾，转头看着余展飞，一脸惊讶：

"为什么？"

她这么问，轮到余展飞惊讶了：

"你不爱我吗？"

舒晓夏停顿了一下，点头说：

"我爱你。"

余展飞松一口气：

"那就对了，你爱我，我也爱你，我们结婚。"

舒晓夏这时眼睛一动不动地看着他，然后，缓缓地摇摇头：

"不，你不爱我。你爱的不是我。"

余展飞从镜子前跳了起来：

"怎么可能？我还不知道自己爱的是谁？"

舒晓夏很镇定，面无表情地说：

"你爱的是白素贞，是舞台上的白素贞，而不是现实中的我。"

余展飞俯视着舒晓夏的眼睛，很肯定地说：

"我当然爱舞台上的白素贞，同时也爱现实中的你。"

"骗人。"舒晓夏仰视着他，"如果你爱现实中的我，为什么不能和我上床？如果你爱现实中的我，为什么要和我争演白素贞？你爱的是白素贞，一直是白素贞。白素贞就是横亘在我们之间的峨眉山，无法逾越的峨眉山。"

余展飞突然打了个哆嗦，一股冷气从头顶倾泻下来，立即覆盖全身。他想否认，可是，一屁股跌坐在椅子上，什么话也说不出来。

7

"皮鞋权"退居二线了。他这么做，当然是对余展飞放心，除了唱戏，他对余展飞确实放心。他是满意的，一切按照他的设计推进，唱戏只是小插曲，开次小差而已，他最后不是选择回皮鞋厂了吗？谁还没有个开小差的时候呢？同时，他又对余展飞不放心，除了皮鞋厂，只剩下唱戏，连婚姻都耽误了，这让他焦急，也让他伤心。但他能下命令让余展飞娶妻生子吗？这不是工厂赶订单，他没办法亲自"上马"，只能商量，只能提议，只能干着急。他提议多次，余展飞表面上答应"好的好的"，却没有实际行动。他知道余展飞和越剧团的舒晓夏关系密切，也委婉地对余展飞说过：

"我看小舒这人还行。"

余展飞点头说：

"是的是的。"

表明态度了，方向也指明了，余展飞还是按兵不动。他按捺不住了：

"你和越剧团的舒晓夏到底在搞什么鬼？这样不明不白拖着算什么？"

余展飞装傻：

"我们关系很好啊，她是我师姐啊。"

心力交瘁了。"皮鞋权"决定将皮鞋厂交给余展飞，不管了，没个尽头，迟早要跨出这一步的。

父亲退休后，余展飞觉得最大的好处是可以无拘无束地排练。但余展飞是不会"乱来"的，所有排戏都在工作之余。他觉得很好，每天充满期待，精神和身体都是饱满的。一想到晚上可以和舒晓夏排练，他就觉得这一天是美好的。

舒晓夏当上越剧团团长后，余展飞想出资装修越剧团排练场所，舒晓夏不肯。她知道余展飞有钱，也是真心实意，但她不愿。她打报告给文化局，局里拨专款让她装修。

装修之后，多了一个小排练厅，余展飞和舒晓夏有时将排练移到小排练厅。

余展飞"主政"皮鞋厂后，做了几个"大动作"：第一是改厂名，将原来的"皮鞋佬"，改成"灵芝草"；第二是将工厂改成集团公司，工厂名字带有计划经济痕迹，而公司是市场经济产物；第三是花十年时间，在全国各地开出五千家专卖店，他要让"灵芝草"开遍各地；第四是"灵芝草集团公司"上市，敲锣当天，他个人市值三十三亿。

在上交所敲锣当天，余展飞特别邀请俞小茹老师、鼓手和舒晓夏作为嘉宾。他亲自上门送请帖，鼓手看到请帖里注明"正装出席"，一脸诚恳地问：

"中山装算不算正装？我只有一套中山装。"

余展飞一听就笑了：

"你穿法海的袈裟也是正装。"

俞老师现在在老年大学教越剧。余展飞约好去她家送请帖，她问余展飞都邀请了谁，余展飞说邀请了越剧团的鼓手和舒晓夏。俞老师沉默了一会儿，说老年大学教学蛮忙的，每天都有课呢。余展飞说舒晓夏有演出任务，去不了。她听了之后，改口说：

"我去请假试试，学校领导蛮尊重我的。"

舒晓夏确实因为演出没有参加，但余展飞认为，即使没有演出，她也不会去。这些年，除了演出，除了越剧团的事，舒晓夏很少抛头露面。她也很少提俞老师，余展飞倒是提过几次，她没有任何回应，余展飞后来就不提了。

舒晓夏没结婚，余展飞没问她原因。他动过再次向舒晓夏求婚的念头，但没提出来。余展飞没再提，还有一个原因，他确实很享受和舒晓夏排练《盗仙草》，不但精神满足，身体也得到满足。他每天会去公司排练室坐坐，这个排练室是在原来的基础上改建的，规模、设备和越剧团的小排练厅差不多。他有时会独自唱一段，或者练一阵枪花，有时只是坐坐，什么也没做。也就够了。

父亲走得突然，也不算突然。父亲身体一直很好，就像他做的皮鞋，经久耐用。可能是平时坐得多的缘故，他有高血压，也不是很高，低压一百，高压一百四十，按时吃"络活喜"，血压就"标准"了。他的死跟高血压没关系。余展飞觉得父亲是"闲死"的，他做了一辈子皮鞋，突然不做了，空了。他原来喜欢喝点酒，喜欢喝信河街五十六度老酒汗。他喜欢老酒汗直扑脑门的冲劲，喜欢酒后不断升腾的幻觉。退休之后，喝酒的念头也没有了，他大概觉得"任务"完成了，再活下去没意思了，也没意义了。

父亲走时，虚岁才七十，很叫人惋惜。事发突然，更叫人痛惜。

按照信河街风俗，父亲葬礼之后，有场宴请酒席，余展飞想请越剧团来演一段《盗仙草》，他想用这种方式，送父亲最后一程。余展飞觉得舒晓夏可能不会同意，越剧团是艺术团体，怎么会在葬礼宴席上唱戏？太低贱了。出人意料的是，舒晓夏居然一口答应。宴请那天，她带来越剧团全班人马。

《盗仙草》安排在宴请尾声，也是酒至酣处，差不多人仰马翻了。这个时候，临时搭建的舞台上，锣鼓声响起来了。很多人知道余展飞喜欢唱戏，喜欢演白素贞，但从来没见过，大家起哄，让余展飞来演。一个人带头后，几乎所有人都跟着喊余展飞的名字，一边喊，一边用手掌或者拳头拍打桌面，场面"不可收拾"了。余展飞去"后台"找舒晓夏，舒晓夏化好装，戏服也穿好了，她看着余展飞：

"你演不演？"

其实，听到锣鼓声后，余展飞身上的肌肉已经抑制不住地兴奋，他感觉肌肉在跳动，在喊叫，在翻腾，发出吱吱声。舒晓夏这么一问，似乎他的身体已飞翔在半空，哪有不演之理？

他坐下来，舒晓夏给他化妆。锣鼓声中，他看着镜子里的自己变幻成白素贞。镜子里还有一个白素贞，那是舒晓夏扮演的白素贞，两个白素贞时而分开，时而重合。他听见演出开始了，两个守护仙草的仙童上场，几句念白之后，手持拂尘做着练武动作，他还听见喊叫他的名字和拍打桌面的声音。又是一阵锣鼓声过后，两个守护仙草的仙童退场，轮到白素贞上场了。他看了眼扮成白素贞的舒晓夏，她表情肃然，并不看自己。锣鼓声催得更急，他不由自主、恍恍惚惚地被舞台吸引过去。他一身白色打扮，手执拂尘，上身纹丝不动，脚板挪移，飘上了舞台。台下立即安静下来，叫喊声和拍打桌面的声音戛然而止：哪里还有余展飞的影子？分明就是千年蛇妖白素贞嘛！分明就是舍身救夫的白娘娘！。太妖怪了。

余展飞一踏上舞台，舞台便成了峨眉山，云雾缭绕，群山巍峨。他现在是她，是白素贞，是上峨眉山盗仙草救夫的白素贞。眼里只有千难万阻，眼里只有刀山火海，眼里只有灵芝仙草，眼里只有悲伤的希望。

她先是用拂尘与两个仙童对打，两个仙童不敌，向后山退去。

第二场，白素贞手持双剑与两个手持双剑的仙童对打，仙童败。

白素贞第三场是手持双枪与四个手持双枪的仙童对打。她突然感到双腿发软，双手发酸，沉重得抬不起来。客观原因是：为了父亲的葬礼，连续三天，余展飞每天只睡四小时。主观原因是：白素贞身心俱疲，她长途奔波，又挂念家中许仙性命，筋疲力尽了，她明知打不过四个仙童，却不甘心就此罢休。她知道，困难还在后头，还没到挑枪环节呢，她第一次怀疑自己能否顺利完成那套动作。此时，四个仙童将双枪从她头顶压下来，她使双枪往上一顶，感觉八杆花枪像八座山从头顶轰然而下，胸中有一口滚烫热流奔涌而上，被她硬生生咽下去后，这股热流更加凶猛地往上涌，她眼前一黑，几乎一屁股坐下去。就在此刻，意外发生了，舞台上突然多出一个白素贞，手持双枪，飞奔过来，和她并肩而立。

四个仙童这时围成一圈，轮番朝她们投枪。两个白素贞背对着背，将枪尽数反挑回去。舞台上彩虹飞舞，霞光闪烁，舞台下的观众伸长了脖子，仿佛忘记自己存在。当四个仙童第四轮将双枪投向两个白素贞时，她们做出一个令所有人意外的动作——将枪悉数"没收"了。四个仙童见丢了兵器，慌了手脚，一哄而下。

舞台上只剩两个白素贞。她们舞出的枪花将身体团团包围住，成了两个既统一又独立的球体，发射出一道道让人睁不开眼睛的金光，既真实又虚幻。

原载《收获》2020年第3期

张楚

和解云锦一起的若干瞬间

5月2日，下午5∶58，果麦超市

很久没有回顾家庄了，要不是母亲执意要见我的女友，这个五一假期我可能去杭州，我一直想看看西湖到底是什么样子。

父亲肺癌去世后，母亲就一直住在村子里。那些年，我们村每年都会有七八个肺癌患者。据说，跟我们村北的轧钢厂有关系。都这么说，没证据，说也就成了白说。父亲走后，母亲仍住在那三间平房里，养了两头母猪，十来只芦花鸡和一条柴狗。她身子虚，我父亲临咽气之前还叮嘱我，不要让她扶着棺材串庄，怕她中途晕倒，这是父亲在人世间的最后一句话。不过，母亲的身子还算健朗，反正那两只母猪很肥，芦花鸡也常下蛋，狗呢，有点瘦，不过，柴狗本来就瘦吧。

我和肖云是开车回来的。路途不算遥远，走高速两个半小时，就到了县城。顾家庄离高速口尚有五公里，是肖云开的车，她嫌我开车慢。这里的春天还是很野气的，大风卷着柳絮，黑亮的乌鸦在白色巨杨上聒噪，刺猬的刺还软，怕是新生不久的婴孩，摇晃着钻进陈年麦秸垛。作为一个南方人，肖云对这里的景象很是好奇。她指着村南的那条河说，北方的水跟南方的水不太一样，北方的水硬，即便是死水，也有些浩荡的架势。她对我母亲将要做的酸酱也很感兴趣。把绿豆打碎打匀煮熟，和酱头按比例浸泡在水缸里，再添些煮得半熟的萝卜、蔓菁、野姜片和豆腐块，用白布蒙紧，发酵个把月，隔四五天搅拌一次，适当添水、晒太阳。大抵就能吃了。酸酱可以蘸萝卜，蘸黄瓜，或许可以这么说，所有的植物都能蘸着酸酱吃。当然，酱煎鸡蛋和酱煎鲫鱼的味道委实更好些。

我们住了两天，打算三号回。母亲对肖云似乎还算满意，肖云会说话，就是长得有点胖，看上去颇为喜庆。母亲给我们温被褥的时候，肖云说，阿姨，我跟您一起睡。母亲笑了，说，你们年轻人多说说话，我个老古董，掺和啥。

临行前的那晚，母亲说要包饺子，上车的饺子下车的面，是顾家庄的传统。我跟母亲说，要跟肖云去县城的超市买些熟食，烧鸡烤鹅猪蹄之类，母亲也没拦着，只是说，别乱买东西，她有忌口的。我知道她不吃猪心。当然，我也不晓得她为何不喜欢吃猪心。

我跟肖云在超市里逛了很久。除了熟食，我给母亲还买了些牛奶和饼干。肖云是看着什么都新鲜，一件毛衣才八十块钱，她惊讶地吐了吐舌头。等我结账的时候，大包小包的，看着也不少，收银员扫了我眼，问，有积分卡吗？我说没有。她问，是没有办卡，还是忘了带卡？我说这有什么区别吗？她就不吭声了。她打清单时我多瞅了她两眼，蓬松的长发，眉毛文过，长得很白净。她盯着电脑报了个数字，我就拿手机去支付，这时她瞅了我两眼，我输入密码时，感觉她也一直盯着我。我没有抬眼，顺势将物品一件一件往袋子里塞，嘱咐肖云待会别忘了从储存柜里拿包。等我们走出两三米时，我听到有个声音，那个声音说，汤亮，汤亮。我扭过身，那个收银员朝我点点头。是她在叫我的名字？我和她……认识？我擦了擦眼睛，恍惚着朝收银台那边张望。这时我看到那个女人笑了笑，我依稀看到她的嘴唇张了两次，微微露出暗红色的舌苔，然后我的名字就无声无息地从她的唇齿间飘了出来。

我走过去，愣愣地问，你是在叫我吗？

她似乎有些诧异，又快速地扫我一眼，然后接过顾客递过来的酱油和陈醋，"没啥，"她用扫描器扫着二维码，朝那位顾客问道，"你有积分卡吗？"

看来她并不认识我,或者说,我们并不认识。那边肖云在喊我,我就快步跟过去。这时我又听到了那个声音,那个声音说,汤亮。我猛然扭头,那个收银员正盯着我。也许她没料到我会转身,忙低下头,用手撩了撩头发。这时我才看清,她左边的颧骨处,有块淡淡的胎记,黑色的,或者说是浅棕色。

解云锦。

她是解云锦。

肖云说,你妈刚才打电话,问咋还没到家,饺子都要下锅了。我哦了声,默默地随她上了车,上了车后肖云说,今晚我还是跟阿姨睡吧。我说,你想跟谁睡就跟谁睡。她摇下车窗,点了支香烟,慢吞吞地问道,你有心事?我说没有,好久没在春天回来了,想起了很多事。肖云说,春天本来就是个遗忘的季节。我反问道,是吗?她郑重地说,是的,每到春天,我就仿佛重新诞生了次。我笑了笑,她掐了烟,开车。

公路两边的麦苗比筷子高些,绿绿的,这种绿跟树木的绿不同,树木的绿似乎更轻逸些,透亮、薄,阳光能将叶脉的纹络和走向照出,那绿便散发出掺杂着云雀的羽毛、昆虫的毛刺和未来蝉翼的气味,而麦苗的绿则是敦厚的、平朴的,似乎有种下坠的引力在拽它,一直拽进暗处的肥料和虫豸之间。我还记得,小时候,常跟解云锦跑到麦子地里挑菜。当然,那是快成熟的麦子,金色的、尖锐的麦芒随时会扎到手和腿。我们常挑的那种灰灰菜一般长在田垄上,解云锦手巧,总是她的篮子快满了,我还刚薄薄一层。她也不说话,自己的篮子满了,就默默地帮我挑。她的手指很细,像剥了皮的柳条,有种欢畅的腥气。她那时有点驼背,即便如此,也比我高些。

我们家挑菜是喂猪,他们家挑菜是用来蒸玉米疙瘩吃的。

她父亲死得早,她母亲跑了,她祖父祖母带着她和她弟弟。她弟弟是个傻子。也不知道怎么傻的,反正我认识他的时候,他就傻了,我从没见过那么爱哭的男孩。我一直跟解云锦同班,从小学到初中。她学习不错,当然,没我好。等我到了初三,就长得比她高了。我跟她虽然同村,但并不亲近,本来村里的男孩跟女孩也不怎么讲话。放假了,我常常看到她跟她祖父从庄稼地里回来,肩膀上扛着粪叉子、铁镐或者铁锹,头发上粘着植物的碎屑。她没穿过裙子，但晓得用头发将左边脸颊那块淡淡的胎记遮住。说实话，要是没有胎记，她该算是我见过的最美的女孩了。

她家跟我家隔了两排。有一天她没来上课，老师让我放学后去看看她。我就去了，很远我就听到哀乐声。原来是她祖父去世了，肺癌晚期，也没治，疼死的。那时我父亲还健在，和母亲一块帮着她祖母操办丧事。他们回来时都唉声叹气，说，这姐俩命苦，以后的日子咋整呢？那天晚上我母亲炸了几张油饼，派我去给解云锦家送两张。她祖母睡着了，她正在读书，傻子弟弟在旁边看电视剧。我不知道傻子喜欢看电视，解云锦也没说话，先将油炸饼倒进自家的盆里，用笤帚扫了扫炕沿，说，坐吧，我就坐了。她趴在炕上的桌子上写英语单词，脸红红的。我跟傻子看了会儿电视剧，就走了。两个礼拜过去了，她没去学校。后来听老师们说，解云锦去县城打零工了。

我高中在县城读的，住校，很少回家，也从来没碰到过解云锦。后来我考上了北京的大学，读研读博，留校教当代文学，见面的机会更少了。我记得高三的暑假是人生最舒服的假期，没什么事，除了看《三国演义》，就是整天睡大觉。那天下午母亲轻声将我唤醒，说解云锦来了。听到这个名字，我愣了下，然后眼前缓缓浮升起那块胎记。她是来贺喜的，送了两百块钱。母亲忙着喂猪，她就跟我在卧室里坐了会。她看起来更高了，仍不怎么讲话，不过我闻到了香水的味道。她支支吾吾地说，羡慕我上大学，要是她不辍学，可能也能到北京了。她说这话的时候抬眼看着我，她的眼睛特别大，有个小说家形容女人，说瞳孔里俱是星光，我想说的就是解云锦吧。后来她起身告辞，我说送送你吧，她说好。刚迈出门槛，她忽然抱住了我。她的下颌顶着我的肩膀，乳房顶着我单薄的胸脯，我能听到她的心脏在怦怦跳动。当她撒开我时，腼腆地笑了笑，她说，祝你好运，汤亮。她的嘴唇张了两次，张得很大，微微露出鲜红的小舌头。

我没敢送她出门。

那似乎是我最后一次见到她。是的，我极少听父亲母亲谈及她，更没问过她的境况。我只知道她祖母也死了，傻子弟弟天天在村里溜达，并不讨嫌。刚才在超市见到的，无疑就是她了，我心里算了算，大概有十多年不曾遇到了。

母亲包的饺子很好吃，皮皮虾韭菜馅。肖云吃得直打嗝。吃着吃着我问道，妈，解云锦干啥呢？母亲看了我一眼，又看了肖云一眼，往嘴里塞了个饺子，又给肖云夹了块鹅肉，说，赵家的烤鹅，冀东都数得着，多吃，多吃。

那晚，我没跟肖云睡，她搬到了母亲房间。说实话，跟她睡一张床委实有些尴尬。对于这位租来的女朋友，我保持着必要的距离，这距离当然不仅仅是种礼节。那晚我睡得不好，翻来覆去，看着天渐次亮起，听着云雀叫得愈发急躁。我倏尔想到了关于春天的一首诗歌，诗人说，在这被上帝祝福过的季节，连交媾和背叛都如此美好。

5月2日，下午6：59，果麦超市

没错，是她。

排队的时候，一眼就瞅到了。

我对晓晓说，我给你钱，你去结账吧。晓晓嘟着嘴说，你呀，是我见到过的最懒的男人了，她拍了拍我的屁股。

认识晓晓半年了，她是跟我最久的女人了吧？她男人是海员，常年往返中国和马来西亚、菲律宾。她说她男人村里的年轻男人，有大半都在太平洋上漂流，薪酬高，只要考个证件，钱就像油流进罐子里。她男人在县城买了房，她呢，在家私人银行做业务员。她是个贪吃的女人，最喜欢各地的风味小吃，安徽板面、重庆小面、香辣虾、麻辣烫、肉夹馍、饸饹面，反正啥没营养她就喜欢吃啥。她不爱刷牙，做爱的时候喜欢亲我，我能从她舌头的气味里分辨出她中午到底吃的是过桥米线还是老干妈擀面。她年轻，即便不刷牙，舌头也很甜。我喜欢轻轻一碰就冒水的女人。晓晓的乳房大，我喜欢亲她樱桃般红润饱满的乳头。我左边的槽牙掉了一颗，还有一颗坏掉了，常有食物塞在牙洞里，她也不嫌弃。她说，她稀罕我，就像少女时期喜欢那个香港明星。我知道她没有撒谎。也许她很擅长撒谎，但在我面前，故意让自己像张白纸。也许，她觉得她在恋爱吧。也许吧！我可能经常会给女人造成这样的错觉。我不是故意的，换句话说，女人们都挺傻的。女人要是不傻，男人就没办法活了。

反正跟过我的女人里，聪明的少。我一直搞不清楚，到底是我的原因，还是她们的原因。她们一般都比我小，当然，碰到比我大的，上了兴致也会弄。她们有的结了婚，有的未婚，有的离了婚，还有的离婚后又结了婚。这些我都不在乎，男人女人那点事，就跟风从屋檐下刮过，过去就过去了。我老婆是个正经人，也是个好人，我相信在她眼里，我是个顾家又顾业的人。有回我带着个女人跑到镇上去吃狗肉，恰巧碰到叔伯小舅子。当我看到他从门槛迈进来时，就想好了后面的话该咋说。我装出惊讶的样子大声喊着他的名字，他明显有些发呆，没错，我带的那个女人还是挺漂亮的，不光漂亮，穿得也有点少，也就是说，我的叔伯小舅子根据女人露肉的多少，心里生了狐疑。我跟他说，这是我生意上的伙伴，要送到火车西站的，饿了，在这里凑合着吃口饭。女人也笑，她笑的时候一点不像个正经人。然后小舅子敬我们酒，我们也敬小舅子酒。前脚刚离开狗肉馆，后脚我就给老婆打了电话。我说，你弟弟怎么到处乱跑，在桑镇还碰到了，我正带着客户吃饭呢。老婆说，你让他少喝点酒。他一喝酒就开车，啥时候像你那么稳重，我也就放心了。我想小舅子肯定忍不住跟我老婆提这事。果然，三天后我听到老婆接电话，她沉默了会，又瞅了我两眼，说，你瞎猜啥，我早知道了，那是你姐夫跟客户有正事，他早跟我汇报了。

没错，我常常跟老婆汇报我的行踪。我觉得这是一个好男人的美德。爱老婆，爱孩子，爱父母，爱厂子，然后，也要爱那些等着我去爱的女人。有回我弄了个喜欢读书的高中女教师，当潮吹降临时她浑身哆嗦着，嘴里咿咿呀呀哼唧着什么。后来她晕了过去，我就抱着她继续，当她醒过来时，颤抖着说，你呀，就是上帝赐给我的福音。我听不懂这句话是啥意思，可我确实记住了这句话。后来我常常对我身下的女人们说，我呀，就是老天爷赐给你们的礼物。她们什么都顾不上说，她们能说什么呢？她们已经快要死了。

这个晓晓是个难缠的货。她喜欢让我陪着她逛商场，逛街，逛公园，逛一切能逛的地方。我想她可能是个患有焦虑症的女人，她想印证我是她的，又找不到好法子，只好像狗一样，看到棵树就撒泡尿。说实话，我是个谨慎的人，没错，男人光聪明不行，还要懂得保护自己。跟她出门，我通常戴上那副从香港买的墨镜,那顶从台北买的棒球帽,这样,即便是熟人碰到我,也认不出我是那个卖铁锹和铁镐的乔经理了。有段时间我故意不接晓晓电话,晓晓就开着她那辆破车去我们工厂找我。她找过我三次,每次我都客客气气地让办公室主任给她泡茶,我想过在办公室里跟她弄一把。不过,我说了,我是个正经人,还是个谨慎的人。

"你刚才是不是碰到老相好了?"晓晓嘟囔着问,"你为什么总是骗我!"

于是我跟她说,我从来没有骗过她。如果哪天我有了骗她的念头,我会离开她。我说的是真话,女人虽然不爱听男人讲真话,可她们本能地珍惜男人讲的真话。晓晓对我的回答很满意,她在我脸上亲了一口。她真不是个正经人,竟然在大庭广众之下亲男人。

她不知道我骗了她,刚才,就在刚才,我骗了她。我一眼就瞅见那个收银员了。这么多年了,我还没有忘记她的名字,解云锦!没错,解云锦!能把这个名字记这么牢,是因为这个名字比较拗口,我对一切拗口的难念的名字都有种本能的警觉。她比以前胖了点。女人胖点比瘦点好看,我最厌恶那种刀削的锥子脸。她的脸不是月亮那种圆,有点像挤扁了的月亮。她最好看的是眼睛,当她的眼睛看着你,你就不能勃起了。

我记得认识她时,她才二十来岁,在步行街一家品牌专卖店卖鞋。专卖店里有很多这样的女孩,农村来的,辍学的原因很多,有的是家里穷,有的是脑子笨,还有的是来见世面。但不管啥原因,都长得不错。那时候我儿子两岁,我老婆忙得顾不上我,我就去步行街晃姑娘。一开始有介绍人,我看上了某村的嫦娥,介绍人就去跟嫦娥说,有个老板喜欢你,想请你吃饭,你去吗?嫦娥就来了,吃完饭就去开房。那时候还没有速八、如家、汉庭这样的便捷酒店,都是黑乎乎的私人宾馆,有的还没空调,赶上夏天了,只有电风扇,吹得屁股冒凉风。这个解云锦我一眼就瞅上了,她长得太干净了。我买完鞋跟她聊了会,晓得她是县城边上的。当然,我没敢请她出去吃饭,我知道即便我说了,她也不去,没准对我还会有戒心。不过我是个有恒心的男人,记住,男人只要有恒心,没有到不了手的女人。我今天买双鞋,明天买双鞋,后天再买双鞋,即便是傻子,也能懂我那点心思。解云锦是我第六次买鞋时,答应跟我去吃饭的。

我问她想吃啥？她很认真地想了想说，我想吃凉皮。我就开着那辆霸道拉着她去陕西凉皮老店，她点了个小份的，我记得里面加了辣椒油和蒜泥，但是没有加香菜末。这么多年来，我还记得她耐心地搅拌辣椒油的模样：她皱着眉，肉肉的嘴唇嘟着，白嫩的手指轻柔地晃动。我当时就硬了，我差点想将她按在凉皮店的桌子上，狠狠地弄她。我问，还想吃点啥？她想了想说，我还想要两块肉夹馍。我说你看上去那么瘦，咋那么能吃？她脸就通红，说，带我给弟弟，他比我能吃。我就给她点了两块全瘦的肉夹馍，我还记得是三块五一块，比肥瘦的贵五毛钱。没错，那天我花了十块钱，请解云锦吃了顿凉皮，然后带她去了宾馆。

她在床上坐着，双腿并拢，双手搭在大腿上，左手的大拇指跟右手的大拇指不停地上下磕碰。当我坐到她身边时，她问，乔大哥，那两块肉夹馍要是凉了，该咋整？我说用微波炉热下就好了。她喃喃地说，我们家没有微波炉。说实话我当时有点生气，啥还没干就开始要东西了。于是我说，凉着吃味道更鲜美。她抬起眼皮问，真的啊？当我看到她的眼睛时，我就痿了。没错，我们那天，啥都没干，就在宾馆里聊了五十分钟的天。我说我爱她，从看到她第一眼就爱上了她，做梦都梦到跟她躺在沙滩上看星星。她一句话都不说，她一句话不说就证明她的确信了。后来她终于看着我，问，大哥，你都二十六了，为啥还没结婚？

我忘了当时说了啥。我虽然是个正经人，可在回答她的时候，我真的忘了自己有老婆了，不光有了老婆，还有个胖嘟嘟的儿子，我们家的全家福就挂在客厅的正中央。后来她轻声轻语地说，我家条件不好，奶奶生病，弟弟脑子有些问题，我将来要是结婚了，肯定要带着奶奶和弟弟出嫁的。

我说，好。我说，没问题。我说，你真是个好姑娘。我说，你是我遇到过的最善良的人。

解云锦问，你喜欢什么颜色？我说蓝色。解云锦说，那好，我就给你织件毛衣吧。

那年春天，我一直穿着件宝蓝色棒针毛衣。我老婆问，从哪里买的，咋连商标都没有？我说哪里卖这么丑的毛衣？朋友老婆织的，瘦了，送了我。我老婆很满意地点点头，她一直为我的好人缘而感到骄傲。

那次我开车送解云锦回家。在他们家的厢房里，我搞了她。她不戴乳罩，省钱。她流了很多血，她一声不吭，她抱着我的腰，她身上是种太妃糖的味道。她帮我擦汗，她给我穿袜子，她亲我，她似乎想融进我的身体里。后来，她问我，我们，啥时候结婚？对于女人们的追问我向来游刃有余。不过那时我还年轻，比现在还正经。我记得我用低沉的声音告诉她，我马上要去温州谈生意了，回来了，就筹办婚礼事宜。

当然，她后来再也没见过我。我关了手机，换了卡，我去哈尔滨看我大姐，去长春看我二姐，去驻马店看我三姐，后来又去珠海住了一个月。当然，我是带着老婆孩子去的。等我们回来时，夏天都到了，蝉在树冠上叫。现在想想，当时的我多傻啊。解云锦肯定不敢去厂子找我，即便知道我有老婆，肯定也不敢找我老婆。她那么好面子，又倔，咋可能呢？咋可能呢？由此可见，男人对女人的理解是随着年月的增长递进的。我不清楚这是好事，还是坏事。我很庆幸我是个正经人，没干过啥亏心的事。我睡觉一直睡得特别香，从来不做梦。

解云锦胖了些，头发也不是马尾辫了，是那种大波浪。我远远地瞥了她一眼，她收钱的动作很好看。她比晓晓懂事多了。这个晓晓，蠢得很，又给我买了不少东西：两条白色内裤，十双袜子和一条廉价领带。我怎么敢穿她给我买的内裤和袜子呢？当年解云锦送我的那件宝蓝色毛衣，早被我捐赠给贫困山区的儿童了。

5月2日，晚上8：35，陈记肉夹馍旗舰店

我说："账帮你结了。"

她说："咋这么客气，大哥。"

我问："你也常来这家吃饭？"

她说："离超市近，下班了过来糊弄口。他们家的云吞面好吃。"她的语气很肯定，从认识她开始，我就知道她是个有主意的人。

我说："你咋去超市上班了？"

她说："总得找点正经事做吧，老闲着会闲出病。"

我说："不如去我店里呗，我们正好缺个墩子。"

她没瞅我:"我刀工也不好。"

我说:"破火锅店需要啥刀工,把菜洗干净就得了。"

她沉默了半晌说:"那我心里多过意不去啊。"

我看她有点动心了。她说话一直很慢,像是每句话都要斟酌半天才敢说出来。

我说:"有啥过意不去的,咱俩啥关系啊?!"

可能我说话的声音有点大,她赶紧扫了眼身后的女孩。那个女孩是她同事?我瞄了眼,挺丑的。

她说:"哎,朋友多了路好走。"

她明显是在敷衍,也许怕那个女孩听出别的意思吧。这么多年了,她还是嘴紧。

我说:"找到合适的没?"

她笑了笑说:"月老可能看着我眼黑,我是死了这条心了。"

她笑的时候特别动人。我记得我们在床上时,她可从来没笑过,人家都说她是冰美人。当面夸她是冰美人,背后却管她叫破鞋。破鞋,姓解的破鞋。那会儿,我们圈里的哥们都说,有个姓解的破鞋,是个傻子。一直在有钱人圈里找对象,傻得够呛,睡过两次后,就问人家啥时候结婚,人家告诉她孩子都幼儿园大班了,她才失望地哭。谁知道是真哭还是假哭呢?女人即便是假哭,也和真的一样,女人是天底下最好的演员。人家也觉得白睡不够意思,就给她两百块钱,或者给她买件打折的衣裳。

"我们店里有个厨子,老婆年前得癌症死了,"我说,"哪天给你介绍介绍?"

她想了会儿,问:"多大岁数了?"

我说:"跟你年岁相仿。人真的厚道,就是胖点。"她眨着眼盯着我,我就说:"厨子哪里有瘦的呢?"

她说:"我结婚是有条件的……"

我连忙说:"我知道,你要带着弟弟出嫁。我知道。"

她说:"奶奶死了,我再不管他,他会饿死的。"

我说:"我先问问我们大厨,顺便说说你家的情况。"

她说:"哎,算了吧,问也白问。要是离婚了带着孩子改嫁,倒没人说啥。"

　　我说："要是看上了你这个人，就将就将就呗。哪里有十全十美的？再说你弟弟傻是傻了点，可吃饭知道上桌，拉屎知道蹲坑，也不偷鸡摸狗，是个好傻子呢。"

　　她快速地回头瞥了眼那个丑女孩，轻轻地向我摇了摇头。我知道，她是怕丑女孩听见，她可真是个要强的人。

　　我说："啥时候有空了，去我店里喝两盅？"

　　她就笑。

　　她能喝酒，我跟她就是喝酒认识的，也忘了是谁带她去的。她不咋吭声，除了吃菜就是喝酒，喝的啤酒。那是我第一次遇到比我能喝酒的女孩。说实话跟她要手机号码时，我还有点害臊。她大大方方地给了我号码，然后掏出条手绢，擦了擦嘴唇，又掏出管口红涂抹。当朋友催促我快走时，我不禁拍了拍她肩膀，刚触摸到她的羊绒大衣，手指就被噼里啪啦电了下，酥酥的。

　　她说："嫂子还好吧？还在开花店吗？"

　　我说："半死不拉活，有个事干，不然天天躺家里琢磨咋收拾老爷们。"

　　她抿着嘴笑了："你是看着老实。嫂子眼毒，晓得你花花肠子不少。"她的声音轻柔，也许有点感冒，听起来有点鼻音。

　　我说："男人都一个德行。"

　　她说："倒也不见得。"

　　我不知道说啥好了。我跟她睡觉，还是两三年前的事，就在我们火锅店里睡的。她嫌我身上有羊肉的膻味，我就用冷水浑身上下擦了个遍。那时刚入秋，擦完后冷得紧，只有把她搂住时，才暖和起来。像是抱着团棉花，晒了很久的棉花，我喜欢抱着晒了很久的棉花。那是我第一次跟别的女人过夜，我跟老婆说，跟哥们打麻将。一个男人如果没撒过谎，女人就会觉得他一辈子不会撒谎。那晚我睡得很香，她说我打呼噜响，怕我憋死，捅咕我半天，我只是翻了翻身。她走时，我给她拎了条羊腿，新鲜的，还滴着血。她没洗脸就走了，骑了辆半新不旧的黄色电动车。我把那条羊腿用细麻绳绑在后车架上，车轱辘转两圈，渍出的血就迸溅出一条红珠子。

她没问我结婚的事，那帮二货骗人。后来我们又睡过两回，我送了她一个羊头和两副羊下水，她说她弟弟稀罕吃羊腰子。我还给她包了很多孜然和胡椒粉、辣椒末，怕她半路撒了，特意揣进她的裤兜里，她的腿真瘦啊！

我说："有啥事就打电话。"

她说："到时候少不了麻烦大哥。"

我说："回去后我问问我们大厨，看看他的意思。"

她笑了笑，笑得有点牵强。说实话，她老了。

我可能这辈子也忘不了，那几次，我都没戴套，直接射在了里头。本来我想拔出来，她哽咽着按捺住我。我说怕怀孕，怀孕的话就麻烦了。她漫不经心地说，你怕啥，就是怀上了，也不知道是谁的。

她跟那个丑女孩一前一后走的，我记得她扭过身子朝我摆了摆手。

这是我最后一次见到她。我给她结的账，四十五元，两碗麻辣烫，一碗云吞面，还有两块纯瘦的肉夹馍。

5月2日，晚上9：59，府城路12栋1号

打开门，我听到老婆又在打孩子。她是从什么时候开始喜欢打孩子的？我总是想不起来。反正只要孩子一写作业，一写错，她就跟孩子吼，吼着吼着就拽过那只秃了毛的扫炕笤帚，将孩子按在她粗壮的双腿上，使劲抽孩子的屁股。孩子脾气倔，我从来没听她哭过。打完了，老婆额头冒着汗喘着粗气，孩子满面涨红，继续半站在桌前写作业。桌子有点高。这张桌子还是我上小学时我爸买的，先是我大哥在上面写作业，然后是二哥，再是三姐，最后是我。我妈很有规律地在二十年的时光里，生了四个孩子，像是老天爷给安排的，上一个跟下一个刚好隔五岁。我想这五年很重要，家里能省不少衣服。

我没敢打扰老婆。我的脚步声很轻，我很壮，但是脚很小。推开地下室的房门，我轻轻地走进去。关门的时候那条老弹簧又吱呀着叫了声，我站在黑暗中屏住呼吸，外面没动静，我才犹豫着拧开灯，顺着楼梯缓缓往

下走。我走得很慢,小学时学语文,说双腿仿佛灌了铅,我现在的感觉便是如此。地下室很乱,地下室也许是一个家族,或者一个家庭的纪念馆和博物馆。我看到了那台缝纫机,飞人牌,我妈活着的时候常常俯在上面扎鞋垫。她手笨,但鞋垫扎得好。我们家男人的鞋子里,都会垫双牡丹图案的鞋垫。缝纫机那头是只轮椅,上锈了,我爸活着时,老坐在上面睡觉,腿上的那台收音机里,播放着单田芳的评书。那个樟木箱子上,放着的奖杯都是我大哥二哥的。他们都是学校里的高才生,人生的赢家,从小到大,他们的奖状贴满了墙壁,而运动会上的奖杯,都被我妈郑重地摆放在樟木箱子上。他们一个读的复旦大学,一个读的厦大,如今一个在广州,一个在深圳。我爸我妈死后,我再也没见过他们。

拧开水龙头,水流很小,我耐心地搓洗着手指、脖颈、脸颊、耳朵和鼻子,我不想留下哪怕针尖大的血迹。我把那件电工服脱下来,浸泡在铝制澡盆里。这个澡盆也有三十多年了吧?反正我小的时候,我妈老把我按在里面搓泥球。我放了很多洗衣粉,要是被老婆看到,一定会叨叨半天。她在清洁队上班,每天戴着口罩清扫大街小巷,也许白天憋坏了,到了家,她就像条疯狂的母狗不停地吠叫。她长得瘦,可是嗓门高,我一直怀疑她喉咙里装了个高音喇叭。她每天都吵,吵我没出息,在超市当保安,月工资才一千八;吵闺女是笨蛋,肯定是蠢猪托生,又能吃又能拉,就是不长脑子;吵我大哥我二哥是蛇蝎心肠,从来不惦记我这棵长歪了的蠢材;还吵啥呢?吵她妈抠,啥都舍不得给她,当姑娘时为他们家做牛做马,出嫁了就成了泼出的脏水,不管死活……反正她总有唠叨不完的话。如果哪天家里安静了,肯定是她死了。

她要是有解云锦半点好,也许一切都不会发生……当这念头盘旋起来时,我猛地站了起来。我不停地在地下室不足十平方米的空间里走动,我控制不了自己的双腿。我知道我很累,我不想走,可是我真的控制不了自己的双腿。我边走边抽着香烟,我从来没觉得香烟这么苦。我抽了一支又一支,当忍不住咳嗽起来时,我感觉到瀑布般的汗水流了下来。

我是从啥时候喜欢起解云锦的?忘了。我在超市里当了六年保安,年年被评为优秀。在当保安之前,我当过炼钢厂的车间工人,保险推销员,二手车代理商,汽车美容店工人……他们都说我勤勉,肯吃苦,不虚飘，也许这是对一个窝囊男人最好的赞美了。我不是话多的人，见到熟人也只是点点头，如果我笑了，肯定是发工资了。我发现解云锦爱笑，她来超市时间不长，还不到一年。她每天都很忙，忙着朝每个顾客微笑，忙着说"欢迎惠顾"。我也忘了从啥时候留意起她的，也许人跟人熟络起来，就是靠眼缘吧。该下班的时候，我习惯从超市里买两瓶儿童酸奶，闺女最喜欢这个。每次结账我都专门去解云锦那个口。她忙，人排出去好远，我就等，我有这个耐心。当她发现是我，常常夸一句："你可真是个好爸爸。"听到这句话，我就像吃了桂花蜂蜜，我喜欢吃桂花蜂蜜。

后来我们熟了，常常结伴去吃晚饭。她最喜欢那家陈记肉夹馍，她老是点碗云吞面，然后打包两个肉夹馍。她吃完的模样也好看，她干啥都好看。我想哪怕她蹲在马桶上，也会很好看。她不爱说话，吃东西没有声音，像只猫。我总是不由自主地盯着她看，她要是发觉了，就说："老王，你的眼睛老实点，瞎瞅啥！"她说这话的时候，也是笑着的，眼睛弯弯的，月牙似的，鼻子皱一皱，小虎牙露出来。她的虎牙不明显，也许只有我注意到了。有时她会说："你老这样看我，会把我看化了。"我说："你是雪人吗？还怕融化。"她说："你是个正经人，可不能这样油腔滑调的。"后来我再也没跟她开过玩笑，在她眼里，我就是个异性机器人。这样挺好，那时我真的觉得，这样挺好。

我又把那双回力牌球鞋脱下来，泡在洗衣粉水里搓洗。我不知道上面是否也有血渍，我要把一切都清洗得干干净净，不留一丝痕迹，就仿佛，我从来没去过解云锦家。

发工资了，我会给解云锦买点小礼物，一开始是三十块钱的洗面奶，处理打折的那种，她没要。后来我就买贵一点的面霜，七八十块钱的，她也不要。她说你这是干吗？我们是朋友，不要弄得那么庸俗。我问她，是嫌我的礼物便宜吗？她歪着头说，你要是这么想，以后就不用搭理我了。她歪着头讲话的模样特别美。她无论做什么事情，说什么话，都美。

有次喝多了，我仗着酒胆跟她说，我喜欢她。她沉默了很久，说："你老婆不挺好吗？真心实意跟你过日子，可不能辜负人家。"她说话的时候，眼睛一眨都没眨。

"你咋还没回来？"老婆在手机里嚷道，"今天不值夜班啊！"

我当然不能告诉她，我其实就在地下室，我就在地下室用水冲洗着一些痕迹，一些可能根本清洗不掉的痕迹。解云锦拒绝了我，这并不代表着她不喜欢我，反正当时我是这么想的。我喜欢看她的背影，看着她走路，看着她骑车时头发被风吹得很乱。我跟踪过她很多次，我很后悔我看到的。这个世界总是呈现给我们一部分真相，可我们永远不知足，当我们迫不及待地揭开所有谜底时，才发现这个世界其实是在小心翼翼地保护我们。我也跟踪过那些跟她回家的男人。那些男人，有老的，有少的，有俊的，有丑的，有当官的，也有大老板，总之，如果列个名单，你会发现，解云锦是个荤素不忌的女人，或者说，解云锦是个婊子。

婊子。婊子！婊子！

那次，我喝了酒，跟她回了家。她发现是我，一点都不惊讶。她放我进了屋，给我沏茶，洗水果。她一句话都没说，静静地用火柴给我点烟。当烟雾缭绕时她柔声说道："你是个好人。"也许后面她还想说什么，但是我没给她机会……她一直没有吭声，只是当我快出来时，她说，不要弄里面……当我们重新坐在沙发上喝茶时，她说："这是第一次，也是最后一次。"我想问为什么，但是我没听到我说话。她又说："好好跟你老婆过日子。你知道我有多羡慕你吗？"她郑重地注视着我，可我知道她说的是假话。

从那以后，她再也没有跟我出去吃过饭，也没收过我送的小礼物，看到结账的人是我时，她的笑容会凝固……她知道我有多难受吗？！她知道我常常用刀子偷偷割自己的胳膊吗？！她知道我常常在梦里亲她吗？！她什么都不知道！说实话，我更想干掉那些跟她回家的男人！可是那些男人太多了，不是有钱就是有势……

"我马上就回，"我跟我老婆说，"吃了点夜宵。"

将一切该清洗的都清洗干净时，我觉得自己愚蠢至极。我应该换身新衣裳，将旧衣裳找个地方扔掉，要么是河里，要么是垃圾场，或者找块荒地烧掉。这个世界，最怕被人发现的就是一些痕迹。我有点颓丧，我想还是先洗个澡，睡一觉吧。等醒过来，就能在网上看到新闻了。没人能发现是我干的，我有一个月没联系过她了，她租的那间房子附近没有摄像头，也没有别的房客。婊子怎么会住在闹市区？婊子一般都比别的女人聪明，比如我老婆这样的。

  我关了灯，锁上地下室的门，蹑手蹑脚进了房间。老婆也许打孩子打累了，屋内安静又冷清，我甚至能听到老婆在卧室喘息的声音。她有干燥性鼻炎和花粉过敏症，每到这个季节，都会时不时地打喷嚏，伴有呼吸困难。闺女见到我，立马欢呼了起来。也许在她眼里，我就是拯救她的上帝吧。她身上有股奶香，我紧紧地抱着她，就像抱着一个毛茸茸的玩具。当她夸张地亲吻着我的额头时，我的眼泪忽然就滚了出来。我猛然想起这个难忘的黑夜，这个黑夜所有的细枝末节：我用我爸留下来的那把生锈的钳子掐了解云锦家的电线和电话线，在蔷薇花丛里撒了泡尿，然后一点一点蹭进她的床板下面。我在床板下躺了多久？我也不记得，我闭着眼睛，耳朵里是血流动的声响，还有我的右手大拇指不停地蹭水果刀刀刃的声响……当窸窸窣窣的开门声传来时，我深深地呼了口气。这口气也许过于悠长，我唯恐自己咳嗽，赶紧从兜里掏出两粒花生米，细细地咀嚼起来。在灰尘和花生米香味弥漫开去时，我终于听到了高跟鞋敲打水泥地面的清脆声音，我也终于闻到了那股熟悉的、越来越浓的香水味。

  那一刻，我觉得难过极了。

原载《花城》2020年第3期

王小王

蒙面人

他觉得今天有些不对劲儿,但又搞不清哪儿不对劲儿;虽然搞不清哪儿不对劲儿,但又愈发感到不对劲儿。这种诡异之感就像扣在头上的一口大铁锅,沉重,冰冷,密不透风,让人看不到丝毫光亮。

他顶着这口大铁锅走进办公室,看到坐在对面办公桌前的人,那铁锅便跳将起来,咣当砸了一下他的脑袋,然后飘走了。他猛然惊醒,找到了原因——他发现今天他见到的所有人都戴着口罩。在路上,这个事实容易隐匿,让他找不着,因为那毕竟是在室外,即使人人都戴着口罩,也可以算是寻常的不寻常。而当在办公室里看到"那个混蛋"也戴着口罩,他终于实实在在地感到了绝对的不寻常。不仅不寻常,而且别扭,令他难受、困惑、气愤!他想问问"那个混蛋"为什么要这样,又要搞什么把戏。可是他瞥了眼那口罩上方露出的嘲弄的眼睛,马上闭上了自己的嘴巴。

"不管他有什么阴谋,不能让他得逞。我偏不理他,看他怎样!"他对自己下令,而后嘴角抖一下,回应了一个似有还无、说无又有的讥笑的表情。这个表情可进可退,你要说我笑了,我可以否认,告诉你我根本没笑,是你眼神出了问题;你要指责我对待同事不友好,我可以狡辩这是个善意的微笑,是你自己的心理有问题;你要什么都不说,那你就自己琢磨去吧。

他对自己的表现很满意，若无其事地打开电脑，假装开始专心工作。可是他却听到了一声似有还无、说无又有的叹气声，这叹气也可进可退，他忍住了没有抬头，但却暗自提高了防范等级。

这么多年，他对这个人的防范等级一直在没有限制地不断升高。他对其既憎又怕。他们俩坐在一个办公室里五年，明争暗斗了七年半——还加上刚进公司坐在小文员混杂的办公大厅里的两年半。在企划部主任即将升作副总，新主任的位置等着这二位副主任之中的一位时，他们两人之间的复杂关系已如沸腾的开水，咕咕噜噜，尽人皆知，且人人都倒上一点去沏茶，品咂得津津有味。而他们均仍以不凡的修为维持着表面上的和平，甚至还会在领导面前互相表扬几句，拍拍肩膀以示亲密。只是背地里他已不屑于称呼那人的名字，只叫他"那个混蛋"。而他也清楚地知道自己被其称为"那个小人"。当然，还有很多不堪入耳的恶毒言语他也了如指掌——这么大个公司，最不缺的就是传播小道消息的人才。

整个上午，他过于执着于"那个混蛋"的新阴谋，以至于忘记了其他事实，直到中午到食堂吃饭时，才意识到事情远没有那么简单。

不光是"那个混蛋"，原来全公司的人都不约而同地戴着口罩。更令他惊愕的是，这是在食堂里，这是吃饭时间。戴着口罩吃饭？这太荒唐了吧！

他从戴口罩的食堂服务员手里接过自己的餐盘，对她笑了一下。这姑娘戴口罩倒是正常，她要防止口水溅到饭菜里，可是姑娘那双眼睛却从口罩上方瞪了他一眼。他在心里骂了一句，不就是总经办主任大姨的女婿的二表妹吗？有什么了不起，比她关系硬的人布满公司的后勤部门。

他收起脸上的笑，端着餐盘坐到一个角落里。以前他可不是这样，他喜欢与"群众"打成一片，饭菜咽下去，莲花吐出来，逗得围着他吃饭的人们哈哈大笑。今天他产生了对人群的恐惧，这些人莫非想合起伙儿来害他？

他坐在一角，却眼观六路，耳听八方。他惊讶地发现戴着口罩的人们像往常一样毫不费力就吃下了食物，没有掀开口罩的一角把饭菜送进去，没有趁人不备摘下口罩猛吃几口再悄悄戴上去。那口罩牢牢遮挡住他们的脸，却又像不存在一样对他们的进餐毫无妨碍。他瞪大了眼睛，盯住一张又一张口罩下的嘴——确切说，是嘴应该在的位置——却看不出丝毫破绽。一勺饭菜被举到那里，就倏然消失了！没有落在餐盘里，没有掉在桌子上，没有被藏在衣服里；他弯腰钻进桌子底下，看到地上光溜溜的，它们是确凿无疑地凭空消失了，没有被扔到地上，也没有被穿梭在桌子边的狗吃掉。妈的，没有狗，食堂里没有狗！他把自己餐盘里一动未动的饭菜一股脑儿倒进垃圾桶，飞快地逃出餐厅。他听到，身后似乎追来了一阵又一阵的哄笑声。

在离开公司之前，他没忘了回办公室确认一下自己是否关了电脑，他和"那个混蛋"被同时授意写一份对未来企划部工作的设想，他偷看过"那个混蛋"写完的一部分，毫无新意；虽然有些小小的亮点，但是已被他改头换面，放到了自己的文章里，绝对看不出雷同的痕迹。他暗自为自己的才华得意，也小心提防被"那个混蛋"偷看，抄袭了去。他确信，"那个混蛋"绝对干得出这种龌龊的事。电脑关着，开机密码多达16位，以"那个混蛋"的智商是绝对猜不出来的。他打电话跟主任说自己要见一个重要的客户，主任愉快地同意了。

他猛然想起主任没有在餐厅吃饭，不知是否也戴上了那怪异的口罩。他身上一阵发冷，仿佛看到了主任从口罩上方射来的洞察一切的促狭目光，赶紧竖起衣领，钻进了电梯。

他压根儿不是去见客户，哪还有心思见客户？这只是他惯用的小谋略，他不想在领导那里留下一丝不勤勉工作的印象，每逢有私事得请假，便不由自主地要编一个堂而皇之的理由。这也是所有员工的伎俩，他的手下也是这么对付他的。一想到这个，他突然意识到自己也许已被主任识破，不禁一阵心虚。不过，此时已管不了那么多了。

他像个偷车贼一样缩着脖子在地下停车场转悠。早上来的时候头顶"铁锅"，根本不记得车停在哪里。等他对着一辆车按下遥控钥匙时，不远处的另一辆车却咔嗒一声闪了下车灯。仔细一看身边这辆，原来是"那个混蛋"的车。他买了新车没几天，"那个混蛋"也开了辆新车来上班，跟他的车看上去一模一样，但却是"顶配"。他朝自己的车走去，走了几步还是没管住自己的腿，又走回来向那辆"顶配"狠狠踹了一脚。

他想赶紧回家，可大中午的竟然堵车。道路今天挖明天铺，铺好了再挖开，挖开了再修补。街上白底红漆的大牌子上写着"今天的拥堵，是为了明天的畅通"，可是他每天过的都是"拥堵的今天"，总是到不了那"畅通的明天"。他暗骂市政部门吃饱了没事干，专给行人找别扭。远远看到绿灯一亮，他狠打方向盘绕到一辆车的前面，刚要加速，那辆车又泥鳅似的钻进来，斜着停到他车前，搞得他一脚刹车把车座上的东西全甩了下来。他按下车窗喊："你怎么开车的！"一张戴口罩的胖脸扭过来，骂道："你他妈怎么开车的！"他赶紧关上车窗，瞅准空子并到另一条线上。

开车的、坐车的都戴着口罩。他瞄着车窗里的口罩男、口罩女，口罩甲、口罩乙，口罩老、口罩少，感觉他们好像一群同赴征程的劫匪。

好不容易熬到了打开家门那一刻，他一头栽到床上，把自己从头到脚用被子裹紧，终于等到战栗退去，困倦袭来。

五点，他被手机铃声吵醒，接起电话才想起来，今晚六点还有一个重要的约会。他要去相亲。介绍人在电话里提醒他要把握好机会，那姑娘工作稳定，为人正派，而且家里条件不错，与他简直是天造地设。

他慌忙爬起来，飞快地洗澡，剃须，换衣服，同时欣慰地猜测，自己已睡了整整一个下午，上午的经历只不过是一场噩梦。

六点差一刻，他赶到了订好的餐厅包间。坐在包间里，他已不由自主地把两条腿抖晃得近于抽搐，路上见到的所有人、餐厅服务员、大厅里的客人，每个人都戴着口罩！傻瓜，那不是梦，这也不是梦，这一切都是真的！他神经质地紧盯着门口，不安地等待相亲对象的到来。他已经非常清楚，那将是一个戴着口罩的姑娘。

姑娘轻叩了一下包间的门，问道："请问，你是……"

"我是。"没等她说完，他就回答道，并站起来向她伸出了手。尽管早已猜到，但见到的这一刻，他才彻底接受了现实。一个蒙面世界。

点好菜，姑娘也并没有要摘下口罩的意思，他知道自己要对方摘下口罩的请求定会遭到拒绝。戴着口罩来相亲，这有些可笑，这太可笑了！

但是想想也无所谓，家境不错，工作不错，而且他已经发现，这姑娘的身材也不错，那么只要对方也觉得他不错，过起日子来估计也不会错到哪里去的。

两个人看似意兴盎然地交谈着，实则漫不经心。他努力展现自己具有一定的经济实力和不可限量的发展前途,希望对方对此表现出欣喜,希望能引领她走向自己感兴趣的话题,那样便可更多表现出他的魅力。可是姑娘偏要谈起她出国留学的经历,时不时夹杂几句英语,竟然还要纠正他用西餐刀的姿势。势利,虚荣,做作!他心里做出评价,但仍假意逢迎。抓住机会,他询问姑娘对爱情的看法,转而想表现自己对心灵层面的关注。

他做出深情的样子凝视对方,突然发现当一张脸被口罩遮去大半的时候,反而呈现出更多的内容。现在他只能看姑娘的眼睛,那眼睛简直就像是同声传译机,将她说出来的话翻译成另一种语言。于是他耳朵里听着姑娘对爱情的向往、对美好婚姻的期待,却从她那双眼睛中译出其实她并不相信爱情,她茫然,对未来怀着说不清的疑惧,又疲于抗争和求索,结婚只是为了完成一件必须完成的终身大事,剩下的生活只能交给命运来安排。

他有些疑惑,问:"你觉得我是个什么样的人?"

姑娘愣了一下,回答:"你……是个好人。"

空洞又虚假。他看到姑娘的眼睛眨了又眨,译出一句话:"我怎么知道你是什么样的人?"他想,还不如直接说这一句。

"那你觉得我怎么样?"

他没想到她反守为攻,慌忙答道:"挺好啊!"

她低下了头,似乎是羞涩。

一样空洞又虚假,他对自己的回答很不满,失去了说话的兴味,而后对姑娘的话一律以"嗯""啊""噢"来回应;遇到问句就故作高深地摇摇头,手指轻轻叩响餐桌。

那姑娘也终于找不出话来,闷声不响地吃。他看着她用刀叉优雅地在一块牛排上鼓捣,然后那柄闪亮的餐叉顶着一块肉在空中划一道小小的弧线,到达嘴边,肉便不见了。有了上午的经历,他没有再钻到桌子底下寻找掉落的肉或者一条等食的狗。

饭后,两个人都没有继续交往下去的表示,他甚至懒得表现一下绅士风度,连开口询问姑娘是否需要送她回家的礼貌都省略掉了。在门口告别的时候,他只说了简单的两个字——再见。而姑娘朝他扇了扇长长的假睫毛,一个字都没有说就转身走掉了。

尽管他已对这段尚未开展的恋情毫无期待,但还是不希望对方也丧失期待。他失落地望着姑娘的背影，确定她不会再转身看他一眼后，才落寞地向地铁站走去。"不就是留过学吗，有什么了不起。"他如此自我安慰，继而痛恨现在的女人变得如此功利和索然无味，不断磨损着他对爱情的希冀。

来的时候由于害怕堵车迟到搭乘了地铁，一路上被戴口罩的人"护送"到站，是对相亲的美好向往支撑着他没有逃走。现在他站在地铁站的入口，看着一个个戴口罩的人从地面上走下长长的阶梯，走向站内惨白的灯光下，不可避免地想到了医院的太平间。他相信自己如果也走下去，就会被一群戴口罩的人七手八脚地开膛破肚，泡上福尔马林，变成没心没肺、无肝无脑的标本。这么一想，他感到所有的内脏都开始嘶吼，让他快跑。于是他小心翼翼地撤离地铁入口，拔腿飞奔。

他跑过灯红酒绿，跑过树影婆娑，跑过万家喜忧，在一个药店门口停下了脚步。他气喘吁吁地走进药店，撑住发软的膝盖对柜台里的口罩小姐说："我要买口罩！"

"您想要什么样的口罩？"

他抬起头看向商品柜，顿时被琳琅满目的口罩照亮了双眼。如此多的口罩给了他安全感，他不着急买了，提出自己的问题："你为什么戴口罩？"

口罩小姐重复他的问题："我为什么戴口罩？"

"是啊，为什么？"

"我当然要戴口罩，这是药店，来药店买药的都是有病的人，我不戴口罩被传染了怎么办？"

他被刺激了，猛然喊道："我没病！"

口罩小姐白他一眼："神经病！"

"神经病……"他说。

"你说谁神经病？"口罩小姐声音尖厉得像哨子，吓得他一哆嗦。女人发起威来可真可怕，他想。

"神经病……我是要说，神经病又不传染。"

"你怎么知道神经病不传染！"

他在想自己要怎样回应——"我就是知道""你怎么知道神经病传

染""我看你早就得了神经病""你服务态度不好,我要投诉你""你缺乏医学常识,不配在药店工作""我们说的不是神经病传染不传染的问题,说的是我有没有病的问题"……

他越想越觉得自己像个神经病,乖乖闭紧嘴巴掏钱,买下了一堆各式各样的口罩。

当一大袋口罩拎在了手上,他瞬间心情舒朗,不再对来自药店服务员的侮辱和打击耿耿于怀,满面笑容地走了出来。在药店门口的灯光下,他兴致盎然地在袋子里挑选,拣出一个印着大笑脸的口罩戴在脸上,而后踱着悠然的小方步朝家走去。

他戴着口罩睡下,睡前的踏实感经过一个夜晚腌制成了早起时的头昏脑涨。夜里他呼吸不畅,睡得憋闷不已,梦到被扼住咽喉,但潜意识里的执着使他坚持着,绝不摘下口罩。等他站到镜子前,立刻被自己的黑眼圈配大笑脸吓醒,一把扯下口罩,狠狠喘了一阵。

他戴着一个最大号的口罩走上新的征程,虽然只过了一天,但他感到了一种历尽劫难后的感动。在拥挤的车流中,他游刃有余地炫着车技,对一道道来自虚无脸面之上的目光不再恐惧。他的手和脚在方向盘、油门和刹车上跳舞,嘴里唱歌一样念念有词:"看吧看吧,我不再怕你们,我跟你们是一样的,我们都是蒙面人,都是蒙面人……"在绿灯亮起的一瞬间,他从左转线紧急并线插入直行的车流中央,后面一串愤怒的汽笛声给他伴奏——"都是蒙面人"……

他怀着近乎兴奋的心情走进公司的大门,与保安夸张地挥手打招呼。保安也向他挥手。他还在享受这种热情的回应,谁知保安喊道:"站住!"

站住?他对这种口气不解且不满,但还是条件反射般地站住。他对所有穿制服的人有种本能的恐惧,尽管这保安从前对公司里有些职位的人,包括他在内,都点头哈腰,但是此时制服裹着的一声厉喝还是让他马上听话地站在了原地。

"什、什么事?凭什么,让我站住?"他故作镇定地质问保安。

"你是谁?干什么的?你找谁?"

"我是谁?哼哼,我是谁,我是谁你不知道吗?"他心想。这下他给气坏了,这个从农村来的矮瘦保安小于常常被别人欺负,还是有一次他拍了拍保安队长的肩膀说："不要欺负农村人嘛，要团结嘛，要有气度嘛。"然后他还给保安队长递了根烟，两个人走到楼层的吸烟处去吸烟，身后那刚被骂过的保安小于在感激地看着他。吸烟的时候，他对保安队长透了些小道消息："孔嘉丽要提了，你没听说？小于是孔嘉丽介绍进来的你还记得吧？你知道吧，孔嘉丽跟我们一个大客户关系不错，嗯，你懂的，前途不可限量啊。啊，当然了，她的业务能力也是很强的嘛，女强人，女强人啊。"刚好一根烟吸完，保安队长马上掏出自己的"中华"："来，再吸一根。这烟是真的，我舅给我的，平时我不吸的。"队长拍了拍自己的衣袋，示意那里面装着的才是自己常吸的低档烟。他坚决地推让掉，声明这几天嗓子不舒服，烟抽多了难受。他怎么可能因为一根无足轻重的"中华"让自己的投资打了折扣？即使是一点点都不行。人际关系要搞好，这是最大的投资。保安队长的舅舅在上级部门，虽然是个小官儿，可用处还是大着的。

　　现在这曾受了他关照的小保安竟然毫不客气地将他拦住。他盯着小于口罩上面的横眉立目反问道："小于，你今天是怎么了？怎么连我都不认识了？"

　　小于见他认得自己，有些惊讶："你怎么认识我呢？我认识你吗？"

　　"你怎么可能不认识我？啊，你怎么可能不认识我！"他一急，一把扯下脸上的口罩，将脸凑到小于面前。

　　小于立马鞠起躬来："对不起对不起，原来是您啊。您戴着这么大一个口罩，把脸全遮住了，像个劫匪似的。呀呀，我不是这意思，我的意思是，我没认出来您呢。您看您看，这事儿闹的，对不起对不起。"

　　他就纳了闷儿，怎么小于戴着个口罩他就认得出，他戴上口罩小于就认不出了呢。他没心思跟小于打官司，而且也不想因为这点儿小事破坏自己的形象。他大度地扶住还在鞠躬道歉的小于："没关系没关系，没什么对不起的。你这也是对工作负责嘛，不但没有对不起我，还值得表扬，让我敬佩，啊，让我放心。公司的安全就是我们的安全嘛。"

　　他走向电梯，手里的口罩不知该戴上还是不戴。拐过弯，看到两个电梯门口密密麻麻堆着人，个个戴着口罩，眼睛盯着他，他心跳突然加速，迅速把口罩扣在脸上，这才若无其事地凑过去。

"小张，今天来得早啊。"

他吓了一跳，是总经理的声音。

"王总早，王总今天来得晚了些啊。我听说，您每天都是最早来公司的，也是最晚离开的。怎么，您感冒了？"他马上回过头来，对着戴口罩的总经理奉上了机智的答复。

"噢，你看出来了？是有些感冒。"王总咳了起来。

"您看您，感冒了就在家休息嘛，还来上班干什么，公司里有我们呢。"他一边说，一边迅速摘下了口罩。在咳嗽的领导面前戴着口罩，不明摆着是嫌弃吗？

"那哪行，这么多事，公司离了我哪行？"

"是啊是啊，离了您当然不行。"他有些后悔自己的话说得不够圆满，"公司里有我们呢"，这话说得，没水平，"我们"怎么能跟王总相提并论？为了掩饰尴尬，他赶紧低下头，也咳了两声。

"你也感冒了？哈哈，怪不得戴着口罩。"王总指了指他拿在手里的口罩说，"刚才看到你在门口被保安给拦住了，你的表现不错，不欺负弱小，很有风度。保安也是跟我们一样的人嘛，都是同事嘛，同样应该得到尊重。'公司的安全就是我们的安全'，这话说得好，有大局意识。不错。"

他这才反应过来，几乎天天见面的小于认不出戴着口罩的自己，而几天也见不着一次面的王总却认出来了，原来王总在公司门口看到了整个经过。他心里砰地绽放了一个礼花。他曾听到过一些传言，说在他和"那个混蛋"之间，王总其实对"那个混蛋"更为欣赏。尽管他对此愤愤不平，但也毫无办法，他的人际关系都加起来也不足以与王总对抗。他这些天一直想着怎么才能在王总那里加加分——送礼呢，显得太油滑；办事呢，王总也没什么事能用到自己；提点建议呢，又怕说不到点子上反倒惹出是非。这下好了，要么怎么说，机会是留给有准备的人的呢。幸运也不是说来就来的，要不是他平日里不断提醒自己要注意人际关系，要是他今天压不住火气对小于张口斥责，那可就不是目前的局面了，说不定他现在正在听王总的斥责呢，说不定他的升职就彻底没戏了呢。于是他怀着对命运的感恩真诚地对王总说："谢谢王总表扬，我做得还很不够。"

"嗯，好好干，我一直很欣赏你。"电梯来了，王总率先跨进了电梯。没有一个人跟着进去。他跟大家一样站在电梯门口目送，听到王总这句话顺着将要关上的电梯门挤出来。然而他同时也看到，王总那双眼睛里溜出另外一句："你小子这么虚伪，以为我看不出来？我怎么可能欣赏你这样的人呢？"

"我虚伪？他竟然还敢说我虚伪？他嘴里说的是白，心里想的是黑，他也好意思说我虚伪？"他像被王总眼中那句话给射中了心脏，踉跄着后退，要不是后面有人，恐怕就摔倒了。

另一部电梯也到了，电梯门打开，他退让开，让别人先上，他想出去一个人静一静。可是大家都跟着他退后，齐刷刷向他伸出了手："您先，您先。"

"不不不。"他急切地摆着手。

可大家不听他的，像一堵人墙把他拥进电梯。几只手一起去按他要到达的楼层按键，在那块方寸之地上纠缠在一起。

这意外的场面缓解了他的焦虑。也许，王总心里想的和嘴上说的是一样的；也许，领导目光异样只是因为感冒的缘故。在电梯上升的过程中，他对四周洋溢的势利一边鄙视一边享用，逐渐找回了自信，以至于在办公室门口，还从容地重新戴上了他的口罩。

对于他的新造型，"那个混蛋"却没有如他所愿那样展露特殊的态度。这种淡定之姿使"那个混蛋"在他心里变得更为阴险，当然，他的防范等级也再次升高了。说不清是为什么，他故意狠狠地咳嗽起来。

"感冒了？"

他没想到"那个混蛋"语气关切地开口问道。

虽然得到了关注，不过自己弄巧成拙了。他懊恼地"嗯"了一声，不敢抬头去看"那个混蛋"的目光。还用得着看吗？猜也猜得出。

隔了一会儿，他觉得不妥，这样的比拼之下自己有些落于下风，似乎定力与耐力都有所欠缺。于是他故意又咳了几声，然后也拿捏出友爱的口吻来："怕传染你，所以戴上口罩。"

"没关系没关系，我身体好，不爱得病。"

这明着是客气，暗地里又出了一招儿呀。他咬了咬牙，赶紧接上：

"身体好也不能大意呀，大病一般都爱找那些平时身体好的人。常主任身体好不好？还跑马拉松呢！谁能想到他能猝死？"说完，他把身子向前探出去，等着"那个混蛋"回话。这姿势既像专注又像挑衅，解释权在他自己手里。

"是是是，那倒是，是得注意，都得注意身体，谁也不知道将来怎么死啊。"

"那个混蛋"的语气听上去感慨万千，甚至温柔得近乎慈祥。但那目光中唰唰地飞出小刀子，刀刀都扎在他心上。"咒我死是吧，忒狠了点儿。"他想着，可突然又觉得这场暗斗自己赢了一点点。他自认为是赢在人性上。这是一种高级的赢，故而他不再还手，嘴里应着"要注意，是要注意"，手上敲着他的16位开机密码。他要抓紧完成他的策划书。"只与君子争天下，不与小人争是非。"他在电脑上敲下这一句，对着电脑得意地笑了笑，然后又删去。可他突然感到与自己"争天下"的根本就没什么君子，不禁又心生苍凉，摇了摇头。

起初他一直专注于自己的策划书，可早上沏好的一大杯茶已经凉透了，香气早已散去，却突然对他展现了十足的诱惑力——他渴了。他开始偷瞥对面，看到"那个混蛋"不时端起茶杯深啜上一口，虽然硕大的茶杯挡在脸前，他看不到那张掩在口罩下的嘴是怎么喝茶的，但那"咕咚咕咚"的声音是如此真实，让他相信茶水是确确实实地流进了那张嘴巴，滋润了那个喉咙。而且茶杯竟然真的空了，他看到"那个混蛋"把茶杯放到热水机的出水口下，热水流了好一阵儿才填满了那大杯子。"那个混蛋"端着茶杯转过身，正碰到他躲闪不及的目光，便把鼻子贴近茶杯吸了又吸，说："好茶呀。哎，你的茶都凉了，怎么不喝？嫌茶不好？我这儿有好茶，要不你尝尝？"

这么一来，他更渴了，第一次被一杯茶馋出口水来。他把口水当茶水狠狠咽了下去，在口罩里面"哼"了一声，然后摆着手端起茶杯起身："不喝茶，我今天不想喝茶。倒掉去。"

他捧着茶杯出门，快步走到洗手间，关上门，摘下口罩，一口气把一大杯凉茶水喝了下去。喝完茶，他看了看口罩，对它充满了仇恨，但还是对着镜子戴好，过分精心地调整好了它的角度。他不明白为什么"那个混蛋"把脸遮得严严实实却能顺顺当当地喝水。他不能问,也不屑于问,更不想当着"那个混蛋"的面把口罩摘下来,这种没水准的"示弱"举动他才不会干呢。

他把茶叶倒掉,若无其事地回到办公室坐下。他能感觉到对面的目光拐着弯儿转着圈儿蹦蹦跶跶地不断抵达他的身上,等他一抬头又滑到别处去了。讨厌!这种人真讨厌!他在电脑上敲打了几句无关的怪话,再也没了策划什么的心思,只感觉自己被什么给"策划"了。无事可做,他只好打开浏览器上网。

这下他脑门儿上惊出一层汗,还真的止不住咳嗽了起来。网页的图片上,那些人也都戴着口罩!他闭起眼睛,告诉自己肯定是世界各地都暴发了大雾霾,肯定是这样。他睁开眼睛望望自己的窗外,好好的一片天,又用电脑搜索消息,压根儿没有"雾霾"什么事儿。连跳出来的内裤广告里,那抱在一起的半裸男女也是下着内裤,上戴口罩,脸上只露出两双挑逗的眼睛。一旦蒙了面,这广告便透出一种怪异的色情,他甚至有了一点儿生理反应。

他赶紧插上耳机,平复身心。为了缓解情绪,他打开娱乐节目,那个当红的大明星正跟围堵她的粉丝们互动。她戴着口罩也那么出众,也能被一眼认出。一群男女激动地挤向她身边。她一只手护在胸前,一只手不停抛着飞吻。"我爱你们。"她的语调像对情人那样深情。那对假睫毛又长又翘,简直堪比蝴蝶的翅膀,遮挡着美丽的瞳仁。在不经意掠过摄像机的一瞬,那对瞳仁终于与他双眸对视了,他耳中传来她甜美的声音:"好感动,噢,你们让我好感动,谢谢你们。"同时他却看到那双眼睛说:"烦死了,好累。"

唉,烦死了,好累。他关掉视频,顿时觉得万籁俱寂,好像自己是世界上最后一个幸存者。

这一天挨过去之后,他只想好好喝一杯,一醉方休。在对蒙面的人类失去希望后,他在电脑上打开了《动物世界》——如果大象也戴着口罩,那口罩上一定会留有两个洞让象牙穿过,再留一个大洞让象鼻钻出来,这有点儿意思。他简直不知道是害怕看到大象戴口罩还是期待这一幕了——还好,大象没有戴口罩,狮子也没有,羚羊也没有,就连人类的近亲猩猩也没有戴。它们的脸坦坦荡荡，简直让人感动。于是，他看着《动物世界》，度过了自己一天的工作时光。

但是，尽管打发了时间，看了过量的《动物世界》同时也有副作用——他觉得自己也是个动物。他急切地想证明自己是人，想体验人的生活，找回人的感觉。没有什么比堕落更适合了。在一个充满肉欲的地方，他深信会通过迷醉获得真实感。

他简直有点迫不及待地走进了KTV。小姐们身体露出太多，脸面却遮得严密，这让那些裸露的躯体失去了往日在他眼中闪现的光华，变得滑稽可笑。每一个女孩儿都在向他扭动着展现躯体，等待着被他挑选。他有点儿后悔，但也得继续下去。他选了两个丰满的姑娘，想着她们那美好的肉体或许可以安慰他的身心。

可事情并没像他期待的那样进行下去。他在姑娘身上动手动脚的时候并没找到做人的尊严。堕落使人更像动物。这样一来，他仿佛看到包间里的大屏幕上正在播放另一版本的《动物世界》，而主演正是他自己。他闭上眼睛不敢再看，直挺挺地坐了一会儿。两位小姐有点儿无所适从，一人扯着他的一只胳膊，哀怨的口气就像是对待一个不把自己放在心上的情人。他有点儿愧疚，温柔地看向他的两个蒙面美人儿。这一看吓了他一跳，因为看到自己在她们的目光折射中现出原形，竟然不过是一台机器，一台方头方脑的ATM机；她们在他身上按下密码，钱到手就转身走人。他于是忠诚地发挥了自己的功能，掏出钞票。美人儿们得到钞票变得更加美丽，他却挥了挥手，从沙发上站起来，颓然地逃掉了。

"老板，您怎么走了呀？""老板，有空儿再来呀！"

"呸！老板，谁他妈是老板，你他妈才是老板，你全家都是老板。"他边走边低声唾骂。他曾经多喜欢"老板"这个称呼啊，喜欢得忘了事实，每当被唤为"老板"，他的钱就花得比真老板还痛快。可现在他清醒过来，把一个给老板打工的人叫作"老板"不是抬举，其与将妓女称为"小姐"简直异曲同工！

一醉方休的愿望更加膨胀，他在小区门口的超市里买了一瓶白酒和一包花生米，回到家开始了一个人的盛宴。花生米刚吃了半包，一瓶白酒就见底了。他酒量不错。酒量不错的人有两种，一种是天生的，另一种是逼出来的，他属于后一种。中国的大半个生意场都泡在酒里，带着热烈的度数和隔夜的腐臭。如果不喝酒还能谈成生意，那一定是个真正的天才。他虽然经常觉得自己是天才，但显然不是这方面的天才，他是在酒场里学习到的生意经，又在生意场里练出了酒量。每次喝醉时，他独自回到家都深感凄凉，回顾喝酒时的"盛况"只觉一派虚幻——假情假意，假话连篇，说不定喝的还是假茅台。

现在当他迈着踉跄脚步下楼走向街边的超市，胸中却激荡着左冲右突的豪迈，在他眼前旋转飘扬的万家灯火显得如此真实亲切，让他想为其献出自己的一切。他拎着两瓶高度白酒往回走，看到了那个每天都在这条街上乞讨的乞丐。他蹲下来，感到了自己内心生出的悲悯，差点儿流下泪来。

他把买酒找回的零钱一股脑儿塞进乞丐面前的盒子里。以一种类似瑜伽的姿势蜷跪在地上的乞丐用几近哽咽的声音说"谢谢，谢谢，好人一生平安"，然后抬起头来看向恩人。这一看不要紧，他本来腿就软得难以控制，此时便一下子坐在了地上，酒瓶子磕到地砖，脱了手，一瓶当场碎裂，一瓶哐啷啷滚远。惊到他的不是乞丐的凄惨面容，而是那被口罩遮挡的脸面上透露出同情的双眼。这种同情如此居高临下，以至于那目光泄露出乞丐内心的独白："噢，瞧瞧，这个人可真可怜。"

他顾不上他的酒了，挣扎着站起身，来自自己每天走过都不屑于看上一眼的乞丐的同情让他无法承受，魂魄顿失。回到家中，那具被掏空的身体直奔沙发后面的角落，仿佛离开的魂魄正躲在那里等待一样，它们迫不及待地重新会合，抱成一团，哭泣了好一阵子。

每个人都自以为了解自己，可是他突然发现一个事实，那便是他无法凭空想象出自己的脸。很多他喜欢的脸、厌恶的脸，甚至只见过一次的不喜欢也不厌恶的脸，都能招之即来地浮现眼前；可切换到自己，就像电视机调到了一个没有信号的频道，那张脸无论如何也不能精确成像，只是一片模糊。努力去想，他回忆起的也只是某几张照片上自己的样子，但他又不能否认他想起的只是照片，而不是自己这个活生生的人。当然，借助于镜子他可以看到自己，他在镜子中久久端详，可是失去这个媒介，闭上眼睛，残留的影像很快就缥缈起来，像雾一样散去。这可不是个小问题，这说明，也许他根本就不认识他自己。

　　这个发现使他坐立不安。加之又身处一个蒙面人的世界，除了坐立不安，卧也难安了——他开始失眠。日日夜夜，一张张戴着口罩的脸在他眼前晃来晃去，他们扑闪着真诚的眼睛向他倾诉着内心。"那个混蛋"的眼睛、公司里其他人的眼睛、邻居大妈的眼睛、大款同学的眼睛、初恋女友的眼睛、小区保安的眼睛……这些眼睛在口罩之上闪烁着内容各异的目光，把他的夜晚照得比白昼还亮。

　　这样几天下来，他人瘦了半圈，眼皮倒是一天比一天胖。

　　这天早上他又迟到了，"那个混蛋"隔一会儿就盯着他的肿眼泡笑，笑又不好意思笑得太张扬，憋又憋不住，"扑哧扑哧"的声音从被口罩遮着的嘴里泄出，跟气球撒气儿似的不时喷到他脸上。他感到自己心里也有一个气球，却是一直在充气儿。

　　他憋了口气，仿佛那样就可以让他的气球不再鼓起。同时，他也尽量让对方的样子在他眼里显得可笑。本来就很可笑嘛，他已经听闻这家伙跟上面偷偷告了自己的状，说他这段时间工作有些心不在焉，还故作姿态地请领导多关心一下他。好在他也早有准备，假装去汇报工作，很有技巧地请即将升官的主任注意一下近期部门某些工作质量的下滑。当然了，那部分工作是由"那个混蛋"负责的。想到此，他颇有些得意，抬头看去，"那个混蛋"竟也一副志得意满的德行。所有的蒙面人一瞬间都成了"那个混蛋"的同盟，他们盯着他，将不可言说的隐秘通过双眼注入他的内心。他感到心里的气球控制不住地迅速鼓胀。

　　终于，气充满了，还是停不下，他听到胸腔中"砰"的一声，气球破了。他跳将起来，两步蹿到"那个混蛋"身边，趁其呆愕，一手猛扼住其颈，一手在那张脸上狠命抓扯，企图撕下那个口罩。口里念念有词："我让你笑，我让你笑，你笑什么笑，你笑什么笑！"

　　"那个混蛋"惊恐地抵挡着他的手，回应道："我笑什么了？我笑什么了？我没笑，我没笑。"

　　这下他更气了："虚伪，无耻，道貌岸然，胆小鬼。你就是个混蛋。你蒙着脸干什么，你以为蒙着脸我就看不到你的阴谋诡计了？"他边骂边抓，可是，口罩却像长在那脸上了。"那个混蛋"被抓扯得哇哇直叫，而他撕扯到的只是一张粗糙的脸皮。他丢掉那张被抓红的脸，冲出门，电梯也不等，直接蹿上步行梯，跑进楼上的会议室。

高层领导正在召开一个重要会议，天啊，一个蒙面会议。他挽起袖子，准备把他们"一网打尽"。

趁着没人反应过来，他狞笑一声扑将过去，在每个人脸上抓扯，可手底下感觉到的只是或糙或嫩或油腻或光滑的人皮。疑惑让他暂时停手，放眼望去，口罩却还牢牢缚在那些脸面上，他复又扑过去。王总趁着自己的脸被放开，一边捧着腮帮子，一边跑到门口大喊："叫保安，快叫保安！"

保安们呼啸着跑进来，在会议室里大喊着"站住！你跑不了！快捉住他"等狠话，一时真把他吓住了。继而他发现他们根本站着未动，眼神儿里都是躲闪和惊恐。搞了半天，不是他怕他们，而是他们怕他。他立即勇气倍增，夺门而出，保安们呼喊着围上来，却又马上自动散开，给他让出一条路来。他看着那一个个蒙面人手就发痒，想在他们脸上狠狠抓上一阵，可见人人手里一条警棍，就放过了他们，直奔大门。

他跑上街，试图从柔弱的人身上下手，瞅准了女人、老人、孩子。尖叫声此起彼伏，他看看自己的手里，没有抓下一只口罩，倒是把不知哪个女人脖子上的丝巾扯了下来。他举着丝巾想还给它的主人，一个高大的壮汉气咻咻将他手里的丝巾抢过来抛向空中。其他的男人见有人出手，像战士听见了冲锋号，从四面八方向他围拢而来。他看着他们的眼睛大喊道："别假装正义了，你们心里正兴奋着呢！你们乐于看到这场面，乐于看到坏事、怪事、丑事，别装了！你们这帮蒙面人，你们有机会当英雄了，你们得谢谢我……"他被男人们围在中间。他向他们挥拳呐喊，一遍一遍，既像挑衅，又像宣言："你们这帮蒙面人……"女人们也乘机加入。"谢谢我……"他感到身体各处被拳打脚踢、掐拧抓挠。"蒙面人……"他仍奋力挥舞着双手在每个人脸上抓扯——每个口罩都纹丝不动。"谢谢我……"

蒙面警察挥舞着警棍跑过来……

几天后，他的案子在市中心的广场上公开开庭审理。他被控"企图扰乱社会秩序"。"妈的，告我？我也不是吃素的。"他随即提起了反诉，并控告全世界所有人合谋对他进行了内心的摧残。

广场被黑压压的被告挤满,他们当然戴着口罩。法官、警察、陪审团、检察官、律师也都无一例外。电视直播中,全世界的被告们被镜头扫过。他们蒙着面欢呼,手执鞭炮、礼花、气球、喷花筒,甚至还有和平鸽,准备迎接即将到来的失败或胜利。

如此场面更让他无法保持理智,他泣不成声地讲述了自己这些天来所受到的肉体与灵魂的双重折磨。法官和陪审团似乎被他的陈述打动,用眼神进行了一番长久的交流。然后他看到法官在桌上的一张纸上大笔一挥,大印一盖。接着那张纸由法警庄严地捧着递到他的面前。

原来是一份协议书。协议书的内容很简单,法官可以做出判决,让所有人摘下口罩,但是他需要作出承诺,对所看到的一切保持沉默,不许向任何人透露。

他觉得这协议可笑至极,广场上的人何止成千上万,所有电视台都在同一时刻进行全球直播,全世界都会知道,他一个人保密又如何。他忍住内心的窃喜,咬住嘴唇,以防自己不小心说出什么让法官意识到自己的愚蠢而反悔。他故意略作迟疑,故意装出痛苦,故意无奈地摇着头在协议上签下了自己的名字。

法官接过协议书,向人群和摄像机展示,然后宣读了判决书——令所有人摘下口罩。

接下来,他看到法官、市长、陪审团、检察官、律师、他的领导和同事包括"那个混蛋"、他的相亲对象、路边那个乞丐、邻居家大妈等等,还有电视屏幕上陆续出现的每个国家、每座城市的人们一一摘下了口罩。就在口罩尽除的那一刻,那些脸真是让他百感交集,不,万感交集。那些脸竟然全是他的模样。

全世界的人原来都是他自己!

于是他便发了疯,被送进了精神病院。入院之后,他开始不断跟人讲这个故事,完全忘记了自己签过的协议。可是因为他已经疯了,所以也没人因为他违背约定而找他的碴儿,反正他现在讲来讲去,也都是讲给身边的疯子听。疯子们听了拍手大笑,然后就忘记了,第二天又来听。医生们每次听到他讲,就会给他加大药量。这样做的结果是他越来越疯,似乎已永没有被治愈的希望。

我也听过这个故事，但不是从精神病院的医生和患者那儿听来的二手信息。医生们每天听的疯话太多，根本不屑于传播；患者们听了就忘，根本不懂得传播。

是他亲口对我说的。

我到精神病院去看他。

出于某种特殊的情感，我非常想亲眼见到他疯掉的样子。

那天我走进精神病院的时候，一想到将要见到已成了疯子的他，兴奋得双手都冰凉地颤抖。后来他一把抓住我的手，说："我本来看到的是我自己，可是一摸这双手我就知道是你。只有你见到我现在的处境才会如此激动。"然后他跟我讲了整件事。

我听过以后，双手恢复了温热和平静，带着欣慰的笑容离开了。

本来我完全把他的话当成一个疯子的幻觉。而我现在把这件事情讲出来，是因为，今天早上，我看到所有的人都蒙着面……

噢，对了，我就是"那个混蛋"。

原载《文学港》2020年第3期

李铁

演唱会

1

沈阳的冬天真冷,拿一瓶纯净水往街上倒,瓶口是水,到地面是一截一截的冰块。武晓倩来自辽宁最靠西南的那座城市,不过一个多小时的高铁路程,冬天的冷却有明显不同。在那里,拿一瓶纯净水往街上倒,你怎么放慢速度,倒出的也只是连绵不断的水。

站街上张嘴五分钟,能把牙冻掉了。她说。

傻子才张嘴五分钟呢!刘丹欣说。

武晓倩来沈阳是投奔刘丹欣的,刘丹欣是武晓倩十余年学生生涯中最好的朋友。从小到大,武晓倩几乎没有称得上朋友的同学,她和同学的关系总是不远不近,有明显的距离感。这种距离感被打破的过程,往往会伴随一场灾难。她觉得用灾难这个词并不过分。上高中时,她本来和同桌的女生相敬如宾,某一天,距离被突破;又某一天,一件小事导致了一场小冲突,女生说她几句,她也回敬几句;几天后,冲突升级,女生开始骂人,她也开始骂人,骂着骂着动了手,搞得老师把双方家长请进了学校。一对一地打,她不落下风,落下风的是随后的日子,在漫长日子里,几乎每个同学都与她拉开了超出正常距离的距离。整整一年,她处于恍惚状态。后来高考，她大失水准，与她同水平线的同学考进了大连理工或东北大学，她考上的只是本城一所不知名的大学。

往回退，退回到上小学的时候，有一个小女生和她性格相近，常主动找她玩。距离被打破，两人双出双入了一阵子。某一天，同样是因为一件小事，二人闹翻。这之后，她发现其他同学都跟她拉开了超出正常距离的距离。漫长的小学时光，至少有一年她是独来独往的。

刘丹欣是她大学同学，两人交往，是刘丹欣主动的。刘丹欣和她性格反差甚大，刘丹欣张扬，说话声像风吹铜铃，能传出好远。刘丹欣很有亲和力，有很多和她保持亲密关系的同学。和她相比，武晓倩显得有些孤僻，常常形单影只。她俩同住一个宿舍，最初只是室友。四人的寝室，开始时刘丹欣和另两个室友走得近，后来又和武晓倩走得近。再后来，她不怎么搭理另两个室友了，只和武晓倩走得近。

刘丹欣直截了当地告诉武晓倩，知道为啥我接近你吗？因为你好玩，你有味道。你穿得不时髦，衣服也不多，可就那么几件稀松平常的衣服，让你那么一穿，就有味道了。武晓倩听了这话后偷偷照镜子，怎么看也没看出自己有啥特别的味道。她"小人之心"地想，刘丹欣跟她走得近，也许是为了反衬自己衣服多、上档次吧。

刘丹欣又说，说你好玩是句玩笑话，其实你人闷，一点都不好玩。我接近你，是气味相投，骨子里咱俩是一路人。武晓倩挖空心思地想，还是没想出她和刘丹欣是怎样的一路人。

毕业后，刘丹欣考取了东北大学的研究生，来了沈阳。武晓倩没参加考研，直接参加了工作。她先去北京，有几次失败的工作经历，用她自己的话说，混不下去了，来沈阳碰碰运气。找工作难，找个合适工作更难。刘丹欣说，先住我这儿吧，慢慢找工作。

刘丹欣住在东北大学北门的那条小街上，一栋八层楼，她住在五层。这一带居民楼老旧，面积小，格局局促，大多成了出租屋，租给了不愿住学生宿舍的大学生。刘丹欣家境不错，又挤够了六人寝、四人寝，便和一个要好的同学租下了这套六十平方米的房子。房租每月两千，各分担一半。那个同学住了半年就搬回学生宿舍，刘丹欣说，可能是她的经济出了问题。刘丹欣又说，两千就两千，我一个人交也没觉得有啥负担。武晓倩住进来后，说我交一半吧。刘丹欣说咱俩谁跟谁呀，别提钱，提钱见外了。武晓倩说得本来就底气不足，见刘丹欣这么说，便借坡下驴，不再提钱。

南北两间屋子，刘丹欣住南屋，武晓倩住北屋。从北屋的窗户望出去，看见的是学校活动中心圆形的屋顶，还有两条通往操场的林间小道，和小道上来来往往的男女学生。如果高中时不和同桌的女生闹矛盾，说不定她的大学时光也会在这个校园度过。"如果"太虚幻了，"如果"是并不存在的东西，她驱散了脑袋里的"如果"，从窗前转过身，拿起床头柜上的一本书。

装帧得像一本书，其实也算不上一本书，它不过是一本企业用于自我宣传的小册子。纸张、印刷都不错，有文字有图片。一脸阳光的员工身着职业服装，嘴角挂着微笑，右手握着一瓶品牌妇孺皆知的饮料。武晓倩应聘的就是这家著名饮料公司在沈阳的分销处。这家公司的工资不低，应聘者众多，武晓倩对自己是否能成功应聘没多少信心。但想成功的欲望很强，如果成功，她就可以安心在沈阳工作了。

武晓倩开始背诵书上的文字，××××公司在200个国家拥有多种饮料品牌，包括汽水、运动饮料、乳类饮品、果汁、茶和咖啡；200个国家的消费者每日享用超过19亿杯的系列产品……歌声响起，是从南屋传过来的，声音单薄，用的是手机播放，那是五月天的歌。刘丹欣是五月天的粉丝，不管是闲着还是忙着，她总爱用手机播放五月天的歌。武晓倩想让她插上耳机听歌，嘴张开又闭上了。她知道自己在这套房子里的身份。她强迫自己安静下来，一边听歌一边继续背诵该背诵的东西。

2

这家公司有个职前培训班，收费的，初试过了便可参加。培训班毕业考试通过，才算是被录用。武晓倩接到通知她参加培训班的电话，就拨通了母亲的电话。

母亲说，参加，让参加就参加。

武晓倩说，让交800元培训费。

母亲说，让交就交吧。

武晓倩说，问题是交了，也不见得被录用。

母亲说，不交，就一丁点被录用的机会都没有。

武晓倩想了想，觉得母亲说得对，就微信转账，交了培训费。刚放下手机，手机就响了一声，拿起来看，是母亲转给她3000元。

母亲叫王曼云，轻松浪漫的名字，人却正好相反，她这大半辈子好像从没轻松过，也没浪漫过。九十年代中期她和丈夫一起下岗。武晓倩的父亲叫武力，孔武的名字，人也正好相反，偏于软弱。下岗后他一直在外地忙着做生意，却几乎从没赚到过钱。在相当长的日子里，武晓倩和母亲已经习惯了他常年不在家的状况。他有时候回来，见了她们总是不好意思地笑笑，摇摇头说没赚到钱，一副灰头土脸的样子。母亲说，你没赚到钱我还能多活几天，你要真赚到钱了，我怕自己没福享受了。

武力不在家时，家里也并不总是两个人，有的时候伯父武强会来家里住。武强和武力是一个厂的职工，一起下岗。武力要做生意，远走他乡；武强留下来四处打工。他蹬车送过货，在建筑工地搬过砖，当过酒店保安，做过浴池的搓澡师傅，从没断过挣钱，但老婆还是和他离婚了，带着和武晓倩一样大的儿子走了。房子变卖，武强拿了三分之一的钱，住进了弟弟武力的家。四十多平方米、一室一厅的房子，怎么住？武强住到了厅里的长沙发上，与卧室的武晓倩母女隔了一张门板。武晓倩也见过母亲发牢骚，放锅碗瓢盆弄出挺大的响声。武强好像没听见，他一样吃喝，一样说笑，一样把挣来的钱交给弟媳补贴家用。晚上，武强有时也会跟她俩一起逛街。武晓倩见了喜欢的东西就吵嚷着要买，王曼云斥道，买啥买，自家啥条件不知道呀？武强默不作声，掏钱，买给她。王曼云在武强身后说，把她惯成败家子你就高兴了？武强嘿嘿地笑，说，我可没那么坏。

武强在弟弟家住了五六年，后来离开了，据说是交了女朋友。武晓倩从来没见过伯父的女朋友，只听母亲说过，那是个骚女人，以后有你大伯好受的。伯父的离开导致家里生活水准直线下降。工作不好找，母亲一直闲在家里。没有了伯父的补贴，母亲只能出去找活儿干，先是在超市做保洁，又在宾馆做过服务员，在加油站也干过。武晓倩上大学后用钱的地方多，母亲就辞了加油站的工作，跟着原来一个厂的姐妹去北京做保姆。北京的收入高，武晓倩大学里吃的穿的没缺过啥。

培训班在奥体中心附近的一栋大楼里。武晓倩从东北大学这边走，走15分钟到地铁站，坐两站就到了奥体中心。这个培训班有七十多人，最后能留下的只有三十人左右，要淘汰一半多，有明显的竞争压力。同学间有了竞争关系，相处就显得拘谨，说话都是经过考虑的。武晓倩原本不爱说话，这样的状况反而觉得挺舒服，自己听自己的课，自己发自己的呆，比与人嘻嘻哈哈好受多了。

培训班为期一个月，学到半个月时，还是有人跳出来，打破了她的平静，主动跟她聊天。这是个微胖的女孩子，叫杨璐璐，武晓倩在心里叫她胖丫。胖丫皮肤白净，五官秀气，如果减肥二十斤，定是个标准的美女。有一天下午放学，胖丫追上她，和她并肩走。胖丫问她住哪儿，她说东北大学。胖丫说，我住重工街，和你离得不是一般地远。

两人一起朝地铁站走，胖丫接着说，我和男友一起住。

武晓倩嗯了一声。

胖丫又说，沈阳的房价挺贵，一个六七十平方米的房子，一月租金两千多呢！

武晓倩想起刘丹欣的房子，如果这样算，自己等于每个月占了人家千元的便宜。

胖丫说，不过我不用花钱，我住的房子是我男友的。

走进地铁站，下楼梯，挤进一列进站的地铁。正是下班高峰时段，车厢里人挤人，四周都是沉重的呼吸声。她快要下车时，胖丫在她耳朵边说，这个周六去我家吧，我请你吃饭。因为嘴巴离耳朵太近，胖丫的声音听起来很夸张。

胖丫又说，咋了，不给面子？

武晓倩只能表态，我去。

胖丫说，有对象带对象，算咱两家聚聚。

两家这个词听起来有些别扭，武晓倩没说啥，随人流下车。

3

武晓倩还是觉得该提一提钱，晚上临睡前她进了南屋，冲已上床的刘丹欣说，这房租我还是想负担一半。

刘丹欣瞪住她的脸，说，你是不是钱多得没地方放了？武晓倩连忙摇头，她知道，那3000元极有可能是母亲最后一次给她打钱了，母亲总是咳嗽、胸痛，前不久到医院检查过。她问母亲是什么病，母亲说不是大病，可就是挨不住累了。保姆二十四小时看孩子，她看不动了，只能离开北京回家养病。

刘丹欣说，既然钱没多到那程度，那就算了。武晓倩潜意识里希望的就是算了，但又有顾虑，她要在沈阳混下去，离不开刘丹欣这个朋友，她怕因为自己占了便宜而坏了她俩的友谊。她想说句感谢的话，又不知该咋说，出口竟是，周六陪我去做客吧。

她说了胖丫的邀请，还说自己的男朋友也去。刘丹欣说，人家没邀请我，我去合适吗？嘴上这么说，脸上挂的却是兴奋。武晓倩说，合适合适，一起去吧，如果只有我和他去，那就真成两家人的聚会了。刘丹欣说，两家人有啥不好？武晓倩说，不好就是不好。刘丹欣笑道，既然你不想成为两家中的一家，我成全你，我也去。两个人一起哈哈大笑。

武晓倩的男朋友叫李定军，是她在北京打工时认识的。当时武晓倩到一家少儿出版社应聘，总编室外站了十多个女孩，能留下的只有两个。武晓倩没啥信心，在走廊东张西望，李定军就是这时候从楼梯那边走来的。他是出版社的发行人员，细高挑儿，脸上挂着永不消逝的笑容。他走近，主动和女孩们搭讪，看得出他是个爱讲话的小伙子。他说我也是应聘来的合同工，比你们早来一年，这儿工资不高，但环境不错，你们谁应聘成功都是可喜可贺的事。他说话时眼睛更多地在看武晓倩。后来武晓倩应聘成功了，他就过来邀请她一起吃饭，说要庆祝一下。她本不想去，她不善于和陌生人接触，但还是去了。一来二去，两人发展成恋爱关系。再后来，这家出版社不景气，精简，把武晓倩"精简"掉了。李定军问她下一步有何打算，她说去沈阳投奔刘丹欣。李定军没犹豫，主动辞职，和她一起来了沈阳。

李定军率先在沈阳找到工作，在《华商晨报》报社做合同制记者。这无形中给武晓倩增添了一份压力，如果应聘失败，她就输给李定军一个回合，她骨子里是个要强的人。

约定的是周六下午，上午李定军就过来了。他嘻嘻哈哈有说有笑，很快和刘丹欣混熟了。这就是李定军的本事，是武晓倩想具备又无法具备的。她有时挺讨厌李定军这个本事，有时又羡慕得不得了。她在生人面前总是拘谨，即使是熟人，她的一言一行也依然拘谨。快到中午时，刘丹欣提议去门口的小面馆吃面。李定军说，总在外边吃对身体不好，还是自己做吧。今天我露一手，做一顿简餐——水捞面。刘丹欣兴奋地鼓掌，说那太好了，我就爱吃捞面。我和晓倩也会做，但做得不好吃。今天尝尝你的手艺。

刘丹欣找出一桶挂面，李定军打开冰箱，找出了青椒和茄子，还有一小块猪肉。冰箱里都是刘丹欣存的东西，平时武晓倩都不好意思拿，李定军却拿得十分随便。猪肉解冻，切丁，青椒、茄子也切丁，做成两碗不同口味的卤汁。然后煮面，捞出放在凉水盆里，再捞面进碗，浇上卤汁。三个人吃得津津有味，刘丹欣一个劲儿说好吃，李定军一脸的成就感。

下午两点多钟，胖丫的男朋友开车来接他们。武晓倩也是第一次见胖丫的男友，她生涩地打过招呼，上车。李定军坐副驾位置，武晓倩和刘丹欣坐后排。胖丫的男友叫肖大庆，人很瘦，从武晓倩的角度看过去，他握方向盘的胳膊还没她的胳膊粗。一路上李定军一直在说话，不断搭话的是刘丹欣，肖大庆好像也不爱讲话。这样，车子里几乎全是李定军和刘丹欣的声音。

李定军说，我就喜欢听歌，不管多累多困，听听歌，舒坦了，精神了。

刘丹欣说，我也喜欢听歌，晚上不听歌睡不着觉，早晨不听歌起不了床。

李定军冲肖大庆说，哥们儿，放首歌听呗。

刘丹欣也冲肖大庆说，对，放首歌听吧，最好是五月天的。

肖大庆一手扶方向盘，一手按播放器的开关，突然涌出的歌声一下子把说话声淹没了。

4

胖丫家在一个叫"梧桐园"的住宅小区，五楼，七十多平方米，两室一厅，看起来有些窄巴。老红色的地板，老黄色的壁纸，栗子皮色的家具，墙上的几幅油画颜色也偏重。刘丹欣问，这是欧式装修吗？肖大庆说，算不上欧式，材质的颜色都是她选的。

"她"指的当然就是胖丫。胖丫笑呵呵面对他们，说，没错，是我选的。暖色调，给人一种温和、温柔的感觉，就像我本人一样。大家都笑了。

作为一对情侣来做客，武晓倩瞅李定军的眼神明显多了一份柔情。肖大庆主厨，其他人帮厨，一边忙乎一边嘻嘻哈哈聊天。这套房子是肖大庆贷款买的，他也是外地人，但有了房子说明他已经在沈阳成功立足。胖丫是他的对象，也算就此立足。武晓倩扭头看李定军，李定军心领神会，对武晓倩说，别急，面包会有的，房子也会有的。

饭菜很快摆上桌，有现成的熟食——那种红颜色的熏肉和香肠，有东北人离不开的炖菜——白肉炖酸菜。肖大庆露了一手，做了红烧鲤鱼和拔丝香蕉。鲤鱼是活的，用刀朝头部拍一下，将鱼拍晕，去鳞去内脏，两边切花刀；锅内放油，烧热，将整条鱼煎成金黄色；再放料酒、八角、蚝油、姜片、葱白、大蒜……加水烧开，改小火慢炖。拔丝香蕉更显技巧，先把香蕉切块，裹上淀粉，放碗中兑水加蛋清，搅成糊状；锅中油烧五成热，放入香蕉块，炸至外皮香脆呈金黄色，捞出控油；锅加白糖，熬成糊状，再倒入香蕉块，端锅离火，快速颠翻，待糖浆均匀涂在香蕉块上后，出锅装盘。这时用筷子一夹一拉，能拉出一米长的糖丝。几个人吃得满嘴拉丝，一起叫好。

喝的是白酒，58度的。肖大庆、李定军、胖丫、刘丹欣都能喝一点，只有武晓倩滴酒不沾，无论大家怎么劝，她也没喝一口。

饭后喝茶聊天，大家先是坐在客厅里，后来刘丹欣站起身随意走动，进了人家卧室。胖丫和武晓倩也跟了进去。卧室最显眼的是床，屋子不大，床却夸张地大，刘丹欣轻呼一声。武晓倩以为她惊讶的是床，可顺着她的眼神看过去，看到的不是床，是床头柜上的几件东西。看了那些东西，武晓倩的脸唰地红了。

刘丹欣扭头看胖丫说，敢情你还好这口，蛮有情调的嘛！

胖丫看了那几件东西，笑道，别误会，我真不好这口。这是肖大庆公司里的产品。别用这种眼神看我好不好？不信你们问大庆，大庆，过来一下！

肖大庆被喊进卧室，李定军也跟进来。肖大庆看了那几件东西后说，没错，这都是我公司的产品。都什么时代了，这些产品走进千家万户是再正常不过的事了。

肖大庆是那家著名的成人用品公司员工，现在是沈阳销售分公司业务员。话不多的肖大庆讲起成人用品来话很多，他说用成人用品是一个人品味的体现，学历越高选用成人用品的概率越大。刘丹欣说，照你这么讲，这屋子里我学历最高，我用成人用品的可能性就最大了？肖大庆说，没错，能选用成人用品，说明这个人对生活是有美好追求的……这些不宜公开讲的话题肖大庆讲得十分流利，听得武晓倩脸一阵阵发热，她下意识地看看李定军。李定军听得十分专注，还不时插话与肖大庆互动。

武晓倩冲李定军咳了一下。李定军接收到她的信号，明白了她的意思，也咳一下，把话岔开，冲肖大庆说，要不，咱们听听歌吧。

刘丹欣立马附和，对，听歌。

胖丫打开手机里的QQ音乐，问刘丹欣，听啥歌？

刘丹欣说，五月天的歌。

房间很快被五月天的歌占领了。

5

看演唱会是刘丹欣提出来的。有一天晚上，武晓倩都钻进被窝了，刘丹欣在另一个房间喊，五月天下个月要来沈阳开演唱会，现在可以抢票了。武晓倩脑袋里想着别的事情，她扭头看看门，门没关，她知道南屋的门也没关。刘丹欣睡觉从来不关房门，她说这样空气好。武晓倩喜欢关门睡觉，独立的空间感有助于睡眠。但刘丹欣不关门，她也就不好意思关门，都开着门，两个房间就有了一个房间的感觉。

刘丹欣又喊，太难得了，能在沈阳看到五月天。

五月天是一个大男孩演唱组合，武晓倩知道，刘丹欣其实只喜欢其中的一个人——主唱阿信。武晓倩也喜欢阿信，喜欢他唱歌时满不在乎又充满阳光的那种派头，喜欢他嘴角若即若离的微笑。对于这抹微笑她有一种熟悉感，李定军的嘴角就有这抹微笑。她想过，究竟是先从阿信嘴角看到的这抹微笑，还是先从李定军嘴角看到的？她没想明白，也就不仔细想了。两个人亲热时，她会盯住李定军的嘴角看，越看这抹微笑越模糊，甚至会消失。李定军的动作粗暴而又老练，她问过他，以前有过几个女人？他说没有。她说我不信。他说不管你信不信，我都没有。他从来没有问过她有没有过男人，她是明摆着的一张白纸，他当然不会明知故问。

刘丹欣接着喊，晓倩，咱俩抢票吧。

武晓倩顺嘴问，多少钱？

刘丹欣说，多少钱的都有，咱们就抢两千多的吧。

武晓倩的心咯噔一下，两千多对她不是小数目，对她家也不是小数目。母亲已经回家养病不挣钱了，如果培训班结束她没被公司录用，下个月的生活费都成了问题。

刘丹欣说，你到底抢不抢呀？

武晓倩不容自己多想，提高声音回应，抢。

第二天早晨，武晓倩临出门时，刘丹欣在被窝里说，你说咱用不用回请一下胖丫两口子？武晓倩有些犹豫。刘丹欣接着说，来而不往非礼也，我看还是回请一下吧。武晓倩说，好。刘丹欣又说，别忘了把你的李定军叫上。她又说了声好。

回请的时间定在这个周六。进入新年一月份了，这是沈阳最冷的时候，吐口吐沫，眼见着结成冰块。李定军拎着一条冻成棒子的鲤鱼来了。他把鱼放进盆里，端盆到水池边接水，待水漫过鱼身，才放下盆，脱羽绒服甩到武晓倩的床上。刘丹欣盯住李定军的脸笑，说你的脸冻成红苹果了。武晓倩也看李定军的脸，果然冻得又红又肿。她想伸手焐焐他的脸，但只是想想罢了。刘丹欣把自己的暖手宝递过去，说放脸上焐焐吧。李定军接过暖手宝贴到脸上，五官挤出一种惬意来。武晓倩下意识地看一眼刘丹欣的手，又看了看李定军脸上的暖手宝。

接下来是胖丫和肖大庆登门，他俩的脸也冻成了红苹果。武晓倩接过他俩手里的熟食和一瓶老龙口白酒。刘丹欣说，冷吧？胖丫说，撒泡尿能撒出一根冰棍来。大家都笑了。

做菜过程复制了上周的情景，还是肖大庆主厨，其他人帮厨，一边干一边嘻嘻哈哈地聊天。聊着聊着扯到了肖大庆的本行，肖大庆手上收拾着还没完全解冻的鲤鱼，嘴上大讲他们公司新推出的一款女用震动棒……武晓倩脸又红了，李定军两眼放光，刘丹欣满不在乎，胖丫没听见一般。

事情出在聚餐结束时，胖丫、肖大庆、李定军告辞，武晓倩和刘丹欣下楼相送。刘丹欣最后一个出屋。她下楼梯时，倒数第二出屋的武晓倩已经下到了另一层。就听刘丹欣哎呀一声尖叫，整个人跌下来，就跌在武晓倩的身后。回头看，刘丹欣仰躺，呼吸急促，张嘴说不出话来，脸憋得通红。大家都急忙往回返，扶起刘丹欣，揉胸捶背，好一阵她才喘上一口气来。

刘丹欣吃力地说，差一点过去了。

大家七嘴八舌问她怎么回事。

刘丹欣说，脚下一滑，后背正好摔在楼梯沿儿上，就硌得喘不过气了。

李定军说，看来是摔到了肺，得去医院检查一下。

李定军说罢，也不管刘丹欣同意不同意，背起她就走。其他人紧随其后，手忙脚乱地下楼。

会开车的肖大庆喝酒了，不能开车，只能拦下一辆出租车。车上位置有限，李定军和武晓倩陪着刘丹欣去医大附院，胖丫和肖大庆回家了。

拍了胸片，肺部没啥问题。虚惊了一场。

6

培训班是在一月末结束的。第二天武晓倩接到通知，让她去公司。那天下了一场好大的雪，整个沈阳城白茫茫一片，所有景物都被覆盖了，好像上天重装了一回系统。武晓倩在公司的前厅抖掉一身雪花，进电梯，找人事部。一个长相有点像刘丹欣的女工作人员告诉她，你被录用了，合同、五险一金一样不会少，随后会陆续办相关手续。武晓倩张大嘴冲人家笑，一句话没说出来。

胖丫没有被通知来公司，也就是说她没有被录用。武晓倩想打电话安慰一下她，手机都拿出来了，握了一会儿，还是揣了回去。

走出公司大楼，武晓倩感觉自己的身体很轻，她耳边响起一首抖音里常听到的欢快曲子，每走一步，都觉得自己像雪花一样飘起来。冷空气音符似的触碰着她的皮肤和头发，全身辣酥酥地爽。

她"飘"得太轻盈了，经过地铁站都浑然不觉。快走到第二个地铁站了，她才似有所悟，冲漫天飞雪笑了笑。

下地铁口，她站在滚梯上给母亲打了个电话，把自己被录用的消息告诉了母亲。

母亲说，太好了。

她问，你的病咋样？

母亲说，有你这个消息，病好了一半。

母亲的声音很兴奋，但武晓倩还是听得出这兴奋后面的类似坍塌的声音。她努力驱赶不好的想象，尽量往乐观的方向想。

母亲说，你有对象，妈放心一半；你有工作，妈一颗心都放下了。

她说，这回你就安心养病吧。

上地铁，下地铁，再走一段雪路，就到了可以称作家的那栋楼了。她迫不及待地闯进去，摇摇头抖落头顶的雪花，上楼。四周寂静，脚步声显得十分夸张。上到还差一层的时候，隐约有异样的声音，继续上，声音渐渐变得清晰。到门口了，她已经听清是什么声音了。这声音隔着门板传出来，既压抑又放肆。这是一种混响，是床板声、呼吸声、皮肤撞击声、男女呼叫声的混合，既有节奏感，又轻重不均。她呆住了，面对门板，大脑一片空白。

在她二十六年的生命里，她听过两次这样的声音。一次是她十岁那年，半夜她被这种声音搞醒；她睡在床上，声音来自于床下的地板，不用细听，声音是王曼云和武强发出的。想这件事时，她总是不用称呼，而用他们的名字。第二次就是眼下，也不用细听，声音是刘丹欣和李定军发出的。她第一反应是闯进去。但事实上她没有，发了一会儿呆，她转身，下楼了。

7

演唱会的日子终于到了,武晓倩和刘丹欣都精心化了妆,穿了最喜欢的衣服去五里河体育场。场面十分火爆,五月天演唱得很卖力,阿信几次走下舞台,走到观众席与观众互动。

有一次,阿信边唱边走到武晓倩她们跟前,刘丹欣和一帮粉丝尖叫起来。武晓倩很淡定,她看着阿信一步步走近,平静得像一潭水。阿信走到她跟前停住步子,眼睛盯着她的眼睛,继续唱那首叫《倔强》的歌:当我和世界不一样,那就让我不一样……我和我最后的倔强,握紧双手绝对不放。下一站是不是天堂,就算失望不能绝望……逆风的方向,更合适飞翔……武晓倩盯着阿信的嘴,突然失声大哭。刘丹欣从侧面抱住她,陪着她一起哭起来。

原载《长城》2020年第3期

汤成难

摩天轮

下了一点雨,地面就湿透了。

从地下室上来,还有雨丝飘在脸上。雨意犹未尽。

夜晚将有大雪降临,天气预报说。路边的商家早已翻出废纸板和蒲草袋铺在地上,防潮,也防滑,狭长的,像舌头从店堂一直吐到人行道。尖细的鞋跟踩在上面,很容易嵌进去,费好大劲才能拔出来。鞋底纹多的,都走到家了,还会掉下几片粘着的草屑儿。

她骑车,鞋底碰不到地面。

车从废纸板上经过,车身会咯噔一下,再咯噔一下……像给身体拧了发条,越收越紧。

天暗了一层,城里的夜幕降临是有节奏的,就这样咯噔咯噔地掉进了最暗处。建筑物只看得出大致的轮廓,如巨兽一声不吭蹲着,吮吸黑暗,直到身子肿胀了,厚重了,夜也就浓了。

又下雨了,雨点渐渐变重,利落地打在脸上。她也加快速度,弓着背。车流加快,人们希望在大雨降落前赶到某个地方。她看着前方的建筑物,计算自己剩余的路程。

这条路她很熟悉,从刚参加工作,到现在,二十多年了吧,数不清走过多少次。路被拓宽再拓宽,宽得看不清马路对面的人。她想,其实,每个人需要的路面仅那么一点点。

　　大雨倾盆时，她才走了一小半路程，雨点砸下来，重重地落在头上、手背上。这不像初冬的雨，倒像是被夏天遗忘的雨水，这时候赶上来了。路上的人顿时少了，只有车灯慌乱地一闪一闪。

　　她用力蹬脚踏板，纹丝不动。风和人较着劲，猝不及防地从脖颈蹿进去，再一寸寸往里钻。她感到风在身体里兜了一圈，又钻出来，撑在身体和衣服之间。

　　打出一串冷战后，她将车拐向一个避雨处。

　　这是一片屋檐，雨十分密集地交织着，在她四周形成一道帘幕。远处的嘈杂与喧嚣声被隔绝了，只听见雨脚在地面奔跑的声音。

　　她有点冷，不断有水珠落在脸上。抬起头，这才发现自己是在游乐场躲雨，因为，她一眼就看见雨帘后面的摩天轮。

　　摩天轮是这座城市的标志性景观，生活在这里的人描述地理位置时习惯说在摩天轮的东边，或者，沿着摩天轮向东走；朋友之间相约，喜欢将集合地点定在摩天轮下；即便是第一次来这座城市的人，也能从棱角分明的天空中一眼捕捉到它。

　　透过她厨房的窗户，也可以看见摩天轮。她做饭时，总忍不住一阵傻看，锅里都煳了，才手忙脚乱起来。从厨房窗户看摩天轮，角度的缘故，摩天轮呈椭圆形，像一个巨大的车轮，正要赶赴远方。

　　现在，她在雨帘里看摩天轮却是另一番模样，仿佛它刚经历一路风雨，特意赶来，要将她捎上。

　　她还没有坐过摩天轮，真的。想到这个时，心里竟感到湿漉漉的，于是又努力搜寻记忆，生怕有过一次被自己遗漏了。是的，没有，一次都没有。

　　但是，曾经有过两次，她和摩天轮那么接近。一次是在二十多年前，她还是个腼腆的少女。当然，二十多年后，腼腆这个词仍没有离她而去。

　　那时她刚参加工作，在这个城市里几乎没有朋友。每天从摩天轮下经过，都会仰头看一看，仿佛自己的车轮骑到了天上。在一个盛夏的午后，她一个人去了，游乐场里除了一家三口便是情侣，她为自己的形单影只感到羞涩。

在售票口排队，轮到她了。钱还没递进去，里面的声音已传出来了，几张？

她一愣，手下意识地缩回。

快点，后面的人还要买票呢。里面的人和后面的人都不耐烦了。

她支支吾吾，声音很细。一张，她说。

几张？两张？里面的人没听清。

她没有更正，含含糊糊地应着。

后来她在游乐场走着，目光打量每一个人。午后的阳光很烈，脸和后背都渗出了汗。她多么希望遇见一个和自己同样孤单的人。可是，没有，仿佛所有人都不再孤单，直到她看见那个小男孩。一刹那间，她仿佛看到小时候的自己。

男孩五六岁，正一个人坐在水泥地上玩弹子球。

你想坐摩天轮吗？她开门见山地问。她不擅长与人搭讪，包括孩子。

想，男孩说。

我带你去坐摩天轮吧。

男孩狐疑地看着她，稚嫩小脸上竟有几道抬头纹。我没钱，男孩皱着眉说。

我有，她将两张票展开，晃了晃。

男孩跳起来，不假思索跟在她身后。

你喜欢摩天轮吗？这回是男孩主动和她说话。

喜欢，你呢？

我也喜欢，男孩说，停了会儿又补充道，我经常坐。

哦，她很羡慕他，说，我第一次坐。

可好玩了，摩天轮转得好快，我会头晕的，头晕我也不怕。男孩说完又歪着脑袋问她，你会不会头晕？

她愣了一下，不知道怎么回答。可能会吧，她说。

她发现男孩的手已经攥在她手里了。

她给他买了雪糕，攥着的手便有些黏黏的了。他们排队，随着人流一点点向前移动。男孩不再说话了，认真地嘬着雪糕，时不时仰头看摩天轮。

检了票，从入口进去，十几级台阶，每上一级，心跳得更厉害。她没有仰头看，但知道自己正一点点接近摩天轮。

突然，身后有人喊叫，尖厉刺耳，一个女人的声音，然后是哭声。她还没扭头看清，就被一股力量拽了一下，又推了出去。她感到头晕，仿佛摩天轮已经转动起来，可她两脚分明还踩在台阶上。

等她站稳了，才发现男孩已被一个女人抱去了，是男孩的母亲。女人一边离开一边训斥。雪糕跌在地上，化作浓浓一摊。

她从入口处下来，手里拿着两张已经检过的票。很多年后她回忆起这一天，她站在摩天轮下天旋地转的感觉还在，仿佛自己真的坐过一样。

再后来，与摩天轮那么接近的一次，仍是和一个小孩，她自己的孩子，她的女儿。她似乎迫不及待地等待女儿出生，长大，大到可以坐摩天轮。

但女儿天性胆小，还没坐上去就一阵狂哭，她只好慌乱地抱她下来。女儿仍在哭，脸都紫了，不停抽搐。后来，才检查出她患有癫痫。

她又打了个寒战，雨已经停了，锁在密云中的天空低得接近头顶，似乎包藏了大量的雨水，沉沉欲坠。她全身都湿了，凉凉的，脚上的袜子耷拉着，像海草。

灯光也比先前亮了，树叶是亮的，草尖也是亮的。地上积了很多水，倒映出斑斓色彩。

她从脚边的一汪水里看见了摩天轮。这一次，她和摩天轮是多么近啊，她伸出手去，刚要触碰到它，汽车疾驰溅起的水将倒影虚化了。

她的手僵在半空。

游乐场里看不见游人，小火车、大摆锤、旋转木马等也都吃饱了水，动弹不了。

幸好售票处的灯亮着，微黄的光让人欣喜。她买了一张票。售票员没问买几张，大概要下班了，懒得再开口，急忙撕下一张递了出来。

她往巨轮走去，灯光在身后陆续熄灭，连广告上的霓虹灯也暗了一度。两脚像踩在虚空，越往前越黑。

从入口处上去，十几级台阶，然后右拐，她很讶异自己对这一切轻车熟路，仿佛二十多年的日子在身后重叠又重叠，只剩下那一天。

四周静悄悄，一切骤停了似的，她突然担心，工作人员会不会下班了呢？

正疑虑着，黑暗中有人问，要坐摩天轮吗？

她迟疑一下，对方又问，一个人坐吗？

她随即应了一声，环顾四周，担心这样的回答对方不满意——一个人？一个人怎么会开？摩天轮怎么会为一个人开？所以她急忙问道，一个人，一个人也会开吗？

开，一个人也开。这时她才发现和她说话的是个小老头，瘦瘦小小，语气很和蔼。

老头走出来，人比在黑暗中缩了一圈，检过票，又问了一句，这么晚了，怎么一个人坐摩天轮？

她嗯了一声，说是的。显然答非所问，可她不知道如何回答老头的问题。你喜欢坐摩天轮吗？她突然问他。

喜欢，老头不假思索回答。

我也喜欢，可我，第一次坐……

哦，第一次，老头重复一遍。

你经常坐吗？她忍不住问。

我——经常坐啰，天天坐啰，头都转晕了。老头忍不住一阵大笑，像在说一个好玩的笑话。

她发觉这样的对话多么熟悉，在哪儿听过似的，还没回忆出丝丝缕缕，一个方正的大黑影就向她移动过来了。

是载人的盒子。她深吸了口气，突然感到紧张。一个人也开吗？她忍不住又问，声音低低的。这一次，她十分渴望得到的回答是否定的，甚至认为一定是否定的。的确，她曾多次想象自己坐在摩天轮里，但从没想象过整个摩天轮里只有她一人。

就我一个人吗？她有点明知故问，黑漆漆的，要不……

还没说完，她的两腿已经跨进盒子里了，仿佛不是大脑支配双腿，而是腿支配着一切。

门关上了，咔嗒一声，切断了什么似的。

借着灯光扫了一眼，盒子不大，她坐在靠里的一侧，另一侧空着。她感到盒身轻轻晃了晃。

摩天轮缓缓移动了，上升了，慢得几乎难以察觉。这使她想起二十多年前的那个中午，一只黏糊糊的小手拽着她，小手的主人说他经常坐，摩天轮转得可快了，头都转晕了。

她忍不住笑了，因为那时她真的信了。突然，她十分想念那个下午，想念攥住她手的小男孩。她不由自主地将自己的两只手交叠在一起，仿佛小手长大了，正和她紧紧握着。可是，他在哪里呢，她一点也不知道。时光赶着人向前跑，她一生中最好的光阴悄然逝去。她想，他也到了她当年的年纪了吧……

摩天轮在缓缓上升，售票亭、广告牌、路灯都跑到了身下，跑进了树丛，只露出一小截儿。霓虹灯使得满眼都是绚丽色彩，红色，黄色，橙色……使人恍如置身于春天。

她知道这个城市和春天有着很大的联系，说不清自己究竟是喜欢春天才喜欢这座城市，还是因为城市才更加喜爱春天。她想到一生中很多美好的事情都发生在这个季节里，仿佛带着槐花、桃花、梨花、杨花、蔷薇花的气息，香甜而美好。但，这些气息早已停留在远处。

又上升了，马路在身下蜿蜒游动，一盏盏路灯串成钻石项链。她努力叫出每一串项链的名字——淮海路、汶河路、文昌路……

她看见那座最高的楼了，她曾在那儿工作过，每天要乘坐一个多钟头公交车，头都坐晕了。她的口袋里总是有很多纸巾，用于突如其来的流鼻血。她不知道流鼻血和晕车是否有直接关系。

目光随着"项链"继续向前，再向前，绕过明月湖，一直到达最明亮处。她知道那儿有一家购物商场，商场门口会停上一溜出租车，她总能从长得一模一样的车里准确无误地找出那一辆。

又慢慢爬升，绿色愈发浓郁，树叶被雨水洗得发亮，一大团一大团的深绿。这是盛夏专有的颜色，恣意而蓬勃。随着摩天轮转动，仿佛季节也在更替。

她很少坐那辆车，为数不多的几次里，听他讲述一天中令人兴奋的事情——载了一个远途的……到地儿了，刚下车……一刻都没耽搁，又上来一个……价都没还……

她常常走神了，或者困了，什么也没听进去。她的目光粘在他的白色手套上。有一次，手套落在家里了，她打扫卫生，看见了。手套是纱线的，有些发黄，接缝处已掉了线头。由于长期握方向盘的缘故，手指部分微微弯曲，像握着的空拳。她迅速把手套捡起来，放到柜子上，但空拳还在，朝着她的心脏突然地一击。

她在黑暗中吐了口气，感到身子晃了一下。四周十分安静，所有的声音都无法抵达耳边。很快，绿色一团团远了，团团绿色之间有三三两两的黑点——是人，小得像秋天的大雁。"大雁"和树叶一同飞扬，一会儿呈一字形，一会儿呈人字形。

摩天轮已到达群楼之上，四方的高楼像一个个魔方，变换着形状。城市夜晚的五彩斑斓变成单一的白色，像冬夜的星空。

她是在冬天发现他的眉毛白了的，起初以为是雾气或者霜，白色如颗粒凝结在眉头。她想到卫生间与厨房的墙角线上因为长期漏水而泛起的层层白霜，她清扫过很多遍，但过不了多久，白霜又吐出来了。她抬起手在他的眉毛上用力擦着，这才发现是眉毛白了。

她与地面隔着巨大的黑暗，整个城市正逐渐与黑夜融为一体。黑色广袤无边，城市广袤无边。

一切仿佛都暂停了，像是为到达最高处而蓄积力量。她长长吐了口气，有些百感交集。她想到那些重重叠叠的高楼后面，有一扇窗户是属于自己的。

她第一次以这样的视角遥望自己的家，遥望那扇窗户。她仿佛看见一个中年女人正从窗口探出身子，努力地看向摩天轮的方向。她推开窗户的姿势那么真诚，看上去像是要拥抱什么。她的头发被风吹起，或者湿漉漉的，水珠正缓慢下滴。她的皮肤渗满了水，额上的皱纹正如水波汇聚。

她喜欢厨房那扇唯一的能看见摩天轮的窗口。起初，她能看见整个摩天轮，再后来被高楼遮挡，需要垫上一只纸箱子，站在上面，将身子探出去，才能看见。

再后来，更多的高楼破土而出，摩天轮被挡住了大半，只剩下短短的一截，如弓弦。她仍会打开窗户，凝视很久。她不是个守旧的人，却害怕日新月异，太快，太没准备。她推开窗户，目光跃过摩天轮，投向更远处。远处，城市正像蓬勃的藤蔓向四处延伸。她看见了崭新的楼群，看见了更多的柏油马路。她不知道那些柏油马路什么时候多如蛛网的，那些高楼又是在哪一天突然就拔地而起了。她像第一次看见这座城市似的，感到惊异和陌生。

她从没有站在如此高的地方，俯视着一切。巨大的轮子载着她在城市上空缓缓而行，整个城市都在她的身下。她看见了熟悉的人、熟悉的路，以及那些早已擦肩而过的熟悉的日子，都在身下奔流不息。

慢慢地，摩天轮停止了，悬浮于夜空。她感到时间的短暂凝固，并屏住呼吸，生怕细微的动作打破了这一切。

耳边一阵阒静，静得可怕。倏尔，又像闸门打开，声音蜂拥而至……很多熟悉的声音都汇聚在四周，嘈杂而拥挤。当她竖起耳朵，努力分辨时，又安静下来了。

只有卫生间水龙头的滴水声还在耳边响着，水滴从高处跌进塑料桶，吧嗒一声，粉身碎骨。她常常在半夜时被这个声音惊醒，再也睡不着了。

又是吧嗒一声，一个黑影撞击了玻璃，是一只鸟，或许不是。盒子又轻轻摇晃起来，时间被激活了。她贴近玻璃，额头、鼻子、嘴唇紧紧地贴在玻璃上。她多么希望黑影再出现一次。

越过顶峰，摩天轮下降了，原本里侧的座位变成了外侧。她已不再害怕，随遇而安了。

她总喜欢站在厨房的窗口看摩天轮，那一小段的弧形又缩短了。她从纸箱上下来，把什么碰掉了，叮当一声，是不锈钢汤匙，女儿发病时要立即塞进口腔用的。由于使用频繁，汤匙已变了形。

女儿倒成了他的常客——他送她去学校，或者将她从医院接回来。她的病情几乎没有好转，药物换了一种又一种。她居然把这些拗口的药名记得滚瓜烂熟……

女儿习惯坐在车后座上，一上车便将身子纸片似的紧贴门壁，半个脸从窗口露出来。从玻璃窗外看她，一只细细的手撑着下颌，那双遗传了她的大眼睛看向虚无。

摩天轮继续降落，四周的黑暗层层叠叠。

她总感到屋里黑暗。厨房，卫生间，客厅，所有的灯泡都被换成瓦数小的。灯光是微黄的，照在身上，每一块皮肤仿佛都毫无生机。她将眼皮皱起来，只有这样才能看清什么似的。

她习惯性地皱起眼睛，发现周遭的黑色不那么浓烈了，像在墨色里掺进钛白，有了朦胧的意思，如同白雾一样，在四周逐渐弥散。

一侧的盒子缓缓降落，另一侧的盒子又缓缓升起，从她的角度看过去，像是雾气被一勺一勺地舀起了。

是的，那一年整个冬天似乎都被白雾笼罩，只有正午那一会儿，城市才袒露真相。她每天早晨送他们出门，看着绿色出租车慢慢被雾气吞去，最后像涂上了消除笔，不见了。浓雾使世界失去秩序，变得混沌不堪。人们还不习惯在雾里生活。

那天的雾和眼前的雾一样黑暗，深不见底，她跟在车后送了很远。可是，他们再没回来，好像从雾里消失了……

她第一次认真地回忆起那个早晨，她穿过层层叠叠的浓雾，路没有尽头，浓雾没有尽头，那是她一生中走过最漫长的路了。

她凝视着黑夜，黑洞一样的眼睛慢慢涌出泪来。她没有发出抽泣的声音，只是用非常大的水压，使泪水喷泻而出，也没有用袖子或手帕揩拭一下，而是任由眼泪流淌。她很久没有这样放肆地流泪了，仿佛刚刚淋的雨渗进了体内，此刻正从眼里溢出，不断地汹涌而出。她紧咬着嘴唇——久不涂抹口红的倔强的双唇颤动不已。

就这样，她在黑暗中石碑一样地立着，往事如潮水涌上来，再退下去。她感到身子越来越轻，随潮水轻漾。摩天轮如同巨大的时钟，不知道是什么操控着这巨大轮子，她正是针尖上那个小小的点，一刻不停地向前奔走。只是，这个时钟刻度上并不是时分秒，而是春夏秋冬。

窗外有光照进来，快接近地面了吧。她能看清这四方空间了，能看清内壁，看清地面。她蹲下来，感到一阵眩晕，发现光影在地上慢慢爬动，灰色的影子像蚯蚓一样。她用手指轻轻碰了碰——是软的，那是蒲草，是傍晚粘在鞋底上的柔软蒲草。

眼前突然明亮起来，远处有灯光，耳边出现嘈杂声。像启动了开关，一切都升腾而起，声音、光亮在这嘈杂的世界又找到原初的位置。

摩天轮转动了一周，又回到原点，多像人漫长又短暂的一生啊。

突然,她看见与她相邻的小盒子里,有一个黑瘦的身影。

小老头正站在另一个盒子里向她挥手,他的嘴唇在动,好像在对她说话——一点都不用害怕的,你看,我又转了一圈哦,头都转晕了哦——她听得不太清,但能看见他那黢黑的脸,在五彩斑斓的灯光下显得格外明亮。

从摩天轮下来,已经下雪了。摩天轮继续匀速缓慢地转动,像童话世界里的风车。一片雪花旋出另一片雪花,天地之间被白色填得满满的。雪不像是从天上飘落下来,而像是从地上腾空而起。

眼前逐渐明亮了,黑暗慢慢地被银白替代。

原载《人民文学》2020年第3期

宥真

第三天,我们才第一次说话。

第二天,主办方为作家们举行了欢迎宴会,地点是大学校园。草坪上面支了八九个白色伞形帐篷,围成一个很大的圆圈。离远了看,草坪好像绿色的水,帐篷好像白莲花。帐篷下面的塑料桌子铺上了桌布,用一次性餐具取了饮料和食物的人,随意选择位置坐下。

宴会从下午4点钟开始,到傍晚时分,阳光仍然灿烂,同样灿烂的是人们的笑容,到处都是咧开的嘴巴和整齐的白牙。草坪中心突然传来调试麦克风的声音。

大家都朝发出声音的地方看。特蕾莎是国际写作计划中心的负责人之一,她拿着麦克风在嘴边吹了吹,确认没有问题后插回插座。她张开手臂,在空气中划了几个圈儿,脸上绽放出笑容,给大家介绍这个写作项目:几十年的历史,参加的作家超过千人,其中一些作家获得了世界级的文学奖项,取得了巨大的成就,也提升了这个项目的规格,为它带来国际性声誉。她很高兴今年的写作项目迎来了新的作家朋友们。她对作家们的到来表示热烈的欢迎。他们机构搞笔会已经持续了几十年,每一次都有惊喜,相信这次也不会例外。特蕾莎说完,作家们要依次走到草坪中央,对着麦克风进行自我介绍。

我对宥真毫无印象。实际上，那天给我留下印象的作家没有几个。宴会场地宽阔，时间漫长，夕阳正在西下，很多人漂洋过海地来到这里，时差都没倒过来，吃吃喝喝之后，精神更加倦怠。新西兰的女诗人显然意识到了这一点，她走到麦克风前面，没有讲惯常的我是谁、我从哪里来、我是诗人或者作家，开口就飙高音，两句抒情的咏唱直上云霄。帐篷下面响起一片"哇哦"的感叹和低低的笑声。我们桌边一个人正昏昏欲睡，受了惊吓似的坐起来，睁大了眼睛，想知道自己错过了什么。新西兰女作家之后，是来自丹麦的儿童文学作家。他头发胡子都白了，脸蛋却是婴儿般的粉红色，如果现在是冬天，我们还以为是圣诞老人本尊下凡了呢。印度男作家穿着翠绿色的裤子，讲话时夹杂着很多手势，仿佛随时都要起舞。来自德国的年轻女作家身高接近一米八，白色超短裙加上高跟鞋，像一只白鹭飘飞到草坪中央，她说话的声音像个小女孩儿。

第一天（加上时差的话其实是两天），我倒了三次飞机。第一次转机是在首尔。我在免税店里买了点儿东西，找到一家冷面店吃了碗冷面，还在一个咖啡馆里坐了半天，红薯味儿的摩卡咖啡甜得发腻。在同一个机场，同一段时间，宥真也吃了快餐，喝了咖啡。我们登上了同一架飞机，在超过14个小时的飞行中，每隔四个半小时，机组会有一次送餐服务。这些餐食让原本已经污浊不堪的空气，变得更加暧昧黏腻。有些人拒绝餐食，蒙着头或者戴着眼罩睡觉，发出吐泡泡般的呼噜声，间或还哽咽似的突然停止，噎住了似的。睡不着的旅客们为了缓解头痛、憋闷、腿部肿胀、腰背酸痛，时不时地从座位上起身，走到饮料区：有人边打呵欠边泡茶，有人端着咖啡在有限的空间里徘徊，有人对着机舱外的黑暗发呆，有人往杯子里倒大量的冰块，可乐瓶被拧开时发出嗞的一声……

也许宥真当时也在。也许我们遇见过，但灯光昏暗，谁都懒得打量谁。

我们在芝加哥机场下飞机，换乘飞往大学城的小飞机。中间我找了一个黑人地勤问路，我说不好意思，我英语讲得不好，我想知道怎么找到换乘航站楼的小火车？他举起手制止我，他的手心黑色套着粉色，粉色中间是一小块白色："你的英语很好，你看看，你都能跟我问路。你不要再说你的英语不好，你很棒！"说完了他往不远处一指："瞧，那儿就是你要找的地方。"

在大学城下了飞机,我找到举牌接我的司机。他说还要等一个人。我们等了20分钟,同机的旅客们陆续走掉,大厅变得空荡荡的。司机跑去打听情况,回来跟我说,我们先走吧,另外一个作家出了点儿状况。我不知道另外一位作家是谁,出了什么状况,我甚至不确定自己是不是听懂了司机的话。我晕乎乎的,一上车就睡着了。后来才听说宥真的箱子在转机过程中被弄错了,她那天在机场滞留了两个小时,跟机场工作人员解释了好几次情况。第二天,她又跑了一次机场,才把行李箱取回来。

吃早餐时,她过来跟我打招呼,说她是从韩国来的。我跟她说我英语不好,但我可以听懂一点儿韩语。

她说她去过中国,边说边从手机里面调出张照片给我看。照片里面正下着雨,湖边有一张长椅,有着雕花的铁艺扶手和靠背,弧度如花蔓。雨滴像水晶珠子,溅落在长椅灰色的木板条上,还在地面上溅起水花。

"杭州西湖?"我随口问。

"你认出来了?!"她笑了,翻到下一张照片。

这张更容易辨认,是雨中的断桥。

"白娘子和许仙就是在这里一见钟情的。"我随口开了句玩笑。

她没明白。

我只好进一步解释。很久很久以前,在中国,有条蛇修炼多年变成了女人,而且很美。她在西湖玩儿的时候,见到了一个男人,很喜欢,为了搭讪,她挥手变来了一场雨。男人出于绅士风度,把自己的雨伞借给她,他们就这么认识了。

她说她听导游讲过这个故事:"蛇变成美人,跟人类相爱,生了孩子,后来被压在塔下。很神奇。"

我给她讲了另外一件事情。去年冬天,我去杭州。那天下大雪。如果不是亲身经历,我无论如何不会相信江南还会有那么大的雪。雪下了一天一夜,积雪像厚厚的奶油和糖霜,覆盖了整个城市。树枝被积雪压得垂下了枝条,西湖变成了黑褐色,像一大块巨大的巧克力。

那天晚饭后,我们去西湖边的一家茶楼喝茶,从茶楼的窗户,远远能看到断桥残雪。这样的雪夜,楼上除了我们几个,没有别的客人。我们挑了个靠窗的位置,喝着热茶,聊着天,偶尔举起手机对着窗外拍照:路灯的光形成一团又一团淡黄色的光晕，雪花在光晕里落下时，仿佛夏天的小昆虫在飞。一个女朋友下楼去洗手间，回来的时候问我们："看到狐狸了没有？"

我们惊呆了。看到狐狸了没有？！而且她问话的语气，就好像狐狸是我们的朋友。

她说，刚刚下楼梯时，一只狐狸跟她擦肩而过，走了上来。

"你们居然没注意？！"

我们四下打量，如果在哪个空桌边，一只狐狸在椅子上或蹲或坐，等着服务员送来茶叶茶具和刚刚烧开的水，我们是不会惊奇的。

"真是太有意思了！"宥真把杭州的照片又拿出来看了一下。我也探头又看了一下，仿佛那张空椅子上面现在多出了些什么。

宥真的手指在手机屏幕上滑动，给我看其他的照片：白色细长的灯笼、各种各样的扇子、刺绣作品、整匹晾晒的蓝花布，还有蔓延无边的油菜花田，灿黄色简直要从手机里溢出来；粉墙黛瓦的建筑，白墙被雨水挂上了些斑驳的印迹，形成了天然的水墨画；竹林掩映下的茶馆，石子铺成的小路隐没在竹林深处……

当我们更熟悉以后，我才知道她有多爱旅行。为了攒下旅费，她不买衣服鞋子包包，甚至不介意一日两餐或者一餐。

她去了很多地方。理由各不相同，比如因为喜欢电影《花样年华》，她跑去了柬埔寨吴哥窟，像电影里的周慕云，对着石洞长出来的杂草，说出自己的秘密。

"你的心眼儿就那么小，连秘密都藏不住？"

宥真眨眨眼睛，笑了："你是个坏人。"

非洲男作家过生日。我从来没有搞清楚他是哪个国家的，也不知道他是不是真的是作家，他看起来更像个运动员。大家搞了个生日派对。实际上没有人过生日，大家也经常找个名目举办派对。挑选礼物太麻烦，将近一半的人带了酒过去。房间很大，几张桌子拼在一起罩上了桌布，上面摆放着水果沙拉、几种点心、摞得老高的装薄皮比萨的盒子，和一堆打开的酒，威士忌、红葡萄酒、白葡萄酒、啤酒。每个人手里都拿着装了酒的纸杯。

我们坐的位置非常好，靠着窗边，闹中取静。窗外，一棵树挂满了银色的珠串，随着夜色转浓，这棵树变得熠熠生辉。

印度男作家郁闷无比。下午他和埃及女作家联合举办了作品推介会，介绍他们的长篇小说。埃及女作家走的是简·奥斯汀的小说路线，写爱情婚姻、世俗人情，以喜剧方式强调女性的卑微地位；印度男作家则讲了某个印度男人的情感生活，这个男人同时跟五个女人交往，引发了一系列的故事。这两位作家的搭配产生了奇妙而有趣的效果，笑点不断。活动进行到一半时，一个黑人女保洁员把工具放到角落里，拉开我们身边的椅子坐下，抱着膀子听两位作家互相调侃。到了现场观众提问环节，我和宥真正准备溜走，黑人女保洁员起身，举手要来了麦克风。她像说唱歌手似的开了腔，语速极快，滔滔不绝，带着强烈的节奏感。我根本听不懂她在讲什么，印度男作家被她骂得脸色灰败，中间好几次试图解释，但她根本不容他插话。周围观众们刚刚还被男作家的域外幽默逗得哈哈大笑，转眼又被黑人女保洁员圈了粉，好像她是个天王巨星，或者民运领袖。大家几乎要随着她讲话的节奏拍起巴掌跳起舞来了。

"我们家里的仆人有几十个，"印度作家说，"从来没有哪个人敢这么跟我说话。"

"她不是你们家的仆人。"有人提醒他，"这是在美国。"

宥真去餐台拿比萨，来自白俄罗斯的中年男作家又添了酒，凑到她耳边说了句话。宥真瞬间呆住，整个人都僵硬了。

回来的时候，她带着一股怒气，在我耳边低声说："他说我像日本艺妓。"

我想笑，但忍住了。我明白他为什么这么说，宥真的粉底打得既厚又白，画过的眼线和眉毛漆黑、纤细，嘴唇又小又薄，涂了鲜艳的口红。

"他没有什么恶意……"

音乐声比刚才大了一倍，一些人开始跳舞。来自中东的女作家头发甩得像风中的旗帜。跳了一会儿，她把外衣脱掉扔到椅子上，身上的亮片吊带衫随着她的动作像水波荡来荡去。她的腰在水波之下，一会儿露出来，一会儿隐进去。几个男作家围着她跳舞，扭腰摆臀，包括那个白俄罗斯男作家。

"他们国家的食物里面有很多香料，那些香料——"有个男作家用下巴朝中东女作家点了点，对另外几位男作家挤了下眼睛，"你们明白的。"

他们笑了起来。

宥真跟我说头疼，想回去。我说我陪你一起吧。

"那个白俄罗斯作家，"宥真说，"有天晚上带了妓女回房间。那个女的穿着长靴，戴了假发，嚼着口香糖。他们搂抱着，说话和笑都很大声，不知羞耻。"

前几天我们去一个相邻的小镇看画展，在车上我坐在白俄罗斯作家的身边。他给我看他妻子和女儿的照片。妻子胖胖的，在阳光下面大笑。女儿一头金发，抱着一只猫。她和猫都是褐色眼珠，都眯着眼睛看镜头。

"好像，他的小说写得还蛮好的。"

"写得好就有特权吗？"宥真说起韩国一个著名作家，每次吃饭或者聚会，都要安排两个漂亮的女作家坐在他左右。随着聚会时间的延长，他的手落到身边女人的身上，从肩膀开始，沿着后背一路向下，轻拍，抚摸，到捏弄，有时借着酒醉，还把手探进女人衣服里面。

我很吃惊。两年前中韩作家举行过一次文学论坛。告别晚宴上，宥真说的作家作为特约嘉宾被请出来。席间他朗诵诗歌，举杯祝酒，激情洋溢。晚宴结束，从汉江上的轮船下来时，他拉着我的手走了一小段路。

"会不会是误会了？"

"发生在我自己身上，怎么可能误会？！"宥真停下脚步，语调上扬，"我还被他拉到车上……"

我看到有些话涌到了她的舌尖，漩涡似的打了个转，被她咽了回去。

"世界如此黑暗，阳光普照，伸手却不见五指。"宥真朝河流的方向看去。那条河白天像匹青色长练，环绕着作家村；夜深时，河流却仿佛是大地的伤口，血流汩汩。

"好好睡一觉，"回到作家村，我不知道怎么安慰她，说了一句傻话，"天一亮，心情也跟着亮了。"

宥真苦笑了一下。

我们互道晚安，各回各的房间。

我洗了澡，边敷面膜边在网上跟朋友聊了会儿天。午夜时分，在派对上尽兴后,作家们陆续回来,笑着闹着,互道晚安。

我坐起来,重新打开电脑。一封新邮件在邮箱里面,是宥真发来的:"以前的人,心里如果有什么秘密,会跑到山上,找一棵树,在树上挖一个洞,然后把秘密全说进去,再用泥巴把洞封上。那秘密就会永远留在那棵树里,没有人会知道。"

这段话似曾相识,我上网搜了一下,发现来自电影《花样年华》。

我哑然失笑,这封邮件是个口罩。

喧响像河流被搅扰而浮动起来的波浪。走廊上重又变得安静,夜色幽蓝,把作家村变成湖水里面的盒子。

中期旅行的时候,宥真和我都选了断臂山—黄石公园这条线。

"这段时间都没见到你,"她问我,"你在忙什么?"

我说我在写一个短篇小说,快写完了。

我避开了以前常去的牛肉面店、寿司店还有拌饭馆,寻找新店。"莉莉"西餐店的煎三文鱼不错,配菜是几种豆子做成的豆泥;一家叫"蓝鸟"的小馆,意面很棒。我参加了两次宥真不在的聚会,一个法国舞蹈家希望我们能提供某些意象,由他的舞蹈团队来转化成舞蹈作品。他说话的时候,手臂像水草那样舞动。

"你呢?这段时间在写诗?"

宥真苦笑了一下:"心情很坏。"

我犹豫了一下:"这段时间天气确实不太好。"

"不是天气。昨天我等到半夜,等国内的一个诗歌奖评奖结果。"宥真说,"我落选了,没有评委肯为我力争。"

她脸色发青,眼袋肿胀,眼睛里面还有血丝。

"'生活在别处',"宥真生气的时候,嘴唇显得更薄了,"还有谁比我更适合这个主题?"

"来这儿之前,我申请在一家大学当文学讲师,我的推荐人是个很好的诗人,但我还是被拒绝了。他们聘了一个年轻漂亮的女作家,她才发表了一篇小说就得了奖。"宥真扭头看着我,"你猜猜谁是评委会主席?"

我看着她的眼睛,她的眼睛里面有忧伤和愤怒,也有机舱外面蓝水晶似的天空和棉朵般的白云。

飞机降落在一个小机场。旅客和工作人员稀稀落落的。我第一次在现实生活中见到了牛仔，他们肤色发红，格子衬衫配牛仔裤，脚上蹬着长靴，头上戴着帽子，跟飞机上下来的朋友大力拥抱，撞撞肩膀，拍拍后背，边说话边走了出去。机场大厅挂着幅很大的画，是由各种不同花色的面料拼接起来的。大部分时候，这些面料被做成被罩，铺在床上。它们被裱在一个大画框里面，变成了艺术品，倒也别具风味。

旅馆派了一辆中巴车来接我们。两个多小时的车程，我们到达山上的旅馆时，天快黑了。旅馆由十几个分散的房子组成，每位作家一栋，房子与房子之间，隔着几十米的距离。回房间安置行李，简单洗漱后，我们去饭店大堂集合。那套房子有其他房子的三四个大，像一个项链的吊坠，木石结构，举架很高，炉火在壁炉里面闪着蓝黄色的火苗，燃烧的木柴不时发出"噼噼啪啪"的响声。壁炉台上面摆放着一个牛头骨，牛角打着卷。

老板在调餐前酒，吧台上面摆了几种下酒小食，早到的人已经聚拢在吧台边儿上喝起来了。

我和宥真前后脚到达，大家互相介绍了一下，老板给我们倒上酒。宥真突然尖叫了一声，刚端起来的酒杯掉到了地板上，滚了几下，居然没碎。我被她扯了一下，差点儿从高脚凳上栽下来。

"蛇。"宥真指了下老板，逃到壁炉前面的沙发上坐下。

老板的手指在颈项间抚弄了一下。我这才注意到，一条小黄蛇缠在他脖子上，像个项圈或者丝巾。衬衫有领子，遮挡住了蛇的一部分。

"一个小朋友。"老板把小蛇抓下来，在手指间盘玩，"它漂亮死了，对不对？"

我也逃到了宥真的身边。

吃饭的时候，宥真惊魂未定，用叉子在青菜沙拉的盘子里翻来翻去，好像青菜下面藏着什么似的。老板娘端上桌来的牛排有平时的三份儿大，好像就烤了一成熟，血水流进了盘子里，还滴滴答答地滴到了桌子上。点了牛排的人接过盘子时一片惊呼，连声问身边的人："要不要来一点儿？"

吃完饭大家各自回房间休息，宥真拉住了我："我们一起住，行吗？"

我们在同一所房子里住了七天。白天安排了很多活动，最有挑战性的是骑马上山，好几个牛仔陪着我们。有时候他们用鞭子轻轻抽马，让它们快走；有时候他们又拿出零食喂马，拍拍马头。我骑的是匹母马，名叫琳达，正怀着孕。我非常紧张，唯恐自己一不小心伤了它们娘俩儿。宥真在我身后，我回头看她时，她举起手机给我拍了几张照片。我们还去河边野餐了一次，吃的无非三明治、水果沙拉之类。好在风景不错，河水清冽寒冷，光脚探进去的一瞬间，脚底板儿火辣辣的，然后才觉出刺骨的凉。树上好多鸟，后来还飞来了更多，这是固定的野餐点儿，它们知道人们离去时，会给它们留下盛宴。我们还去了一个印第安文化博物馆，我买了条丝巾留作纪念。

夜里我和宥真在房间里共用一张大床。虽然我们把几个垫子隔在中间，但仍然呼吸之声相闻，牵一发动全身。第一夜最别扭，我想我肯定会整夜失眠，第二天熊猫眼加上眼袋，为了消肿不得不喝双份咖啡。我为什么不能拒绝宥真呢？她担心老板看管不好自己的宠物，让那条小黄蛇四处乱窜；还有山里的蛇，谁知道它们什么时候会钻进房间，像捆绳子那样把她捆住，然后在她的动脉处咬上一口——不只是蛇，旅馆周围树林密布，蹿出个什么动物来都不奇怪。

既然这样，当初为什么不选择去洛杉矶或者拉斯维加斯呢？

"我喜欢李安的电影，《断背山》拍得太好了。"宥真说，"那两个男人的爱情荡气回肠，比任何男女之爱更让人感动。"

呃，好吧。

"我可笑吧？没有工作，没有房子，没有丈夫，没有孩子，没有钱，没有青春……"她举起手，手指头一个个地弯下去，变成了拳头，好像是在宣誓，"我前夫说我是个疯子。"

"有梦想总是好的。"

"我前夫也这么说，他说我白天晚上都在做梦，梦游，早晚死在梦里。"

"我说的不是这个意思。"

"我知道。"宥真笑了，偏转头看看我。一个小时前她素颜、裹着浴巾从浴室里出来，把我吓了一跳。失去了高跟鞋、裙子、化妆品后，宥真变成了陌生人，身材枯瘦，脸色蜡黄，皮肤过敏似的，上面有红色斑块儿，眼睛四周皱纹密布；没有了眼线，她的目光变得涣散、绵软了。"但他是这个意思，他没有什么恶意，只是实话实说。

"我和我前夫是相亲认识的，他比我大8岁，公务员，哪方面都说不上好也说不上坏。介绍人把他夸上了天，好像他是什么明星闪闪发亮，好像我找到他是捡了天大的便宜。那时候我已经30多岁了，没什么固定工作。我会写诗，但谁在乎这个？我们交往了一段时间，外出的时候，他的目光会随着那些身材性感、说话嗲声嗲气的女人转。好几次我想说我们分手吧，没有爱情的交往实在太没劲了。但我不能。我需要个住的地方，有人能养活我更好，我就可以安心写诗了。我们相处了半年，有一天我们吃拉面，他吃光了他那一碗，抹抹嘴，问我，要不，我们结婚吧？他说这话的三天前，我装作无意之中随口提了一句那个月我没来月经，然后就换衣服去了，我从镜子里面看见他发了好一会儿呆。他求婚后，我对他说，我来月经了，这个月推后了几天，如果你是为了担心我怀孕而求婚，那没这个必要；如果你是因为爱我而求婚，那真是太好了。他不想结婚，但不好意思收回自己的话。我们就这么结婚了。结婚唯一让我高兴的是我们去英国度蜜月了。事实上，无论哪个男人，只要他请我去英国转一圈儿，我都愿意嫁。"

结婚以后宥真心思都在写作上，逛书店的次数远远超过逛市场和超市。经常是丈夫下班了，她还没想起来做饭。夜里她读书读得入神，半夜才睡，第二天她丈夫只能用麦片和吐司当早餐。

她发表了很多诗歌，她把那些诗歌杂志拿给丈夫看。

"你能得诺奖吗？"他问她。

宥真说不能。

"那你能成为韩国最厉害的诗人吗？"

宥真说也不能。

"那你能给我做顿晚饭吗？"

宥真打量丈夫，等着笑声从他的嘴唇里面喷薄而出。这样她也可以跟着笑起来，顺势蜷进他的怀里，让那个夜晚变得温馨快乐。但她丈夫没笑，他拿起遥控器，把电视打开了。

宥真把杂志收起来，进了厨房。切菜的时候她把手指头割了，血流了很多。她举起手指，让血滴滴进正在炖的酱汤里。

再后来，丈夫不怎么回家吃饭了。他在外面跟同事喝酒，或者自己吃饭。空闲时间多了，宥真报了个英语班。初级、中级各花了一年时间，读高级班的时候，带班老师是个英国小伙子。

尼克喜欢东方文化，来韩国之前他去过中国、印度、泰国、日本。

宥真和他有很多可聊的话题，琴棋书画，衣食住行，他对什么都有兴趣，她讲什么他都听得津津有味。

"你怎么会知道那么多东西？"尼克很认真地对宥真说，"你很厉害，你知道吗？"

"哪有？"宥真被他夸得脸红了。

"她是韩国最好的女诗人。"他们有一次聊天时碰到尼克认识的人，他这么介绍宥真。

"不不不，"宥真连连摆手，"我不是。"

"你是！"尼克说，"在我看来你就是最好的！"

她看着他的眼睛。他有着灰蓝色的眼珠。小时候她在海边长大，夏天时一头扎进去的海水，颜色和他的眼珠一模一样。

他们的关系越来越亲密。她带他在首尔四处转，品尝美食，用烧酒和啤酒调制"炸弹酒"，看民俗村和各种各样的博物馆。有一次他们去了一家绣品馆，偏居陋巷，门票便宜。他们乘坐很小的电梯上了四楼，展厅也就二百多平方米，展品乏善可陈，看不出有什么艺术价值，除了他们没有别的观众。但既来之，则安之，她指着几件虽不够华丽但还颇有些古意的绣品做讲解，他紧跟着她。她偶然回头时，不小心撞进了他的怀里。他扶她站稳时，亲吻了她。他细高细高的，弯下来时像一只白鹭，他的吻仿佛在啄她。

他们约会都是她订酒店，每次见面前后，一起吃饭或者看戏也是她付账单。她想了很多理由：他是外国人；他比她小10岁；他收入不高；他周游亚洲，花钱的地方多；他误以为她很有钱……她的私房钱很快就花光了。她想尽办法节省家用，自己在家里时只吃泡菜拉面，有两次还趁丈夫酒醉时，从他钱包里面拿了钱。反正不久后她和丈夫摊牌离婚时，她会把一切都解释清楚的。她开始为将来做各种计划：她和尼克结婚以后，两个人一起周游世界还是在哪个地方定居？如果在韩国，她得找个什么样的工作？如果回英国，他的家人和亲戚朋友会接受她吗？

她患得患失，心情潮涨潮落。尼克开始失约，让她在酒店房间里枯等，每一分钟100元韩币。她数着时间，数着随着时间逝去流失掉的钱。她心疼，每一秒都更疼一点儿。但她没离开，她觉得下一秒钟门就会被敲响。

尼克离开的时候甚至没跟她告别。告诉她消息的同学意味深长地说："你居然不知道？我还以为你们是朋友呢。"

她回到家里。很久以来对她熟视无睹的丈夫盯着她，接连发问："怎么了？""出事儿了？""出了什么事？！"

她的脑子就像浇铸了水泥，板结硬化了。她看着丈夫，自己也不知道怎么会冒出那么一句话来："你做的那些事情，我都知道了！"

说完她哭了起来，放声大哭，死了人似的那样哭。

"你跟踪我？还是雇了私人侦探？"她丈夫问，"怪不得这段时间你神神秘秘的，还从我的钱包里偷钱。"

她抬头看着丈夫。

"反正我也要跟你摊牌的。"她丈夫说，"我们离婚吧，好聚好散。"

宥真一时间忘了哭泣，虽然眼泪仍然不断地从眼眶里面滚落下来。

"别装得好像你多在乎我似的。"丈夫说。

宥真笑了起来，边笑边哭，身体凉一阵热一阵。

丈夫给她留了一笔钱。她拿到钱的当天就订了一个旅行团。

东南亚的旅行团有一半是韩国大妈。她们穿着款式接近的旅行服和运动鞋，戴着遮阳帽，系着小丝巾，随身带着一次性杯子和袋装速溶咖啡，遇到有热水的地方就一窝蜂似的凑过去冲上一杯，把倒空的细长咖啡袋当成搅拌勺在咖啡里面搅一搅。她们有说不完的话，句句高八度也不会哑嗓子。在印度神庙里看到男女双修的雕像时，她们笑疯了，挤眉弄眼互相推搡，然后爆发出更大的笑声。宥真尽可能地远离她们，装作独自旅行的样子。同团里的男中学教师，也避大妈们唯恐不及。

"我们都落单，后来就变成了旅伴。他是历史老师，在一些看上去很没意思的地方，他能讲出非常动人的故事。"宥真说，"他的故事激发了我的灵感和热情，我写了很多诗。"

他们相处融洽，她喜欢他对名胜古迹如数家珍，博闻强记；他喜欢她的诗歌和浪漫："你是怎么想出来的？！你的脑袋里面装满了鸟语花香啊。"

临回国前的最后一个夜晚，在泰国。他和她的房间挨着，大妈们的房间都分到了电梯间的另外一侧。

他们拖着箱子往房间走时，大妈们边说笑边扭回头看他们："好好睡哦！"

宥真没搭理她们。

"你们也好好睡哦！"历史老师回了一句。他的话惹来了大妈们的哄笑，像一串鞭炮在另外一侧走廊炸响。

宥真回房间洗漱，整理旅行箱的时候，历史老师带着本书过来找她。

是泰姬陵的画册，印刷精美。

"留个纪念吧。"他把它送给了她，"这里记录着一个男人对女人的痴情。"

宥真道了谢，见他有聊天的意思，给他沏了杯立顿袋泡茶。

"这个团太可怕了，幸亏有你。"他说。

"我也是，"她说，"没有你，我不知道怎么熬过这十二天。"

他们四目相对，有一瞬间她以为他要过来拥抱她。他犹豫了一下，说："你怎么想起加入这个团的？"

"着急出门，一分钟也不想在家里多待了。你呢？"

"我是老师，暑假才有时间。"犹豫了一下，他说，"为什么你一分钟也不想在家里多待了？你要是不愿意说没关系的……"

她哽住了："我想喝点儿酒。"

她给酒店吧台打电话要了一瓶威士忌。

"点这么贵的酒！"他感慨了一下。

"你送我的书也很贵啊。"她倒了酒，两人举杯碰了一下。

"威士忌都喝了，"他说，"跟你说点儿实话吧。"

他在中学教世界历史，他的很多学生有出国旅行经验，而他从来没出来过，那些小崽子们的蔑视很伤自尊。他得出来转转，不能老是纸上谈兵。

她告诉他她离婚了，回国以后又得开始找工作了。她原本是因为总也找不到合适的工作才找了个丈夫的。

他是乡下人，家里没什么钱。家里最扬眉吐气的事情是他考上了名牌大学。靠着父母帮衬加上自己打工,他好不容易读完了硕士。找到工作后,他妈妈才告诉他,他爸爸得了肺癌,已经是晚期了,为了帮儿子完成学业他放弃了治疗。

她跟他讲了尼克。她不明白,为什么他的激情说没就没了,还不告而别!他太没礼貌了,他欠她一个解释。她也承认,这次旅行,每到一个地方,她都幻想过能和尼克不期而遇。

现在他跟他妈妈一起生活,家里的债还没还完。他不知道什么时候才能考虑结婚。

他们喝酒,眼看着窗外的夜色从墨黑变成炭黑,继而变灰、灰白、青白,直至天亮。

"就喝了一夜的酒?"我问,"没有火花?"

"我们喝多了。"宥真说,"整整一瓶,都被我们喝光了。我吐了,他上飞机的时候摇摇晃晃的。机场安检人员画了一条50米的线,警告他,如果能笔直地走过来,就让他过关,否则他得等酒醒后换航班回国。他点点头,笔直地一点儿也没摇晃地走过了那50米。我们那个团的大妈都给他鼓掌叫好,人家还以为他是什么韩流明星呢。"

"回国后没再联系?"

"我跟他要了电话,说会打给他。出了机场我就扔掉了。"宥真说,"说了那么多实话,没法做朋友了。他就像面镜子,能照见我自己。我们在一起,是双份的不幸。"

旅行结束后我们又回到作家村。笔会临近尾声,大家都在忙着整理行李。有些作家归心似箭,有些作家要利用签证多出来的两个月继续留在美国。临行前的最后一个派对,很多作家都喝多了。

"我从来没跟别人说过这么多话。"宥真对我说,"我在你面前,是个赤裸的人。"

"我会把你说的话放到树洞里。"我拍拍她,"放心吧!"

回国后我们通过几次邮件,每次她都在找工作,在努力攒钱。她总有很多想去的地方,钱总是不够花。

最近几年,我们只在新年前后发个问候和祝福。我参加过几次中韩文学交流活动,见过几十个韩国作家。

"有个女诗人叫宥真，"我曾跟韩国诗人们打听，"你们知道吗？"

有两个人说知道。一个说，十年前她还挺红的，经常参加文学活动，还得过诗歌大奖。

"她没得，"我说，"差一点儿得，但没得。"

另一个人说她现在跟谁都不怎么来往了，隐居了似的，作品也越来越少见了。"是不是得了抑郁症啊？离了婚又没孩子的女人，心灵很容易空虚的吧？"他说。

"Me too"运动来了，在韩国，不只娱乐圈地震，好几个中年演员出来谢罪道歉，文学界也引燃了导火索。春天的时候，我要去首尔参加一个笔会。我给宥真发了个邮件，把会议日程发给了她："如果你方便，可否找时间一见？"

几个小时后，宥真回了个邮件给我，约好了见面的时间地点。

她头发剪得像男孩子一样，脸上多了很多皱纹，仍旧画着浓妆，穿着牛仔裤，灰色T恤衫外面套着蓝灰色针织衫。我走进咖啡馆时，她起身迎过来，我们拥抱了一下。她比我想象的还要瘦，隔着衣服能摸到她的骨头。她像鸟儿一样脆弱。

"你好吗？"我们互相问。

我说我还好。她说她也不错。

宥真住在水原，有好几份工作。她一周三次给一个退休的大学教授当护工。他只能坐轮椅，挑吃挑喝，脾气暴躁，但他爱诗，尤其爱听宥真读诗，爱跟她讨论诗。"他还准备写诗呢！"宥真说。社区有个诗歌普及班，每个周六周日，宥真在那里上课。"一共四个学员，还经常有缺课的。"宥真还在一家烘焙咖啡店打零工："我迷恋煮咖啡和蛋糕出炉时的香气。"

我跟她提起"Me too"运动，说："还记得那个著名作家吗？他被好几个女作家实名举报，从神坛上跌落下来了。"

"我看新闻了。"宥真说，"他被记者们围堵在家门口，一堆话筒对着他，摄像机都快戳到他脸上了。他的头发白得像朵菊花，被风吹得要谢了似的。"

我们喝了口咖啡。

"碰到喜欢的人没有？"我问她，"有谈恋爱吗？"

"我老了。"宥真说，"我50多岁了。"

"谁说50岁就不能谈恋爱？"

宥真沉默了一会儿。

"很长时间没来首尔了。"宥真说，"今天过来见你，我在地铁站提前了两站下车，步行经过以前我学英语的那个培训学校。学校还是老样子，几棵柿子树上结着漂亮的柿子，橙色的小灯笼似的。学校的两边新开了几家店——我遇见了尼克。"

我放下了咖啡杯。

"我每年都去东南亚，越南、老挝、缅甸、泰国，一次又一次，从来没遇上过他。他居然就在这里！他从一家咖啡馆出来，胖了，结实了，以前他瘦得像根竹竿，有时候会硌疼我。

"我一眼就认出了他，但他没认出我，至少第一眼时没认出我。我站在原地盯着他，他走过去后又回头看了我一眼。这次他想起我是谁了，他犹豫了一下，冲我笑笑：'Have a nice day（祝你一天愉快）！'然后他就走了。"

"Have a nice day！Have a nice day！"宥真一字一顿地说，"我最近要出本诗集，是我这几年出国旅行时写的，修修改改，打磨了好几年，一直没想好诗集的名字。现在有了，Have a nice day！"

咖啡馆门口有棵枫树，树叶金红。

我们在树下告别。

天气已经很凉了，她穿得那么单薄。我把围巾拿下来给她戴上。

"我不冷。"

"是为了留个纪念。"我按住她的手，压住鼻腔里面的酸楚，"好好儿的。"

"放心吧，"她笑笑，眼里泪光闪动，"我有诗，我是个诗人，每天都 have a nice day！"

她的话引来一阵晚秋的风，我们头上的枫叶们哗哗哗，鼓起了掌。

原载《十月》2020年第2期

雾岚的声音

夏鲁平

一

"到了该解决的时候了,我们必须想点办法。"

妹妹打来电话,说明事情有多么严重。

父亲名下房产可能要流失,妹妹这样告诉我。我知道,父亲去世后,那房子一直由继母香兰居住,最近她的生活可能发生变化,房产归属问题我们必须有所警觉。

我给继母香兰打去电话,询问她身体、饮食状况。当我转过话题,将要问起房子时,"呃",继母香兰打了一个响嗝,停顿一下。我以为她那边没事了,准备重新张口,"呃",她又是一个响嗝。

她那时断时续不受控制而又令人难受的声响,最终让我放弃了问话。我只是轻描淡写地说:"这周六我回去看看。"

"呃",电话那头又来一个响嗝。继母香兰好像怕我放下电话,赶紧说:"你早该回来一趟,你爹走之前,让我把一样东西交给你。"

"什么东西?"

"野山参。"

继母香兰的话已偏离了轨道,也许这是她故意为之,也许不是。父亲热衷于上山挖参,我早有耳闻。父亲每年夏天一个人背着筐篓,奔赴山里,一走就是十天半个月。父亲是个不合群的人,他戴着一顶扣向半张脸的帽子,挥舞一米多长的梭罗棍,奔走在长白山深山老林的沟沟坎坎,对那些成帮结伙的采参人视而不见。据说,父亲古怪的行为在山林里制造出好多奇闻逸事。比方说,有一次不知犯了什么邪,一只山鹰跟踪了我父亲,在它俯冲的一刹那,我父亲徒手将其按在地上。还有一次,他在山林里迷路,睡在了黑熊藏匿的树洞里,惹怒了夜晚回巢的黑熊,我父亲与那只黑熊展开一场森林大战。这些故事听着有点玄,除了我父亲自己讲述,没人前来证实。我父亲一生积习难改,他在村里人的讥笑中一年又一年独自一人往山里跑,不断制造出各种奇闻逸事。

父亲的做法,我从未存留于心。他怎么折腾,不关我的事。我在城里娶妻生子,有了自己的家,乡村对我已经十分遥远。父亲无论做什么,对我构不成什么影响。继母香兰避重就轻提及那棵野山参,着实有些意味,她好像知道我正需要一棵野山参。前几天我老婆大学时的同学春生病入膏肓,有一个偏方能救他的命,但那偏方需要加一味野山参。春生算是我的情敌,在我与老婆确定关系后,他明确表示对我老婆放手。从这一点上,我觉得春生这个人很仗义。得知他生病后,我积极参与挽救他生命的过程中。与继母香兰通过电话后,我对我老婆说:"这周六我去一趟乡下,取回父亲留下的一棵野山参。"

我老婆跟我结婚生了孩子后,患有严重的抑郁症,与外界彻底切断了联系。那时电脑刚刚普及千家万户,为缓解她的病情,方便她与外界沟通,我特意为她购置了一台电脑。哪承想,我老婆一头扎进去,再也出不来。她在电脑里找到了无尽的乐趣,找到了从前那些找不到的人。之后,她又联系到了春生(那时我老婆只是把他当作一般同学看待)。再后来,他们举办了一场声势浩大的同学聚会。那次聚会,张罗最欢的春生满面春风,自命不凡。自从网聊后,春生每天二十四小时挂在电脑上,不间断推出七言或五言绝句,深受同学们的追捧。大家怎么也想不到,上学时不爱抛头露面、不爱吱声的春生,已变成了一个四处招摇的人。他虽然张扬,对同学还算彬彬有礼,也没对我老婆格外殷勤。他还是信守了诺言。

"春生是我同学中第一个病倒的人。"我老婆说。春生累倒在了电脑前。那一阵，我老婆已经从电脑中走出来，上网聊天已变成了有一搭没一搭的事情。她每次谈起春生，语调里都带着几分悲悯与无奈，眼里还闪出兔死狐悲的泪光，那副天生的菩萨心肠让她变得郁郁寡欢了。她说："不能说是电脑害了春生，至少网络让春生找到自信。"

野山参如果能救春生一命，胜造七级浮屠。

我老婆说："现在人人都在拼命刷微信，可春生没有一部智能手机，他现在还整天盯着电脑，等待那些粉丝的降临。如今那些粉丝早就用手机微信刷朋友圈了，没人注意春生，春生好像在我们生活中消失了。"

二

我不知有多少年没去过乡下，个中原因比较复杂，主要是我父亲去世了，我与乡下连接的那根线断了。除了继母香兰，我不愿意见任何人。为避免不必要的麻烦，我星期六去4S店检查了一下车子，下午开始不紧不慢地动身，按计划傍晚时分到达村头。我们那个村子以多雾著称，每到夏天，那浓厚的雾岚就会弥漫在山冈、村庄。如我所料，我开车到达村头时，大雾早已降临。雾气加速了天黑。我在雾气中分辨出近在眼前的山冈，和山冈裸露的岩石和一小撮松树林，心踏实下来。这山冈是村子通往外界最重要的标志，翻过去，我很快就会看到父亲原有的家了。

我不想开车翻越山冈，山冈有个胳膊肘似的弯道，在雾气里很难看清，我不想冒险。正在想着怎么走比较合适，路旁一家院落的两扇漆黑大铁门吱嘎嘎拉开。开门人是一个弯腰驼背的老汉，他用脚不灵便地拖住一块砖头，横在了铁门一角，手扶门框，招呼我进去。

"费用多少？"

"一分不收。"

我信任地将车徐徐开进了院子，停在一个鸡窝旁。

弯腰驼背老汉说："放心，我这里常年有人停车。"

我走出院落，走向山冈。没雾时，过了胳膊肘弯道，我可以看见村子里散落各处的房屋，包括我父亲那座房子。十多年前，父亲拆掉我出生时就存在的土坯屋，用我寄去的十万块钱，盖起了一座砖瓦房。那时我父亲身体硬朗，张罗事情风风火火。他带着足够的体面，完成了他一生可谓最为重要的事情。

父亲去世我没能赶回来，现在我听了妹妹的一句话，也为了一棵野山参，借着夜雾回到村子，着实有些不太磊落。置身雾岚之中，我好像忽然分不出方向，只能手扶着能够触摸到的陡峭石壁，慢慢挪动。成溜的雾水从掌心滑落，冰冰凉。雾气里，植物馨香缭绕而来，我有一种吞食这种味道的臆想。小时候，我常在这样的天气里，张大嘴巴，享受着清凉可口的味道。

十几年没踏过的山路，没什么改变，我迈着深浅不一的脚步，向前行进。

"是你吗？"前方出现了一个人，她手里手机屏幕的幽光摇摇晃晃，不规则地切割着夜幕。继母香兰迎接我来了。

我不知该怎样张口。

"我估摸着你应该到了。"她把手机举过了头顶，歪头探向我这边，双脚磕磕绊绊踩着支棱八翘的石土，加快了脚步；裹着身子的雾气里，有一股煮玉米的气味。这是早年我母亲身上特有的气味，如今在继母香兰身上出现了，不可思议。

三

继母香兰神秘的身世，成为我们村里很多年的不解之谜。据说她年轻时远离过村子，去了一家几百里外的"三线"工厂。村里人以为她永远不会回来了。可有一天，她带着与村里人不一样的气息和傲慢，悄没声息出现在村头，从此再也没离开村子。这样一个女人，晚年闯入我们家里，与我父亲如胶似漆结合在了一起，让我们难以接受。我们把这一事件视为家里的一场灾难。那段日子，父亲已不是原来的父亲，家已不再是我们原有的家。我们兄妹成了那个家的客人，谁都不愿意回去。很多年以后，我想，父亲跟继母香兰在一起，也算是一个正确的选择。在他病倒在炕上的日子里，继母香兰没有像我们想象的那样绝尘而去，而是毫无嫌弃地留下来，整天为我父亲喂水喂饭、洗脸洗身子、接屎接尿。父亲的吃喝拉撒全都由她一人打理。我想这些事情要是落在我们姊妹身上，我们都很难承受。我们都有自己的家和事，不可能守在父亲身边。我还想，自从她跟我父亲走到一起，便显示了一个见过世面的女人应有的长处。她从没因为鸡毛蒜皮的小事红过脸，更没有无事生非吵吵闹闹。这一点不同于我母亲。我记忆中的家里从前的所有不愉快，都来自母亲的斤斤计较。她在咽气的头两天，还用最后一丝力气，对我父亲怨气横生。

在村里，母亲脾气不好与能干是出了名的。小时候，我们姊妹们争争抢抢，哭喊，讨公道，母亲从没时间耐心倾听。她每天做的事就是烧猪食，喂鸡喂鸭，没完没了忙着手头上的活儿。我父亲每年春天去镇里集市抓一口小猪，养到年底屠杀或卖掉，都由母亲一手操办。我家成群的鸡鸭没少过三四十只，也都由母亲喂养。母亲一边喂养，一边整天不停地骂着那帮家禽们。有母鸡趴窝，孵出新的小鸡，母亲又是高兴又是骂；然后跑进菜园子，撅起屁股没时没晌侍弄菜地的白菜、菠菜、韭菜、豆角；到了做饭时间，顺手拔起一棵白菜或一把菠菜，啪啪把泥土甩得四处飞溅，进屋烧火做饭。有一次，母亲没能及时做午饭，她先是从园子里捡回一筐烂菜叶子放进锅里，撒上一层玉米面，给猪烀食。她打算等猪食烀好了，喂完猪再做家里的午饭。那天我父亲回来得比平时早，他看见母亲在菜园子撅着屁股忙碌，没吱声，自己掀开锅盖，盛了一碗菜叶玉米糊，吃了起来；吃了一碗没吃饱。再次掀开锅盖盛第二碗。母亲大呼小叫跑出菜园子，说："你咋吃猪食？"我父亲当时傻了眼，他没想过家里的饭菜和猪食有啥区别。我父亲干呕了几声，什么都没吐出来。他操起烧火棍朝母亲抡去，母亲闪身躲开了。我父亲继续抡，母亲跑出院门，跑到街上。我父亲紧追不放。他们从前街跑到后街，又从后街跑回前街。母亲跑不动了，停下来跟我父亲扭打在一起。前来看热闹的香兰强行拦下我父亲。站在香兰背后的母亲气得不行，她跳着高指着我父亲鼻子骂："你个属猪的，就得吃猪食！"我父亲蔫下来，对香兰说："男人在外面干体力活儿，身子消耗大，回家必须先把饭吃到嘴里。这是我家的规矩，也是全村所有人家的规矩，她不是不知道。"

20世纪80年代，我考入财校住进省城那年，母亲病倒了。得的是什么病，至今不清楚。母亲如一盏油灯，耗干了最后一滴油。我父亲曾领着母亲去过一次县城医院,抓了几服贵重的中草药,回来后闷声闷气做出一个重大决定,家里所有细粮都留给母亲熬粥。我家每日三餐主食是玉米面和高粱米,有限的几斤大米全是用粗粮交换而来。玉米是有数的,换了几次,我父亲不敢动用粗粮了,再动用下去,全家就得饿肚皮。这种艰难可想而知,但我父亲还是想竭尽全力将亏欠母亲的补回来。

母亲生过八个孩子,活下来五个。除了一个孩子两岁时病死,有两个是被母亲上厕所时不小心掉到了粪坑里。我从这样的家里逃出来,上了财校,心情可想而知。我曾一度发誓,只要走出来,轻易不会回去了。财校食堂有大米,有馒头,每顿饭吃得我腮帮子溜圆。没到月底,饭票没了。我向同学借,借不到,就装病躺在床上琢磨起制造假饭票。每次造假我都胆战心惊,最后不得不及时收手。那时,最盼望的是快点毕业,快点工作,快点让自己脱胎换骨。

我参加工作第一天,单位分给每名职工两袋大米、一桶豆油。我脑子里第一个念头是把这些东西运回家里。可我一想到母亲死了,她到死也没吃上我的大米,泪水就忍不住流下来。

四

"你先回去,门钥匙在鸡窝棚上,铁盆扣着。我办点事,一会儿回来。"继母香兰对我说。

原来,她来到这浓雾弥漫的山冈,并不是来接我。说完,她顺着车辙往下走去。雾岚遮蔽前路的夜晚,她每迈出一步都如临深渊,让人很不放心。但转眼间,她便消失在大雾之中了。

过了胳膊肘弯道,便是进村的路。我越过山冈,走在平缓的水泥路面上,两侧是一片玉米的波涛,无边无际隐藏在雾岚里。离家去财校读书前,我常钻进晨雾缭绕的玉米地,掰下沾有露水的玉米棒,剥掉它身上绿色裙衣,牙齿咬向浆汁丰盈的颗粒。鲜玉米香甜清脆,至今口齿留香。早晨玉米地十分泥泞,每次走进去,鞋底都粘满厚重的泥坨,很容易损坏鞋子。可为了香甜的玉米,我情愿坏掉鞋子。

不远处,红砖瓦房在雾岚中出现在眼前,那是父亲当年精心建造的房子。以山冈为参照，那土坯房的原址，我不会忘记。穿越大雾疾走几步，院门隐隐约约出现了，我轻手蹑脚踏进院子里，不见任何动静。

空寂的鸡窝搭在一侧墙根，里面没有一只活物，棚顶堆放着树枝、瓦块，还有一串晾晒过劲儿的萝卜干。掀开一只倒扣的铁盆，摸出了一把门钥匙，我转身打开了房门。

室内一片漆黑，凭感觉，我摸向门框旁边的墙壁，那里有电灯开关。按下去，灯光闪烁中，我的心似乎也亮了起来。这是一块我从没涉足的陌生领地。父亲建房时，我没回来看一眼，只是打电话表达了关心。他去世时，我也没回来，那时我正在国外进行二十天的考察。我可能会被骂为最不孝的儿子。

一口水缸立于墙角，上面探出一只水龙头。水龙头没有拧严，寂寞地滴着水。我在父亲建造的房屋里，见到这样的水龙头，确实感到十分好奇与新鲜。我试探着把它拧开，迅猛的水柱溅出明亮的水花，喷向缸里。我赶紧将其关闭。这是新农村建设新产物——通自来水。去财校读书之前，我家院子西侧有一口水井，每天晚上我都要摇起辘轳把，吱吱呀呀拽出一桶桶带有草棍腐叶之类的井水，两手轮换着拎起，左摇右摆跑进屋里，掀起桶底，哗啦啦地倒进水缸。

打水最难的日子是在冬天，大地封冻得一片僵硬，井沿的冰冻成了厚厚一坨，辘轳把的绳索挂满了冰溜子，井口小得只好用斧头敲打。冰块哗哗落入井水里，飞溅到我脸上、脖子里，激得我浑身打起一个又一个冷战。有时，我会掰下井绳上的冰溜子，放进嘴里，咯嘣咯嘣咀嚼，品不出任何味道，但我喜欢咀嚼时发出的冰冷脆响。

我轻轻摇起辘轳把，往井里叮叮当当放进水桶，僵硬的绳索松开了，水桶一路欢唱着奔赴下去，扑通一声沉没井底。所有水桶底部都有个拳头大的窟窿，里面钉有一块巴掌大的半封闭胶垫。桶落到水面一刹那，遇到压力，胶垫自动张开，汹涌的水挤进桶里，绳索往上一提，胶垫自动关闭，一桶水磕碰着井壁爬出井口。

有一年我站在井沿上，脚突然一滑，脑袋朝着井栽去。我的脸就在井口上，感觉那幽深的黑洞就要拖我进入井底，我已经闻到了水的气息。我的两手不知怎么就抓住了冻在井沿上的一块石头，是那石头将我从死神手里扯了回来。这样的事，以前我们村子里没少发生。人一旦掉入井中，很难短时间打捞上来；即便费尽周折把人拽出井口，那人早已硬成木桩。井不能再用，只好填了。

20世纪80年代水井改造，填掉所有大口井，修建压水井。这种井在地面只露出一根胳膊那么粗的铁管，一米多高，打水之时，往压水口倒上一瓢引水，按压手柄，引水呼噜噜翻腾着，水花四溅，地下水就被哗哗抽出来了。

井，成了我的一个隐痛。

我躲开了水缸和自来水龙头，向屋里走去。我不知道为何走向那里。屋门口面对着的北面，有一个隐蔽的小屋。推开屋门，我发现这里是卫生间。

从棚顶到地面的墙壁上贴着瓷砖，在齐腰高的地方，有三块瓷砖上画有一组兰花图案。再往下，布满灰尘的坐便器盖上，压着废弃的纸盒。

掀开纸盒按下水钮，水箱里没有水。底下接水管被掐断了。我早就听说，很多农民都不愿意把漂亮的卫生间当成排泄粪便的场所，即便在冬天寒冷的夜晚，他们也要身披棉袄跑到室外，哆哆嗦嗦蹲在北风号叫的雪地，咬牙切齿地如厕。眼前的卫生间，成了装饰完美的储藏室，显然是按照规划改造出来的，见多识广的继母香兰同样没舍得使用。

打量着这小屋的棚顶，我猜想父亲那棵野山参，很可能藏匿在上面横杆吊挂的包裹里。那一个个包裹被一张破损的蜘蛛网连接在一起。我突然很想马上见到那棵野山参。如果我现在把它拿到手，不等继母香兰回来，我就会转身回去。我好像不打算跟她说什么了。搬来一把椅子放在下面，目测了高度，我踏上椅子，摘下包裹，放在椅子上。

揭开那些粗糙的草纸，里面是一个发酵过度的豆酱块，表层已长了绿毛。这酱块应该在春天投放酱缸里，到现在还没有落入缸中，可能用不着了。我把草纸按原样重新包好，放回横杆，又看好了另一只包裹，准备再登上椅子。这时外屋房门吱嘎一响，继母香兰回来了。

她手里拎着一只血淋淋的公鸡，显然是刚杀的，鸡脑袋软塌塌悠荡着，有两滴血悠荡在地上。

我停下行动，不知怎么才能装成若无其事，转过身来说："我待一会儿就走，今晚早点赶回去。"

继母香兰把那只死公鸡放在一只钢盆里，掀开缸盖，舀出一瓢水，哗哗泼入大锅里说："鸡都杀了，怎么走？你多少年没回来一趟，今晚先吃了饭，明早你啥时走我不管。"

我说："我不想吃，我什么都吃不下去。"

她说："你嫌弃我？"

我说："绝没有那意思。"

灶坑里的火点燃了，柴草在灶膛里噼啪作响，火舌从坑口翻卷出来。继母香兰又往灶坑塞进一把干树枝，火势被压下去，锅盖四周缝隙缭绕起热气，水开了。她掀开锅盖，抄起搪瓷盆，舀出半盆热水，浇在公鸡身上，腥臭的气味散发出来。她攥住两只鸡腿，反复翻转，摘起鸡毛。很快，光溜溜的鸡身呈现出来，她开始用手指甲精细地摘起遗漏的毛茬。

"往后，不要给我拿那些东西了。"

她指了指我身后墙根。那里堆放的大米、豆油，是春节前，我托中学同学小邱给她送来的。父亲去世后，我念及她的孤单和之前照顾我父亲的情分，每到年底，便麻烦中学同学小邱看望她，送去一些年货。我不能让她感到我们兄妹冷酷无情。

这也许是继母香兰非要杀一只公鸡不可的原因。公鸡从哪儿搞来的，在哪儿杀的，我没有多想，反正她在山冈上匆忙与我分手，就是为了拎回一只杀死的公鸡。

她掏出鸡内脏，把整只鸡放在木板上，噼噼啪啪剁成碎块，又把大锅里剩余的热水舀出来，鸡块推进锅里，扔下大把葱姜和花椒大料，很快翻炒出浓厚的香味。

我不是回来大快朵颐的，我想说起正题，但在这节骨眼上，我无从开口。

五

鸡肉出锅，装满了一搪瓷盆，继母香兰像想起了什么，转身跑出门外，钻进带有雾气的黑夜。不多时，她手里攥着一把大葱回来，边走边摔打上面的泥土，摘掉外皮，撂在炕桌上。她说："你爹最爱吃生大葱，他活着时候，我们栽了一大园子大葱。你爹走后，我不栽不栽，还是栽了半园子，习惯难改。"

一盏节能灯吊在头顶，继母香兰在灯下放了一张炕桌，从外屋端来一盆鸡肉，放在炕桌上。扑鼻的香气顿时打开了我的味蕾，我饿了，我到这时还没吃晚饭。

继母香兰踢掉鞋子，两腿盘坐在炕上，拿起一双崭新的筷子摆放在盆沿。她拿起这双公用筷子往我碗里夹着鸡肉，催促我快吃，多吃点，让我千万别客气。我说我不客气。她拿自己的筷子，低头吃了几口，又要拿公用筷子给我夹肉。我碗里堆满了肉块，她手里的两双筷子也在忙乱中分不清公用还是私用。我正琢磨这两双筷子时，感觉有什么人在窗外晃动，抬头看过去，雾气中的黑夜里又什么都没有。我汗毛紧跟着唰地竖起来了。

像什么事都没发生，我吃掉碗里全部鸡肉、一根大葱和大半碗米饭，收拾好桌子，跟继母香兰走进西屋。不知怎么，我又不自觉地看向窗外，仍然什么都看不见，漆黑的玻璃映着我们晃动的身影。炕梢色泽黯淡的炕柜，是我家原有的老物件，柜门上铁丝烙烫的文竹仙鹤布满了岁月的油渍。小时候，我每天晚上靠在柜子下面睡觉，看着木头上的花纹，感觉那里就是一个隐蔽的世界。伴着木头的气息，我常常沉入幽深的梦里。梦中见到的人与事，如同另一个真实存在的空间。

"这些东西，还是原来的样子。"继母香兰打开柜门，翻出发白的黄色帆布包，里面并排缝制的小口袋插着骨针、骨铲、剪刀，一条条长短不一的红布条系在每一个物件上。我似乎看见了父亲当年挖参的影子……这时，窗外的雾岚聚集起窸窣的声音，我感觉雾一样的父亲从窗子罅隙中走来，站在我身边，看着我们，又带着几缕雾丝消失了。继母香兰很好地保存了父亲这一套家什，可谓用心良苦，我能说什么呢？她说："那时，你爹挖参一走好几天，他好像被山里的什么东西迷住了。"

我说："我知道我父亲上山挖参近于痴迷，他在我母亲病重期间，总想着上山挖回一棵野山参，来挽救我母亲的生命。"

"你娘这一辈子也不容易，她活着时候，村子里就我俩能说得来。"

继母香兰又从敞开的柜门里拽出一只黄书包，这是我再熟悉不过的东西。中学读书时，我每天背着这个书包，一路颠簸着跑向学校，一年又一年。后来我上了高中还背着它，直到考上财校。书包下面两角不知磨坏了多少次，缝了多少次，两块很不搭配的蓝补丁永远定格在那里，上面密密麻麻的针线透露着母亲怎样的心思！

我抽出一本《语文》，一本《数学》，两本书都没有了封面，后面书页已经残缺不全。也许父亲有一阵缺少卷烟纸，用过它们。有一次，我对父亲抽烟很是好奇，看着他吞云吐雾贪婪享受的模样，我悄悄张开嘴，吸进他刚吐出的一团烟雾，结果那恶臭气味呛得我泪水纵横。父亲嘿嘿坏笑着看向我，又将另一口烟雾喷在我脸上。

继母香兰说："你爹当年盼望你不去念书，回家干活。他好几次想偷偷处理掉你的书包，但都没有成功。你爹说你学成了呆子，将来会什么都干不成。有一天，他看见你的书包，拎起来就往灶坑扔。可老天不遂他心思，那天你家灶坑倒烟，一直不起火，扔进去的书包一点也没烧着。你娘用烧火棍扒拉出你这书包，劈头盖脸对你爹一顿臭骂，骂得他狗血喷头！"继母香兰笑了，又强忍住说："后来你爹给你开出上学的条件，就是每天捡一捆烧柴。你为了捡到那些烧柴，放学从不走正道，捡到烧柴背回家，摞在山墙根，积攒了满满一垛……你爹说他没想到，最终得了你的济。"

有什么东西堵塞了我的咽喉。

想不到我的书包至今还很好地保存着。从这点上看，我委托同学小邱每年春节前为继母香兰送去大米、豆油，一点都不亏。

"现在，我给你找那棵野山参。"

我说："如果你需要，我就不拿走了。"

"那东西，你爹特意嘱咐，一定要留给你。"

继母香兰从东屋搬来炕桌，放在炕中间，举起一把椅子立在炕桌上，说："这是你爹亲手藏下的，如果我不说，谁都找不到。"她双脚踩上炕桌，蹬向椅子，摇摇晃晃挺起腰板。

我说："小心！"

她的手已经伸向了棚顶。

这样的砖房，室内用报纸裱糊，看着有些不伦不类。通常情况下，室内的墙壁和棚顶应该粉刷白灰，他不至于穷得连白灰都用不起。那期间，我给他打过几次电话，问他还需不需要钱。父亲说："什么都不需要了，房子封顶了，挺好！你娘要是活着，住上这样的房子该有多好。"

我家原来的土坯房，都是用报纸裱糊墙壁和棚顶，这也许是父亲的习惯。那极环保的内饰材料的另一个好处是，我在那上面认识了好多字。我上小学时，晚上回家仰头躺在炕上，看棚顶墙壁上的大块文字，一个个识别，妙趣横生。为此我的识字量远远超过同龄孩子，后来考入财校也在情理之中。

继母香兰敲打棚顶的报纸，摸索着滑动手指，侧耳听起上面的虚实。很快，她找到所要寻找的地方，停下来，指甲抠向裱糊的报纸，撕开一个黑洞，伸进胳膊。我从她脸色轻微的变化中可以看出，她抓住了所要找的东西。她的胳膊带着一层厚厚的尘垢一点点回缩，一只铁盒出现了，那是早年装糕点用过的盒子。也许因为年代久远，上面漆面斑驳，坑坑洼洼。就在这时，铁盒上面突然蹿出一只老鼠，惊恐地抽动着耳朵，张望几下，慌不择路，一头扎进继母香兰袖口，奔向她的腋窝，消失了。我惊讶的是，继母香兰镇静地伸出另一只手，捂在胸口，按住了那只老鼠，从怀里掏出来，狠狠砸向地面。

铁盒递到我手里，她弯下腰从椅子上挪下一条腿，再挪下另一条腿，踩在了炕桌上，双脚落地了。

铁盒里储藏着一棵野山参，这是父亲的宝贝。山参个头有大拇指那么大，长长的脖颈弯弯曲曲，印刻着每年生长期枝叶留下的凹痕。下面密集的根须显示出曾经有过的飘逸。

"你拿着吧，这东西有灵气，不会无缘无故出现在谁面前。"继母香兰合上铁盒，推到我跟前，一副物归原主的样子。

她又说："天不早了，你好好休息，明天还要起早赶路。"

我趁机打了个哈欠。

她弯腰伸手捏起地上老鼠的尾巴，拎着退出屋子。外屋脚步带出的声响很快消失。窗外渐凉，窗玻璃上渐渐蒙上一层湿漉漉的水雾。父亲作为雾气的一部分，又带着窸窣的声响出现在窗口，观望起他的儿子……

关掉灯，躺下，我的眼睛慢慢适应这里的黑夜，看屋内四周黑黢黢的摆设，看棚顶刚刚掏开的黑洞。我忽然觉得这次来到乡下，住在这让我怀旧的西屋，正是继母香兰的有意安排。正题仍没能展开，一切都等待明天早晨。手机不合时宜地振动了，我摸过闪动的亮光，见是老婆的电话。她吞吞吐吐，难以掩饰心头的悲伤："春生死了，就是我那个同学春生！"我不敢相信，艰难地问道："什么时候？"妻子说："二十分钟之前，你明天回来，陪我送送他……"棚顶的黑洞一亮，一只胡乱飞舞的萤火虫降临在屋子里。撂下电话，我努力对自己说："睡吧睡吧，什么都不去想。"耳边又嗡地出现了蚊虫声，糟糕的事来了。我的手悄悄摸向脑袋下面的枕巾，随时准备拽出来，对其进行抽打。明天早晨，我无论如何也要跟继母香兰谈谈，顺便把这只铁盒放回去，我已经不需要它了。蚊虫的嗡嗡声再次响起，我手里的枕巾朝着黑夜中的声响胡乱抡去。我一挺身坐起，正要开灯，东屋继母香兰那边出现了轻微的开门声。

六

不知是什么作祟，我静静听起外面的动静，继母香兰好像有什么事在躲避着我。我下炕趿拉起鞋，悄悄走过去，从门缝中看见继母香兰从东屋探出头来。屋外的门敞开着，一个弯腰驼背的老汉从漆黑的外面蹑手蹑脚挤进屋里，直奔东屋，敏捷地把继母香兰一起挤了进去。门关上了。他那弯腰驼背的样子，使我想起傍晚招呼我进他家院里停车的那个老汉。一股清凉潮湿的气息扑了过来，我睡意全无。东屋出现了插门声。

"我告诉过你，别来，你怎么还来？"继母香兰压低的声音充满了愤怒。

"睡不着。"

"你这样做，我往后怎么办？"

"我看看你就走。"

"还嫌不够折腾？进来就别出去，老实待这儿。"

"我不出去。"

"你真是瞎闹，嫌事不大是吧！"

"他跟你说了？"

"还用说吗？这是明摆着的事。"

好半天没了声响，弯腰驼背老汉在沉闷中突然咳嗽起来。

"你能不能闭住嘴，憋回去！"

"咳嗽还能憋回去？能憋回去，我就不咳嗽了，喀喀喀喀……"

"你就不该来！"

四周又静下来了，像什么声音都不曾有过。我轻轻打开门，走出西屋，踮起脚来到东屋门前。继母香兰发出嘤嘤的抽泣声。

透过东屋门的缝隙，我看见继母香兰背对屋门跪在地上，抽泣使她的身子不住地颤抖。她极力控制，又毫无效果。那张炕桌横在她跟前，桌上立着一个相框和一只香炉，香炉里烧着三炷香。在微弱的香火中，我看见继母香兰双手合掌，默默叨咕："他终于回来了。你放心好了，我会从你身边走出去，一切都会好，只可惜……"

那弯腰驼背的老汉老老实实坐在炕沿上，耷拉着脑袋，好像睡着了。他们全然不知道我不光彩的窥视。

第二天睁开眼，天棚那个黑洞不见了，一块湿乎乎的报纸贴了上去。什么时候糊的，我一点也不知道。我搓搓脸，从炕上起身，打开西屋门。继母香兰正站在门口，我们差一点撞了个满怀。

"起来了？"

"起来了！"

继母香兰手里攥着一沓纸条，递给我，惴惴不安地说："这是你爹当年盖房子的所有票据，花多少钱，上面记得清清楚楚。"

东屋的门大敞四开。我朝里面扫了一眼，昨晚地上摆设的炕桌、相框和香炉不见了，炕上的被褥叠得整整齐齐。屋里空无一人。

我说："我主意已定，你就住在这儿。"

继母香兰神情恍惚地看着我。

"把票据收回去，还放在你那儿。"

"可我已经想好了，我离开这里……其实，我跟你爹一直是搭伙过日子，没有登记领证。"

这个，我没有想到，父亲也从来没跟我们说过。

"你哪儿也不用去，就住在这里。"我说得更加斩钉截铁。

"可我……"继母香兰眼圈一红，哽咽起来。

七

她让我吃过早饭再走，怎么急，也不能不吃早饭。我执意离开，就像上财校读书时那样决绝。继母香兰送我走出房门，走出院门。她又转身跑回去，手里捏着那只装有野山参的铁盒跑出来，说："把这个带上。"

我接过铁盒，收下了这棵野山参，踏着晨露，奔向那个有胳膊肘弯道的山冈。

昨晚的雾气完全散去，天空明亮，身边成片的树叶在晨风吹拂中，闪动着太阳的光影。挤在山窝里的房舍开始升起温暖的炊烟。山还是原来的山，远处层层叠叠的山脉渐次浅下去，融入远方淡淡的云朵里。我给妹妹打去告辞电话，大踏步走下山冈。

我走进那弯腰驼背老汉的院子。一群鸡鸭扸挲起翅膀，呼天喊地地扑了过来，围观我这个不速之客，进行攻击。院子里的房屋正在修缮，大概动工已有些时日，院墙一角堆放着沙石和水泥，还有散落的木料。窗框和门框刚刚漆过，散发出新鲜油漆气味。我推门走进屋里，那个弯腰驼背老汉正用一桶白色的涂料，专注地粉刷着墙壁。一个满身白灰的帮工说："我这两天打牌手真臭，一连输了好几百。"弯腰驼背老汉说："你什么时候再打牌，叫我一声，我也想赢两个钱儿。"那帮工看看老汉，看见我走进来，放下手里的活跑到外面抽烟去了。屋里干干净净的火炕上摞着两套崭新的被褥，上面遮着大塑料布，一沓红红的喜字被覆盖在里面。我忍不住想笑，弯腰驼背老汉刚才说话的样子，完全没有了昨晚他在继母香兰屋里的唯唯诺诺。他的随和与快活，我父亲无法相比。

弯腰驼背老汉放下手中的活儿，起身，叫我在屋里坐一会儿。我说我打过招呼就走了。我迈出门槛，再次躲过鸡鸭围攻，按响了车锁。车慢慢开出院子，他突然说："等我们定下日子，告诉你一声。你不忙的话，那天一定过来啊！我们都老了，没有多少亲戚！"

原载《民族文学》2020年第6期

南翔

果蝠

夜半三更，肖小静被手机的振动闹醒了。她睡眠一向欠佳，常常一起夜就睁眼到天明。此时一股无名之火倏地上蹿。瞥见来电显示是缪嘉欣，她依然问，哪里哪里？

听出了她的不悦，对方道，我是嘉欣啊，肖老师！

小静蹙眉道，这么晚来电话，不是告诉我，请我去吃芒果吧？

嘉欣呵呵一声道，对不起，这么晚打搅到你。只是我从昨晚想到现在，愁得不行，这才给你打电话。我怕这次凤梨天坑溶洞里面的蝙蝠躲不过去了，向你和刘传鑫老师求救！不过你们现在要是来，早熟的品种也可以吃了。

小静便一挺身坐起，拧亮台灯，细问原因。

嘉欣告诉她，自从年前新冠肺炎在武汉乃至湖北肆虐，很快殃及全国之后，上下痛定思痛，检查严格了。县乡一些公开或隐藏的野味店铺起码表面上都收敛了，这是好事。现在却有一拨人盯住了玉笋山天坑溶洞里的蝙蝠，说是要对蝙蝠斩草除根，才能杜绝病毒卷土重来……

小静急问，他们怎么找得到这个溶洞呢？

嘉欣语带哭腔道，已经有几个人向我打听了。真心要下天坑去找，并不难啊！

小静问，你跟刘老师通过电话了吗？

嘉欣道，我是想先问你，再跟他讲。

小静道，那我来跟他讲吧。

嘉欣安静下来，连声道，拜托你了！

挂了电话，小静觑一眼枕边的手表，才凌晨两点。这不是一个合适的点。她关了空调睡下去，却是再无睡意。个把钟头之后，她给刘老师微信留言：

果农缪嘉欣来电，上头瞄准了新目标，天坑溶洞里的果蝠小命难保。如何是好？盼示。

不到一刻钟，手机响起了语音通话邀请，是刘传鑫老师打来的。

小静将嘉欣那边的情况简单做了汇报，刘老师沉吟道，你发来信息之前，我已经猜到会出事儿。

小静道，微信这东西太"谋财害命"了，近期我限定自己早中晚三个时段翻看一下。趁着这个学期课少，我得赶紧把一个省部级课题做出来交差，时间都踩线了。

对方乐了，我原来以为小静老师是可以看开的。

她道，稻粱谋的事儿，哪里那么容易看得开啊。

他问，那你说……我们是不是去嘉欣那里一趟？

她问，何时动身？

他答，尽你的时间。

她道，我晓得你想讲的是越快越好，那就明天吧。只怕你走不了？

他听出了她言语中幽幽的意味，一笑道，可以，我因为六七月要出一趟国，提前两个月把课上完了。你明早出门前给我电话或微信都行。

次日一早，小静开车到了世纪村小区西门口，刘老师已经提前在路边等候了。不待小静下车，他便开启了车后盖，将一个深蓝色大背包扔了进去。小静在驾驶座掉头问，你带上那么多家什，准备住个十天半个月啊？

刘老师上了副驾，砰一声关上门才道，这是过年时在迪卡侬买的露营帐篷，或许此行有用得上的地方。

小静戴上墨镜，车头一转，悄然而快速地上了路。

他问，高德导航还没吱声呢？

她答，在市内我从不开导航，除非去一个完全不熟悉的地方。

他叹气道，难怪嘉欣半夜睡不着，会先给你打电话。你晓得为什么吗？

他瞥见她的嘴角撇下来了，那是一丝自得与善意的嘲讽吧。

为甚？

他答，一是你的车好，丰田越野。二是你的方位感强，还记得第一次我开车去找他的果园场吗？我在山里转了两圈就迷了路，那时候山里还没有信号，把嘉欣给急得……那一次，定是给他留下心理阴影了吧。

听了此种解释，她是高兴的。一个女人，在一个她由衷欣赏却无法走得太近的男人面前，即便听到一两句浅浅的宛如夜风拂过的夸赞，心里也会油然而生满足感。

因为多少有一些羞涩，她岔开话题，都讲我们文学院和艺术学院的老师浪漫，可我感觉，你们生命科学学院的老师整天跟植物、动物打交道，才最是浪漫。出门不忘带帐篷，就是浪漫的"标配"之一。

他呵呵一乐道，我们学院还有不少跟微生物打交道的。那些在高倍显微镜下看到的蠕动的东西，有使你惊叹的，也有使你惧怕甚至毛骨悚然的，距离浪漫很远很远。

她想了想道，所以，浪漫还是刻板，与专业无关，只与个性有关。

他道，赞同。

从深圳到S县的这一段路程，高速并非纵贯到底，全程需要三四个小时。导航提示，躲避拥堵，还得绕两段省道。但凡出门，无论远近，只要是与自己喜欢的人同行，情绪总是高涨的。小静问他，路途迢遥，给你三个选择，一是放倒靠背睡觉，如果你昨晚也跟我一样失眠或者半失眠；二是给我讲讲你那个领域的知识；三是听书，我下载了大量的小说，长中短、古今中外的都有。

他从搁在脚边的背包里抽出一本《中国地图册》道，我得先看看一路经过的地方，补充一些地理知识。

她斜睨了一眼道，这条道我们也走了两三次了吧？每次都有新发现？

他道，每走一次，既是发现，也是重温。

她心中一热道，那你回忆一下，我们第一次是什么情况？细节越多越好，对了给奖，错了当罚。

他斜斜地仰头，白了她一眼道，我们何尝有过第一次？

她面颊一红道，我讲的是第一次出行好不好！

他道，中文系的小静博士，男女之间的第一次出行，能简称"第一次"吗？

她明白若是顺此话题说下去，绝非他的对手，道，那是三年前的暑假，教职工自发组织十几辆车粤西游。你上的那辆途观跟一辆东莞的车追尾了，你就拼车到我的车上来了。

他道，我在路边与你四目相接，就觉得该上你的车。名为拼车，实为缘分。

她道，车上同行者为何人，太重要了。一路上你讲的动植物知识，包括我们大学校园里的植物和鸟类，令我大开眼界。以前我太缺乏这方面的知识了。孔夫子说，诗，可以兴观群怨，多识草木鸟兽之名。回去之后，我不仅搞到一本你主编的《植物志》，还买了不少相关书籍。我在旧书网上买了一本陆文郁编著的《诗草木今释》，收到一看，1957年出版的，薄薄一本，定价才七毛五分，我却花了九十多块钱！

他道，从1957年到今天，六十多年过去了，增值一百多倍，也是应该的。其实，应该感谢那次事故。如果没有那次事故，我就没法搭上你的车；不坐你的车，和你就未必那么熟。十几辆车，五六十人的大车队，出去一周，大多数人都只能是泛泛之交。

她道，认识你只是开始，通过你，我结识了芒果大王缪嘉欣。

于是他一个细节，她一个细节，重现了三年前在粤西S县拼车初识的一幕。

刘传鑫老师在此次深大车队来的前半年应邀到过S县。县里做了一个旅游开发规划，请了城规、景观、文化、动植物等方方面面的专家。刘老师是作为动植物分类学的专家被邀请过来的。县林业局詹局长很健谈，对一千多平方公里辖区内的动植物如数家珍：S县的玉笋山不仅有国家二级保护动物猕猴、锦鸡，还有红豆杉、桫椤、银杏、青梅、火桐等一二级保护植物；玉笋山连同它腹中的一个天坑同时申报了国家级自然保护区，需要各方面的力量包括专家的配合。正是那一次拼车，他与小静聊到了从深圳返乡创业的缪嘉欣——詹局长对这个小伙子赞不绝口，特意开车带他去嘉欣果园场参观。他们不仅品尝了水果，还吃了一顿山珍——苦笋、竹笋、竹虫、猴头菇……

刘老师对小静道，你是中文系的才女，应该多采写人物。这个缪嘉欣值得你采写。驱车两三百公里来此，仅仅是一次风景游的话，那与一群游山玩水的普通"驴友"何异？

要么是为了感谢她的驾车之劳，要么是为了讨好一位适龄未婚的女性，总之返程前他俩脱队了。刘传鑫带着肖小静驾车径直去了玉笋山下的嘉欣果园。嘉欣一看就是岭南人，生得瘦小精干，一张久经日晒的脸黑里透红，眼珠黑得令人过目难忘。刘老师介绍，嘉欣90年代高考失利来到深圳，在龙岗搞过装修，在宝安开过网吧，后来在南山蛇口做了七八年的物流；十年前回到老家，接管了父亲的果园，两年内将面积拓展了两倍。果园以芒果为主，也有上百棵荔枝和龙眼，间杂一些杨桃、青枣和百香果。果园的水果以汁多味甜闻名，芒果因为产量大，储运较为方便，更是享誉省内外。

小静对果园一见倾心，说，若能早点退休就好了，到山里来安心做一名果农。

刘老师道，不管你来深圳多少年，吃过嘉欣果园的水果，才会发现岭南水果这么好吃！

嘉欣道，小静老师知道是什么原因吗？

小静道，因为水好？空气好？温差大？日照充足？

嘉欣正要作答，刘老师赶紧阻止了他，说要带她下到天坑去做一次现场考试。

凤梨天坑当然没法跟享誉天下的广西百色地区的乐业天坑相比，但一听说能下到坑底，小静就来劲了。乐业天坑只能上面眺望，凤梨天坑虽然小得多，却能下到深处，这就吸引人了。她的兴奋之情，终被路途的艰辛磨掉大半。那里只有一条嘉欣才能辨识的勉强算路的陡径蜿蜒而下。刚下了雨，不仅山路湿滑，树木也一直簌簌地落雨滴。小静头上的一顶白帽子很快就湿了，如果不是嘉欣和刘老师眼疾手快地前后扶持，她就会像孩童乘滑梯，一路滑到底了！事后回想，刘老师简直就是要看她的狼狈相，才诱惑她一道下天坑的吧？

走到天坑的西侧，嘉欣从腰间抽出把一尺来长的弯刀，左挥右砍，辟出一条通道。嘉欣嘴里嘟嘟囔囔的，边砍边骂，终于气喘吁吁地来到一块平地，前面出现了一个巨大扁壶嘴似的洞口。嘉欣别上刀道，这条路平时根本没有人来，斫出一条道来，很快就长拢了。洞口前面这块平地没有被茅草遮盖，全仗了脚下的石头。刘老师告诉她，这里都是石灰岩。天坑有塌陷型的，像广西乐业天坑群即是；凤梨天坑像是冲蚀而成的，确否则需要地质学家来考证。

小静问，从来没有地质考察人员来过？

刘老师摇头道，我上次来没有看到过相关痕迹。

嘉欣附和道，我也没听说过。我们拐里村知道天坑下面有溶洞的不少，来过的人却屈指可数。

小静伸展酸痛的四肢道，行路难，行路难，多歧路，今安在？

刘老师道，不仅因为路难走，嘉欣告诉过我，还因为这里面有一样动物，他们认为不祥。说着他摆摆腰。

小静浑身一哆嗦，差点跌倒，问，不是蛇吧？

刘老师撑住她的背脊道，你是属鼠的吗？那么怕蛇。一起进洞去看看，就明白是什么了。跟你说过，这里有一道考题。

那个洞口远看扁扁的不起眼，走近才发现也有十来米高。三人排成一行，嘉欣打头，刘老师殿后，小静夹在中间。入洞之后越来越暗，嘉欣手持一支强光手电筒，却低低地只扫射小静的脚下，叫她当心。

小静道，一般进溶洞就是看钟乳石，彩灯照耀之下，这个是麻姑献寿，那个是群英聚会……黑黢黢的，我们来看什么呢？

嘉欣伸掌捂嘴。

刘老师跟她耳语道，你很快就能看到了。

嘉欣立定，弓着腰小声道，看到了吗？

俄而，刘老师回应，看到了吗？岩壁上，尽是！

小静听到头顶有嘶嘶的叫声，似鸟非鸟。

小静看清是什么了。蝙蝠，成千上万的蝙蝠，倒挂在溶洞上，有几只在盘旋飞舞，又牢牢钉上了石壁。

嘉欣的电筒不小心照到岩壁，顿时搅动了千年沉寂。世界末日般的黑色翔舞，瞬时拉开了厚重的黑色帐幔，从洞内急速盘旋着拉向洞外。原本敞亮的洞口瞬间关闭，聒耳的啸聚声排山倒海，急速在空气中涌流。黑色的帐幔转瞬变成了黑色的瀑布，奔腾而下，啸聚而上。

小静惊呆了，一声尖叫倒在刘老师怀中。

蝙蝠始终只在洞口往复，最后全都飞回洞内岩壁，一一钉牢在各自的位置。

刘老师轻轻拍着她的头道，别怕，它们不伤人。这次是我们不小心打扰到了它们。

大约过了五分钟，抑或更长的时间，洞口豁然开朗，万籁无声。小静双手一推，站起来道，我刚才真是吓到了。从没见过这么大的阵仗。

嘉欣道，是我的手电光惊到了它们。

刘老师道，也好。上一回来，我也没见着小精灵们群起飞舞。小静老师今天也算是开了眼界了。足有五六万只，或者上十万只，无法计数。

出洞之后，爬上天坑，刘老师浑身汗湿，小静已是气喘吁吁。嘉欣只是面色微微泛红。他抱歉道，早晓得你俩这么耗费体力，该背一筐水果下来，解渴又解乏。

小静做了一个吞咽动作发问，一筐啊！现时有什么水果？

嘉欣笑道，应有尽有。

刘老师道，小静姑娘想吃什么就有什么。

三人加快步子来到一个楠竹、杉树皮搭建的果棚。里面有一圈儿竹椅，围着一个天然石桌，打横坐着的是一个四十左右的丰满的女子，早已备好了各式水果在等着。嘉欣指着介绍，这是他老婆秋芳，又吩咐她赶紧烧茶，客人都渴了。

小静一看，芒果、菠萝、荔枝、青枣……有的切成一片片，有的一粒粒码成堆。她欣喜道，水果就可以解渴，我不用喝茶了。

嘉欣道，荔枝现时只有早熟的妃子笑，芒果是贵妃芒。菠萝几乎一年四季都可以应市，无所谓早熟晚熟。尝尝青枣，也有一股子清香。

小静只嫌生了一张嘴，惊讶地叫道，妈呀，长这么大从没吃过这么甜的芒果、这么香的菠萝、这么脆的青枣！样样好吃，在深圳怎么就吃不到呢？

刘老师连吃了几片贵妃芒,才甩甩手道,在深圳能吃到,我就不用带你到这儿来见果王嘉欣了!

嘉欣自得地道,深圳现在也能吃到,不过要我告诉你,哪里才能买得到。

小静央求道,别卖关子了,告诉我深圳哪里买得到,我就不需要年年开车跑这么远来吃了!你这里的妃子笑,也不输给深圳的桂味、糯米糍啊!

嘉欣道,刘老师不会舍得让你跑这么远的,有他吃的就有你吃的。你每年找他就好了。

小静转身对刘老师道,那以后我这张嘴就交给你了!

刘老师翻翻白眼问,光交嘴不交别的吗?

小静哼了一声,那你还想要什么呀?!

嘉欣说早备了几个果盒,一样装了两盒,让他们带回深圳;同时还给他们几只羽毛光亮、冠子鲜红的肥鸡,装在大盒子里。嘉欣特别强调,这不仅是走地鸡,而且是"无抗"鸡。

小静问,还有无抗鸡一说?

刘老师答道,所谓无抗鸡就是从鸡雏到出栏应市,从不用抗生素,吃无抗饲料的肉鸡。

嘉欣补充道,还得多谢刘老师,他将深圳安多福消毒液引进到我的鸡场做实验,鸡场就再不用抗生素了。现在订单都排到明年了。我人手不够,顾得了果园,就顾不了养鸡场!

小静拍掌道,这个太需要了。我的一个闺蜜,怀孕的时候体检,体内抗生素超标。她说怎么会呢,一年多没吃过头孢,没打过青霉素之类。医生问她,你吃不吃鸡鸭鱼肉?她这才明白,日常饮食就逃不脱无所不在的抗生素!

一番感慨,三人走到了路边。

抬腿上车时,小静才感觉腰腿酸痛不得劲,想必是久未有适度的锻炼,今天进出凤梨天坑爬上爬下几百米,自然会觉得疲惫。

刘老师瞥她一眼道,那边歇着去吧,说着上了驾驶座。副驾位子上的小静放倒靠背,眯了眼道,有人给吃鲜美水果,有人开车接送,有此两样，夫复何求！

上了高速，刘老师笑了，文人的幸福点不高啊，六十度就沸腾了。又问，那个问题有答案了吗？

她反问，为什么嘉欣果园的水果都那么香甜？口感真的跟在深圳吃到的不一样。我能想到的只有山水好空气好，日照时间长，早晚温差大。

刘老师看了她一眼，沉吟道，水、空气、日照及温差确实是果园欣欣向荣的四大因素，此外还要种子好。不过我想，他的水果好吃，还有一个重要原因……

小静转脸问他，施农家肥？

他问，往深里说，什么农家肥？

她道，草木灰？山里草木多。嘉欣有养鸡场，还有鸡粪肥？

他道，你猜对了一半，除了鸡肥，这里还有很多蝙蝠屎。蝙蝠屎的磷和钾含量很高……

她拍掌道，蝙蝠粪还是一味中药呢！药名叫夜明砂。我大舅是一个中医，我从小就被他拉着认识了不少中药。他还教我背诵过含中草药的诗歌，其中就有一句，更喜夜明沙（砂）月色，重楼独上步青云。夜明砂可以清肝明目，散瘀消积；重楼可以清热解毒，消肿止痛。

他哦了一声道，黄芪、党参、当归、杜仲之类，我是知道的。蝙蝠屎叫夜明砂？这么美的名字？还有那个重楼，以前都不知道。

她得意道，刘老师也有不知道的啊！传说南宋词人辛弃疾写过一首《满庭芳·静夜思》，里面有二十多种中药。太长了，我只能勉强背出上阕：云母屏开，珍珠帘闭，防风吹散沉香。离情抑郁，金缕织流黄。柏影桂枝交映，从容起、弄水银塘。连翘首，惊过半夏，凉透薄荷裳……你看里面有多少味中药材？我们学院教古典文学的老师说，查过好几个辛弃疾词选本，未见收入，兴许是后人的托名之作吧。

他道，很美。我原本也是想学医的，阴差阳错，读了生命科学，也是喜欢的。不过我若是学了医，肯定是西医，我父母都是搞工科的，受他们影响较大。

她道，你如果学了医，我们可能就互不认识了。一个人与另一个人在世上遇见，真是太离奇太偶然太难得了，小到不能再小的概率。

他道，是啊，你我相遇就是一个小概率事件。尤其是，我们还那么兴趣相投……

再迟钝的女人，也能听出此间的幽微之意。

一个男人对一个女人的喜爱，往往在见面的刹那间便可迸发；一个女人对一个男人的好感，则往往需要通过一两次乃至更多次的接触才可生成。

回到深大之后，他俩自然还有接触，却也仅止于此。其间小静通过生命科学学院的一位老师，于有意无意之间了解到刘老师的一些情况，知道他已婚，有一子，现在夫妻关系可能不好——证据之一，就是从未见他与妻子一道出来参加过院里的任何活动；是离异还是分居，没人说得清楚。大学的同事关系就是这样，只要本人不外露，其他人难以尽窥。仅此而已，小静并无进一步打听的欲望。顺其自然，是她的人生准则。

即使如此，她在闲暇时，依然暗暗希望收到微信、电话、见面及一道外出活动。

那一回，快到深圳了，他才说出答案：我相信，嘉欣那儿的水果好吃，跟果蝠授粉有很大关系。

她惊问，你是说蝙蝠也会像蜜蜂、蝴蝶那样授粉？

他道，是啊，非洲有很多地方的果树，包括芒果树，靠的就是蝙蝠授粉。嘉欣果园交通不便，十多年都没上去过蜂农，自己养的几十箱蜜蜂根本采不过来。况且溶洞里十万多只蝙蝠吃什么？你以为有那么多昆虫给它们果腹吗？大量聚集的果蝠寄宿在溶洞里，吸食花蜜和花粉的时候传授了花粉，主观利己，客观利他。嘉欣则坐收甜美的果实。这几乎是一种梦中才得见的生态啊。

两人紧赶慢赶到达S县，已是午饭时分。嘉欣早已开着一辆蓝舰皮卡车在进城十字路口等候，将二人引进小巷深处的一个豉油鸡饭店。店主是一个头皮刮得精光的后生，显然跟嘉欣熟稔，一上来就开着半荤不素的玩笑。嘉欣却全无心情，也不接店主递过来的菜单，摆摆手道，不要少了豉油鸡、野山菌，其他你配好就好。

店主领命而去。嘉欣便把情况大致说了。也不知谁偷偷跟上面打了小报告，讲本县凤梨天坑里有个溶洞，溶洞里面藏了很多蝙蝠，没准哪一天就会出来祸害人。一旦又有什么疫情在本县出现，那领导可真是吃不了兜着走！你想想，经历过新冠疫情期间那么大的封城封村的阵仗，哪个心里不害怕呢……

刘老师打断道，那又怎么样呢？莫非要像当年除四害那样，上上下下来一次除蝙蝠？

嘉欣道，是啊，林业局詹局长已经跟我通过两次电话了。他们近日就要下来察看，怕是躲不过去了。

刘老师便拿出手机道，我给詹局打个电话，问问是什么情况。我的话他还是听得进去的。

电话接通了，刘老师告诉詹局，他一早开车过来，现在和嘉欣在一起。那边便打断道，我晓得了，我下午到果园去找你好了。电话便被挂断了。

刘老师面色一沉道，感觉问题不在县林业局。但凡是上面压下来的，底下就未必顶得住。

饭后，两辆车一前一后开往玉笋山。到达果园之后，小静说，这次来感觉比上次快了许多。

刘老师道，你没感觉道路都硬化了吗？上次来还有几公里的黄土路。

进果棚坐下，嘉欣老婆秋芳照例备了茶，笑眯眯地倒茶、端果盘。嘉欣道，是啊，前一段时间才搞好的，我花了百把万，县里给了四五十万。如果把蝙蝠搞没了，先不讲别的，我这个果园的损失就难以估算了。

小静道，我正想问你呢。刘老师告诉我，果园的水果高产而且好吃，跟果蝠授粉关系很大。你看到过吗？眼见为实哦。

嘉欣道，我还真没看到过。我从来没有晚上在山里守夜——那还不被蚊子吃了？我曾在山里放养过两头毛驴，有一头就被蚊子活活叮死了。另一头被我牵了出来，不然是一样的下场。

小静问，溶洞里不是有那么多果蝠吗，为何没有吃尽蚊蝇？

刘老师道，如果都吃尽了，果蝠岂不要饿死！果树开花的季节，果蝠还有花蜜可食，改善一下口味，其他季节呢？这或许也是蚊蝇不可能都被吃尽的原因。

小静道，要紧的是找到果蝠授粉的确凿证据，这样保住果蝠就有理由了。

谈讲间,一辆铁锈色的越野车轰鸣着开了上来,猛然刹住。跳下来的是一个戴着墨镜的小个子,平头,姿态矫健。

刘老师张手迎上去道,詹局好身手!

詹局一把摘下墨镜,眼光挑剔地横扫,在小静身上多停留了几秒。刘老师介绍她是文学院的才女,常有文章发表于报刊。

詹局道,好啊,这次过来正好跟进报道一下我们的除蝙蝠行动。

嘉欣带着哭腔道,别,詹局,千万别……不然我这果园就完了。

刘老师道,还真有这回事啊?是不是太鲁莽了一些啊!

詹局道,前一段时间的疫情已经让人们谈蝙蝠色变,听闻澳大利亚大火之后几十万只蝙蝠涌入城市攻击人,加上不断有人写信给防疫部门,上面不能不重视。县里接到通知之后,已经开了两次会了,任务交给我们林业局来落实。文件还说,蝙蝠身体就是一个病毒储备器,埃博拉病毒、SARS病毒、马尔堡病毒和冠状病毒等引起恐慌的病毒,全部来自蝙蝠!

嘉欣道,请詹局向上面反映一下啊。蝙蝠好好地待在溶洞里,从没有招谁惹谁!况且,我的果园如果没有蝙蝠,哪来的品牌效应?哪里销售得到深圳、香港、澳门和新加坡!这个嘉欣品牌,也为本县增光了吧!

詹局道,你讲嘉欣果园的水果好吃是因为蝙蝠授粉,口说无凭,你连一个视频甚至一张图片都提供不了,让人家如何相信呢?

嘉欣嘟哝道,我爸爸在世的时候是看到过的,可惜他那个年代没有相机能够拍夜景。他还在一堵石壁上,看到过一幅蝙蝠在树林里吃花蜜的岩画。我爸爸四十七岁那年在悬崖上采草药摔瘫了,床上一躺就是一二十年,不能亲自下天坑了。我根据他描绘的地形,始终没找到那幅先人刻下的壁画。时间一久,估计长满了青苔野藤,后人就更难找到了。

刘老师道,现在先要找到问题的要害,除掉果蝠的理由是什么?因为它们身带病毒。可是携带病毒的并非只有蝙蝠一类啊!苍蝇、蚊子、蟑螂、臭虫等都携带各种各样的病菌,你消灭得了吗?如果说这一类名副其实的害虫太多了,消灭不尽,那么鸟类也是病毒的传染源。这一二十年来不时出现的禽流感,有不少是禽鸟传播的,莫非也要将鸟类根除,以杜绝传染?又比如流感病毒也有寄居在猪体内的,我们也经历过几次猪流感,能从此不吃猪肉了吗？

詹局拍掌道，你讲得很有说服力，可是我去讲没用。我虽然是林业局的一把手，可也只是一个传令官，或者说是执行官，上传下达而已。这个要你去讲，你是深大生物学方面的博士、副教授。

小静道，是啊。幸好刘老师今天赶过来了，多待几天也不要紧。把天坑溶洞里的蝙蝠保住了，也就保住了生态，护住了嘉欣果园，这回就真不算是来玩了一趟。

刘老师眼睛一亮，看着小静道，是啊，保住生态，这才是第一位的。

詹局道，这样吧，我今晚回去，刘老师你准备一下。我呢，明天一上班就张罗一个会，请有关方面的人出席，最好是请到县里的一二把手参加——其实他们只要来一个就好，他们都很忙的。你们跟我们一道回县里住吧？

嘉欣道，如果要想舒适呢，两位老师就跟詹局回县里；如果想看月亮，就在我这里住哟。

刘老师道，我想就地住下，反正距离县城也就二三十公里，要过去快得很。要不小静老师跟詹局回县里，县政府招待所的房子虽然老旧了，可院子里有各式各样的竹子，蓬蓬勃勃，有厘竹，楠竹，水竹，斑竹……十几个品种呢！

小静道，你要不过去一一指认，在我眼里，竹子只有大小粗细的不同。

刘老师刚要张嘴说什么，小静赶紧道，我也住这儿吧，我喜欢山里的安静。

詹局于是告辞，跨进他的越野车，轰鸣着开远了。

晚饭，嘉欣老婆秋芳备了一盆山沟里的小鱼，裹了蛋清面粉炸得酥香；炒了一盘红辣椒石蛙，色相诱人；又清炖了一只整鸡，一揭盖便香气扑鼻；另配的两种青菜也油绿可喜。

嘉欣取出一节手臂长短的竹筒，斟出自酿的谷酒。那是一种高度白酒，端至鼻前，便能嗅到一股竹子的清香。

刘老师喝了两小盅，很快，颧骨漫上了红晕，话也稠了，道，其实城里头待久了，最羡慕的就是这种农家的生活。自己动手丰衣足食，吃得天然，放心。

小静道，明月松间照，清泉石上流。山林与清泉同在，当然好。可是城里的功名，刘老师怕是很难放得下吧？

刘老师叹道，是啊，放不下的不只是功名，还有……

小静想等他的"还有"，他却转移了话题道，其实，我头次来就想住嘉欣的民宿或者露宿。同时也真想碰碰运气，希望能看到蝙蝠月夜采花蜜呢！

是夜，小静和刘老师分别住在民宿的2栋和3栋。嘉欣的山林民宿有五六栋，皆为一厅两卧结构，平时并不对外，只对一些亲戚朋友和熟络的客户开放。他跟两位深圳客人说，尽管放心，我老婆特意搞过卫生的。秋芳搞卫生和做饭菜，都是一把好手。

两客人都道，不好意思。

刘老师补充道，白带了一个帐篷过来，用不上了。

小静道，你要是睡帐篷，被蛇咬了怎么办？

嘉欣笑道，我们小静老师也不放心你露宿。

刘老师和嘉欣先是帮着小静提行李，到了2栋。小静进去之后就叫道，太好了，一股子木头的香气。又进卫生间，见装有智能马桶盖，又是一阵惊喜道，一个厨房，一个卫生间，都是女性在意的地方。我老家在赣西宜春，以往每年放暑假，我都会去宜丰官山住几天。那是一个国家级自然保护区，不对外开放，空气真是好。

刘老师问，今年呢？

小静道，这两三年都没有去，为手头的课题所苦。想想要不是为了职称，真不该申报这些别人不爱看，自己做完也不想再看的课题！

刘老师道，是啊，红尘中人，看破不易，都有一样的苦恼。

小静道，也有看破的。我们文学院有两个教师，临到退休了，还是讲师，二三十年来从不申请任何课题，也不发表论文，更不用讲上什么SCI之类了。

刘老师赞曰，我欣赏这类人，尽管目前暂时做不到。

小静附和道，我也是，虽不能至，心向往之。

嘉欣见他俩似乎有话要讲，就告辞下去了。

嘉欣一走，两人反觉生涩无语。

他先道，早知道有两个卧室，开一栋就好，免得秋芳搞卫生。

她道，想起来了，我给他太太带了一瓶香水，香港买的，明天给她。

他道，香水是好的，我想，她最需要的不一定是香水。

她问，以一个男性的眼光，最该送给女性的该是什么呢？

他踌躇道，我很久没给女性送过东西了，还真被你问住了。一般讲来，还是要实用一些吧。

她俯身去收拾衣物道，你是对的，女人总是比较实在一些，可是女性也有的浪漫一面。

他一低头，道，不早了，我过去了，明天见。

次日一大早，嘉欣告诉他俩，詹局来过电话了，县里安排九点整开会。

刘老师惊道，他的动作真快啊！

匆匆吃罢早饭，三人同乘嘉欣的车赶往县城。路上出现了一起车祸，他们到达县政府三楼的会议室时，县长等一行已经陆续进来了。

县长简短地开场之后，先由詹局介绍本县的野生动物现状，再由疾控部门的人回顾疫情时期新冠病毒的传染情况……两人各讲了一刻钟左右。县长对两人的讲述都似有不满，道，一个讲野生动物，不讲我们县有多少只野生蝙蝠？一个讲疫情，不讲蝙蝠是不是病毒的宿主之一？我们今天请来深大的刘传鑫教授，就是要论证一下这么多藏在玉笋山天坑溶洞里的蝙蝠，该留还是该杀？你们两个总要提一提蝙蝠吧？

疾控部门的人默然无语，詹局起身道，天坑的溶洞里是有很多蝙蝠不错，是在本县林业管辖的范围也没错，可这种野生动物不在我们的保护名录之中。就像麻雀、灰喜鹊一样，我们基本无视它们的存在。

一片轻轻的笑声缓解了会议的紧张感。

县长蹙起眉头道，有些动物，你无视它们的存在，它们可不会无视你的存在。

轮到刘老师发言了。认识他以来，小静这是第一次听他正经发言。他手上没有任何讲稿与资料，却从动物学的大致分类讲到了蝙蝠，讲到几十种蝙蝠在国外及国内的分布、习性。本县的蝙蝠主要是果蝠。果蝠是狐蝠科果蝠属下的动物，主要分布在热带和亚热带。在中国，它们主要栖息在华南的森林里。果蝠大小都有，最大的翼展可长达两米。果蝠在黄昏或夜间出来觅食，我们这一带的果蝠以采食花蜜为主，虽然可能对果树造成一定危害，却同时传递了花粉，尤其在大面积果林没有足够的昆虫传授花粉之时，其作用就更为突出。还有一些食果蝠，杂食多种果子，果树的种子经其消化道排出之后，不仅有较高的萌发率，而且有较高的播迁率……

他的讲话语速偏快，对于那些思维活跃、反应敏捷的大学生是合适的，在这个场合似乎也有吸引力。她看到了听讲人的专注神情。通常说女性对异性的气味敏感，小静对男性的声音也同样敏感。刘老师演讲之时的声音，较之平时更厚实而富有磁性。

伴随着他半小时左右的讲话结束之后的"谢谢"，座席之中响起了一片掌声。这掌声中，自然也有小静的。四目相接之时，她相信他感受到了自己的赞许。

接下来县长让大家提问，并希望大家提一点有难度的问题，刁难一下教授。

一个年轻的男子自报家门是学水利的，他问，如果能够通过解剖，确定我们山里的蝙蝠带有多种病毒，消灭它们是不是更正确的选择？

刘老师答，不用通过生物学解剖实验，我就可以断定，这一大群果蝠身上肯定能找到不止一种病毒。问题其实不在这里。目前发现的化石可证，这种会飞的哺乳动物生活在大山里、溶洞中，至少已经有七八千万年了。人类才多久？至多是几百万年，连蝙蝠生存年份的零头都不到。我们有何理由去搅扰它们？彼此相安无事，岂不是岁月静好？换一句话说，成为各种病毒宿主的动物无所不在。譬如SARS的病毒宿主可能是刺猬、果子狸与穿山甲，莫非我们为了消灭SARS，就把刺猬、果子狸和穿山甲都干掉吗？中东病毒MERS，又称中东呼吸综合征冠状病毒，有人说它的中间宿主是骆驼。骆驼跟人类接触更频繁，我们能够从此把"沙漠之舟"斩草除根吗？诸如此类的例子太多了，举不胜举。

略有冷场。

一个穿花格衫的女子问，即使蝙蝠能够给果树传递花粉，但我们为何不能让蜜蜂来取代它们呢？

刘老师刚想说什么，侧脸见嘉欣在旁，便示意他讲讲。

嘉欣站起来，落落大方地道，他的果园里是有一些蜜蜂，都是他父亲在世之时养的本地野蜂。不大量引进外地蜂农，一是担心同时带进来虫害与病毒；二是因为现在到处喷洒农药，蜂农损失很大，逐年减少，不是想什么时候约来就约得到的。

刘老师补充道，这么多年以来，嘉欣果园里，蝙蝠采蜜授粉，形成了一个自然的良性循环。这个平衡真的很好，千万不要轻易打破它。万事万物自然的平衡，才是真正的永久的平衡。

有人嘀咕，蝙蝠采蜜授粉，好像谁也没看到过啊，都是推论的，连一张图片也没有。

嘉欣叹气道，我爸爸在世的时候是看到过的。我只要下点功夫，也能够拍得到。你们给我点时间就是了。

刘老师沉吟道，果蝠是否在嘉欣果园传递花粉，没有证据，暂且存疑。这甚至不是最重要的——当然，对嘉欣果园未必不重要。自然界多次给过我们惨痛的教训：任何一种平衡都不要轻易去打破，因为我们不知道会带来怎样的后遗症。消灭了蝙蝠，不仅有可能没了好吃的果子，更可能适得其反，将更多的病毒释放出来。动物世界，人不扰它，它就不会扰人，我们何苦要去赶尽杀绝呢！病毒的一大特点就是会寻找新的宿主。它原本待在野生动物身上，与人类相安无事。一旦你侵占了动物的地盘，病毒就会很快完成从动物向人的迁移，这就是所谓的"人畜共患病"。这类的例子很多……

轮到县长做总结了，他倒是快人快语，道，今天听了刘教授的演讲和解答，我不想恭维什么听君一席话胜读十年书。但是我听明白了。我们的玉笋山正在一步步申报国家级自然保护区，那么多动物植物，都要保护起来，不要去乱动。不管是什么动植物，不管是什么等级，一个是不要乱砍，一个是不要乱吃。北方人讲我们广东人，天上飞的除了飞机，什么都吃；四条腿的除了桌子不吃，什么都吃。要彻底改变这个陋习！一切从我做起，大家讲做不做得到？

大家群起响应，做得到！

之后是一片热烈的掌声。

县长对詹局道，你把今天会议的情况，拟一个材料及时报上去。他说着侧身对刘老师道了一声谢，告知还有一个会在等他。两人匆匆握手之后，县长便卷起手中的材料快步离席了。

散会后，刘老师对詹局道，很久没有开过这么高效的会了。

詹局道，县长是华师信息工程学院毕业的，上任时间不长，从不开长会。也是因为太忙，每天都有好多个会等着他到场。他忙得像陀螺一样。

院子里，刘老师与小静上了嘉欣的车，他俩还是愿意回到山里去住。

车上，刘老师对小静道，今天唯一的遗憾是没有听到你发言，早知这么快散会，应该让你先讲讲的。

小静道，我能讲什么呀？这个会，你才是专家，一言九鼎。

刘老师道，听听文科老师从审美的角度讲讲动物，也是需要的。

小静道，我可以讲故事。明代的文学家冯梦龙写了一本《笑府》，里面有一则蝙蝠的故事。凤凰过生日，所有的鸟都前来祝贺。只有蝙蝠没有来。凤凰责备它，你居于我之下，怎么能如此骄傲呢？蝙蝠说，我有脚，属于兽类，为什么要祝贺你呢？之后，麒麟过生日，蝙蝠还是没有来。麒麟也责问它为什么不来。蝙蝠说，我有翅膀，属于飞禽，凭什么向你祝贺？不久，麒麟和凤凰见了面，说到蝙蝠，相互感叹说，现在这世界风气恶劣，偏偏有一个这样不禽不兽的家伙，真拿它没办法呀！

听完，刘老师和嘉欣都乐了。嘉欣道，你若是在会上讲了这个故事，大家都要说蝙蝠该杀了！

小静道，可是我也会说，中国自古以蝙蝠为吉祥之物，蝙蝠的吉祥图案在中国各地的建筑雕刻和绘画中都能看得到。蝙蝠、梅花鹿、寿桃代表福、禄、寿，蝙蝠和寿桃的组合则是福寿双全，石榴与蝙蝠呢，不用讲，是多子多福。

刘老师叫好道，下次就请你专门讲一次中国的吉祥文化，从蝙蝠开始……

小静幽幽道，好啊，但愿有下一次，我一定好好准备一下。

是夜，因心情大好，嘉欣备了茶点，请两位老师品茗赏月。月晕很大很厚，月儿便显得萌萌的。一棵棵果树，有的伛偻，有的挺拔。林子深处不时传来几声梦呓般的鸟啼，在林间骤然扬起又倏然落下。

忽然起风了，不像是自然而来，却像是有人在背后挥舞着一把巨扇。

随着呼呼的响声，嘉欣诧异道，怎么回事啊？

溶洞那边，一张巨大的黑幛呼啸而来，漫过树梢，遮过月光。

刘老师道，啊啊，今晚有福，要看到果蝠采蜜吃果了！

小静用双手捂住嘴道，真的啊？

月光再度一亮，群起的生灵们密密地潜落在枝头，却悄寂无声。像一大片流沙，很快泄漏得点滴不剩。

三人才站起，生灵们再一次鼓翼腾飞，飞向月光，飞向山头，飞向高远处。

余下一地破碎的金色。

次日一早，三人相约下了天坑，想看看蝙蝠们是否回归了溶洞。

他们看到的只有一地的蝙蝠粪。无论穹顶还是四壁，一只果蝠都没有。

小静道，想起一个词儿，万籁俱寂。

嘉欣懊丧道，怎么会呢？从来没有见它们一去不返过。

刘老师道，是啊，离开了它们祖祖辈辈生活的溶洞，它们还能到哪里去呢？！

为了看看果蝠们是否会回来，刘老师和小静多住了一晚；第二天到溶洞，眼前依然是一片死寂。

与玉笋山嘉欣果园场告别，驱车返回深圳之前，刘老师对嘉欣道，这个谜我也暂时解不开。一旦它们回来了，你就告诉我们吧。

嘉欣双眼迷离道，不知道它们去了哪里？还会不会回来？

回到深圳之后的第二天下午，小静又在案头蹙眉铺开了课题，同时收到了嘉欣的短信：詹局告诉我县里的材料上报之后，上面很快批复，疫情很可能出现反复，为防止灾祸，从源头切断，宁可错杀一千，不可放走一个。迅速组织队伍，将凤梨天坑溶洞里的蝙蝠全部扑杀。

小静问，那些蝙蝠回来了吗？

嘉欣答，一去不返，踪影全无。莫非它们事先得到了什么指令？

小静将信息转发给了刘老师。

过了一刻钟，刘老师发来一段微信语音，念的却是《满庭芳·静夜思》的下阕：

一钩藤上月，寻常山夜，梦宿沙场。早已轻粉黛，独活空房。欲续断弦未得，乌头白、最苦参商。当归也，茱萸熟，地老菊花黄。

他是念的，还是背下来了？小静一时琢磨不透。

原载《北京文学》2020年第8期，《小说月报》2020年第9期转载

鬼金

无尽之中

> 这条路穿过整个地球,这是通向最远地方的一条路。
> ——胡安·鲁尔福《佩德罗·巴拉莫》

韦宁给我打电话的时候,我正走在雨中。那是一条孤寂的陌生的道路,看不到尽头。这是我第一次在荒野中发现的。之前,我来过这片荒野,并没有深入,也是因为惧怕荒野深处有孤魂野鬼出现。此刻的我像一个被禁止入城的人,在荒野中行走。我在寻找什么吗?不,我只是喜欢偶尔来荒野中,释放一下自己,那一刻,我仿佛成了荒野的一部分。每次这样从荒野回到城里,我都满血复活,继续我的生活。

韦宁问,你在哪儿呢?

我说,我在荒野。

韦宁问,你去荒野干什么?

我说,玩儿。有事吗?

韦宁说,韦宇出事了。

我问,韦宇咋了?

韦宁说,自杀了。

听到韦宁说出"自杀了"几个字的时候,雨下得格外大,从雨伞的边缘流下来，像一个笼子囚禁着我。

我顿了一下，说，为啥啊？

韦宁说，不知道。你去过韦宇的住处吧？他用一根绳子把自己挂在了楼梯的栏杆上……

韦宁带着哭腔。

我站在四周都是野草的荒野中，脚下的路已经被雨水浇得泥泞了，粘住了我的鞋。透过雨伞望出去，那些从天而降的雨滴在草叶上跳动着，然后，顺着草叶滑落到茎秆上，直达地面……有的雨滴经过野草之间的缝隙直接落在地面上。那些雨滴在野草间发出窸窣的声音，像一群圣灵，从天而降，去泥土下面救赎那些孤魂野鬼们。我擎着的是一把黑色雨伞，此刻，荒野是那么空旷，我成了那些野草中的一株，倔强地生长。天地间的野草，在雨水中，挺立着。

我对韦宁说，韦宇现在在哪儿？

韦宁说，我正在去殡仪馆的路上。

我说，你的父母都知道了吗？

韦宁说，是我妈给我打的电话。

我说，好好安抚你的父母。我一会儿，直接去殡仪馆。

韦宁说，给你添麻烦了。我实在是找不到可以帮我的人了，我才……再加上，我知道你和韦宇一直不错……所以……

我说，说这些干什么？虽然我们离婚了，但就冲着我和韦宇的感情，我也会去的。你节哀，注意身体。韦宇走了，你爸妈就指望你了……

韦宁说，谢谢。

打完电话，我站在那儿一动不动，倾听着雨滴打在雨伞上，噼里啪啦的。雨伞在那一刻成了我头顶的另一重苍穹，黑色，凝重。而在这一重苍穹之上还有一个更大的苍穹，无边无际，笼罩着众生。

此刻，我刚听到众生中的一员在苍穹下走失的消息。

他叫韦宇，韦宁的弟弟，我的前小舅子。

迷羊中的那一只，你走失了。你注定会得到救赎……

我突然想起韦宇时常挂在嘴边的这一句话。

倾斜的雨丝打湿了我的衣服。我挪动着双脚，从泥泞中拔出鞋子。被雨水浸润过的野草们，用潮湿和草木的气息包裹着我，仿佛要抬着我上升，上升。我看到一些弯折和倾倒在地面上的野草，我从泥泞中抬起脚，用鞋子把它们扶起来，让它们倚靠在其他站立的野草身上。我继续沿着那条小路，向前走。雨水的合唱团，在万千草叶上，伴着雨水歌唱，歌声直抵苍穹。我企图敞开喉咙加入那雨水的歌声，但悲伤的我无法发声。我走着，走着，被雨水囚禁。荒野犹如一座孤岛，在雨水中随时都可能漂浮起来似的。

我，雨水的囚徒，在自我放逐和流放中。

我在荒野中寻找我的梯子。之前来这荒野也是偶遇。

那天，写作结束后，我和医院里照顾病人的柯雨洛说，我出去走走。我开着车，出了城。大概半个小时，我看到了路基下面的这片荒野。它被金色的光笼罩着，吸引了我的目光。我停下车，从车里出来，在路边站了一会儿，看到一只小动物的骸骨，看上去像是鸟儿的。我翻越路基的栏杆，下去。下午的日光仍旧炽烈，要点燃什么似的。我在野草中走了一会儿，竟然有了困意。我找了个地方躺下来，呼吸着草木气息。我竟然睡着了。

我梦见了雅各。雅各出了别是巴，向哈兰走去；到了一个地方，因为太阳落了，就在那里住宿，便拾起那地方的一块石头枕在头下，在那里躺卧睡了，梦见一架梯子立在地上，梯子的头顶着天，有神的使者在梯子上，上去下来……梦醒来的那一刻，我问，我是谁？我是谁？一道光束从荒野上方照射下来，从上笼罩着我和我身边的野草们。那些野草们变得透明，我的身体在光束中仿佛也变得透明、轻盈，随时要升起来似的。那些野草们托着我……是神吗？是神在那光束中，俯瞰我吗？是给我神启吗？那么，这神启又是什么呢？那阻止我进城的人于我是什么？是世俗还是那些蔑视我的人？……就那样，我躺在荒野里，直到黑夜来临，才从荒野中走出来，身后的野草们在挽留我。我开车回城。霓虹闪烁的城和马路，几乎让我迷失。我在安慰自己，你所在的城是另一片荒野。回到家，柯雨洛已经准备好晚饭，我亲吻了她的脸颊。我们坐下吃饭的时候，我和柯雨洛说起我去的荒野，说起我在荒野中梦见了雅各。柯雨洛问，你说的荒野在哪儿啊？我说，在去卡尔里海的路边……柯雨洛说，有时间，带我去好吗？我说，好。你这么一说，我倒觉得如果我们两个置身在那荒野中，像……柯雨洛问，像什么？我说，伊甸园。柯雨洛说，你不会还在梦中吧？我说，没，我醒着呢。我问，你母亲的病如何了？柯雨洛说，还好，再过几天，也许就可以出院了。我说，你辛苦了。柯雨洛瞥了我一眼，说，不辛苦。

柯雨洛照顾的是她母亲，我想帮忙，但她还不想让我出现在她母亲和其他家人面前。这多少让我有些沮丧和没有安全感，但我又能怎样呢？既然爱她，我就要接受这一切。她母亲大脑缺氧的时候出现了幻觉，说，你又在干什么？领着那些小人，研究什么药吗？拿我做实验吗？看你把我手扎得……你们研究的是什么药啊？你们咋把我关在笼子里了呢？大老虎和我是好朋友，我会让它把你们都吃掉，你，还有那些躲在你身后的白色小人……你爸喊我了，他站在花丛中，说，那些花是给我采的……

我喜欢柯雨洛讲她母亲的幻觉给我听。我甚至恐惧地说，这不会是回光返照吧？柯雨洛说，不是，是大脑缺氧的幻觉。我说，有一天，我要把这些幻觉写到我的小说里。

雨没有停下来的意思，荒野之上已经笼罩着白色的水汽。我仍旧举着雨伞，在无尽头的荒野中行走。来的时候，天还是晴的，我刚在路边停下车，就开始下雨了。我坐在车内点了支烟，犹豫着要不要下去。完成一天的写作任务后，我收到一封电子邮件，是一封退稿信。对于一个靠写作来谋生的小说家，退稿信是残酷的。我详细看了几次退稿信的内容，是我不能认同的理由。这么多年，我已经习惯和适应了退稿，东边不亮西边亮，总能找到地方发表的。虽然这么说，但心里面还是有些不舒服，仿佛明天就没米下锅了似的。整个人突然变得烦躁和焦虑起来。我厌恶这样的危机感。关于小说，我不想多谈，在心里我有我个人的文学坐标和审美标准。柯雨洛还在医院照顾她母亲，这次，我没有和她说，开着车就出去了。我坐在车内抽完烟，还是决定到荒野中去走走。我记得后备厢里有一把雨伞。我从车上下来，打开后备厢，拿出雨伞，翻越路基的栏杆，下到荒野中去。

接了韦宁的电话后，我踌躇着是否继续在荒野中行走。雨连接着天地。我又走了一会儿，才停下来。我转身往回走，心想，我得去殡仪馆。韦宇在那里，我必须去和他做最后的告别。我把韦宇的逝去，在心里面默默告诉给荒野，我没听到回答。我默然在雨中祷告，荒野给我力量吧，让我去安慰那逝去的灵魂吧。荒野仍没有回答我。我蹚着泥泞，来到路基下面，翻回到路面，回到车旁。我收了雨伞，放到后备厢内。我进到车内，透过雨，荒野在我眼中是模糊的，近乎白色，仿佛随时都会从大地之上升起来。我仿佛看到有天使出现在荒野上空。我开动雨刷器，挡风玻璃上的雨水被刮干净了，眼前的荒野变得明晰，那些野草们在雨中发出呐喊或者是鸣咽。我开动车子，离开那里，直奔望城郊外的殡仪馆开去。之前的殡仪馆坐落在望城市内，后来，搬到了郊外。这还是我第一次去搬迁后的殡仪馆。

我在路上给柯雨洛打了个电话。

我说，你从医院回家不要等我，我要去殡仪馆一下。

柯雨洛问，怎么了？

我说，我前妻的弟弟自杀了。

柯雨洛说，哦，那你去吧。什么时候回来？

我说，看情况吧。他生前，我们的关系很好。我想给他守夜，直到下葬……

柯雨洛说，好吧，你注意身体，能睡一会儿，就睡一会儿。

我说，好。忙完，我就回去。

到了殡仪馆，我找到停放韦宇的房间，第一眼就看到韦宇躺在水晶棺材里。韦宁用哭红的眼睛望着我说，你来啦！我说，嗯。我给逝者韦宇鞠了躬，死者为大。鞠完躬，我看到韦宁的父母在旁边，我不知道怎么安慰他们。她父亲坐在那里不停地抽烟，我也点了一支。她母亲哭得瘫软在沙发上，闭着眼睛。韦宁拉着我来到门外说，能不能再帮忙找几个人，抬重的人还缺几个。我说，好的。我给几个朋友打电话说了事情，几个朋友都说，没问题，出殡那天一定出现。我在电话里感谢着。我对韦宁说，搞定了。韦宁说，谢谢。我说，客气什么。即使韦宇不是你弟弟，是我的朋友，我也会尽力的。我问，买墓地了吗？还是……韦宁说，我爸说了，不给韦宇买墓地了，白发人送黑发人已经够他们受的了，不能再留着个墓地，到时候……他决定给韦宇海葬，已经让殡仪公司联系了，把他的骨灰撒到卡尔里海。我说，这样也好。那大海也许是韦宇向往的。这么多年他都向往自由和辽阔的人生，但他还是走了窄门。韦宁说，都是他自己……本来有个工作，不好好上班，偏偏要辞职，去搞什么电影。要不是去搞电影，也不会……我说，人生没有对错，只要他选择了自己喜欢的，即使他最后离开了这个世界，那也是没有遗憾的。你刚说的这些话，你也多次对我说过，不是吗？这也许就是你对这个世界和这个世界上的人的看法。其实，一个人活自己才是最重要的，任何道路都应是自己选择的，而不应被别人左右……韦宁说，离婚这么长时间，你还记着我说过的话呢！你还恨我吗？我说，不恨。在一起的时候，有爱，分开了，不要有恨。韦宁的眼圈再次红了，她扭过身去，抹了一下眼角的泪水。我说，你劝你爸妈回去吧。晚上，我在这儿守着就行。我觉得我和韦宇是那种惺惺相惜的朋友，虽然他小我十二岁，但我们之间没有代沟。韦宁去劝她爸妈回去，说这里她和我可以照顾好的。她爸站起来，来到老伴身边，把她拉起来说，回家，你在这里守着，他也不会回来。早知道养了这么一个畜生，当初还不如不生下他。他竟然如此狠心，说离开就离开了。老伴，我们回家。韦宁也在一边劝着，说，妈，你和爸都回去吧。等海葬的时候，你们再去……你们在这儿，如果韦宇在天之灵看到了，也不会好受。他就是这么一个喜欢清静的人。再说，这里有我和他姐夫。他活着的时候就和他姐夫很投脾气，很唠得来。岳母说，韦宇这些年心里谁都没有，就有他自己。岳母说完，看了我一眼，没说什么。从她的目光里，我看到了刺人的责备，仿佛韦宇是被我带坏的，才走到今天这步。当初，我和韦宁处对象的时候，她就不同意我们在一起，最后还是我们自己走到一起；虽然后来离婚了，但我们之间毕竟有过一段美好的琐碎的潦草的生活。韦宁出去送她爸妈，房间里变得安静下来。我拿了把椅子，坐在韦宇身边，盯着他脸上那种死的白。他的肉身沉入了宁静，沉入了近乎冥想的世界。

我坐在那里，默默地和韦宇说，安息吧，神会来接你的。你只是先走了一步而已……这个世界上还有很多像你一样迷失的羊。我也曾有过想自绝的时刻，但我没有勇气，我没有……现在想想，我仍苟活在这个世界上，为了什么？为了爱，为了继续战斗……虚构中的敌人，时刻都存在着。现在，你离开了，你将在另一个世界复活……你姐说，他们已经决定把你海葬，相信你是知道的吧，也相信那是一种你喜欢的方式，归于大海，归于更广阔的的世界……你姐给我信儿的时候，我正在郊外的荒野之中。最近，我开始迷恋那荒野……如果你还活着的话，我一定会和你一起去那荒野的，相信我们会有很多共同的话题，关于荒野。你的离开，让我在望城少了一个真正的朋友，我会感到孤独……

韦宇的遗像挂在墙上，注视着我和躺在水晶棺材里的他自己。我真希望墙上的韦宇可以说点什么，但那遗像静静地挂在墙上，让整个房间里的一切仿佛都跟随着死了似的。我甚至能感觉到躺在那里的韦宇有一种强大的力量和气场，这种感觉让我的身体战栗了一下。我从椅子上站起来，去走廊里点了支烟。

其他房间里守夜的人，在走廊里支起了麻将桌，在玩麻将，让整个走廊甚是喧闹。每个房间里都躺着一个逝者。他们用躺着的姿势与这个世界告别。

韦宁回来了，她手里拎着盒饭说，晚上就对付一口吧。如果你有事儿的话，你就回去吧，我一个人陪他。我说，我没事儿。我会在这儿守着他的，直到……韦宁说，谢谢你。我说，你告诉他妻子了吗？韦宁说，没。我不想告诉她。如果她和韦宇好好过日子的话，也许韦宇不会这样……我说，这就是你的不对了，都这样了，你还有什么不能原谅的呢？你告诉她一声，她来不来是她的事儿了。韦宁说，你说得也对。那我给她打个电话。她拿出手机，找不到号码了，问我，你有她的号码吗？我拿出手机，还真找到了韦宇妻子的号码。我说，还是你打吧，我把号码念给你。

我上次和韦宇在他家附近的小学校打篮球的时候，韦宇在打篮球的间歇，说，他妻子魏红流产了，回娘家了，要和他离婚。他看上去有些沮丧。我当时不知道怎么安慰他，只是在他肩膀上拍了拍。然后，我们继续打球。他的跨栏动作真的很漂亮。他的偶像是美国的篮球明星科比。打完球，我们去他家附近的小饭馆简单要了两个菜，喝了几瓶啤酒。我问他，你给北京那边写的剧本有消息了吗？韦宇骂了句，他妈的，让我改，我放弃修改。我问，给钱了吗？韦宇说，给了三万。我不管了，让他们自己去改吧。那个导演根本就不懂电影艺术，是一个沽名钓誉之徒。靠着拍电影，弄些潜规则什么的。人渣。要不是我上次拍的片子，赔得倾家荡产的，我也不会把本子给他……上次那个片子，我还欠朋友五十万呢，天天打电话和我要……唉，我都成了丧家之犬了。

我知道韦宇拍片赔了的事情。当时，我和韦宁还没有离婚。韦宁还借给他五万块钱。至于还没还韦宁，我后来也没问。离婚是我提出来的，我净身出户。

韦宁给魏红打电话，说，韦宇出事儿了，在殡仪馆，你是否来一下？来不来随你，反正我告诉你了。韦宁说完，就撂了电话。她对我说，吃饭吧。我来到里面，坐在韦宇旁边吃着盒饭。韦宇问我，你和那女的，现在怎么样？我说，挺好的。韦宁说，哦。你们打算结婚吗？我说，不知道，她说和我签一年的约，做我女朋友。如果一年过去了，彼此都还满意的话，就再续约。韦宁说，哦，这个女人真聪明。韦宁没再说话，我低头吃着盒饭。盒饭里的菜很油腻，一点儿都不好吃，但我从荒野回来，真的饿了。我勉强吃完。和柯雨洛在一起后，我开始习惯清淡口味的饭菜。我吃完，把饭盒和方便筷子扔到走廊的垃圾箱里。走廊里的喧嚣随着夜晚的来临，更加嚣张了。和那喧嚣相比，韦宇的房间是冷清，只有我和韦宁在这里陪着。我借故去厕所，给柯雨洛打了电话，说这三天，我都不能回家了，我要直到韦宇的事儿结束才能回去。柯雨洛说，你吃饭了吗？我说，吃了盒饭。柯雨洛说，你要注意你的胃。我说，好的。柯雨洛说，天开始凉了，尤其晚上，你要注意了。我说，好。柯雨洛说，你不会和你前妻……我说，你啊，小心眼了不是？柯雨洛说，人家爱你，才……我才不怕你，如果你们和好了，我就让位给她……我才不稀罕你呢。我说，真的呀？！柯雨洛说，你说呢？我说，你母亲咋样？柯雨洛说，今天检查了，各项指标都正常，明天出院。我问，她没再出现幻觉吧？柯雨洛说，没。倒是和我说，我应该找个男人了，将来老了，还是需要个伴的。我说，你咋说的？你没说有我了吗？柯雨洛说，我没说。你还没和我签约呢。如果我说了，她一定要见你，而你……我得多难堪……

我不知道怎么安慰柯雨洛。她说，她母亲喊她了，不说了。我从厕所回来，看到韦宁对着韦宇发呆，失神了都。我没有打扰她，而是坐在灵堂外面的沙发上，抽烟。

我还记得韦宇刚从北京回来，落魄潦倒的。他和魏红结婚时候的房子已经卖了。他租了个房子。那房子附近有一所小学，还有一片树林。他心情不好的时候，会找我过去，我们会在树林里闲聊一些事情。虽然他失败了，但他的那些对艺术的理解还是那么前卫，我相信他的失败只是因为人们还没有意识到他的价值。那部影片我看过，讲的是一个逃离的故事，一个父亲意外杀了人，骑着摩托车，在路上逃离的故事。结尾的时候，是一片大海在远方，那父亲骑着摩托车在驶向大海。那一刻的镜头对着旋转的车轮，而远处灰蒙蒙的大海上空，出现了一个男天使，长着一对翅膀……父亲开始调转车头，背离大海，加快速度，仿佛要回到现实主义的人间。这时候，你会发现那男天使在他的头顶，跟随着他；一根细长的绳子绑在他身上，牵引着男天使在天上飞。父亲骑着摩托车牵引着天使的身体，慢慢变成了骷髅……影片结束。

我当时看完的时候，就觉得牛。我承认我的判断是从艺术的角度，这个世界恰恰是很多艺术的东西被人看成狗屎，一文不值。人们需要的是娱乐，是廉价的感动，是……

有一天，我们在树林里闲聊，一条流浪狗被他收留了。他多了个伙伴，每天都领着那条狗出去玩。那狗陪伴了他很长时间，有一天突然失踪了。他在他家附近贴满了寻狗启事。我看到他痛苦的样子，无从安慰。我们聊到了电影《撒旦的探戈》，还有《都灵之马》，他才从痛苦中拔出来。聊起电影的时候，他的眼睛里是冒着光的……那天，他还跟我说，他看到一篇小说，里面是这样定义灵魂的。

> 灵魂……一种实体，被认为是生命或个体生命，尤其是在精神活动中表现出的生命的精髓、实质、驱动原理或动因；个体存在的媒介，性质上与肉体分离，通常认为实际上也是可分的。

我不明白韦宇为什么突然和我谈论起了灵魂，看着他阴郁的表情，我心里面突然有了恐惧。我说，如果在望城待着憋闷的话，就出去散散心。我当时把兜里仅剩的五百块钱塞给了他，他没有拒收。

我正坐在沙发上发呆，看到一个女人进来了。是魏红，我以前见过她。她看上去胖了一些。她有一米七的个头，披着长发，一身黑衣，穿着黑色高跟鞋。她直奔灵堂而去，我扭身看到韦宁站起来了。两人没说话。魏红盯着韦宇的尸体，整个人是沉寂的，仿佛在等着悲伤爬到她身上似的。韦宁从灵堂出来，瞥了瞥里面。我竖起耳朵，听到的仍是沉寂。我相信悲伤已经爬上了魏红的身体……我想窥看她的一举一动，但有韦宁在身边，我坐着没动。过了一会儿，她从灵堂出来，把韦宁叫了出去。两人在外面说了很长时间，我听到魏红离开时高跟鞋敲打水泥地面的声音。韦宁回来说，什么人呢？连个眼泪瓣儿都没掉。她说，她上次流产后，回娘家了。她有一次去韦宇的出租屋拿东西，两人又发生了一次，她现在又怀孕了。她问我，我们家是否打算要这个孩子，她妈已经劝她打掉孩子。她不忍心。现在韦宇不在了，她问我怎么办。如果我家还要这个孩子的话，她打算生下来，但要我家抚养。你看该怎么办？我说，这样的事情，我不好给你们拿主意。你要和你爸妈商量。如果你们还想给你们韦家留个后，我建议把这个孩子留下来，如果你们……那就算了。你也不要怨恨人家魏红，人家能做到这样，已经不错了。韦宁说，等处理完韦宇的事情，我和父母商量一下。我想，我妈一定会要这个孩子的。

夜深了，走廊里的喧嚣仍旧在持续着，仿佛那是一个热闹的人间。柯雨洛来私信说，想我了。她说，她没见过韦宇，她想看看……我说，死人，有什么可看的。柯雨洛说，我想看看和你投脾气的人是一个什么样的人，即使他不在了……我说，好吧。我趁韦宁去厕所的时候，给柯雨洛录了一段灵堂的视频，发过去。柯雨洛再没回话。我不知道她看到逝者韦宇会是什么感想。过了很长时间，柯雨洛发来一条信息，说，我爱你。

出殡的时候，只有我和韦宁，她的父母没来。韦宁捧着骨灰盒，我坐在她的身边。我们在殡葬公司的安排下来到了卡尔里海，上了船，把韦宇的骨灰撒到了大海之中。涌起的白色海浪仿佛在欢迎他似的。韦宁边撒着骨灰，边哭。仪式结束后，我们从卡尔里海回来。一路上，悲伤的韦宁倚靠在我的肩膀上，我没有拒绝。我在路上看到了那片荒野，我想下车，但犹豫了一下，还是没有下。回到望城后，我回到家，看到柯雨洛在家。我问，你妈出院了吗？柯雨洛说，出院了。这几天，把我也累坏了，我让我大嫂帮忙照顾一天，我回来洗个澡。韦宇的事情都处理完了吗？我说，嗯。柯雨洛说，你在殡仪馆待了两天，也冲个澡吧。我说，好。我冲了澡，出来。看到柯雨洛看我的眼神，我把她抱在怀里。柯雨洛说，那天晚上，你给我发韦宇灵堂的视频后，我想了很多，很多。我要享受此刻，至于未来，谁又知道呢？我们做爱……

半个月后的一天，我刚完成写作任务，坐在椅子上发呆。韦宁来电话说，我爸妈同意魏红把孩子生下来，由我们家抚养。

那一刻，我是沉默的，沉默之后又莫名地悲伤起来。我拿上车钥匙，下楼，出城，去了荒野，像回到一个巨大的子宫里。

原载《长江文艺》2020年第8期

邓一光

离开中英街需要注意什么

早三十年，中英街可不是现在这个样子。嗯，更早些的时候，大约两百年前，梧桐山脚下流淌着清冽的滘水河，河两岸一年两造，生长着由青及黄的南方矮禾稻谷。一些飘逸而神气的白鸬鹚、黑鸬鹚伸展开阔大的翅膀从山腰间滑翔而下，落在河边，碎步跑动着追啄鱼虾，那是一道让人舒心的自然风景。1898年，清政府和英国签订了《展拓香港界址专条》，滘水河做了分界线，河北是清政府的地盘——因"日出沙头，月悬海角"得名的沙头角，河南则变成了英国人新租借的土地。一开始，南岸的人们不干，两岸本是一家人，阿太阿叔住河这边，赖里妹里住河那头，河水在自家土地上流淌，怎么就拿来做了界河，生生分割出两家？于是反抗，结果被英国皇家步兵操着李-恩菲尔德步枪一顿狂射，镇压了。滘水河目睹惨案，生了气，像是有意为之，不久就丢下界址改道去了北边，不在中间阻拦，让签下界址专条的双方官家尴尬。两岸的人们不管界址的事，他们在逐渐干涸的旧河道上踩出一条土路，管它叫鸬鹚径；在鸬鹚径上搭建起油毡棚，住下来，使用只有当地人才能分辨的围头话、客家话和汀角话拉家常，和仙女般和美的鸬鹚为伴。再以后，油毡棚换成洋灰房，鸬鹚径慢慢变成一条街，街后有几家作坊，造陶瓷、砖瓦、农具、香粉和凉果。人们把劳动收获的稻米、鱼虾、禽畜、蔬果和土布拿到街上出售。到了20世纪

30年代，属于新界人的赖里妹里在界碑南边开起店铺，向界北阿太阿叔卖些洋货，再收些北边的土特产去港岛和九龙卖，鸬鹚径改名中英街。

我就是在这条街上找到了我的人生。

1983年中英街开街，吃免税饭的水客佬纷纷涌向这里。你想想，隔一道关口，商品价格相差百分之六十，等于捡钱。三十年前，我在这条街上混，多年后回想往事，仍然心潮澎湃。那时候的中英街生机勃勃，是我的梦想之地！

这些事情，我以为早已忘记了。我如今已奔耳顺之年，那会儿二十郎当，什么梦没做过？什么苦没吃过？一腔热血里蹦跶着一颗雄心，没人拦得住。现在？梦早醒了。人不能一辈子好运气，我早想通了。我现在和侄子经营着一家建材店，他大学毕业没找着工作。我阿哥1979年逃港后一直没音讯，不知生死。我得替阿哥当阿爸，养他老婆和一双儿女，你说对吧？

哦，扯远了，说主题吧。今天早上，我接到一位年轻人的电话，对方问我是不是周锦堂先生。我是叫这个名字，打小起没有改过。对方说他叫班森，B-e-n-s-o-n，那是他的名字。我当然没听说过这个名字。我是毛更新的儿子，叫班森的年轻人在电话那头说。有一阵我没有说话，脑子里一片空白，但很快回过神来。我说，哦。我说了哦以后又沉默了。叫班森的年轻人告诉我，他父亲半个月前去世了，胰腺癌，他是父亲唯一的孩子，和母亲从欧洲赶回来处理后事，计划明天返回欧洲。昨天打包父亲遗物时，发现了一件和我有关的旧物，他觉得这件东西很重要。但他从小不在父亲身边长大，不了解父亲的社会关系，通过政府有关部门找到了我的联系方式。现在的城市靠智能管理，要找到谁很容易。叫班森的年轻人说，他想和我谈谈，希望我能见他一面。

这就是我突然想起当年那些事情的原因。

收起电话后，我问侄儿，班森是什么意思？侄儿在店铺门口帮客户往车上装货，怀里抱着一捆多芯线，眼仁轱辘了两下，说，好像是，有父亲的性格吧。我说，哦。我说完哦以后就想，侄儿和叫班森的年轻人都没了阿爸？

那年我刚到中英街时，街上只有几十家铺子，卖些大陆不多见的日用品、化工面料、电子产品和金器。一开始我替老狐带货，主要是录音机和手表。老狐姓胡，新界的"水客头"，做内地收购商的生意，人们管他叫老狐，就像我姓周，人们管我叫阿粥。说起来，我和老狐算远房亲戚，我们两家都是博罗杨村华侨农场的归国华侨。老狐家里子女多，老狐在家不受待见，十几岁跟人逃到香港，揾了几年工，拿到香港身份。中英街开埠后，他在街上做"港行"转"陆水"，组织人从新界带货过关。老狐手下有几十个带货"蚂蚁"，多数是做兼职的打工仔，也有几个"深户"，挣点辛苦的"水钱"养家糊口。我一直跟着老狐干，他很照顾我。

一开始我办的是"蓝证"，一次性出入，带货免税额三千。钱难赚，我吃过亏，说好每手货给三十港币，一般只能拿到十块二十块，不够交房租和饭钱的，有两次一毛钱没拿到，还挨了揍。这样干了半年，我给老狐说，我们是同乡，你不能这样对待我。老狐看我一会儿，递颗槟榔给我说，好好跟定我，以后不让你折本。

不是吹，带货这一行我有天分。我不会紧张兮兮蹲在入街广场上等着提货，那很容易被巡街差佬看出来。有时候，我会晃晃悠悠走过大榕树，闪进后街，靠在石墙上看打着哈欠的慵懒妇人倚在自家门口给婴儿喂奶；有时候，我会踱进熟悉的店铺，和帮工的大陆妹说说笑笑，打情骂俏。干我们这行的拿货有规矩，"流水人肉"进街前先要拍照编号，按人头提货，出关后有人拿着照片验货。我是老狐的亲戚，不用谁验。我会观察当天是哪几个差佬查关，不会在同一班人值差的点进出。要是我没得失心疯，朝差佬脸上吐槟榔水，一定没人拦我。那两年我特别顺，通过率高。老狐看我能干，花了点钱给我办下沙头角长居和多次往返"黄证"。我有了身份，虽说一次只能带五百块的货，但进街次数多了，"抽头"也就多了。我那会儿混得不错，不到五年就帮阿爸把家里的新房子盖下了。我还开始追妹子。她叫观水秀，增城人，模样儿俊俏，在沙头角帮她姐丈守服装摊。我答应赚很多钱，然后娶她，我们一起过好日子。她有点扭捏，不说嫁不嫁给我的话，但我确定她迟早会答应，我有把握。我说过，老狐他对我不错。

大概80年代末，有一次，老狐被人装进蛇皮袋，拉到八仙岭上揍了一顿，用鸭嘴钳卸掉两颗门牙，流了很多血。打过破伤风针，镶好牙以后，老狐不再做录音机和手表，改做金。我听说这件事是一个有大背景的水客佬干的。我没敢问。我还跟着老狐，升格做了他的贴身马仔，替他管理"人肉"。我当然不能说我的运气和老狐门牙被人钳掉有什么关系，但情况就是这样。我管"人肉"，不光能"抽水头"，还能隔三岔五替自己带点"小货"。老狐知道，他睁只眼闭只眼，要不他能怎么样？他做金子最鼎盛时期，我每天组织人一趟趟带几公斤货出关，他后来的发达有我很大功劳。当然，我也走过麦城，没少挨揍，还被人敲断两根手指。但我能吃苦，人缘也好，从不欺负"人肉"，遇到同行有麻烦，能照顾的都会照顾，这是"水客"间的默契。走麦城那次，我防着前胸没防住后背，被港警抓住。那些警察偶尔也查"水客"，我的货被扣下。我交了五百元保释金，三个月后到粉岭出庭，再交三百元开庭费，判罚三千，一个月白干了，比敲断手指还让我心疼。

我交罚款那会儿，大陆第一家外汇交易中心刚成立，第一座核电站在大亚湾正式运行，互联网刚刚起步，大家都生活在欣欣向荣的改革春风里，万众都在往好里奔。我给自己鼓劲，没关系，风中去的水上来，我不会比别人差。

后来毛更新就来了。

有一天，我蹲在观水秀服装摊前，手里端着塑料杯，杯里盛着刚买的咖喱鱼蛋。我一边吃着鱼蛋一边和观水秀聊天，老狐把一个瘦瘦的年轻人领过来，说，阿粥，这是毛更新，技校生，也是杨村镇的，你带上他一起做。那是我第一次见到毛更新，他约莫比我小两三岁，相貌清秀，梳着哥哥的二分头，用了啫喱定型；穿一件水版港衫，一双带襻凉鞋，看上去风华正茂，只是有点腼腆。他假装镇定自若，手插在口袋里，伸一只脚出来。但他脚换得厉害，还不断地扭头干咳，听得出嗓子眼里没痰。我知道他很紧张。我问他，毛更新，你是技校生，为什么不在家里吃公差饭？他一梗脖子，操一口杨桃腔的粤普说，我不想一世没前途。我嘻嘻笑着问他，你说的前途是什么？他眸子斜到一边，用眼白罩住我，眼白和他脸色相差不多，总之很有文化的样子。他说，老狐说了你们的情况。先申明，我和拿不到提成的那些人不一样。我立志做商人，少一分钱也不干。我被鱼蛋噎住了，喘过气来后哈哈大笑，笑得手中杯子里的鱼蛋抖落掉两只。

我止住笑，朝地上的鱼蛋可惜地看一眼，站起来，牙签穿了塑料杯里最后一只鱼蛋，送进观水秀嘴里，鼻孔里哼了一声。毛更新听出我在嘲讽他，没受打击，反过来问我，子贡知道吗？孔夫子大弟子，他就是大商人。不是他出资，孔夫子不会周游列国。他这样说，我就不高兴了。孔夫子我知道，三千弟子，比老粥的马仔多出百倍。但我不喜欢新来的人教育我，而且当着观水秀的面。我把塑料杯和牙签往排水沟里一丢，说，饿狗想飞鸟，还商人哩！你先把博罗普通话改掉，改成广普也行，改成客普也行，要么就干脆说香港白话，说好了再说子贡的事。毛更新愣了一下，问，为什么不能说博罗普通话？我说，你说博罗普通话，差佬一听就知道你从山里来，就会盯上你，你拿什么周游列国？毛更新被我说蒙了，问，那，怎么改？我拉长声调教训他，博罗话哩，声母带喉塞音，有大量清边擦音"ɬ"声母，央元音"ɨ"作单韵母、复韵母或韵尾的字多。这些，广普和客普都没有，知道了吗？我说完，得意地朝观水秀飞了个媚眼。毛更新张着嘴瞪着我，半天没吭声。现在看出来了，他不光眼和脸白，牙也白，肯定是仔细刷牙的人。我没告诉爱清洁的他，初中毕业后，我不想种柑橘，在农场小学代过几天课，不光官普话说得好，还啃了几本中小学语言教材，我得教孩子呀。

后来和毛更新熟悉了，我才知道，他早先的理想不是做商人，而是当医生。他家和我家一样，从新加坡回来，不同的是，我阿爸是工程师，他阿爸是医生。他受阿爸影响，从小崇拜葛洪，就是在我们罗浮山建道场那位岭南道教开山鼻祖，但他不崇拜炼丹的化学家和写《抱朴子》的哲学家葛洪，而是崇拜写下《肘后备急方》的医学家葛洪。毛更新认真研读过葛洪的《肘后备急方》，书都被他翻烂了。用他的话说，葛太老是世上最早治疗天花和恙虫病的神医，对肺痨的治疗心得比外国人早一千年。他想做葛太老那样的人，可惜他学习成绩不景气，只考上惠州卫生学校，读了两年护理专业，毕业后分回罗浮山乡村卫生站，离葛老爷子的道场倒是不远，却离医学家的理想十万八千里。于是他毅然改变梦想，脱下乡村卫生站的白大褂，跑到沙头角来了。

看得出来，毛更新是那种不达目的不罢休的人，他一天到晚给我讲商人的故事。有一天，观水秀一大早在海鲜档买了蛏子送来，我淘米煮饭洗蛏子。毛更新脚尖贴脚跟过来，不说搭一把手，缠着问我知不知道战国时期的大商人吕不韦；秦公子异人落魄赵国，吕不韦资助他回国做了秦庄襄王，自己官拜相国，又帮助秦王兼并六国，还主持编纂了《吕氏春秋》，比我教小学生清边擦和央元音强百倍。为了证明"ɿ"和"ʅ"对商人不算什么，他专门举例，说商人德才兼备，在秦汉之前是国人的典范，所以《史记》专门有一卷"货殖列传"，就是用来歌颂商人的。

老实说，毛更新这个人挺清新，没有油滑气，让人喜欢，但我却不待见他的执拗。我知道他想说服我接受他的观点，可我一点也不想当"货殖列传"里的人，他们看上去的确了不起，可下场都不怎么好。我只想赚够钱，带着观水秀回杨村镇光宗耀祖，过人间好日子。我的朴素愿望被毛更新拿着理想的榔头一下一下猛敲，脑门那块尖锐地膨胀着，特别疼。事情过后再一想，要说乡音乡情，葛洪是半个博罗人，钟楚红也是博罗老乡。每次出关交完货，我就拉着观水秀找家录像厅看《胡越的故事》和《鬼新娘》。观水秀看周润发和蔡枫华，我看钟楚红。我从没想过从祖先那里学点什么，我就想见见同辈的红姑——我是说，近距离见，最好能说两句话——那就是我的梦想。

好在，除了在商人理想上的纠结，毛更新没有别的毛病。他讲他的故事，我只当他书生气，不和他一般见识。那天吃饭时，观水秀筷子头咬在牙齿间，咻咻笑着看毛更新，看一会儿咬着我耳朵小声说，她有个守服装摊的小姊妹，想和毛更新睡，问我能不能帮忙。这事我知道，不光守服装摊的，沙头角吃"走水饭"的女人都喜欢毛更新。他在街头一出现，一堆鲜眉亮眼的妇女都会贴过来，变着法子调戏他。我把观水秀姊妹的愿望告诉毛更新，问他行不行。毛更新脸红成虾干，眼睛瞪得比驼鹿眼还大，嘴角挂着半拉油汪汪的蛏子壳，一副受到侮辱的样子。我哈哈大笑。观水秀也笑，腰肢撑不住地往我身上挂。这事过后，毛更新就好多了，能接住了，全亏我在一旁指点，这是后话。

可以说，毛更新刚来那段日子对我刺激特别大，他打开了我的眼界，让我为自己的目光短浅羞愧。经过这家伙一点一点的灌输，我心里有些东西开始发芽。为了像毛更新那样立志，我忍痛舍弃红姑，转而追《大时代》和《笑看风云》，这些打打杀杀玩"腹黑"的故事里才有我需要学习的东西。从那以后我养成了看书的习惯。其实不是书，是杂志。那会儿地摊杂志特别多，也没个正经刊号，印得很粗糙，取个惊世骇俗的标题，一本能卖到五块八块，花了我不少钱。

毛更新第一次带货是我领着他做的。那天早上，我给他和另几个新来的"人肉"做培训，交代离开中英街时需要注意的事项：如果被查到，咬死货自用，求放行；海关要是不放，千万别犟嘴，宁愿打单扣货也绝不认罚单，不能让通行证被刷，要是一年开出三次"绿白单"，这行就别干了。

交代完，我把人带进街里，让他们等着，我去店里探货。老狐已经在那儿了，和人在后铺饮茶说话。等店里的伙计收拾好货，打好小票，我把人一个个叫进来，按人头提货，每人二三十块港币连同小票塞进手心，告诉他们货是什么，抽检时怎么说。轮到毛更新，他很紧张，不停地扭过头去清嗓子。我犹豫了一下，收了金子，让他等着，去一旁铺子里买了五百块钱的橄榄油和化妆品，打好包扛过来。老狐在后面看见了，骂了句，会算唔会除，偷米较番薯。但也没管我。

我把货交给毛更新，告诉他货没有危险，让他记住我教的，放心出关，我会送他出关。我带了金子，指点毛更新跟在几个扛着大包小包的东北游客身后，利用他们做掩护，我则隔着三五个游客，跟在他后面去关口排队。

那天游客不多，队伍只排了半条街，不到两小时就轮到我们了。毛更新跟在那几个扛大包的东北客后面，本来很安全，快到他时，一个老伯突然觍着脸插到毛更新前面，哪知道就被查出带了违禁品。海关人累极了，骂老伯，一把年纪不嫌驼衰人，三代乌鸡唔走种，懒得说你，还笑，再笑开罚单，货主打死你。老伯追着扣走的货求情，亮出后面的毛更新。毛更新吓坏了，站在那儿瑟瑟发抖。海关人看他一眼，二话没说，收走了他的通行证，让他哪儿拿的货退回哪儿去。

我挤过去，拉着毛更新退回街里，告诉他，人家根本没查他的货，看他眼神不对，诈一下，他只消理直气壮回一句，事情就过去了；他站在那儿只管发抖，等于自我暴露。

我把毛更新带回店里，给他重新收拾了一袋奶粉和麦片，不值三百块，让他再去验关。毛更新站着没动，脸色苍白。我说，你还做不做？你当在这条街上端饭钵这么好端？你要今天空手出关就坐死了"人肉"脸。毛更新不回答。我看他已经快哭出声来了，就骂他，还梦想？子贡样子学不会，吕不韦样子也学不会？我骂毛更新，其实是实话，这条街不是一般的街，在这条街上混，天塌下来斜眼可以，抬头冲着天空犯愣不行。过一会儿，毛更新侧身过来，气不顺地从我手中夺过货袋，出门贴着街边走了。我跟上去。这回很顺利，海关人没拦他。他找海关人员要扣下的通行证，人家不给，没好气地说，这碗饭你吃不了，回家改端别的碗去。他一脸臊红地出了关，货交给等在外面的人，"水费"没领就走了。

那天我帮老狐出了不少货，老狐很高兴，晚上叫了烧鹅仔，我们喝了点酒，守着破电视看《伴我闯天涯》。毛更新很沉闷，回到住处就蒙头睡了，晚饭没吃。我借酒对老狐说，毛更新证被扣了，这碗饭他吃不了。老狐呷了口酒，叹气说，不是人人都像你阿粥，龙舟装猪屎，总有灶下鸡。一撮土地上出来的人，能照应就照应点。我听了很感动，觉得自己门牙留着也不如老狐。酒喝完，上床睡觉，毛更新在被窝里嘤嘤出声。我冲他说，要么就号出来，听海关人叫，怎么做商人？那家伙揭开被子挺尸一般坐起，鼻孔冒泡地朝我喊，行远啊子！我哼一声说，前世欠你啊？管你！我就倒头睡了。

做"水客"吃的是力气饭，一天街里街外守十几个小时，累成死狗，一般凌晨才能回到住地；第二天睡到太阳当顶才有力气爬起来，到沙头角找个店喝茶；下午两三点钟进街，拿货差不多等一两个小时，再去排队出关。在街外等待的那几个小时是我和毛更新的聊天时间，我们的友谊就是这样聊出来的。

现在回想，那真是好年代，我俩胸怀大志，想着早日攒足钱，摆脱"带货仔"角色，自己盘家店做真正的商人。这方面我比毛更新有出息，毕竟我出道早。我记着老狐的话，手把手教毛更新，好比我是先生，毛更新是学生仔，他要在我手上拿到文凭。我教了毛更新很多做"水客"的诀窍，比如"四不一绝对"：不在"水塘"犯蠢，不和"港水"发生冲突，不参加内地客"冲关"，不帮生客带货，绝对不沾违禁品。差佬不傻，知道我们在干什么，只是每天几千上万人往外带货，多数属自用，个个查那得累死。人家主要查国家专卖品，还有毒品、枪支、文物、濒危动植物和大宗货币这些违禁品。做我们这行绝对不"撒骰子"，"撒泼"一次等于送自己上路，我们不能把大好前程砸在自己手里。

话这么说，我诚心诚意教，毛更新进步却不大。开始带货那段时间，他"扑关"好几次，多数时候只能空手出街，连累我挨老狐骂。我没有嫌弃毛更新，继续苦心巴力教他，怎么才能不"掉水塘"，不做"黑户"，保住"白底"。我还带毛更新一遍遍看《猫和老鼠》，教导他，海关差佬是强者，等于汤姆，"水客"是弱者，等于杰瑞；汤姆有一种抓"水客"的强烈欲望，杰瑞要摆脱恃强凌弱规律，就要上演老鼠战猫的戏法。可是，我越来越感觉，毛更新不是吃"水客饭"的料。他理解能力特别好，每次给他上课他都拼命点头，表示听懂了，可一出手就露怯。很快我就看出来了，他脑子和手分了家，说起商人的故事一套一套，做事情却不断出差错。关键是，他点子特别背。海关隔段时间会组织抓"水客"，我们叫"大屠杀"，他好像就是为"大屠杀"生下来的，几乎每次都闯到闸刀下。货被扣下三次后，他上了黑名单，这样当年就不能干活了，只能靠老狐养着他。

有一段时间，一提到毛更新，老狐就冷脸，背后给我提过两次，说阿旧是妇人家，屙尿唔上壁，出不了道，让我想办法把人弄走。我没同意，想办法拖着。知道管鲍之风是怎么回事？管仲和鲍叔牙合伙经商，彼此让利，后来两人都当上了齐国卿大夫。人家古人能这样，我和毛更新为什么不能做新时代的管鲍？我就是这么想的。毛更新让我知道人这一生不能虚度，要有远大目标，我不能不讲良心把他丢掉，我阿粥要做阿旧的保护人。

那段时间，毛更新常常背着人流泪。我感觉他特别痛苦，悲从中来那种。我鼓励他，葛洪炼丹烫脱过千层皮，吕不韦的银子也不是轻易从地里刨出来的，哭有什么用？我后来急了，用家乡话骂他，割哩三刀都无血出，屎都唔知臭。可能我说了家乡话，没说普通话，毛更新被伤了自尊，很长时间不搭理我。我心里很难过，让观水秀去找毛更新说话，劝劝他。观水秀抱着一捧酸唧唧的黄皮，跑去吧嗒吧嗒吭着黄皮仁和毛更新说一气。毛更新不剥黄皮吃，也不理会观水秀。我觉得，那样的毛更新，好像生活在黑暗的日子里。

90年代以后，海关查得越来越严，我被海关赵差佬盯上，终于成了"水塘脸"。老狐保我，让我转干天文台，负责"看水"，遥控通关情况，组织"冲关"。我天天读报纸看电视，琢磨国家形势，研究海关情况，看着查紧了就通知休息，"大屠杀"时期不开工。后来，老狐越做越大，我做了"水头"，算是出人头地了。我不让观水秀继续守摊子，找关系把她弄进一家贸易公司上了班。我和观水秀确定了恋爱关系，她是我的人了，死心塌地跟着我，一下班就往我这儿跑。我得风得水，很中意，只是观水秀有些得了天空扑翅膀，一见到毛更新就风摆杨柳地弯下身子咪咪笑个不停，人挂在我的胳膊上说，得人悯，阿旧啮支啮笪，蠢到死。我不高兴观水秀那样说毛更新，毛更新一点也不蠢，说他蠢不公平。只要观水秀说毛更新坏话，我就亲她，狠狠咬她嘴唇，这样她就笑不出来了。

毛更新这么不温不火地干了几年。后来，我带观水秀回博罗见父母，定结婚日子，晚上家人亲戚喝了点酒，错过了内线报警，手下"人肉"被抓了好几个，其中也有毛更新。那次也怪他，见我不在，逞能多带了些金子，人当场在水塘被带走。因为是黑户，有记录，他被判了六个月拘役。

毛更新服刑以后，我每个月都去收容所探视他，给他送衣裳和食物。我还给他带了一本《陶朱公大传》，是专门给他买的，不是地摊杂志。每个月他被从拘留所放出来那天，我会摆一桌，叫上几个要好兄弟，陪他喝一顿。毛更新不敢多喝，怕回所里被训斥，但他很感谢我，每次看见兄弟们为他干杯，他都落泪。他那个样子让我难受，可我也不知道说什么，只能傻笑着拍着他的肩膀一遍遍说，你吖只搣屎棍，你吖只搣屎棍。我那么说当然不对，毛更新从来不惹事，只是在做商人的路上，他比别人多了几道坎，不像是能成就志向的模样。

半年后，毛更新刑满释放，我开着老狐的那辆皇冠，哼着"干杯朋友，就让那一切成流水"，开心地去拘留所接他。毛更新上车后沉默了一会儿，开口说，阿粥，我不想再做这行了。我安慰他，你是拘役，再犯不算累犯。你放心，我会照应你。毛更新扭头看着街上匆匆来往的行人说，他不是要保清白，这半年他想明白一件事情，他不是做商人的料，再往下做也没什么意思。我感到意外，心想，他说得对，不是所有人都能进"货殖列传"，子贡也好，吕不韦也好，世上人有几个能做到？这么一想，心里有点难过，车偏到一旁停下，转身把毛更新搂进怀里，轻轻拍打他的背，听他胸膛里发出压抑住的呜呜声。

我认识一个搞旅游的香港人，叫阿标，私下邀过我好几次，要我帮他往中英街里带团，我拒绝了。观水秀动过心，劝我说，都是当马仔，跟着老狐只认识金子，跟了阿标就能看到外面的世界。我教育观水秀，这不行，人不能不讲情义，老狐对得起我，我不能背叛他。但毛更新就不一样了，我帮毛更新，相当于帮老狐解决了个累赘。我就给阿标打电话，把毛更新介绍给他，然后带毛更新去见了他。阿标很高兴，那个时候离香港回归没几年了，他急着扩大生意，人手不够。他立刻打电话给毛更新办导游证、租房、安排学习，这让我心里松了口气，觉得到底把毛更新安顿好了。

此后毛更新就搬走了。临走时，他扭捏地把我叫到屋外，掏出一样东西，飞快地塞进我手里，说是送给我的礼物，特意用带刑劳动的薪水托阿标在香港买的，是"陆货"。我非常吃惊，那是一台夏普牌电子手册，相当重的一份礼，我从来没有收到过这么重的礼物。毛更新不好意思地说，本来想送给我一台现金出纳记录机，他在拘留所里听一位机场高管牢友提到过。他觉得那个能帮助我成为大商人，对我来说更有用，可惜他钱不够。现在你知道了，我和毛更新是什么样的友谊，即使分手，我们也会砸骨敲髓地鼓励对方。

毛更新离开后，我们偶尔会通个电话。没多久，他情绪缓过来了，电话里透着兴奋，说阿标很厚道，对他不错，做旅游也没有那么大风险，基本不和警察发生冲突，他上手很快。我替毛更新感到高兴。我说好啊好啊，阿旧你好好干，找时间出来我请你喝酒，为你庆功。话虽那么说，我俩都忙，一次酒也没喝成。你想啊，香港很快就要回归，老狐借势而为，做了大货主，在宝安和广州开了店，在新界那边加了一间仓库。我仍然做老狐的"水头"，负责走货。我的事业也在飞升，马上就能做商人了。毛更新也忙，阿标提拔他做了内地项目的副经理。那个时候还没有自由行，"血拼一代"还没出现，能办下港澳证的内地客不多，可都是荷包鼓胀的先富佬，钱非常好挣。听说在维港卖水都能年入百万，毛更新提成可观，哪有时间见我。

本来没什么，我和毛更新是不是商人，都走在成功的道路上，要说意气风发也不为过。可是，我慢慢发现，自打毛更新离开后，观水秀有点神色不宁，明亮的眼睛失去了往昔的神采，人也不往我身上挂了。有时候带她出去玩，她也没精打采。最爱吃的酱油虾，我替她一只只剥好，放进蘸水碟里，她似笑非笑地看着我，也不动筷子。要知道，那会儿离我们定下的婚期只有三个月了。再后来，观水秀辞掉外贸公司的工作，一句话也没有留下就离开了我。我打电话没人接，她换掉了手机。很快我听说，她去找了毛更新。知道这件事情以后，我肺都气炸了。我给毛更新打电话，问他怎么回事，问他观水秀在哪儿。毛更新在电话那头一句话也不说。我骂他唔知衰，殁肠烂肚，然后摔了电话。那是我第一部私人电话，爱立信GSM，我和毛更新的友谊和爱立信同时粉碎了。

然后就到了1997年，香港回归。

干我们这行有个规矩，不心存侥幸。老狐守了十几年，不知道哪根弦断了。有个内地客出大价钱进洋垃圾，量大货源足，老狐居然破了只在中英街带货的规矩，接了单，跑到皇岗口岸做了几单，赚了一大笔。我参与了那几次"走水"，听老狐怂恿，把全部身家赌进去，也跟着大捞了一把。此后老狐昏了头，居然"买关放水"做车件，结果出事了。

事情败露后，老狐我俩准备跑路，走之前要把鹿颈路仓库里的货转移了，那是价值几千万的货，老狐舍不得扔下，我的全部身家也在里面。老狐在这行做得太久，没有可以托付的朋友，走投无路时，我想到毛更新。老狐拿不定主意。我向老狐保证，阿旧不是灵光人，但绝对不会对不起人。老狐嚼着槟榔，吐一口红水说，你心大，观水秀的事情怎么说？我心里狠狠痛了一下，半天没说话，过了一会儿说，他是烂人，但不是衰精，占了观水秀，不能再占金子。老狐点点头，说也是，除非他硬要做铳打鬼。

我给毛更新打电话，约了地方，匆匆赶去和他见了面。到那儿才知道，借着香港回归势头，阿标做大了。他开辟了三个产品，海洋公园、太平山和黄大仙庙。毛更新带着几班人守在口岸这边，专做蜂拥而至的各地政府考察团，每天早上八点开始，半小时发一个团，一直发到闭关，钞票流水似的进。毛更新安静地听我说了事情，二话没说，答应替我和老狐收拾后路。我们没有谈观水秀的事。我没提,他也没提。我还记得他那天的打扮,他穿一身挺括的蓝条子杰尼亚,二分式换成了蓬松的烟花烫,说真的,是不一样了,风华正茂那个词就是给他准备的。

那是我最后一次见到毛更新。

我和老狐没有跑掉,出关时连人带车被扣下。我听见一声长长的叹息从老狐的烤瓷门牙缝间透出。那会儿我没顾上他,而是盯着乌光锃亮指到鼻子前的微型冲锋枪,心里想,这货有没有牌子?是"陆货"还是"水货"?

案子很快判了,老狐判了二十二年,我判了十五年,后来减到十四年零两个月,又减到十三年零四个月。我刑满释放后才知道,老狐没我运气好,牢头要他一份饭食,他不答应,被踢中要害,服刑第二年就死在监狱里,如今怕是骨头都打鼓了。

我从监狱里出来后,第一件事就是联系毛更新。我打算要回托他照管的身家,还有老狐那份财富,我得把它们交还给胡家人。可是,毛更新消失了。我打听过,毛更新人还在,可不再是当年的样子,十几年过去,他发达了,如今是好几家上市公司的股东,而且是大不列颠及北爱尔兰联合王国的公民。就是说,他终于做成了陶朱公,而作为他当年的引路人和保护者,我却落得一文不名,这就是我的下场。

我没想过回中英街继续混。在监狱里,狱方组织服刑人员收看新闻,那时我就知道,当内地人都能进香港,人们不再往中英街里挤,连工商银行都从街里撤了出来。当年的带货天堂,如今已经成为历史。

可是,那条街毕竟养育了我,对我有恩,我去公安局正经办了"边境特别管理区通行证",去街里凭吊了一次。街上没有多少游客,两支举着"文化之旅"小旗帜的小学生团和老人团,隔着几尺宽的街面笑吟吟彼此让过。一对耄耋老人哆哆嗦嗦落在队伍后面,商量着买了一支四元钱的甜筒,你舔一口,我舔一口,满意得不得了。我走进中英街历史博物馆,找个角落坐下来。我什么也没看,用不着。我就那么安静地坐在那里,脑子里冒出些奇怪的画面……

我的脸上洋溢着微笑,我觉得我这一生,真的说不清楚。

我最终还是打听到毛更新的下落。他没有待在英吉利海峡那边的爱丁堡，你猜他在哪儿？他哪儿也没去，就在深圳，在大梅沙中央半岛天琴湾。我能理解，人们说离乡别土易摧颓，不到万不得已，多数岭南人不会离开生养他的地方。

我乘坐387路公交车去了大梅沙。我走着上山，一边走一边转着脸看风景，我觉得那是属于鸟和风的地方，人住有点可惜。然后我被保安拦住。在通过一个简短的内线电话以后，保安礼貌地告诉我，业主不认识我，请我离开。我说他当然认识我，我们是兄弟。保安说，业主没那么说，请你离开。我说，你让我和他通个电话。保安警告我说，你要不离开，我就动用法律了。我听出保安的口音，熟悉的央元音"ɨ"，但他提到法律，我和它打了几十年交道，知道是怎么回事。我没再说什么，离开那个美丽的"鸟窝"。

我开始打听在别的什么地方能找到毛更新。我收集了很多毛更新的资料。哈，我可长见识了。电视上，互联网上，书店里，全是他的"货殖列传"。我整夜整夜地坐在那儿，或者躺在那儿，一页页划动手机，翻动书本，看他的拼搏史，看得热泪盈眶。然后我抹去脸上的泪水，对着视频里他那张志得意满的脸一遍遍骂：唔识良心，殁肠烂肚，屙屎都唔同你共粪缸！

接下来的这些年，我不知道自己是怎么过来的。我在龙岗工厂里绞过螺丝，在南山街头做过O2O游动广告，在东莞别墅区做过保洁工，往福田CBD高级酒店里送过污水蚝。这个世界变了，当年我带的那些"人肉"兄弟带着外地妻子回到家乡，买房买地，再投个潮汕牛肉锅店，每天坐在宽大的新围屋里泡凤凰单枞，念天地之悠悠，怆然而涕下。我却没地方去，人混成这样，回不去了。

我觉得日子仍然要过下去，我在城中村扎下来，盘了个建材店，哪怕苦苦奋斗，大半收入给房东交了房租。我整天在店里进进出出，盘弄地板瓷砖、墙面建材、门窗建材，和顾客砍价，给工程队打电话，一边想着一个人——人们顶礼膜拜的财神爷范蠡。范蠡当年辅佐勾践，十年一剑，功成名就后鸟尽弓藏，弃官为商，三次白手起家，被世人尊为商圣。我觉得，他这样顽强真的很好，是我学习的榜样。

直到今天早上，我接到一位叫班森的年轻人的电话。年轻人问我住在哪儿，他来接我。我说不用接，你家是不是住大梅沙？他说对，半山的物业卖了，深圳湾一号的几套也卖了，天琴湾这套我父亲特别看重，打算先留着。我说留着吧。我说我能找到。

这次没有人拦我，班森带着电瓶车在山脚下等我。他剃着圆寸头，穿了件学院气质的普莱诗牌衬衣，比他父亲帅气十倍，但好像也是个爱脸红的男人。我们一起坐电瓶车上山，车子直接驶进他家里。我在球场大小的客厅里坐下的时候心里隐隐作痛。至于他家的情况，我就不说了，反正就是你在电影里看到的样子。

班森从楼上取来一只公文包，从公文包中拿出一样东西，郑重地交给我，然后在我对面坐下。东西很旧了，我还是一眼认出了它。夏普牌电子手册，我当年收到的最重要的礼物，他父亲送给我的，用半年带薪劳动的薪水。班森告诉我，在整理父亲遗物时，他翻看了电子手册里的内容，里面有我的名片、通讯录，还有一些当年的账目和流水。年轻人之所以想见我，是因为对一件事情感到困惑。在他的印象里，父亲是正直勤勉的企业家，电子手册里的内容却让他隐约看到了一些逃脱海关监管、非法走私物品入境的行为，对此他十分不安。他不明白我的电子手册为什么在他父亲手上，他希望我能坦率地告诉他，他一直尊敬的父亲，是否参与了那些人们不应当去做的事情。

请您一定告诉我，这件事情对我和我们家族非常重要。年轻人慎重地请求我。

我扭头朝落地窗外看，那里有一个巨大的游泳池，风吹皱了池子里的水，几只鸟儿在池边张头探脑，好像在说着什么。我能说什么？我对那个年轻人说了下面这个故事：

有这么一个人，叫布雷特·卡瓦诺，是2018年10月当选的美国联邦最高法院首席大法官。他陷入了一些丑闻，这些丑闻一直没有核实，人们不知道事情是不是真的，不知道他到底是一个什么样的人。可是，人们知道一件事，在美国当代历史中，卡瓦诺扮演了一个传奇角色，他在二十年时间里近乎神奇地出现在几乎所有美国政治事件和大案现场：白水案、福斯特案、拉链门案、小埃连案、大选计票案、安然破产案、弹劾克林顿、"9·11"事件、"反恐"战争、虐俘门、窃听门……在接受指控时，卡瓦诺说了下面一段话，我期待就真相作证，我将捍卫我的好名声，捍卫我一生都在塑造的品格和诚信。

年轻人一脸敬佩地看着我，说，伯父，您太有文化了。我看着明显放松下来的年轻人，矜持地微笑了一下，问他是不是明天就走。年轻人给出了肯定答案，他读研究生，在导师的实验室里有份工作。他回国半个月了，不能再停留。我问他是否还会回来。他说不知道，他在香港出生，很小就去了英国，已经习惯了那边的生活，家里人也都移民英国了，家乡再没有直系亲属。我沉默了一会儿，看着年轻人明亮的眼睛，心里想，我骂过他父亲，骂他路项死，路下埋，断子绝孙。不知道是不是我的诅咒让他父亲英年早逝，如果是，我很抱歉。不过，好在上天没有听我的话，他父亲有这么个出息的儿子，相反，我连个后人都没有。我那么想，不禁红了眼圈，心里一波温水过，一波凉水过。

我坐正身子，清了清喉咙，隐约回忆起，曾经熟悉这个看似多余的动作。我郑重地对面前的年轻人说，我当年进过监狱，电子手册是我进监狱前托他阿爸替我保管的，我做的事情他不知情，那会儿他在另一个行道打拼。我们家乡有句俗语，识得系宝，唔识系草。过去我低看了你阿爸，我以为他是草，结果我错了，他是宝，不是草。我告诉年轻人，深圳可不是他们的英伦三岛，它是世界上最年轻的城市，是不见血的竞技场，没人能仅靠善良赢得尊重。你得有一身本事，还得有大志向，否则就算是宝，最终也可能变成草。我告诉年轻人，我从他阿爸身上学到很多，比如，他刚才说我有文化，我的文化都是看杂志看来的，这个习惯是他阿爸教会我的。

我说了什么？我干吗要提到城市？它是一座了不起的城市，成就了无数人，它也没有亏待我，不然我不可能仍然留在城中村。我觉得事情到这会儿就算谈完了，我没有再向年轻人询问什么，比如他阿妈的名字。我觉得世事难言，最好不问。

在征求过年轻人的意见后，我揣上失而复得的电子手册，坚持不要年轻人送，离开阔气的别墅，从山上往山下走。路过门岗时，我举起一只手，朝年轻的保安挥了挥。

我觉得大梅沙真是一个好地方，也许人和鸟啊风啊什么的就该住在一起。我想起中英街早年的事情，那条清亮的溚水河，还有那些大翅膀的鸬鹚，它们有时候会纠缠不休，但终究鸟归鸟，河归河，各有归宿。而且，我觉得吧，我年轻时做过梦，相信梦能成为现实，也可能破碎掉，但谁的梦不是这样？人年轻的时候总会冒点傻气，挨几下锤，我挺高兴经历过这一切。我得维护它，不能让它在我还活着的时候死去，你说对吧？

原载《北京文学》2020年第9期

弋舟

羊群过境

这种时候，一个乐观的父亲会让人气馁。他不知道，当他在卫生间冲澡时，我会贴过去，支起耳朵，会调动记忆的库存，竭力将他喉咙里哼出的声调碎片拼凑成完整的旋律。还好，我拼出来了，《张三的歌》。一首不折不扣的老歌。但它肯定没父亲老，记忆无误的话，它流行在我的少年时代。那时候，对于父亲和我，它都算是新歌。这歌我有年头没听过了，否则脑子里也不会在扒拉它时仿佛飘满了蛛网和灰絮。现在，父亲一边冲澡，一边哼哼。老歌新唱，或者新歌老唱，总之是有些拧巴——尤其在这种时候。

谁都知道，这种时候，是怎样的时候。至少，我觉得它是不太适合哼哼老歌的时候。

两个多月前，我从北京回来和父亲一起过春节。那时候，我还算得上是一个对生活有所把握的男人，说是踌躇满志，也不算太过分。没人能料到，我劈头撞到了此生最漫长的假期。困在父亲身边一个半月的时候，我告诉了父亲：如今我已经成了单身男人。我对父亲坦白道，当我返回北京时，我就要独居了，公司给我找好了一套不错的公寓。父亲一下子没听明白我话里的意思，或者他的心思压根不在我这儿，我进一步解释之后，他才恍然大悟地说：

"噢，离婚了呗。"

那一刻，电视开着，屏幕上尽是从头裹到脚的人。两相映照，我重新成了单身男人这种事儿，可不就是——"噢，离婚了呗"，微不足道。和世界遇到的麻烦相比，实在微不足道。

"这么说，你小子对我撒了个谎，"父亲挤挤眼睛说，"不过没事儿。"

他真大度啊。也不知道是在说我对他撒谎没事儿，还是在说离婚没事儿。他这么大度，对我，却成了事儿。那就是，我感觉他很强，而我很弱。他的乐观，对我构成了挤压，并且，这个挤压现在看上去遥遥无期，所以我对摆脱的那一天，用了"有朝一日"来想象。

"孩子和刘珂去桂林玩儿了，我回来陪你过节。"这是我对父亲撒的那个谎。

重新成为单身男人这个事实，我是没打算跟他撒谎的，没必要。离婚在什么时候都不算什么好事，但在三个月前，却也不会让人觉得生活将因之天翻地覆。那时候的世界，道路是曲折的，前途是光明的。我不过是想将如实相告的时间延宕一下，好让父亲度过"一个祥和的春节"。但我哪儿能知道，时间并不掌握在我的手里，仿佛游戏机的开关，任由我来启动或者暂停。而且，现在我也知道了，某些被我们视为紧要的真相，原来压根也没那么紧要。世界的麻烦给我们带来了麻烦，却也覆盖了我们的麻烦。

一度，连我自己对自己的那点儿麻烦都不怎么惦记了。然而两个多月后的现在，我感到心里有颗不安的种子正在发芽抽枝，开始伸展它的爪牙。既往的感受与认知复盘，都有了不同的滋味。最为显著的是，我开始想念刘珂，开始更为剧烈地想念儿子。这让我觉得自己很无力并且很无能。

这种情绪，在一个冲澡时都兴致盎然的父亲面前，就成为煎熬。天啊，他居然还能天天骑着电动车出门，精神饱满得让人嫉妒；他居然还能一边冲澡一边哼哼，哼哼的居然还是《张三的歌》。我不足四十岁，却一点儿硬汉的影子都没有，相较眼前这位老歌新唱的父亲，我简直就像一个茫然失措的婴儿。

我得重新找回点儿什么。即便是妄念，我也得让自己再次去试着摸索

"游戏机的开关",找到那种对世界有所把握的中年男人的自尊。这对世界不重要,对我很重要。我还有个未成年的儿子,希望当我老了的时候,面对麻烦的世界,我也能在儿子面前哼哼《张三的歌》。

可谓灵机一动,隔着卫生间的门,我对父亲提出了一个建议。我说:"爸,咱们去趟甘南吧,省内交通现在没问题了,高速公路已经开放了。"本来,这只是一个偶发的念头,但说着说着,却唤醒了我那中年男人深谋远虑的自信感。那就像一个老司机重新握住了方向盘的感觉。建议什么并不重要,重要的是,这种能够再度对生活给出"建议"、运筹帷幄的决断力,让人兴奋。我兴奋地告诉父亲:"自驾,虽然春寒料峭,可毕竟也是春天了,一路高山峡谷,是时候让我们的心胸为之一阔啦!"

父亲还在哼哼他的,和着水声,都有点儿不太像是《张三的歌》了。

我对着卫生间的门自说自话,憧憬着将要重新夺回点儿什么,如同一个老司机般再度上路,左右自己的父亲,规划自己与他人的方向。我说:"你看,我在甘南有朋友,路上遇到什么麻烦的话,解决起来也不是事儿;从兰州启程,一路向着西南进发,拉卜楞寺和郎木寺在等待我们,雪山草地在等待我们。兴之所至,我们尽可以一头闯进四川,白龙江的对岸就是九寨沟……"这么口若悬河地说着,站在卫生间外的我,真的仿佛是在诉说着自由,仿佛借由掌握着的人间关系或者地理知识,就能证明自己的价值。

"羊肉好,"父亲回了一声,"甘南的羊肉好。"

"对!甘南的羊肉好,让我们去吃个够!"

"不缺羊,我们不缺羊,蒙古国人民捐了我们三万只呢。"父亲快乐地说。

这事儿我知道,刚刚在手机上看过相关的消息,说是那三万只羊正在友邦牧民的悉心照料下加紧"贴春膘"。

可这个睦邻友好的消息,跟我现在所说的,有什么关系呢?费了些心思,我才理清楚一些头绪。我想,父亲的逻辑大约是:甘南的羊肉好吃,但现在我们不缺羊,所以,甘南,就不用去了呗。这就像"噢,离婚了呗"一样,举重若轻,有股顺理成章的云淡风轻劲儿。

我回到自己的卧室,摸黑钻进被窝。这么多日子无所事事,人却感到精疲力竭。黑暗中,风吹草低,我想象三万只羊正涌上甘南高原的地平线。我当然知道,自蒙古国而来的羊群焉能从甘南入境?但那种地理知识拥有者的自以为是,此刻毫无意义。我只能,也甘愿,在黑暗里眺望羊群与高原。至于它们应该从哪儿入境,真的一点儿也不重要了。

昨天下午,我正给一盒龙虾解冻,公司分管人事的副总打电话跟我说:"没那么糟糕,下半年海南归你。"

很给力,此时这样的消息,不啻三万只羊。面对鼓舞人心的前景,我的眼前本该浮现出绿岛碧波之类的景致,但我首先想到的是,我必须把手里这盒龙虾烧出大排档的水平。

随后公司真正的老大也打电话过来了。

"我知道你没问题,对吧?"老大的口气有些犹豫。

"是的,没问题。"我说,"停薪三个月,我还撑得住。"

老大笑出声来,我听得出,当我在说自己撑得住的时候,他实际上是觉得他也撑住了。他在透支自己的商业王国,"分封天下"——三天前,分到我手里的还是湖南。公司频繁谋划着未来的蓝图,给我们打下的气,回输过去,彼此就觉得都撑得住了。

父亲骑着电动车出门的日子,我基本上在做家务。不是什么重体力活儿,但一天下来,真的令人疲惫不堪。我一边系着围裙干活,一边回想许多年前父亲对我的那些教导。曾经,父亲对我强调面对生活时必须"一天一天地抠着过",不放过每一天,不求有功,但求无过,哪怕闲极无事去扫扫地、擦擦桌子,这样也算是做了有益的事,是给生活画上了一个正数,起码不是在消耗生活,不是在对生活做减法。那时候,母亲还健在,我刚刚结束了高考,在等待消息的日子里,针对我的迷惘,父亲开出了这样的药方。

我觉得这个药方很有效,正数,负数,加法,减法,于是生活就真的简化为一个可被理解并且可被运算的公式。谁曾料到,昔日重来,在这两个多月里,我要逆龄而生,再次以父亲的教导为准则,重温一遍做儿子的心情,在年近不惑的时候,又一次扳着指头运算。不是说这样的准则不值得被重温——所有的真理可不都是这么颠扑不破吗?——只是,当一个成年男人身陷迷惘之中,重新被扔进父亲的压力之下时,难免会有不适感。

如今，我自己都有了一个儿子，早已习惯将父亲视为与自己对等的男人，甚至，多多少少，在内心里我还认为他应当是被我指导与搀扶的；那个给生活开药方的人，早就换成了我。但这段日子，我只能一天一天，眼睁睁看着自己的力量涣散，看着自己在做了父亲的年纪，又做回了儿子。

家是父亲的家，他在这个家里一边冲澡一边哼哼《张三的歌》。而我，原本只是来探亲的。细究一下的话，所有在春节回家的儿子们，好像都带着某种扶弱济贫的优越感。结果呢，世界突然断了电，受困的儿子们只能沦为弱势的寄居者。没错，我撑得住，下半年湖南是我的，海南是我的，可我现在无所事事，不去做做家务就会显得不像话。我把一只烂了半边儿的西红柿扔进垃圾袋，当即都要后悔，觉得自己又做了一件消耗生活的事，对生活做了一次减法。这样的换算令人消沉，让我觉得自己总是这样，加加减减，减多加少，于是生活于我，就真的将一天天地成为一个巨大的负数。

我变得软弱，没有了应有的气焰，不由得回忆起父亲曾经蛮横的强大。当年父亲带着我去爬华山，天知道那个百尺峡有多吓人，父亲咆哮着勒令我必须勇敢。峭壁万丈，他在前方向我挥手召唤，和他同样蛮横、强大的山风也在咆哮，共同在我心中交响出懦弱的强音。没错，就是"懦弱的强音"，当懦弱的强度成为与勇敢混淆难辨的强音时，恐惧便成了歇斯底里般的眩晕。百尺峡当年我好歹过去了，现在想，如果没过去，好像生活就将推翻重来，不会走到今天似的。

"回去的时候我们还得再走一遍。"父亲对我说，听上去有些幸灾乐祸和不怀好意。

"那我们干吗要过来？"我绝望地问道。

父亲竟然被我问住了。那时我未曾想到，不经意间，我问出了一个所有父亲都永难回答的问题。你当然可以教导自己的儿子说，这是磨炼，因为生命需要勇敢；可儿子也可以表达永恒的疑问：干吗要磨炼？生命为什么需要勇敢？于是，你只能低下强硬的脑袋，承认生命就是一个危险重重的历程。

父亲不哼哼了，在客厅里调弄他的琴弦。小提琴暗哑的奏鸣声飘荡而来。不是《梁祝》，不是《卡农D大调》，还是《张三的歌》。这应该是他明天要传授的曲目。父亲尽管名不见经传，但到底曾经有过高光的时刻，退休后，这位交响乐团的小提琴手，成了老年大学的义务老师。他能够这么顺畅地在琴弦上给自己的人生重新定位，的确很了不起。对此，我自愧弗如。此刻，如果没有一张"下半年海南归你"的空头支票，我不知道自己还能不能勇对叵测的明天。

我失眠已经有些日子了。明知道不可能，我仍然时时会觉得手机将即刻响起，老大将隔空通知我可以启程了，我将奔赴世上的某个岗位，在湖南、海南，甚至毛里求斯、斐济。总之，那个岗位前途无量，足以安顿一个中年男人所有的虚荣与骄傲。

实在睡不着，我会摸到客厅去抽支烟。那时候，父亲的小提琴躺在客厅的沙发上，一副整装待发的架势。天亮后，它会有个去处，会派上用场。尽管，它面对的不再是音乐厅里衣冠楚楚的爱乐人士，而是一群戴着口罩的老头老太太，但这也足以令它焕发出傲慢的派头。有个去处和派上用场，现在都是莫大的荣耀。月光铺洒在琴身上，我用手指拨动琴弦，它荡漾的声音，听上去像是我心里面发出的自我否定。

今夜我又这么干了，手指按在琴弦上，思忖着如果要弄断这几根尼龙线，靠手指是否可行。我想到了用刀，近来我没少跟菜刀打交道，厨房里那套德国刀具锋利极了，随便一把就能轻易挑断尼龙琴弦吧？可是，我干吗要这么做呢？想了一会儿，我明白了，原来，我将这把小提琴视为甘南之行的障碍。父亲天天与这把琴并肩生活，而我，现在需要用一个出行计划的兑现来重拾生活。这把琴就是途中的关卡，扫除了它，父亲就会听命于我，满足我重新给世界布局的企图。这就是矛盾所在。很荒谬，我也觉得很荒谬，趁自己还没在这个糟糕的念头里沉溺太久，我及时地爬到了天台上。

父亲的这套房子在顶层，有内部的楼梯直通天台。星空下，我拨通了儿子的手机。刘珂和儿子在桂林滞留了很久，好在如今终于回到了北京，正在自我隔离中。接通后，手机里传出刘珂的声音。不用说，她首先要指责我时间观念的混乱，不应该这么晚了还打电话给儿子。道理我当然懂，我从来就不是一个不懂道理的父亲。我在儿子开蒙之初，就迫不及待地跟他讲过生活的运算法，教导他面对生活时必须"一天一天地抠着过"；我也曾经刻意训练过儿子，带他去贵州深山里的一条索桥上体会尿湿裤子的滋味，我以一个父亲的名义冲他咆哮，让他早早地就领教到遭遇羞辱本是人生的标配。可这一切都没能阻止我和他妈妈婚姻的解体。

今夜，我打电话过去，原本也不是冲着儿子的，尽管我真的很想他。但以我目前的状态，实在没力气再跟儿子谈论一番勇敢的价值。我找不准自己的角色了，不大有把握还能像一个生猛的父亲那样对着儿子来劲儿。下意识里，我期待听到的是刘珂的声音。我努力想要通过刘珂的声音，在心里重塑出刘珂的样子：独特的气声是她独特的鼻子，命令式的口吻是她细长的眼睛。

"儿子早睡了。"刘珂说，"你也不要熬夜。"

我觉得她既严厉又很温柔，这令我心头发酸，几乎要脱口对着自己的前妻说出世上最为软弱的话。

"先不要多想，这种时候能多陪陪老人，也是好的。"刘珂用这句话收尾，她说，"这是你的责任。"

对，这是我的责任。我在天台上席地坐下，大口呼吸，顶着满天繁星，开始用微信给儿子发信息。我想，明天早上醒来，儿子会看到这些内容。我假想着我们正在展开一场关于"责任"的对话。

"儿子，你要照顾好妈妈，这是一个男子汉的责任。"

"我知道，爸。"

"你看，我要带着爷爷去一趟甘南。他状态不太好，每天只能靠着去给一些老人教琴打发时间。我得让他开心点儿，透透气儿。甘南很美，虽然现在应该还有点儿冷，但是一望无际的草场还有高耸入云的山脉，会让爷爷身心舒畅起来的。你看，这是我的责任。"

"爸爸，你对爷爷真好。"

"没什么，我们都该负起自己的责任。"我严肃地对儿子说。

第二天早晨，父亲出门不久，我下到地下车库发动了自己的车。驾车从北京回来后，我就没摸过方向盘，有那么一个瞬间，我竟有些恍惚，惊讶于自己居然是会开车的。

老年大学的所在地我知道，父亲不止一次对我渲染过那里环境的优美——实际上，也谈不上有多么优美吧，在我眼里，不过是一栋临河的小楼，只是楼后河畔上的景观大水车像是件复杂如谜的关于忍耐的艺术品。停好车，穿过一条石子铺就的小径，我靠近了大门。《张三的歌》从小楼里飘荡出来。稍加分辨，我听出了电子琴的声音，当然，还有小提琴的奏鸣。伴着乐声，是一群苍老的童声。

  我要带你到处去飞翔
  走遍世界各地去观赏
  ……

  说是"苍老的童声"，只是因为我压根无法形容，就像在我的经验里，从未听过电子琴与小提琴一同合奏。但我得承认，此刻我听到的是具有感染力的声音，笨拙，还透着点儿俗气，但简单动人。
  来到栅栏门前，我看到父亲的电动车孤零零地停在院儿里。这个景象，竟让我有了一种将要"解救"父亲的幻想，如同当年我去幼儿园接儿子回家时那样。这种情绪接近于一种正义感，让我一下子似乎找到了此行的合法性。戴着口罩的门卫拦下了我。我报出了父亲的名字。
  "林老师在上课。"保安说。
  "是的，我知道，我想见见你们负责人，不打扰林老师上课。"我说。
  保安回到门卫室去打电话。一会儿工夫，一位看不出年纪的女士从楼里出来。戴着口罩是她让人看不出年纪的根本原因，但我觉得，摘了口罩，她的年纪也会让人有点儿摸不准。看身材和着装，她显然并不是很年轻了，但是她下楼梯的步伐却是跳跃式的，少女一般轻盈。
  保安介绍，她是"王主任"。
  我向她自我介绍，是"林老师的亲属"。
  王主任很客气，口罩遮挡不住她的教养。既然这样，事情就好办了。我对她说，清明节就要到了，林老师需要去给自己的亡妻扫墓，这需要一段时间；在这段时间里，不好意思，他只好暂停老年大学的授课了。
  "这样啊……"王主任在沉吟，"当然没问题，应该的。可是怎么没听林老师说起过呢？"
  "他不好意思张口吧，这种时候，他觉得应该更尽职一些。您知道，他是一个非常有责任感的人。"我不动声色地说。

"的确，林老师非常尽职，本来是义务的，他却完全像是在做一件分内的事。这种时候，老人们的精神生活更加重要了，多亏有林老师的支持。"

值得庆幸，我们之间的对话，有个最大的公约数，那就是——"这种时候"。"这种时候"，成为人与人达成理解的牢固基座。王主任的语气让我生出些揣想：没准，除了老人们的精神生活需要，父亲如此热衷往这儿跑，还有眼前这位女士的因素。

"您看，能不能这样呢，你们给林老师放一段时间的假。"我道出了来意，"不用提清明节的事儿，就说学校有其他安排，小提琴课暂停一个阶段。"

"好主意！"王主任竟愉快地答应下来，让我一下子觉得，父亲热衷于往这儿跑，也不是完全没有道理。

"谢谢您，还有，"我感激地说，"您能替我保密吗？不要告诉林老师我来跟您提过这样的要求。"

"理解的，理解的，我保密。"

你看，口罩阻挡不了人与人之间良好的交流，我们可以通过眼睛彼此微笑。

她真是一位善解人意的女士。这么顺利地达到了目的，还是让我有些不敢相信。我转身离开，有一个念头不断地跳出来，有朝一日，如果这位王女士成为父亲的伴侣，多半，我是不会反对的。

驱车回家，我感到了两个多月以来从未有过的轻松。我办成了一件事儿。这件事儿的大小姑且不论，仅仅"办成了一件事儿"本身，就足以让人感到欢欣鼓舞。我做了丰盛的午餐等待父亲归来。我想，父亲怕是会有些灰心丧气，那么我宽慰他好了，告诉他，正好，老年大学不需要你了，我们就去甘南领略广阔天地吧！父亲会像一个孩子似的失落吧？不要紧，他有我，一个中年的、有力量的、既有人脉又懂地理的儿子。但是中午父亲并没有回来。他发给我一条简短的信息："别等我，你自己吃。"于是一瞬间，父亲还是父亲，儿子还是儿子。

不仅午饭没回来吃，晚饭父亲也没回来吃。这是难熬的一天。我偏执地认为，父亲这一天一定是和那位王主任在一起的，我的脑子不免要去想象那番情景。不错，她是美好的女性，可这，更令人愤懑。我想打电话给父亲，用一种成年人应有的理性谴责他，理由是现成的——"这种时候"，您就不能让人省些心吗？

夜里九点多钟，父亲背着琴盒回来了。他好像还喝了点儿酒，进门后就钻进卫生间去冲澡，随后，《张三的歌》再次响起。

我小心翼翼地贴在卫生间门外问他吃饭了没有。

"吃过了，以后我回来晚你别等我。"他说。

"你至少得给我打个电话吧。"我说。

"我又不是小孩子，你别瞎操心。"父亲的声音听不出有什么异常，他接着说，"还有啊，清明节给你妈扫墓的事儿你也别操心，我都计划好了。陵园关闭，我们可以在天台上遥祭一下。"

是的，他都计划好了。我有半天不知道怎么应答，渐渐意识到自己已然陷入确凿的困境之中。这个困境，与父亲无关。下午那会儿，公司的管理群发布消息，公示了第一批裁员名单。尽管我不在这个名单之上，但毫无疑问，这是一个不祥的信号。只是我那会儿居然听之任之，直到被父亲再次拒绝的这一刻，才回味出了危机感。

"有事你跟我说，不用跑到学校去啊。"父亲哼着歌，断断续续地说出一句。

"她答应过我保密的！"过了很久，我才颤声说出话，感到自己像是被整个世界背叛了似的。

"别这么孩子气，保什么密嘛，她跟我熟还是跟你熟呀？"父亲说着，肩膀上搭着一条毛巾从卫生间出来了。

他可能没做好和我劈面遭遇的准备，慌忙用手去遮挡赤裸的下身。这的确很尴尬，我也记不清了，我们父子有多久未曾赤裸相见。

"爸，我得跟你说说。"我一边转身走开一边说。

父亲也转身返回了卫生间，这是一个回避我的运动轨迹。

"行，你泡壶茶，我们边喝边聊。"他说。

起初我真的走到客厅去泡茶了，但走到茶几前时，我发现自己一点儿也不想按父亲说的去做。我不想再跟他说一遍高原风物，当然也不想再听他跟我说一遍生活运算法。此刻，我放弃一切角色，无论是父亲还是儿子。

　　我爬到了天台上，迎着夜风站了会儿。这里我上来过许多次，从没像现在这样靠近过楼体的边缘。熟悉我的人都知道我恐高，但他们都不知道我到底有多恐高。童年时，父亲带我穿越华山的百尺峡，我腾云驾雾一般地过去了，让他见证了我的恐惧，但我没告诉他，我都被吓尿了。这会儿，我走到了天台的边缘，探头向下一望，有如看到黑漆漆的深渊。

　　这栋楼并不是特别高，是那种只有七层的洋房，但是于我而言，超过两米，七层跟七十层没什么区别。矮矮的水泥护栏之外，楼体原来还伸出了大约有半米多的雨檐。小区里一片岑寂，但我分明听到了咆哮之声，那来自天际的声息，无外乎怂恿我去做一个勇敢的人。

　　是啊，除了鼓足勇气，你还能怎样呢？

　　我目测了一下雨檐的长度，从我所在的位置，到下一个转折处，大致有十五六米的距离，这应该就是家里客厅的纵深。不算长，和漫长而狭窄的人生畏途相比，它不算长。我想，我现在需要克服的，不过就是这样的一段距离。

　　那么，有什么好说的呢？我抬脚跨过了天台的水泥护栏。不用说，我的腿完全软掉了，于是只能四肢着地，匍匐着，趴在了悬空的雨檐上。一瞬间，我在夜空中看到了昔日的儿子。那日，在我的威逼利诱之下，他在贵州深山里的索桥上，就是这样爬过了他的至暗时刻。和我小时候一样，儿子也吓尿了。为此，刘珂和我发生了激烈的争吵。那时候，关于怎样教育儿子，关于生活的性质，关于人该如何在这世上不屈不挠地生活，我们之间有着巨大的分歧。此刻，我想，刘珂也许是对的。

　　春夜的风是软的，我在黑暗的天空爬行。爬过十五六米之后，没准，我就能焕然一新，成为一个真正刚健的人。我闭着眼睛，向前一寸一寸蠕动。渐渐地，软风变硬，我的脑海浮现出辽远的幻觉。我真的看到了，本来那如同一个巨大负数一般空洞的前方，那像皮子被鞣制过一般的锈色夜空，开始泛出沉着的普蓝；在那普蓝色的天边，苍穹之下，高原的地平线上正有滚滚的羊群无声地越境而来。

原载《花城》2020年第5期

朱山坡

午夜之椅

跟琼发生激烈争吵的那一天晚上，我刚刚收到莹坠亡的噩耗。我没有告诉琼，因为有些悲伤彼此并不相通。因而她没有察觉到悲伤的海啸摧毁了我的防线。但我违反了不反驳不争吵的原则。我怒吼了。我错了。

争吵的原因莫名其妙，琼斩钉截铁地断言说，我跟前妻的感情死灰复燃，暗中来往密切；上个月某个夜晚，我还曾经乘坐新开通的3号地铁去鲤湾路，拐进孝贤巷，在那间狭小而昏暗的爱尔兰酒吧，跟前妻庆祝结婚纪念日，其间喝了一瓶从家里拿的法国红酒，说不定回了前妻的家里。我对天发誓，离婚三年多来，我跟前妻一刀两断，从没有过联系，不用说跟她见面，甚至连女儿也没见过。琼不知道我多想见我的女儿。如果她当初给的那些钱能起作用，芳又找对了医生，她的智力应该正常了，可以叫我爸爸了。

琼什么都好，就是多疑，总是以为我会跟前妻藕断丝连。其实，前妻对契约的遵守出乎所有人的想象，她永远不可能违反她和琼之间的协议，哪怕是口头的约定。有一次，我给她打电话，询问女儿的情况，她什么也没说，默默地挂了电话。她不想跟我再有什么瓜葛。

但琼总是习惯性地违反契约，比如经常无故冤枉我，说我的心里不是装着芳就是装着莹，唯独没有她的位置。我满怀委屈，但我很少替自己辩护。事后，琼会向我道歉，说错怪了我。但这一天，我在阳台上凝视着那张沙发椅子，突然觉得莹穿着我买给她的藏青色旗袍坐在沙发椅子上。我轻声地叫了一声莹，她竟不见了，像影子一样消失在阳台上。

此时，我的手机微信咚地响了一声，是一个东北朋友发给我的："一个小时前，莹在北京三里屯，从十八层楼上跳了下去。"

我情不自禁地发出了一声"啊"。我想我无意中惊动了琼。真的很抱歉。

我一下子变得很忧伤。琼扑过来质问我三次了，跟前妻庆祝结婚纪念日的事情是不是真的。我回答说不是真的。琼说了一通所谓的证据，比如那天晚上从我身上闻到了芳的气味。我大声地替自己辩护了，甚至发出一声怒吼。这是第一次，因此激怒了琼。她对我的怒吼始料不及，像被人用一条假蛇吓了一跳。她跳了起来。我也生气了，摔了一只茶杯。当我意识到我没有资格生气的时候已经来不及了。火势太大，任何灭火的行动只会火上加油。我只是张开双手，朝她做了一个拥抱的姿势。我的意思是和解吧，让这糟糕的一天过去吧，别让黑夜搅拌着悲伤和愤怒吞噬我们。琼没有领会我的意图。她本能地后退，跌倒在仿佛刚才莹坐过的沙发上。

"你心里是不是盘算着要将我杀死分尸，然后搅碎冲进下水道？像网上说的那些男人……"琼突然瘫软了，服输了，绝望地看着我，眼里充满了悲伤、惶恐和哀求。

我说："我不是要伤害你，我只是向你保证……"

琼说："不，我不需要你保证什么，我放手，你可以回到前妻那里去了。"

我无话可说。僵持了一会儿，我递给她一条毛巾。她小心翼翼地接了过去，擦去脸上的汗和泪水。她依然那么漂亮，只是明显老了，眼袋和雀斑清晰可见。

"我们分手吧。你不属于这里。"琼压着怒气，用左手指着门的方向说，"把屋子里属于你的东西拿走。"

其实我早已想要离开这里。我无法承受琼一次又一次对我污辱性的审问。但我还是希望不要以这种方式离开，何况我还没有找到落脚点。我对琼说："我们还能好好说话吗？坐下来，再谈谈。"

"滚！"琼喊叫道。在炎热潮湿的南方，"滚"是汉语中毁灭性最强的一个字。这是最后的吼声，似乎震动了整个小区。凝固的夜色骤然散开，像被炸开的雾气。

我可以拒绝名利，唯独没脸面抗拒逐客令。我必须立即离开。

很明显，这个我称为家的地方只是我暂时寄宿的地方，除了我的衣服、画笔、所剩不多的颜料，只有一件东西属于我，就是那张灰色单人沙发椅子。

琼的房子藏在莱恩小区的密林深处。小区是国有林场的职工住宅区，种满了树冠茂盛的树木，仿佛他们把山里的树都移植过来了，把小区变成一片森林。阳台被树木遮挡，终年看不到阳光，对面的邻居跟她互相看不到。房子虽然小了点，但很不错，布局合理，通风透气，中式装修也达到了一定品位。这些半新的家具我很熟悉，当初就是我所在的搬家公司负责搬运进来的，有些家具还是我摆放的。我搬进来后，只对阳台做了些修改，改成了我的"画廊"，作为我画画的地方。至于那些花草和风铃，我尽量保持原来的样子。那张灰色单人沙发椅子有着宽大的底座、厚实的靠背、坚固的扶手，让人感觉似乎有一个穿着华丽衣裳的忧郁美人坐在上面，使得阳台变得意味深长，但又弥漫着淡淡的忧伤。正是这些淡淡的说不清的忧伤让我和琼的感情时起波澜，有时候惊涛拍岸。自从到了南方，我一直不习惯睡在黑夜里，常常梦中醒来，离开床，在黑暗里发呆。而自从有了这张椅子，我更加无法安静地熬过漫漫长夜。那张椅子，像一只犯了睡眠困难症的猫，我每次半夜醒来，它总是引诱我到它的怀里坐坐，仿佛我一坐上去，它就充实了、舒心了。有时候，我一坐就不知不觉睡着了，直到黎明将至，我才愧疚而慌忙地回到床上去。我以为琼从没察觉到我的举动，实际上她不止一次不动声色地站在我的面前看我在椅子上酣睡的样子。当初，我跟芳生活在一起的时候，芳也是这样，只是芳会悄悄地给我盖上被子，而且事后会心无芥蒂地对我说："床的烟火味太浓了，并不适合你。你属于沙发椅子。"我同意芳的评价。她懂我。

本来，我和琼说好了，我们会白头偕老的。琼说："如果你敢离开，我就敢死。"看得出来，她说的是真的。我心里想，不会分开的，这辈子就这样了，跟你在一起，直到生命终结。琼很满意，也很放心。我们过了一段幸福快乐的时光。

但还是要分开了。爱情只是用谎言堆积起来的危卵，虽然高耸如山，却经不起一阵穿堂风。

我把所有的画作和画笔、画纸和颜料装进一只塑料袋，拎着它绕过最近的垃圾池，扔到小区最偏远的垃圾池，付之一炬。尽管是在黑夜里，但火焰也不特别热烈，只不过像原野里的一丁点萤火而已。我决心从此以后不再画画。这是最后一次下决心。火焰熄灭，我的心也随之熄灭了。虽然我不肯承认，但事实已经证明，我没有这方面的天赋，画了十几年，没有一件作品进入过省级美协的画展，他们说我的作品除了俗什么也没有。除了莹，没有一个人欣赏我的画。我不属于这个时代，也不属于这个世界，像尼采一样。

琼不想再看到我的任何私人物品留在她的世界里，甚至要求我把我的气味也全部带走。我不止一次被驱逐出门了，也有了经验。在东北的时候，我就被房东驱逐过两次。在M城，芳也曾经将我驱逐，以类同的方式。仿佛是，我是她们打的一个喷嚏。

此时已经是夜里。万家灯火，静谧的小区容不得有人发出吵闹声。

一切都很安静。那张沙发椅子，我唯一的一件家具，我轻轻地扛着它从阳台上穿过客厅。她决绝的脸色像是凝固的颜料，自始至终都没有改变。我轻轻地打开房门，轻轻地关上。我不乘坐电梯，从五楼走下来。路过楼下人行道时，我感觉到她在阳台上看着我。我不指望她说一声再见或慢一点之类的话。此时此刻，她脸上的决绝应该慢慢变成了忧伤，孤独感和巨大的悲怆会迅速将她击倒。这是人类必须承受的情感。她要承受，我也同样承受着。

我没有回头，出了小区，一直往南走，沿着马路走，希望找到一个能安放它的地方。

夜色迷人，灯火辉煌，繁星满天。面对如此的夜景，我茫然不知所措。立秋刚过，忽然有了些凉意。我的背上还有一只塞满衣物的背包，沙发椅子比背包沉得多，我很快就累了。

拐过两道弯，面前这条宽阔的马路有一道长长的坡。坡的尽头是M城最繁华的万达广场。我无力一口气到达那里，在离它还有两公里的地方，在还没有长大的樟树底下,把椅子放下来,也将背包放下。

虽然已经夜深,但马路上仍然车水马龙,只是没有什么行人了。

从琼的家里出来,我心里已经明白,身上仅有的钱无法住上一宿旅馆,我跟一只流浪狗没有区别。看来我得重新适应露宿街头的生活。

活着,一定要相信好日子会随时到来。这是当年莹对我说的,现在,我将它送给所有的人。

我有点饿了。整个身子瘫软下去,靠坐在沙发椅子上,仰望星空,回顾起这一生。

这些年,或者说这一生——如果生命止于四十一岁,我过得都不如意,好日子从没光顾过我。虽说我追求的事业是画画,但我贩卖过皮鞋、木材、草药、东北大枣,开过装裱工作室,以雄心勃勃开始,以灰头土脸结束,债台高筑,四面楚歌。为了躲避债主,我换了三个城市生活,满洲里、锦州、鞍山,都很短暂,每次都像一只鸟掠过荒原,世界越来越苍茫。唯一干成过的一件事就是四年前娶妻生女。妻子是M市的,长得很漂亮,柔弱而精干,是典型的南方女人,善良,温柔,对生活充满热情,对家庭尽职尽责。我对她十分满意,以为这一辈子终于安家立业了,毫无疑问,我愿意和她幸福地过完下半生。

妻子名字叫芳。我刚从东北到了M市不久,一贫如洗,只有支付宝上的五百块钱。我到中介服务公司咨询租房事宜。接待我的姑娘就是她。

芳对工作很有责任心,滔滔不绝地给我介绍这个城市。"M城是最好的城市,比东北任何一个城市都好。"她说。我问她去过东北哪个城市,她说这辈子从没离开M市。但我还是毫不犹豫地同意了她的观点。她鼓励我买房,现在是最好的时机,能买不要租。我说:"我先租着吧。"那几天,她每天带着我去周边看房。她很有耐心,带我一套一套地看,讲解着地段、环境、房子的装饰、价格的对比……她每一句话都无可挑剔。看了许多好房子,我都摇头。她对我的诚意起了疑心。我说要租最便宜的那种。她明白了,最后在思贤路的一条小巷里找到了一间单身公寓。一个身份可疑的女人刚从那里搬出去,屋子里还有她的气味和体温。里面阴暗、破旧,还有一堆肮脏的垃圾。每月三百元租金,这是M市最便宜的房子了。芳怕我不满意,赶在房东之前把那些垃圾清扫干净,把那张歪歪扭扭的床摆弄端正。

房子里除了一张床,什么也没有。床罩散发着浓郁的腥臭,床的靠背上到处都是斑驳的污渍。芳说:"将就吧,万事开头难,总比露宿街头好。"

可是,我从没有告诉过她,这些天我是在建政路工商银行的屋檐下过的夜。夜晚那里灯光昏黄,地板干净,空气清新,而且安静,是露宿的好地方。跟我一起露宿的还有一个看上去有精神障碍的老女人。她每晚睡前都很有仪式感地铺好草席子,从容优雅地换一身洁白的睡衣,将她的北京布鞋整齐地放在离枕头很近的地方,坐下来,环视一下四周,心安理得地躺下,盖上花格被单。被单从脚盖到脖子,只露出嘴巴和脸。她早睡早起,睡时不打鼾,起来时不声张,悄然收拾行装离开,从不妨碍银行营业。到了晚上,她再回来,像回家一样。看得出来,她是这里的常客和主人。她睡觉的地方跟我只有三米,我不打扰她,她也不干预我。看上去,我们仿佛相依为命。我和她没说过一句话。有时候,她怔怔地看着我,想说什么却又把话咽了回去。她对试图靠近的人张开嘴巴,露出锋利的牙齿,并发出怒吼。但我觉得跟她为邻很安全。芳怎么会知道我露宿街头呢?她说出此话的瞬间,我觉得她是一个天生会体贴人的女人。

我几乎没有收拾,只是换了床罩,然后从街头的流动商贩手里买了一张床单和一只便宜的决明子枕头。将门一反锁,我倒头便睡。这是我在M城的第一个家。

芳还给我介绍了一份工作,给一家搬家公司干活。于是,我干起了一份从没干过的工作,每天奔跑于这城市,为那些搬家的人服务,搬运各种家具,从一个陌生的地方搬到另一个陌生的地方。我羡慕这些有家、有家具的人。漂亮的房子,昂贵的家具,温馨的家。我真希望,这个或那个家是我的,连家具也是。我的气力不够大,搬不动笨重的家具,被同事嘲讽,带班的对我很不满意。他看出来了,我干不了体力活,我只是一个"文人"。

我确实只是一个文弱书生,画画的。从小我便跟文化馆的二舅舅画画。舅舅认为我能成为一名优秀的画家,他从不允许我干体力活,怕伤了我的手,怕我的画画才华跟随汗水一起流失。我跟二舅一样擅长画仕女。

在长春，我还是有一些名气的。舅舅去世后，我没有了生活来源，画画养活不了我。我对画画一度失去了热情，便尝试着做生意。前面已经说过了，生意失败让我的处境举步维艰，甚至走投无路。莹被一个瞎混瞎吹的平面广告商骗去了北京，从此杳无音讯。从此，我觉得自己像换了一个人，躯体和灵魂都不是原来的。可是，芳和琼都没见过我以前精神饱满、踌躇满志的样子。

替别人搬家更使我体会到生活的动荡。我期望尽快结束动荡不安的生活，有一间属于自己的画室，哪怕只有一个安放得下画架的角落。有一天，在工作的过程中我对一张沙发椅子产生了兴趣。那时候，我和几个同事待在搬家汽车的大货柜里。他们都累得睡着了，我盯着那张沙发椅子看，睡意蒙眬间突然发现上面坐着一个人，一个身着古装的仕女，就像我在长春画的那种女人，微胖，圆脸，盛装，樱桃小嘴，眼神很忧郁。我怔了一下，完全醒了过来，本能地寻找画笔。她不正是我的模特莹吗？她正襟危坐，等待我开始创作。黑暗闷热的货柜里一下子变得明亮。可是，除了杂乱的家具，什么也没有。

这些旧家具的主人是琼。她从西城区搬到东城区，就是现在的小区。我们搬家具进屋时，我察觉到，她对这张沙发椅子流露出无处安置的嫌弃之色。我开玩笑说："我想买这张沙发椅子。"那时的琼笑得很阳光、很妩媚，脸很白净，眼睛很清澈，嘴唇上下都鲜红，像一个刚收获爱情的仕女。

"我一直在替这张椅子寻找新的主人。"琼说。

这张椅子最初的主人也不是琼。当初她从二手家具市场买回来的时候，也觉得它有一种说不出的特别，一坐上去，伤感的情绪便像夜色一样从四面八方围过来，让人不知不觉地泪流满面。她三番五次要扔掉它，又舍不得。她要为它找到相匹配的主人。

琼一下子看中了我。

我用一天的工钱买下了这张沙发椅子，满心欢喜地把它扛回出租屋。从此以后，我对床慢慢失去兴趣。夜晚，我就坐在沙发椅子上，对着空荡荡的床发呆。是的，艺术家需要有足够的时间用来发呆。更重要的是，我在努力地跟这张陌生的沙发椅子培养感情，彼此了解对方，喜欢上对方。

当我跟椅子的感情与日俱增、无法分开的时候，芳又一次出现在我的房间，坐在空荡荡的床上喜出望外地看着我说："我妈说你是一个好人。"

"你妈是谁？"我惊讶地问。

芳告诉我，每晚露宿建政路工商银行屋檐下的老人就是她妈。

露宿是她的执念，是为了纪念芳的父亲。五年前，芳的父亲跟芳的母亲大吵一架后不辞而别。出走的时候，他没带任何东西，连工资卡也没带。芳的母亲以为他只是赌气出去一两天，可是，这个倔强的电影院退休美工竟然一去不返，五年了还没有归家。芳的母亲一直以为芳的父亲肯定是在城市的某一角落流浪，晚上露宿街头，因为自尊心特强的他不可能寄人篱下。于是，她也要在没有床和家具的街头过夜，以此表达她的懊悔和患难与共之意。父亲给芳留下了一套两居室，是20世纪80年代的房子，很破旧了，一直要拆却迟迟没见动手，像被判了死缓的犯人。

"我妈说，你要嫁一个好人——像你爸一样好的人。"芳说。

我自认为通过努力可以做一个好人。于是，我和芳结婚了，像一个被人认领的孤儿，我忐忑不安地走进一种陌生的生活。

我把属于我的唯一的家具——沙发椅子从出租屋里扛出来，一路往南走，穿过东葛路和鲤湾路，闪进孝贤小巷，拐进省电影公司宿舍区，就到了芳的家。

房子放满了旧家具，好不容易才找到安放我的沙发椅子的位置——卧室的一个墙角。芳曾经劝我扔掉它，但我不同意。我觉得，如果这个地方没有一件属于我的家具，就不能称之为自己的家。

结婚后，芳的母亲依然在建政路工商银行的屋檐下过夜，只有我结婚那天她才回了一次家，目的是告诉我，原来我睡觉的地方被一个新来的流浪汉占据了。她的意思是说，从此以后，我连露宿街头的可能性都没有了，所以，要对她的女儿好一点，像一个好人那样照顾好家庭。

遵照芳的意见，婚后我辞掉了搬家公司的工作，她托关系把我安排到一家幼儿美术辅导班当教员。我教孩子们画河流、画海滩、画火车、画东北的雪和大森林，其实是在帮助孩子们孕育梦想。我的工作得到了家长和老板的认可，我也很高兴。芳突然发现了我的价值，认为我可以把事业做大，怂恿我暗地里招生，在家里开班，自己当老板。在她的张罗下，我招了五个学生，就在家里辅导。尽管家里很狭窄，但充满了朝气和希望。

我的女儿出生了。一个完全陌生的婴儿占据了我们生活的巨大空间。芳辞职在家带孩子。空余时间，我经常和她带着女儿去看她妈妈，给她带吃的和穿的。但显然她妈妈不希望我们去打扰她的生活，不久，我们再去看她时，她已经不在那里了。在那里露宿的流浪汉告诉我们，她已经搬走了。我们找遍全城的银行屋檐，也没有找到她。

也许是因为女儿多病，也许是因为母亲失踪，芳的性情发生了很大的变化。她暴躁不安，经常当着学生的面对我无故责骂，导致的后果是，我的学生很快流失殆尽，我试图重新回到原来的辅导机构却被断然拒绝。我们的生活一下子变得拮据而没有安全感。有一天傍晚，家里因为欠费停电了，我们翻箱倒柜，竟然连一百八十二块钱电费也凑不够。芳到物业管理处破口大骂。当得知停电不是他们干的，她依然不依不饶："供电公司跟你们是一伙的，一个妈生的！欺负人！"骂完了，她抱着女儿朝着陌生的行人哭。

南方的女人跟东北女人不一样，喜欢哭，她们肚子里装满了各式各样的忧伤。

孝贤小巷并不十分狭窄，巷道两边有剃头匠、补鞋匠、针线女、刮痧师傅、修电动单车的在摆摊。有一天，我从家里搬出那张沙发椅子，放在补鞋匠和剃头匠之间，在椅子的旁边竖上一张硬纸皮做的广告牌：替人画像，每张二十元。只要有人坐到沙发椅子上，我就能给他们画一张满意的画像。可是，我突然发现，他们兴致勃勃地站在我的面前，但坐到椅子上去便慢慢变得深沉，继而露出悲伤的表情，我再三提醒也无法让他们恢复喜悦和甜美。因此所画的画像无一不满脸忧伤，仿佛刚刚丧亲，或将大难临头。而一离开椅子，他们便恢复常态，恍如刚从另一世界脱逃归来。

我的生意比剃头匠差一些，但每天也能画上三五张，两三天的收入刚好够给女儿买一罐奶粉。靠才华养家糊口，更重要的是自由，我觉得这才是我要的工作。

大约一年多之后，有一天，有人提醒芳，你的女儿可能是一个智障儿。因为同龄的孩子都能唱歌跳舞了，而我们的女儿还不会叫爸妈。芳对提醒她的人破口大骂，但她被吓到了，跑到我的面前，大呼小叫。

"我要死了！"芳说，"如果女儿真的是智障，我宁愿去死，你也必须陪着我们一起去死。"

我正在替人画像，才画到一半，不得不放下手里的画笔，带着女儿去了省医科大看医生，得出的结论是智力发育障碍。芳的世界坍塌了，仿佛她的智力突然下降到跟女儿差不多的水平。她整天抱着女儿耐心地诱导她叫妈妈爸爸，但女儿只是盯着妈妈的脸，永远是一副惘然的表情。有时候，芳精神快崩溃了，对着女儿大呼小叫，最后，对着我大呼小叫。

尖叫声塞满了整个世界。我们的生活一团糟。

而此时，芳的父亲突然回到家里。

那天黄昏，一个胡子拉碴、浑身散发着臭味的老男人一言不发，一屁股坐到我的沙发椅子上。我请他坐得更端正一些，眉头更舒展一些……这样我才能画出令他满意的画。

"我不画像，我只是累了，想歇一会儿。"他说。

我也累了，我要收拾东西回家。

我扛着沙发椅子回家，进门时，竟然发现他跟随着我。

芳开门，惊叫一声："爸。"

芳的父亲多年未回家，却若无其事似的，像今天早上出门，现在回来吃晚饭一样。对这些年到底去了哪里他避而不谈，只是惊奇地问芳："你妈呢？"

从此以后，家里增加了一个人，变得异常拥挤。

父亲的意外回归，让芳既措手不及，又很不习惯。很快，芳与父亲的战争取代了一切矛盾冲突。芳总是责怪父亲让母亲患上了精神障碍，流浪街头，与那些品行良莠不齐的流浪汉为伍。哪怕不以此为由责骂父亲，芳也有其他理由将父亲骂得躲进卫生间里半天不敢出来。每次我以为他已经从下水道逃跑了的时候，他却又失魂落魄地从卫生间里闪出来。如果女儿不在，他会问我："世界有什么变化吗？"我说："没有。"他既不表示失望，也不做出如释重负的样子。为了减轻空间狭窄带给我们的压抑感，他总早出晚归，寻找芳的母亲。他每天信心满满地出门，回来时像条失败的猎狗一样沮丧，还风卷残云地把一家四口的晚饭吃得所剩无几。这让我和芳都变得沮丧、尴尬又紧张。芳每天带着女儿外出寻医问药。我每天拼命吃喝，希望人们成群结队地请我画像。我需要钱。可是，情况刚好相反，找我画像的人越来越少，这城市的人不仅自己不需要画像，连给亲人画遗像的钱都省了。

有一天下午，阳光正好，来了一个年轻的女人。她一下子就认出了那张沙发椅子："噢，又见到你了，椅子！"

我也一下子认出了她。

是琼。

她比过去丰腴、成熟了许多。皮肤还是那么白，跟阳光一样白。

"这张椅子原来有这样的用处。"琼说，"我低估了它。我把它贱卖了，像当初贱卖我自己一样。"

我说："它本来就属于画家。"

琼装出痛心的样子，抚摸着椅子叹息："它瘦了。坐它的人太多了，那些乱七八糟的屁股！"

我很认真地给她画像。那时候，她的表情很忧郁，看得出来，她的内心充满了挫败感。是的，我把她的神态和内心世界画出来了，栩栩如生，细致入微。她对画像很满意。

"你不属于街头。"琼说。

这是那些日子里我听到的最贴心的一句话，像当年莹对我说的那样："你不要跟人间烟火味靠得太近，会被熏死的。"

后来，琼经常路过孝贤小巷，说是去办事，顺便来看我替别人画像。如果看见我闲坐着，她便坐到沙发椅子上，嫣然一笑，说："再给我画一张，我给你钱。"

我需要钱。同时我习惯了等待。当琼从人头攒动的街角出现，我的内心便惊涛拍岸。凝望深渊久了，深渊必予以回望。琼就是我的深渊。画像的时候，我们经常四目相对，从开始的躲闪到后来的互相凝视只用了三个月的时间。她太像莹了！越来越像。她的影子每时每刻都在孝贤巷游荡，在我的梦里扑打我，挥之不去。

有一段时间，没见到琼出现在孝贤巷，我的心里空荡荡的。我责骂我自己，不应该见异思迁，不应该有非分之想，不要滑向人迹罕至的深渊。

尤其是，在这个家一团糟的情况下。

芳看得出来，我开始对杂乱无章的生活，对没完没了的烦忧失去了耐心。其实，她也看出了我的无能。她经常指桑骂槐地嘲讽我一无是处。更过分的是，她竟然把女儿智障归咎于我把劣质颜料带回家里，还在家里画那些一钱不值的仕女，还在夜里，离开床，躲到沙发椅子上做梦，像一个梦游症患者。

我无法反驳。因为夜深人静的时候，无论那张椅子在哪里，我都能听到它如涓涓流水般的呼唤。芳说，她总有一天会把那魔咒附体的椅子付之一炬。

终于等到了这一天，琼来到了孝贤巷，对我说："我想赎回我的椅子。"

我还来不及拒绝，她就把嘴贴到我的耳边说："把你一同赎走。"

我喜出望外，但装作十分为难和忧虑的样子，只是对她淡淡一笑。

"这里弥漫的气息连烟火味都算不上，简直就是咸臭味，没把你熏死已经是奇迹。你必须跟我离开这里，一刻也不能耽误了。"

后来我才知道，此时的琼刚刚告别一段失败的婚姻。其实也不算婚姻，因为她根本就没有嫁给那个男的。她只是一个属于黑夜的情人。那个男人只是在每个月的某个夜晚悄然潜入她的卧室，黎明前便匆匆离去。后来，他三个月才来一次，最后干脆不来了，举家搬到了另一个城市，把她遗弃在此。

我以为琼跟我开玩笑，想不到她是认真的。第二天傍晚，她竟然出现在我的家里。我推门进去的时候，她正在屋里和芳谈话。芳的父亲坐在角落里抽着劣质烟。琼没有嫌屋子里复杂难闻的气味，坐在一张小板凳上，一身极为普通的打扮，显得朴实无华。

我正想开口说话，芳的父亲起来把我推出门："那是两个女人的事情。"然后挽着我的手走下楼，沿着孝贤巷漫步。

"我也是画画的，你知道吗？"芳的父亲问我。

我知道，画电影海报的美工，说是提前退休，实则是下岗了。

"琼说得对，你不属于街头。"芳的父亲说，"芳的母亲也曾经对我说过'你不属于街头'，可是，我一辈子只属于街头。我是流浪街头的命。"

我不明白他的意思。我们一路往北走，穿过东葛路、思贤路，到了建政路。经过工商银行的时候，我们朝着那儿的屋檐驻足而望。

"其实，这个屋檐我也露宿过，就在你和芳的母亲中间，只是你们没有发现而已。"芳的父亲说。

我十分惊讶。那时候，在此屋檐下露宿的陌生人如走马灯一般，我没有在意，只是睡觉而已。

"我又要离开芳了。跟广阔的街头相比，家太窄太窒息了。"芳的父亲说。

我想问"是不是要去寻找芳的母亲"，但话到嘴边又咽了回来。

"你明白我的意思了吗？"芳的父亲再次问我。

我摇摇头。

"你跟我不一样，你不应该只满足于做一个好人！"他公布了答案。

我依然不明白他说什么。我突然对所有的东西充满了疑虑。我对这个世界所有的疑虑都束手无策。

最终，是芳告诉了我答案。

琼向芳赎买那张沙发椅子，用十万元。当然，芳必须赠送她一件东西。

那件赠品便是我。

芳同意了。

关键是，我也同意了。只是我对买卖原则提了一个小小的要求。

芳想不到我也会同意。琼离开我家后，芳半开玩笑地跟我说了这笔还没有成交的生意。她征求我的意见，脸上充满了笑意。我读出了她的意图。我说："只能这样了。"

我说的是真话。女儿治病需要一大笔钱，芳是知道的。她自称找到了最好的医生，但需要一笔数额巨大的费用。而琼的十万元简直是雪中送炭。

然而，芳一下子脸色大变，继而怒火中烧，要将手里的女儿当成炸药砸向我。如果不是她的父亲劝阻，这将是一场不可收拾的冲突。

我是想离开这个家了。我需要孤独。莹早就警告过我，不要待在人间烟火味太浓的地方，会被熏死的。

我对这笔买卖有一个小小的要求：我不卖那张沙发椅子，也不能作为赠品。那张沙发椅子的产权必须永远是我的。这是一个画者最后的尊严。

在两个女人谈判中，这不是原则性的问题。她们相视一笑，交易完成。协议不需要我签署，她们郑重地按上手印后就生效了。

芳迫不及待地驱逐我出门。她履约的态度坚决而彻底。我的一切都被清除。我从哪里来，要往哪里去，被两个女人忽略了。在芳书写的历史里，将不会出现跟我有关的任何信息。离开芳的家前，芳的父亲把我送出门外，真诚地告诉我："等你老了，老无所依，我，一个孤独可悲的老画匠向你推荐好的去处。"

他的脸上充满了诡异的笑意，看上去像凡·高的自画像。

我扛着那张沙发椅子，越过孝贤巷、鲤湾路、东葛路……

我是爱琼的，真的爱。当然，以前我也爱芳。还有在长春的时候，我还爱莹。我曾经爱着她们。我进入琼的家门后的那些日子，我们如胶似漆，相见恨晚。每到傍晚，琼坐在阳台的沙发椅子上，像一个宋代的仕女，忧郁地看着我。她的内心是喜悦的、幸福的，难道不是吗？

三年来，我在琼的家里，琼供我食宿，我心无旁骛地画画。我画了很多的画。我把它们送到M城的书画经营公司，但他们给我很低的价钱，伤了我的自尊心。我把画拿回来，宁愿将它们烧掉也不贱卖。是的，我宁愿贱卖我自己，也不贱卖我的画。琼鼓励我说："你将来会让他们后悔的。"她怎么知道他们将来会后悔？琼不懂画。她只是崇拜书生。或者说，谈不上崇拜，她沉迷于把一个书生握在手里的掌控感而已。每次以她为模特，画到最关键的时刻，她总是露出小市侩的浅薄来，让我大为扫兴。她以为我想到莹了，有不悦之色。确实，那一刻我真的无比怀念莹。

莹是真正的模特。原先她是长春歌舞团的一名演员，后来才成为广告公司和服装厂的模特。有一次，我在一家广告公司遇到她，被她的美貌和气质迷住了，她像是我梦里见过的人。我盯着她看。她走过来，微笑着对我说："我见过你。我看过你的画。"她是指迎北京奥运会时我画的一幅巨型宣传画，一个手执火炬的少女奔跑在长春的大街上。

"她有古典气质。"莹评价说，"像我。"

那个手执火炬的少女确实像她。可是，在此之前我从没有见过她。我画的时候纯属凭空想象的。我以为，世界上最美的女孩应该像画中少女的样子。

后来，我快要把莹忘记的时候，她突然来到我的画室，一声不吭地看我的画，像一个专业的鉴赏师，看完后咧开嘴对我笑。她的牙齿洁白整齐，像盛开的百合花瓣。

"你给我画一幅画像吧。求你了。"莹恳求我。

我毫不犹豫答应了她。我让她换上古代仕女的服饰，之后花了一个下午，天快黑了，才画好。莹很满意，但她没有拿走。

"这是你的作品，我不能随便拿走。"莹说，"记住，你的作品离开你就会死亡，像鱼离不开水。你要把它们留在身边。"

莹每隔一段时间便来一次我的画室看她的画像，在画前端详半天，然后略带忧郁地离开。半年后，有一次，她站在自己的画像前哭了，把我吓坏了。

"你是我见过的最好的画家。"莹很严肃地对我说。

我受宠若惊。她离开后，二舅对我说："她说的是对的。"

但是，我忘记跟莹说了："你是我见过的最好的女孩。"

可惜，我一直没有对她说这句话，后来她成了我的女朋友，我也没有说出来。

后来，我画的很多仕女都是以莹为模特的。倒霉的是，我的画没人问津，不是我画得不好，而是那时候莹的名声被人败坏了。在长春，关于她的传闻铺天盖地，她一度成为"烂女人"的代名词。她失业了，无处可藏，整天在我的画室当我的模特。二舅对此颇有微词，担心莹影响了画室的名声。我才不在乎别人怎么看莹，我爱她就够了。

莹也是真心爱我的。她是见过名利的人，所以对名利看得很透彻。

"名利就是狗屎，不值得你用最好的才华去追求。"莹说，"你才是世界上最好的画家。好好画你的画。"

然而，我开始考虑赚钱，因为莹是一条五颜六色的金鱼，我必须给她水和养分，尽管她信誓旦旦地说不需要物质，宁愿跟我过一辈子穷日子。可是，我不能让我们的爱情陷入贫困的险境。不顾莹的反对和劝告，我折腾各种生意，都失败了，最后，把二舅留给我的画室也赔了进去。东北"沦陷"了。

莹离开我绝对不是因为我一无所有，而是因为我不听她的劝告。但她没有生我的气，只是觉得我浪费了才华、消耗了元气，太可惜了。

"你不要跟烟火味靠得太近，会被熏死的。"莹说的是对的。可是，当我重新回到画室时，已经找不到当初那种仰天俯地、畅快淋漓的感觉。

现在，一想到莹，后悔的雪便堆积如山。

月光如雪，令人想起冬天洁白的东北，没有了人间烟火，纯净得像情窦未开的仕女。无数仕女携着悲伤从天而降，为首的正是莹。我控制不住自己，突然号啕大哭，悲痛欲绝。

一个头发凌乱、胡子拉碴的流浪汉从我跟前走过，驻足停留，咧嘴对着我笑。

"我很好笑吗？要不，你来试试？"

流浪汉不置可否。我站起来，哽咽着对流浪汉说："你坐一下。"

流浪汉还在犹豫，我拉他，推他。他终于半推半就地坐到了沙发椅子上。我看着他表情的变化。开始时，他还在笑，过了一会儿，他的表情慢慢变得肃穆和忧伤。一阵风吹过来，他的眼泪终于夺眶而出，最后轰一声对着万达广场的方向号啕大哭……

"你哭什么呀？"我问他。他没有回答我，哭得根本停不下来。

哭声引来了好奇的人。来的人越来越多，有男人，也有女人，有老人，也有年轻人。我明白了，这个城市，这个看似安静祥和的夜晚，并非无懈可击，只要有哭声，就会引出一些人来。

"发生什么事情了吗？"不断有不明真相的人问。

我说："没有什么。这是一张忧伤之椅，无论谁，只要有忧伤，坐上去便会失声痛哭。"

他们不相信。我让流浪汉站起来，让出位置，让另一个人坐上去。

流浪汉不愿意让座。我拉扯他。他瞪了我一眼。

"我坐到了狗屎。"流浪汉站起来，嘟哝道。

我仔细端详了一下，这个流浪汉不就是芳的父亲吗？他右边嘴角有一道明亮的疤痕，在月光下闪烁。待我正欲确认，他已经钻出人群扬长而去。

取代流浪汉坐上去的是一个肥胖的中年女人。她才坐上去，便掩脸而哭，断断续续地向我们诉说她的悲苦。

不信邪的是一个强壮的男人，他把肥胖女人揪起来，自己坐上去。他坐了好一会儿，我们以为椅子失效了。我劝他让座之时，他竟然像山洪暴发一般痛哭起来，捶胸顿足地说他对不起自己的妻子。他完全崩溃了。我从没见过一个男人哭成那样。我真希望芳和琼都亲眼看到这一时刻，不为了什么，只为了见证一张椅子的神奇。

围着椅子的人越来越多了，都是陌生的脸孔。他们彼此也陌生。午夜里哪来那么多的人？这个城市到底有多少陌生人？

他们仿佛刚刚走过了很长的路，累了，争先恐后地坐到那张椅子上。我被他们挤到了外面，要挤进去几乎已经不可能。我又一次被驱逐了。

我心里很清楚，那张椅子已经不再属于我。我的泪水已经干了。我已忘记刚才有多伤感，但椅子上传过来的哭声越来越忧伤……

这一切让我感到后悔，乃至恐惧。我赶紧离开，趁他们不注意，匆匆遁入夜色里。

原载《天涯》2020年第5期

林森

听他的演唱会

"去不去？"

"什么？"

"演唱会。"

"谁的？"

"躲山里了？张学友啊。"

隔着大半个海岛，电话信号没被风吹弱，没被太阳晒化，没被山林阻挡，小孟几乎看到了曾翔脸上的鄙夷，看到他竖着中指，看到他嘴角没变而眼角一跳一跳，像是里头潜着一只迷路的虫。小孟不知道怎么答，最近，微信朋友圈热闹得很，连门口卖农家猪肉的油漉漉大叔、修电动车的非主流小弟、有着标准发型定制表情的公务员同学都沸腾了。张学友演唱会开始售票的消息让很多跟"粉丝"两字不沾边的人纷纷涌出，朋友圈阵阵"神仙混战"，更不用说小孟那个小圈子里的人了。海南岛上。搞原创音乐的就那么几个人，一听说"歌神"降临，恨不得拎着香烛、纸钱、鞭炮和一只泛红油亮的烧猪去膜拜。小孟又没瞎、没聋，他在朋友圈的发言虽越来越少，可偶尔还是会用拇指刷一刷的。每看到一条相关的消息，耳边就响起"一路上有你""你知不知道你知不知道"什么的，赶都赶不走。这种感觉特别恐怖，尤其是在编曲的时候，张学友这病毒般的旋律毁了他所有的努力——本来想出一段极好的旋律，哼着哼着就跑偏，拐到"一路上有你""你知不知道你知不知道"上去了。这段时间，每到写曲之时，他只能关掉手机。照目前这形势，关机的时间会越来越长，因为他接了一个活儿。他的一位高中师兄目前官运亨通，成了省城一个区的区长，前几天约他见了一下，准备叫他写三首宣传歌曲：一首反映这个区的历史文化，一首献给青年志愿者，一首定位广场舞神曲——让大妈们轰得蚊虫失魂落魄，轰得大爷们心神不宁。无论如何，张学友的声音，对他那三首还处于构思阶段的歌曲是一种毒害。对曾翔邀约一同买票，他不好直接拒绝，只能"甩锅"给基站："现在信号不好，听不清，挂了。"

小孟不知道自己还能不能叫"小孟"——喊"老孟"为时尚早，但那个"小"字也让他不太自在。黑发辞别镜子，白发不约而至，而且"荒漠化"形势严峻，发际线迅速后移，若在清代，已经不需要给"前半球"剃发了——这样还能叫"小孟"？有一次，跟陈慕喝茶，陈慕望着他的头，以新闻主持的腔调念道："我们一次次追逐，不过追逐满头稀疏的落雪。"小孟后来回想多次，"满头""稀疏""落雪"，这些词全是恶毒讽刺，却讽刺得比较高级。没办法，很多时候，他还得跟陈慕见面。陈慕嘴巴恶毒，人却很好用。早些年，每当小孟和曾翔出了新歌，陈慕都是最先而且唯一一个给他们写乐评的。陈慕常说："我给别人写文章几块钱一个字，给你们白白写了几万字，相当于送你们一间小户型商品房的首付了。"陈慕的"好用"其实不在写乐评，而在写歌词。小孟接了什么任务，一筹莫展的时候，找到陈慕，他往往能写出最合客户心理的歌词——他的尖刻里有着可怕的洞察力。别看他讽刺别人头发白也能说出"我们一次次追逐，不过追逐满头稀疏的落雪"这样愁肠百结的话，他正经起来，是标点符号也充满正能量的。小孟能忍受陈慕，还有一个隐藏的原因，他没跟别人说过。大学刚毕业回省内的时候，他跟曾翔一块租房住在一个城中村的旧房子里，两人把各自的音乐设备一凑，成了一个简易的录音棚，工作之余便埋头写曲编曲。那时他内心慌乱，估计曾翔也一样——虽然曾翔把心事隐藏在两撇不知何时冒出来的小胡子背后。在那兵荒马乱的时间里，陈慕有时过来串门，看出了点什么，临走时，不经意冒出些话来："海南小地方，也有小地方的好。无论做什么，熬着熬着，就跑到前面去了。很多事情，排队也会排到我们。"这"毒鸡汤"让小孟很多次展开手指尖的白发时，还能洗洗脸，顶着黑眼圈出去见人。

这话当然也在某种程度上害了他。

小孟跟曾翔很早就认识，那还是网络论坛时代。读大学时，有大把时光可以挥霍，两个从海南岛到不同省份读书的人，在网上遇到了，都有玩音乐的爱好，竟然远隔重洋，合作写歌。现在听，那些歌当然是幼稚的——现在可能也成熟不到哪里去——但那打发了他们很多不眠之夜，消耗了大量多余的荷尔蒙。配乐设备买不起，他们就在网上找各种破解软件，模拟各种乐器的声音，竟也编出了一首首曲子。两人毕业回海南，在一个城中村租房住一块，接过不少商业歌曲的活。一些房地产的歌，整天在电台上播放，他在公交车上听到前奏响起，会猛地站立，差点跟乘客们宣布："这……我写的！"租住的城中村全是村民的自建房子，街巷犹如迷宫，走着走着，就回到一片荒野——小孟还在那村里发现一片巨大的菜地，菜地边上有茂密竹子、啃草的牛，这一次次篡改他的时间感和空间感。小孟和曾翔窝在房间里写歌，在一个桌上吃饭，就差睡到同一张床上了。陈慕过来后，眼神怪异地看着他俩，说："我要写篇小说，《两个男人的城中村》。"

小孟没想到，很快，他和曾翔都搬离了那个城中村。曾翔到省内一个门户网站上班，而他，先是到电台去，在一个工作室负责录音；后来又跟人合股创办了一个专门推广农产品的文化公司；这公司解散之后，他成立了个工作室，拍起了短视频，接一些宣传片的活，闲的时候，他把人拉出去练兵，拍一些行将消失的人与物——所谓"记录民俗与文化"。而曾翔依靠家里的支持，凭借在媒体工作的敏锐嗅觉，在海南房价飙升之前，买了好几套房。曾翔目前最大的兴趣，就是查询东南亚的各种旅游路线，时不时在微信上晒出他晃荡在那些国家的身影。小孟也在匆匆之中结婚，买房。有一次开车路过那个城中村，看到那里已在城市建设当中沦为一片废墟，他心有所动。他停好车，专门去寻找了当年的菜地和竹丛。那仿佛被轰炸过的工地，掩盖了一切。回到车上，他想起当年陈慕那篇《两个男人的城中村》。里头一些胡说八道的虚构，有时会入侵他的记忆，让他记不清哪些真实发生过，哪些又属于小说家的不怀好意的冷笑。比如，小说中，住在城中村的两个男人，曾经四手联弹——小孟想起来，他们根本没有钢琴。可小孟又迷糊了，钢琴没有，便宜些的电子琴还是有的。小说的结尾，其中一个人走丢于城中村的那片菜地，被茂密竹子遮盖，另一个遍寻不见，这无疑是小说家故弄玄虚——可小孟仍然有些迷糊，他当年确实走进过那片菜地，被竹子与真实世界隔开，确实有人间蒸发的错觉。

视频工作室成立后，他第一时间就想起去拍那个城中村。可面对那片工地，村民四散了，唯有一间空荡荡的旧祠堂无人光顾，落满灰尘，遍布蜘蛛网和各类蚊虫，没法下手。他只好带着队伍去拍了另外一个即将拆迁的城中村。片子倒是拍完了，也在公众号上发了出来，引来了一些怀旧者的掌声，可他却感到尴尬。这个村没有像传言中那样很快拆迁完，顽强地不肯断气。这就让小孟的片子失去了某种力量——他所有的表达，需要一个城中村的消失来渲染。

小孟不是一个会应酬的人，那天师兄叫他去见面，安排在一个环境安逸的咖啡厅，他还是觉得不自在。他又不能不去，视频工作室折腾了一年多停掉之后，他干回老本行，跟一个朋友合开了一家音乐工作室，给人写商业歌曲，办儿童的音乐培训。培训班只能保证不饿死，还得接一些商业的活儿。这个成了区长的师兄，张口闭口正能量、价值观，小孟极力想跟上他的思维，发现并不同频，只好放任自己胡思乱想。师兄的精神倒也不难领会，他们要求写的那三首歌，曲子不会有什么不得体的表达；而歌词则要给他们看，通过后，才可以谱曲。这师兄不知道是不是在练铁砂掌什么的，说两句就拍拍小孟的肩膀。离开的时候，小孟觉得自己矮了三公分；一会儿又觉得不对，应该是高了三公分——肩膀肿了。跟师兄的会面，他一直走神。他得在脑子里回想某些旋律，才能在师兄的口沫横飞里坚持下去。

县城的KTV里，空荡荡的。人都走光了，只剩他一个。一起来的都是舍友。他们住的，不是学校的宿舍——这所县中学，竟然没建学生宿舍。很多家不在县城的学生，只好寄宿在校园周边的民房里。有些民房能塞下三四十号人，像一个大的养猪场。这一次，是一个爱买彩票的舍友中奖了，请大家出来唱歌。唱到一半，那些人离开了

KTV，找地方玩去了。就剩下他一个，面对着所有人点下的二十多首歌，一首一首往下唱，像开一个人的演唱会。

他从未这么奢侈过。

一种人去楼空的奢侈。

这是独属于他自己的回忆，在一次闲聊之后，陈慕就把这一段塞进了那篇《两个男人的城中村》里。

  他们四手联弹。他们的手指在琴键上跳动的时候，不会撞到一起。他们的手总是在最适宜的缝隙里穿插，他们带起空气的震颤。有停顿，在迟疑，像忽然涌上岸来的潮水，像一声又一声的叹息——他们是在那时那刻暂时屏住了呼吸吗？昏暗房间里，并不存在的第三者，似在期待他们的手握在一起。就像并不存在的第三者，在期待着他们一起走入城中村中间那片菜地，消失于一个迷雾重重的早晨或一个晚霞落满的傍晚。或者是，在一个漆黑的夜，如一点雨掉入长河。

当年陈慕把这篇小说丢给他们两人看的时候，他们恨不得把陈慕捆起来，丢到城中村那片鱼塘。可静下来的时候，小说里写到的一些画面，时不时冲上来，搅乱了小孟的脑子。陈慕文字里的带偏能力，让小孟后来在搬离那个城中村的时候，几乎是迫不及待——好像急于证明他跟曾翔特别清白。

……

小孟得不断在脑海中重复这些画面，师兄的口沫横飞与扬扬自得才能被拒绝与屏蔽。师兄的每一句话，都应该在庄严会场的主席台上讲出，都应该是对着日报记者的采访说出……这并没有什么不对，只是容易被带偏的小孟，需要在心里修建一个充满弹性的世界，才能保证自己在听师兄讲完后，仍是自己。小孟说："师兄，我回去做个方案，发给你看看，你认可了，我们就开始？"师兄伸出肉乎乎的手掌，又给了小孟肩膀狠狠的一击："你啊，什么都好，就是话少……这样，对你拉业务很不利啊。"小孟苦笑："所以，还得请师兄照顾啊，不然得饿肚子。"

师兄走后，他最迫切的一件事，是找个药店买瓶跌打油，抢救被师兄拍残的肩膀。

歌词是陈慕写的。师兄那边召开了会议，讨论了歌词的初稿，提出了修改建议。陈慕呵呵呵冷笑，花样吐槽小孟的师兄，有的庄严肃穆，有的荒诞滑稽。小孟说："能不能少说两句？毕竟是我师兄，就算不是师兄，也是客户，得根据人家要求来交货嘛……"陈慕嘴上带刺，该做的修改，他毫不含糊。改到最后，他总结道："我明白了一个道理，改到我不愿意署名，肯定就通过了。"前后折腾了两周，师兄终于发来两个字："通过。"小孟长舒一口气，所有压力都转到他头上来了，他得给这些词套上旋律——望着那些磕磕绊绊的词，他不得不承认，无论是阅读还是哼唱，修改后的歌词都不太顺畅，像给高速路铺设了减速带。陈慕嘴贱，得理不饶人，确实是因为他"得理"。陈慕真的不愿署本名了，他取了个笔名"小力"。

如何给"小力"的词套上旋律？小孟哼唱、哼唱、哼唱……无论如何哼，最后都以一句张学友结尾，小孟把额头撞到墙上。小孟怀疑自己的音乐工作室迟早也干不下去。早先的农产品包装设计公司，没做多久就解散了，后来总结经验，他发现并不是做得不好，而是一些理念太超前——他想把农产品当文艺产品来卖，可海南岛上有这种品牌意识、品牌影响力的公司还不存在。包装很好，宣传也很精准，可产品就是卖不出去，急得那些老板拉来一箱箱产品，堵在他们工作室门口。关门三四年后，类似的包装和营销倒是越来越多，甚至形成了某种风气，而那时，小孟正拉着自己的视频工作室拍片。小孟发现，自己把视频工作室也经营得不像在做生意，闲暇时候，把队伍拉出去拍摄一些关于民间技艺的纪录片，花费在自娱自乐的纪录片上的时间比拍广告片的时间更多，视频工作室倒闭也就成了必然的事。之后一年多，微信公众号开始流行各种小纪录片，带动流量的同时也有了不少的广告收入——他又抢跑，被判出局。重新做回音乐后，陈慕刻薄地嘲笑他："你以为你之前老失败，是因为理念太超前？不是，是你太文青，或者说太假文青，生意不当生意做，偏要玩情怀，该死。"所以，他咬着牙，也得把师兄那三首歌里的个人想法摒除，顾客至上嘛。

可，怎么又胡乱想起了张学友？

"歌神"张学友的巡回演唱会每到一处，就会引起轰动，不仅是因为他的歌唱得好，更是因为几乎每场演唱会，都有各种逃犯在现场被逮捕。这种"神迹"，在互联网引起了奇怪的效应，很多人点开相关的新闻，不是看他唱得好不好，而是关注又有什么逃犯被抓住了。小孟想过何以会出现这种"逃犯效应"：当年张学友的歌曲环卫工人般横扫大街小巷的时候，卷走了多少人的听觉记忆，这其中也包括后来成为各种逃犯的人。当张学友全国巡演，那些逃犯也忍不住要去一睹少年时的偶像——网上传出的各种逃犯被抓的消息，也未能掐死他们的愿望。甚至，越是警察出没，有些人越是怀着赌博般的快感，更想去了。小孟因为接了师兄的活，害怕被张学友的旋律洗脑，有意排斥听觉干扰。可越是闪躲，关于演唱会的消息越是袭来，张学友的声音越是阴魂不散。他一坐在工作室里，面对着那堆乐器，张学友就闭着眼睛，翘起兰花指，喉结抖动：

"你知不知道，你知不知道……"

当年住在城中村，经常有些圈内的朋友来看小孟和曾翔，有不少人还邀他们登台跑场。数学好的还给他们算过，坚持一两年，可以赚下多少钱。小孟和曾翔也不是没动过心，两人花了很长一段时间，把省城的娱乐场所都跑了一遍，就是想看看哪里更合适。谁知道这一圈跑下来，两人越来越沉默。曾翔问："接不接？"小孟说："不是太想……"曾翔说："我们虽然没身价，也觉得跑这些场有些掉价。"两人便没再想过这事。当年一块玩的哥们儿，也不乏后来大红大紫的，或者是参加了国内的某个选秀，或者是在网上踩中某个点成了超级网红。最神奇的是，有一个家伙，参加一个节目获奖之后，小孟发短信祝贺，那边回了俩字："谁啊？"这人声名鹊起之后，开始卖叛逆"人设"，几乎每场表演都砸吉他甩头发，后来在网上发布了一首涉嫌地域歧视的歌曲，被相关管理部门重罚不说，还被吊销了表演资格。他最低潮的时候里，小孟在几个酒场上见过他，他总是眼睑乱闪。小孟低声告诉他身边的朋友："看好他。"没过多久，那家伙酒后开车撞天桥，虽没伤到他人，但酒精度太高，还是把自己赔进去了。出来之后，那人脑子就不太正常了，圈内朋友都躲着他，偶尔谈到，都心照不宣地跳过。那人最崇拜的歌手就是张学友，之前在KTV

里，把张的每首歌都唱得几可乱真。小孟心想，他会去看张学友吗？

最让小孟觉得惊奇的，是H也随着张学友的演唱会出现了——小孟想起她都不敢直呼其姓其名，只敢用陈慕所命名的H来代替。其实，H和他已经有好些年处于失联状态，失联的原因小孟都难以启齿。两人在高中时候，相处过一段，大学天各一方，各有际遇，分手是自然而然的事。有一年暑假，H和他约好，各自从学校返回海南之后，两人见一见，把事情好好谈谈。H先回到省城，订好了酒店，他半夜匆匆赶到。忙完所有杂事之后，两人躺在床上，他竟完全没有跟她更进一步的欲望。是的，两人都赤身裸体，一左一右四眼相对，太怪异了。他准备跟H好好谈一谈这事，一直没开过口。就是从那之后，两人再未联系过，不知多久后，手机号码也删了。

当H加他微信时，他花了很长时间去想她的脸，徒劳，想不起……他只能想起两具相对无欲的身体，疑惑漫长的尴尬的夜晚到底是如何度过的？H在微信上发了个笑脸表情，说："我买了张学友演唱会的票，两张，要不要一块看？"小孟愣了好久，手指在表情符号那儿东奔西跑，到底没选中合适的。她又说："如果是别的人，我也不去听。张学友的演唱会，就想叫上你一起。"他想起了高中时候的事：她父亲因病过世，几乎把她击垮。她很长一段时间精神状态很差，班里很多人轮流盯着她，他是其中一个。可自从有一回她抱着小孟痛哭之后，一切都不一样了，两人经常用一个随身听听磁带。张学友的歌声，就是那个时候，通过一条耳机在两人耳边响起。每次拔下耳塞的时候，他都觉得那只耳朵是麻木的。他当时没在意，心想那就是青春。这些回忆扑来的时候，他也就没法拒绝了，摁下键盘上的"H"键，出来的第一个字就是"好"，他发送了过去。

H很快回了一个字："嗯。"

小孟没法安心给师兄的那三首歌作曲了，张学友不断回响耳边——而且，只是当年塞耳塞的左耳。他终于忍不住，跟H约了个地方见面。本来挺正常的事，他却心跳加速，地点换了两三回，就有了偷偷摸摸的紧张感。他们最终把地点定在市郊的海边。车停下之后，他远远就看到了她。她好像多年没变，却又那么陌生。两人打了招呼，在沙滩上逛了十几分钟，他说："上车吧。"她默默跟在身后。他驱车驰骋。几分钟后，速度降了下来，他指着一座雄伟的建筑："张学友的演唱会，应该就是在这里开吧?"她说:"嗯。"他说:"叫我看演唱会,你不后悔?"她说:"可能会。但不叫肯定更加后悔。"他不说了,呆呆望着那座体育场,好像可以看到一周后,熙攘的人群把那里塞满,灯光从顶上射出,把夜空割得支离破碎。

想到这画面的时候,小孟有些怅然。两人钻进车里,H握住他的手,两人在椅子上靠得很近。小孟闻到某种气息,封闭的车厢让气息瞬间膨胀。小孟准备向前,准备靠近,想象了某种进入……他眼前有些恍惚,是不是当年那一晚的按兵不动延续到了眼前这一刻?跳跃的时间感撩拨着他的呼吸,他指尖的动作加快,像是编曲时弹奏电子琴的黑白键,他正要用力……他知道,这力气一旦使出,洪水便会决堤。水位即将淹过警戒线,她浑身触电一般,猛然缩身;小孟也一震,像是酒醒了,停住了……被撩拨起来的欲望瞬间退潮,当年那一夜无动于衷的倦怠感再次出现。此时,让人兴奋的气息也成了某种不好闻的腥膻味。他赶紧坐到驾驶座,来不及整理衣衫就发动了汽车,车子渗入夜色。两人无话,直到下车,她才问了他一句:"演唱会还看吗?"他望着她,好久之后才说出一句:"微信上回你。"可几天过去了,他没回,她也没问。那几天里,小孟在家里看到妻子就内心愧疚,好像自己出轨已成事实。

陈慕满脸瘀青出现在小孟面前,小孟没想到那竟然是他。陈慕虽说不会把自己收拾得油光可鉴,但他有轻微的洁癖是毫无疑问的。他常常翻着书,就去洗一下手;聚餐时,桌上三包纸巾全被他扯出来擦拭,堆成一座小纸山。而眼前的陈慕,显然已经无暇顾及形象:左嘴角和右眼角黑黑一团,额头正中央还有一个鼓起来的包。小孟还没开口,陈慕就说:"这是被打的。"小孟更好奇了:"被打?"陈慕说:"有个写东西的,说我在一篇小说里影射他,找我理论。我解释也没用,最后就干了一架。不过,他脸上黑的地方不比我少。"小孟笑出来:"你们文人……干脆叫武人好了……"陈慕:"猪脑袋,我都说了写的根本不是他,他认死理……"小孟说:"你真的没一点影射人家的意思?"陈慕憋了好一会儿,把话咽回去了。小孟说:"老实说,我也不信。毕竟,你是有'前科'的。当初你写《两个男人的城中村》,我和曾翔也想把你装麻袋,丢鱼塘里喂塘虱鱼。"陈慕眼睛圆了起来:"你们也较真?"小孟说:"我和曾翔两个大男人本来没啥,被你写了之后,见面都有些尴尬……"陈慕笑了:"我看是把你们拆散了。"瘀青在陈慕的笑脸上绽放,小孟恨不得一拳头挥上去,增加点灰度。心中闪过陈慕小说中的一些片段,小孟有些惆怅,他竟中毒般地念念不忘:

> 巷子曲折,即便住了三个月,返回这个村子的时候,他还是会迷糊,常有没法穿越迷宫的烦恼。无计可施时,他只能拨打电话。话筒里传来熟悉而略带嘲讽的声音:"又要带路?"接着,那声音会问他,左边或者右边是石头还是竹丛?之后,就很简单了,电话里的声音是精准的语音导航,让他几步左拐几步朝右。最后,电话那头笑嘻嘻地说:"往三点钟方向看,对,看到那面墙没有,那面断了一半的墙,走过墙,就是巷口……"他看向那堵不知道修建于哪个年代,也不知道倒塌于何时的断墙,好像电话中发出声音的那张脸会笑着从断墙的缺口处浮现。

他真的有几回在那些巷子中迷路,打电话向曾翔问询,被大家在饭桌上取笑过。也就是说,陈慕并非全是虚构,但那张从断墙中浮现的脸是什么意思?恐怖片还是爱情故事?

> 时间不是均匀流淌的,而呈块状——假若不是这样,回想往事时,便不会磕磕绊绊,一件事跟另外一件事之间相隔好久,得跳跃着才能接上。
>
> 他想起上次同学会见到H的情形,她躲在一群欢腾的人的背后。是的,无论什么样的学校,无论哪个班级,总会出现一两个特别热衷组织聚会的人,他们像渔网一般,把散落各地的人捞出来。若是知道H会来,他会不会还有勇气来?但他来了,他想起两人那次躺在一块却没有任何进一步动作的画面,尴尬滚雪球般变大。他的屁股不断移动,在同学们的鬼哭狼嚎中,他接近她。她当然看到了,身子象征性地晃了晃,并未移动。他从啤酒味飞扬和杂音交错之间穿过去,和她一起靠着——他返回了旧时光。

临近高考的那一段时间，校园里发生的任何事，都有可能引爆敏感的他们。比如说，初中部的一群学弟冒着夏天的雷雨，在操场上踢足球，雨水的冲刷让他们的激情燃烧更旺，喊叫声在绵密的雨的缝隙里穿梭；可一道闪电劈下来，把南边守门员劈成一块黑乎乎的炭，所有的声音也被劈没了；之后几天，守门员的家人在操场上烧香点烛，把那儿当成了坟地，学生们又是悲伤又是后背发冷。比如说，高考前最后一次模拟考的时候，全校的高中生都上街了，他们举着横幅标语，抵制当时从国内各省蜂拥而至的"高考移民"，同学们的声音响彻县城的上空……由于高考逼近，这些事在他心中一次次引爆，在H那里，更是这样。击垮H的，是高考前一个月她父亲病逝了。那段时间里，班上的同学轮流盯着她。这次又轮到他盯着她了，正是同学涌上街的那天。他按捺不住，眼睛注视着人流，这或许是他这辈子离某种"传奇"最近的日子。口号从同学们口中决堤而出时，他却只能盯着她。她看出了他的蠢蠢欲动，说："你去吧，我没事，我不会寻死。"他几乎是逆反般地说："你怎么知道我想去？我才不去。"她说："那，你就好好看着我吧！"两人在三楼教室的窗边，看着校园里涌动的人潮——他忽然觉得，没去也很好，至少，除了他俩，没人以这样的角度看过这场景吧？之后，就是高考之后了吧？聚餐后集体唱歌，"四大天王"的歌是热门，尤其是张学友，他的《吻别》被好多同学点，被唱了好几回。他和她是什么时候吻上的呢？是在张学友的歌声的催发之下吗？嘴唇轻触，他想到那个被雷电击中的学弟——原来，通体触电是这样的……

他靠着她坐下来，这些块状的记忆此起彼伏。这是他和她在那次无欲的尴尬相对之后的再一次相见，他想了好久，不知道第一句话该说什么。他的嘴唇挣扎许久，只说出："我住××村，你知道那地方吗？"声音那么吵，也不知道她听清了没有。他再次想到那城中村里的迷宫小巷，那被从博尔赫斯小说里拎出、铺设到这里的分叉小巷，尽头是一堵断墙，断墙边上竹林生风。谁的笑脸等在断墙的缺口处？

这些段落让他差点拎瓶酒去找陈慕，他怎么能把一些喝酒时讲的胡话，添油加醋写出来了？而且，这并非草稿，是发表后的文字，一种白纸黑字的确证，有一种经过编辑、校对、排版和印刷的郑重其事。她当然不叫H，她有她的姓名，可自从被陈慕写下之后，她就不能不是H，她怎么可能不是H呢？小孟即使喊着她的名字，心中还是想到H——这被陈慕的文字重新建构的H。现如今，没几个人读文学杂志了，她大概不会读到这故事。可一想到这些段落已在一本杂志上出现，永远是一颗埋而未爆的雷，他就如坐针毡。万一，她真的读到了呢？万一别人读到了，说给她听呢？更为可怕的是，本来，陈慕写的这些，有着大量的虚构成分。可小孟已经越来越没法分辨哪些是事实哪些是虚构，他变成了没法从虚构里挣脱而出的人。小孟不得不对着鼻青脸肿的陈慕叹气："她约我看演唱会了。"

"她？"

"H。"

"哦？这事还有下文？续集啊……"

"我跟你说，不能再编这事了，否则……我让你没法敲键盘。"

"你们……你……你也是搞音乐的，现实和艺术的虚构，你分不清了？"

"是你分不清。"

停了一会儿，小孟问："对了，曾翔最近怎么样？好久没他的消息了。"

"你没听说？"陈慕吐出的字、皱起的眉头，意味着某些事已把小孟远远抛弃。是的，曾翔已经有好一段时间没出现在朋友圈了，他那些满世界跑的照片也好久没更新了。曾翔出国不少，可跑的都是东南亚。他说抵达那些灰突突的热带城镇的时候，不像是在异域，而像是返回了海南岛的20世纪90年代——曾翔的出游，是时间旅行，是和以前的自己相遇。

陈慕说："他最近麻烦很多，处理不好，就会引火烧身。"

"啊？"

"这两年市里很多地方不都在改造吗？他老婆那边一个舅舅，有一栋房子处于被拆范围。据说赔偿没谈好，一直处于僵持状态。曾翔的老婆让他出面，他没法子，拍了照片，写了文章，利用自己的媒体人身份，把这事闹到了网上。事情闹得不小，不少自媒体更是瘟疫一般传播，失控了。因为这事，他现在焦头烂额……"

"啊？我怎么不知道？"

"你闭门写歌嘛。"

小孟忽地一跳："曾翔舅舅的房子在哪个区？"

陈慕苦笑，沉默好久，说："不是冤家不聚头，你师兄当领导那个区。"

想到曾翔身陷泥潭，而他还得给师兄写斗志昂扬的歌，小孟浑身燥热——耳边响起当年曾翔在电话里为他指路的声音。

陈慕掏出一瓶跌打药水，倒一点在掌心，就往自己脸上的瘀青处涂抹。紫黑色的瘀青上，覆盖了一圈深棕色。这药水味道刺鼻，可呛到一定程度，又变得很好闻了。陈慕也不像是在涂抹了，一掌一掌，是对着脸上的瘀痕下狠手——那张脸若不是他自己的，他就有谋杀的嫌疑。有几句什么话涌到小孟的嘴边，又退回去。他不甘心，想把这几句话再找出来，可它们消失无踪，他唇边只留下空荡荡的颤动。小孟和陈慕点了满屏的歌，都没拿起话筒，任由歌手在那哼哼，"背景音乐"成了"主唱"。撬开的啤酒也没喝几口，没一会儿，冰凉消失，酸涩加重。

从什么时候开始，主旋律的歌和流行歌曲之间，出现了裂痕？——小孟不是音乐家协会的领导，不是某个大型音乐公司的高管，可他有时也会蹦出这样的疑惑，还会想，这两者的裂痕能弥合吗？比如说，给师兄那个区里写的三首歌，是不是能借鉴一点张学友式的流行曲风呢？在为那三首歌谱曲的时候，他忍不住再次刷起了朋友圈。H没有再主动联系他，曾翔也未再出现，陈慕则时不时晒着文学杂志的封面和目录——那些从他眼前闪过的人，都会在他的眼睛里留下剪影，被他揉捏变形，成为某篇小说里的人，在一个由文字组成的世界里重生。张学友的演唱会只剩下两天了，"歌神"在朋友圈的热度再次升温。他携带着那些金曲和旧时光，让以往一有公共事件就撕裂的朋友圈，出现了和谐共处的感人画面。

手中的那张票是那天H下车时留下的，她当时落荒而逃，像后头跟着一只鬼，高跟鞋也没能减缓她奔跑的速度。在车里看到她跑得像醉酒客，小孟苦笑不已，何苦要出来把残存的好感全都打碎呢？

这张票摆在手心，他不能不在演唱会开场前出发——他没有跟H确认要不要去。保留悬念吧，直接凭票进场，到时相邻的位置有人坐着还是空荡荡，便成了薛定谔的猫。其实，他是担心，一旦确认了，无论她亲口说出"去"或者"不去"，都会熄灭他前往的勇气。前往演唱会现场的路，远远地就实行交通管制。小孟打开了手机导航，计算着和目的地的距离。只要在步行范围内，他就停车，走过去——他不会把车开进那黑压压的人山人海。

　　车停好，沿着海岸线向前，随着灯光的变亮，人越来越拥挤。当然还是年轻人多一些，可若细看，人群中其实散落着不少中年人的面孔。他们肌肤松懈面色暗沉，可这一切都被藏在夜色里。"我们一次次追逐，不过追逐满头稀疏的落雪。"他几乎是哼唱出这句陈慕的嘲讽。他给这句话谱了曲，录了音，他的嘴角时不时会自动滑出。排队安检之时，他想到了网络上那些逃犯在张学友演唱会上落网的消息，今天会有逃犯被捕吗？他想：那些逃犯挺可爱的，冒着那么大风险，也要来见偶像，也要在旧日金曲中返回当年的街头……这些逃犯，也是多情的人啊！他故作轻松，眼神却四窜，想打捞H的身影。朋友圈里那些晒票的人，曾满屏满屏地冲刷他的眼，而此时呢，眼前全是陌生面孔。前面的队伍猛地乱了，一群人围聚，传来阵阵争吵，不知道发生了什么。

　　不少人要硬挤上去，潮水荡漾。

　　凭票找到位置，右边还空着，那便是H的位置吧？她还会来吗？小孟觉得有些荒诞，到底是什么让她曾残存某些幻想？而到底又是什么让她幻想破灭，再次逃开？——一定有什么不怀好意的细节决定着这一切，可到底是什么呢？有什么事情就发生在眼皮底下，却又被忽略了呢？耳边全是喧闹，眼前全是人影，不少人还领了荧光棒，开始挥舞，也有点亮手机屏幕来挥舞的，甚至有人打开了手机的"手电筒"，一束束光切割着运动场的上空。小孟一直注视着右边那个空空的位置，一有人要挤过来，他就凑过去："不好意思，这里有人坐的。"挤过来的人狠狠看他一眼，闪开了。小孟一直没留意演唱会是怎么开始的，除了开场时安静了一会儿，可以听到张学友的开场白，后面就被杂音给淹没了。

　　前奏开始，张学友开唱了。那些歌太熟悉了，观众们没有不会的，全都跟随着喊。这就苦了小孟，他只想好好听歌的——倒也听到了，只不过是鬼哭狼嚎的大合唱。张学友卖力地在台上演唱，音响也好得出奇，可没办法，大合唱就在耳边，张学友被消音了。听不到也就罢了，前头的人都在摇来摆去，灯光闪烁的舞台上，张学友的身影也被遮挡了。他干脆拿出手机，刷起了朋友圈，网络拥堵，好一会儿才进去。朋友圈里已经满屏全是这个演唱会的现场了——那些"朋友们"躲藏在眼前这些陌生人里面，用照片、视频和文字，直播着眼前的一切。

有曾翔，他没有多说话，就拍了一张舞台上灯光照，也不配文字。他又发微信了，他的麻烦解决了没有？

有陈慕，他传了一张门口的拥堵照，文字是："逃犯出现了？"

甚至也有区长师兄，他的照片明显要清晰得多，舞台上的张学友也拍得比较大，他的文字是："位置不错。"

甚至有那个酒驾后精神不太正常的岛上歌手，他发出来的照片分辨率不高，配了仨字："见偶像。"小孟在他的照片里找了半天，也没找到他的偶像在哪儿。

他翻看好久，没看到H出现，他不甘心，点进去看，原先的信息也没有了——他被屏蔽了。H忽然出现，给了他一张票，继而彻底消失了。他不得不在记忆中翻检，那天两人见面，到底是哪个细节让她要把他剔除干净？他倒不是还对她有什么想法，只是单纯觉得，自己一定有某个失败透顶的一面在她面前完全暴露了，他得找出这一面。张学友又唱又跳，那不是卖力，是卖命——网上传言他股票大亏，所以才用那么多场全国巡演来"续命"，倒也不是没有道理啊。

全场忽然就沸腾了起来，本来的大合唱变成了阵阵欢叫——原来，舞台上的大屏幕正播放着现场观众台上的画面。摄影师把镜头对准了一对对情侣。情侣们发现自己出现在大屏幕上，又是错愕又是惊喜，很快互动起来，他们拥抱、接吻甚至流泪。画面切换着一对对貌似是情侣的人，接吻一次次在大屏幕上呈现。每一次拥吻，都激起现场的欢呼。此时，张学友正在唱着《她来听我的演唱会》，这首歌成了现场情侣们"发情"的催化剂。也有害羞的，互相盯了好一会儿，亲不下去，镜头就一直不移开，直到他们终于在全场观众的见证下，亲到了一起。最让人沸腾的，则是镜头对准一对男女的时候，他们还没反应，旁边两个男的已经紧紧地拥抱在一起，手指在对方的头发间穿插、出没。小孟不得不望着自己空荡荡的右手边，望着H留下的空无——如果她在，镜头会不会扫到这里？如果镜头对准，他们会不会拥吻？

他忽然想到了那三首一直没完成作曲的歌。在此时，曲调一点一点冒涌，抗衡着张学友的哼唱，也抗衡着现场的闹腾。他起身，说："抱歉，让一下，我出去一下啊……抱歉……"演唱会现场最热闹的时候，他直接退场。背后是燃烧的人海，眼前则灯光渐暗、海风渐强，他走向自己的车。他等不及了，掏出手机，打开录音，哼唱起来，不是唱张学友，是陈慕改了无数遍以致满是补丁的歌词。此时，这些歌词缠绕成曲，从他口中出来。在此前，他为这些歌词配过无数种曲子，可怎么唱都有一些词过于不和谐，像是粉嫩的脸上有一颗弹珠大的黑痣。现在，他好像找到了安放它们的旋律。他走到车前，也没开门，倚着车对着手机唱。

停车处灯光暗淡，演唱会现场则像一颗巨大的光球。夜风把张学友的声音轻轻地送过来——在此时，张学友的嗓音压住了所有的杂音，只为他一人演唱。倾听张学友，果然还得一个人。风从海上来，咸味在此变弱。他坐到车内，打开了内灯，从左车门内侧翻出了一个信封，从信封里掏出一本杂志。杂志书页翻卷，有吸了水又晒干后的不平整的痕迹。这是陈慕丢给他的一本样刊，上面就有陈慕把小孟、曾翔和H揉碎、注水、重塑而写下的那篇《两个男人的城中村》。他有时恨陈慕恨得牙痒痒，这杂志倒一直没丢。他翻到熟悉的页面，小说开场，陈慕写道：

  物流车抵达村口，巷子太小，没法再开。就地卸车，行李竟堆积了那么多——毕业典礼后，东西能卖的卖、可丢的丢，剩下的竟还有这么多。他轻松地乘飞机回来，这些纸箱慢慢颠簸而至，可他终究要把省下来的力气，在此时全都挤出去。这个市中心的村子建有祠堂，每有一点水泥覆盖不到的缝隙就有竹子长出，气焰嚣张。他开始犯晕。没办法，得打电话叫一同租住的哥们儿来帮忙了。此时的他，知道自己将会很累，可他满怀信心，纸箱里有他买的一些音乐设备，都是心爱之物。他将用它们奏响乐曲，走到灯光聚焦的舞台中央。

原载《十月》2020年第5期

老师和学生

韩东

1

小关开车来工作室接老皮,他们准备去金老师家一趟。老皮存文件、关电脑的时候,小关说:"怎么有警车开进来了?"

老皮工作室的南面是一整块玻璃,可以说是窗户,但无法打开;说是玻璃幕墙也不确切,因为四周加装了木头窗框。这是艺术家画室的"遗迹",且不去说它。那整块玻璃外是一片竹林,这时竹林后面闪起两盏蓝色的警灯,但听不见警笛声。

"警车是什么时候开进来的?"小关说,"我去看看。"

老皮说:"还是别去了。"

无论小关说去看看,还是老皮说别去了,都透露出一丝紧张。因为这是非常时期,金老师被关进看守所刚刚两天。小关还是出去了。

老皮收拾好随身携带的饭盒和包,在工作室里等小关。竹林背后似乎有了一些动静,但因为竹子的遮挡看不真切。后来警灯不闪了,大概警车开出了院子。又等了很久,小关才推门进来。

她有一点兴奋:"小余被带走了。"

"哪个小余?"

"就是你们院子里的呀，艺术家。"

"小余？"

"就是那个个子高高的，有络腮胡子的。你见过的。"

老皮说："我真想不起来是谁。"

"也是金老师的学生，还一起吃过饭，你怎么会想不起来呢？"

老皮在脑海里搜索了一遍，仍然没有对上号。这院子是一个艺术家园区，里面有十几个艺术家的画室。老皮来此已经快两年了，他比较熟悉的艺术家是和金老师走得比较近的几位。小余他肯定是见过的，但不知道对方叫小余。小余这个名字经小关一说，老皮似乎有一些印象，但是否是一个高个子、有络腮胡子的，他就不能确定了。

"小余被警察带走了，警察的手上提了一大袋东西。"小关说，"他为什么被抓啊？"

"不知道，"老皮说，"你怎么才回来？警车都走半天了。"

"我去问刘涛了，他也不知道。"

刘涛是金老师比较亲近的学生，老皮自然知道。就在昨天，他还找刘涛长谈了一次，看有什么办法能打通关节，照应到在看守所里的金老师。

老皮锁上工作室的门，和小关分别从车的两边上了车，看见刘涛从楼里面走出来。老皮揿下车窗问："怎么回事儿？"

刘涛搓着手指上的颜料，耸了耸肩膀："不知道，应该和金老师的事没关系吧。"

这时艺术园区的管理员王师傅也走到了院子里，老皮说："王师傅，小余被带走了？"

王师傅说："是啊，也不跟我们打声招呼，说抓人就抓人，还拎了这么一大袋子东西出来。"他用手比画了一番。

"怎么走的？戴没戴手铐？"

"没戴手铐。"小关在驾驶座上说，"是吧，王师傅？我没看见手铐。"

"是没看见手铐……"

小关提醒老皮戴好口罩，她早已全副武装（口罩、手套、护目镜）开始倒车了。篮球场边聚集的野猫四散开去。但小关还是很注意，从她那一侧探出身去，观察着后轮，驶出了院子。

2

金老师进看守所是因为野猫。

艺术园区的电动门坏了，进出的时候无法随手关门，于是就有一些外面的人进来打篮球。篮球场是一个半场，就是水泥地上竖了一个篮球架。金老师对声音敏感，砰砰的拍球声和投篮的哐啷声让他不胜其烦。这也就算了，后来，每次这帮人走了以后，地上都会发现一只死猫。猫尸不是被扔在竹林里的落叶上就是篮球场边，有一次还被人挂在了半开半闭的电动门上。金老师想当然地认为是这帮小孩干的。他走出画室，试图驱逐这帮小孩，于是发生了冲突。

说这帮人是小孩，也是相对于金老师的年龄说的，实际上他们从十五岁到三十岁不等。金老师虽说年近五十，但毕竟是搞雕塑出身，手上有一把力气，推搡之下竟然把一个小孩弄伤了。金老师也挨了打。幸好他的学生及时从大楼内的画室里奔出来，金老师才没有吃更大的亏。受伤的小孩被送往医院，检查结果是肩关节脱臼、一根肋骨骨裂。金老师想赔钱了事，对方家长不干，这样案件就移交到了检察院。

保护野猫的理由自然不成立，金老师被群殴也没造成实质性的后果。金老师只有认栽，被建议两个月的实刑，恰在此时来了疫情，暂缓宣判。这是一个机会，有大把的时间，金老师完全是可以活动一下的，但他麻痹大意了，金老师的亲友和学生们也都麻痹大意了。仿佛因为这前所未有的疫情，金老师坐牢的事也可以不了了之了。

金老师突然就接到了通知，让他两天前前往法院。到了这会儿他还认为有可能被判缓刑或者监外执行，那样的话他就可以回家和朋友推杯换盏庆祝一番。老皮甚至连饭店包间都订好了。对坐牢，金老师也想得过于美好，以为可以"在里面读点书，画点小素描"。他准备了纸笔和几本一直想看但平时完全不可能去啃的"巨著"，交给两个学生，让他们探视的时候带过去。其他需要托付的就是野猫，什么时候喂食、一天喂几次、猫粮在他画室的什么地方，金老师絮絮叨叨了半天。

没想到法院当庭宣判，立刻收监。王媛从看守所取回金老师随身携带的物品，除了钱包、手机、外衣，居然还有内裤。也就是说，金老师被剥光了，是赤条条地进去的。物品中还包括速效救心丸，那可是金老师须臾不敢离身的救命玩意儿。

王媛、金梅和金老师身边的朋友们这才着急起来。

3

老皮、小关前往金老师家，自然不是去找金老师。作为金老师最好的朋友，在此特殊时期，老皮需要偕夫人慰问金老师的家人。王媛、金梅以及金老师和王媛的女儿卡卡都在，她们等候多时了。老皮、小关换鞋进门，除去口罩，用酒精消毒后去水池那儿洗手。一开始他们没有说到金老师。正好老皮他们刚刚碰见小余被警车带走，这时便顺口说起了这事。

金梅也画画，认识他哥所有的学生，吃惊之余她聊起小余的个性："很老实，平时不怎么说话，但有时候喝多了会发飙。"至于那只被警察带走的大袋子，金梅也猜不出里面会是什么。

"还能是什么，赃物嘛。"聪明的卡卡说。

"小余会不会吸毒？"王媛说。

"不可能，"金梅说，"他就是喜欢喝酒，酒量也就那样。"

"那袋子里到底是什么呢？"小关问。话题又回到了那只袋子上。

"有可能是尸块，"老皮说，"没准小余把什么人给分尸了。"他想开一个玩笑，但很不成功，小关立刻就变了脸，对他说："你说什么呀，太吓人了！"

之后他们就不再说小余和那只袋子了。

老皮问起金老师的事。王媛说这两天她们都去了看守所，不让见面，也不允许送东西，因为疫情的关系管得尤其严。最要命的是钱打不到金老师的卡上。"老金身上没有钱，看守所给了一个账号，可以往里面充值。"王媛说，"卡卡一直在电脑上操作，钱就是充不进去。"

"你没问他们吗？"老皮说。

"问了，他们说该充进去的时候就充进去了。"

问题的确有些严重。金老师除了想着在里面"读点书,画点小素描",不无惬意的狱中生活也包括用钱改善一下伙食、上下打点一番。

"他现在连钱都没有了,"王媛说,"就算里面有商店,他想买一条内裤,买一块毛巾、牙膏、牙刷什么的,都不可能。"

"是啊,"老皮说,"不过这些日常用品看守所应该会统一发放的。"

老皮说起他昨天和刘涛谈话的事。刘涛家境不错,家庭成员中不乏一些官员、商人。刘涛表示可以找一个叔叔帮忙,照应一下金老师。当时老皮问刘涛:"你这个叔叔,金老师知道吗?"刘涛说:"我提过一次,说他人很好,金老师说'那最好的人在你看来就是特朗普了'。我怕我找这个叔叔,金老师会不高兴。"

老皮说:"都什么时候了,赶紧去找!"但为慎重起见,他详细询问了刘涛叔叔的情况。最后老皮得出结论,的确如刘涛所言,这个叔叔人不错,可以拜托。"这件事我做主,事不宜迟,不能让你们敬爱的金老师在里面受苦。"刘涛答应马上就去打电话,老皮嘱咐说:"也别说别的,言简意赅,就要求弄一个单间,金老师可以在里面读书、画画。"

金老师的家人听说老皮找了刘涛,刘涛又找了他的叔叔,情绪明显有了一些好转。

4

然后大家"移步"到金梅的画室。金梅的画室就在金老师家旁边,走几步就到了。空间足够大,金梅画画、生活都在里面。一帮人喝茶的时候,金梅钻进厨房里忙活。

其间金梅的一个摄影师朋友来了,带着客户,借金梅的画室拍照片。要拍的商品是一种花茶,其实就是一种花,据说产自雪域高原,在场的人都不认识。客户借了金梅的茶壶和杯子,烧开水泡茶。金梅这儿各种新奇的小玩意儿应有尽有,尤其是器皿,杯子、罐子、瓶子、壶,甚至泡菜坛子。摄影师开始摆弄、布光,还用到了卡卡的一只手(少女柔美的手端着一只朴拙的陶瓷小碗)。泡出来的干花在色泽清淡的茶水里绽放,的确美不胜收。

开始吃饭的时候，老皮的手机响了。老皮走到一边去接听，是刘涛打来的。然后，老皮向画室另一端的餐桌方向招手，王媛、金梅会意，走了过来。老皮压低声音说："刘涛那个叔叔回话了，弄不到单间，但也说了，保证金老师不会在里面吃苦。"

三个人走回餐桌，饭局正式开始。由于刚才的那个电话，王媛显然放松多了。金梅也兴奋起来，开始"推销"她存放的各种酒，从高度白酒到威士忌到绍兴黄酒，应有尽有，啤酒和红酒更不用说。尤其是金梅自己泡的药酒，大瓶小罐的，画室里无处不在。金梅随手取过一瓶，给自己满上。

"只要他在里面不吃苦就好，我就是担心他的身体。"王媛说。这个"他"自然是指金老师。老皮愣了一下，和小关交换了一个眼神。不是说消息不能外传的吗？那个摄影师和他带来的客户没有任何反应。他们肯定是知道了，只是很知趣地一言不发，自从进门就没有提过金老师。

"只要他身体没问题，坐牢就是一件好事。"王媛继续说，"在里面不能抽烟，不能喝酒，不能熬夜，不能开车……"

"是，是。"老皮接过话茬，"不过，金老师所有喜欢的事都不能做了，不能画画，不能看书，不能看电影，不能看手机，也没有一个朋友……简直不可想象，太难熬啦。这金老师还是金老师吗？"

之后，客户聊起了花茶、高原、仁波切，摄影师聊起了他的摄影和艺术，金梅聊起了药酒，气氛越来越好。小关竟然说，这么长时间了，这是他们（她和老皮）吃得最好的一顿，玩得最开心的一次。老皮明白她的意思，自从疫情开始以来，他们就没有在外面吃过饭，也没有和朋友聚过。当然了，小关这么说也是忘记了金老师还身处狱中，忘了有这回事了。当他们吃吃喝喝高谈阔论的时候，金老师正在干什么呢？

饭后又喝茶。除了高原花茶，还喝了红茶、绿茶、岩茶、黑茶，应有尽有。金梅拿出来生普和熟普，让大家选择。老皮说他只喝熟普，喝其他茶晚上会失眠。金梅于是找来了产自南非流行于欧美、日本的"博士茶"，告诉老皮里面不含咖啡因。老皮惊讶之余称赞金梅说："你真是热爱生活。"金梅非常高兴，开始说她的养生诀窍，早上必喝红枣生姜汤，加上枸杞，一共是三样，晚上泡脚。她还现场展示了金鸡独立，卡卡拿出手机计时，金梅站了七分钟。金梅说，练这个姿势绝对有助于睡眠。

老皮突然问："最近你画画了吗？"金梅有些发蒙，说："奇怪了，最近我就是不怎么想画画。"

老皮说："对待画画你太紧张了。"之后他开论每天工作的必要性："甭管有感觉没感觉，有想法没想法，这件事都是每天必做的。这就是职业化，就是专业和非专业的区别所在。画画和写作一样，必须每天进行，谈感觉、谈冲动那太业余了。专业恰恰就是要去除所谓的感觉。法国导演布列松指导演员表演，就是让他们一条条地走，直到筋疲力尽、麻木不仁，什么表演都没有了，那才是他所要的最好的表演。艺术都是相通的，无论画画、写作还是摄影，我们都是指导自己工作的导演，必须不厌其烦，别谈什么感觉。"

他之所以谈到摄影，是因为发现那个摄影师也在一边频频点头。卡卡也转过脸来，很认真地听。卡卡目前就读于某艺术学院油画专业，是大三学生，金老师不止一次说过，卡卡很有天分，就是缺乏野心，而且过于敏感，所以他不敢说任何重话。老皮明知道卡卡听得很认真，但还是克制住自己没有转过脸去，他想卡卡是承受不了这种来自自己尊敬的长辈当面说教的压力的。

"金老师和我都是这样的，"老皮对摄影师说，"每天都得工作，哪怕是只写几个字或者画上一两笔。金老师多大的天才啊，尚且如此……"

如果金梅、卡卡能有所悟，老皮觉得自己就不虚此行了。否则金老师身陷囹圄，他带着老婆在金老师家吃香喝辣怎么也是说不过去的。

5

隔了一天，也就是金老师进看守所第四天的下午，有人敲老皮工作室的门。老皮略感奇怪，因为平时敲他门的只有金老师。小关有钥匙，从来都是自己开门进来的。并且由于老皮怕打扰，一般不在网上购物，因此也没有快递。开门一看，原来是刘涛。后者说："皮老师，我能进来说吗？"

"当然，当然。"老皮将刘涛让进工作室，"我这儿你还没有进来过吧？"

刘涛不答，看着老皮。"小余死了。"他说。

"什么？"

"是自杀，昨天晚上跳楼了，我们刚刚去了他家里。"

老皮不知道说什么好。他走到水池边用电水壶接了水，然后摁下烧水开关，问："他不是让警察带走了吗？"

刘涛说："昨天上午他就出来了。是小余自己报的案，他怀疑自己得了新冠肺炎，核酸检测没问题就被放出来了。没想到晚上……"

老皮的眼前出现了一个络腮胡子、高个子的形象，这回，这个小余不再对不上号了。怎么刚刚知道有这个人，他就已经死了呢？老皮心里想。说不清是自责还是别的什么感觉，有一种失去了坐标的茫然。

"抑郁症，重度抑郁。"刘涛说。

然后，他们就面对面地坐在了沙发上，各自的手上拿着一杯热茶。就像朋友聊天一样，他们聊着那个叫小余的人。老皮详细询问了有关小余的一切，他是怎么跳楼的、病了多久、看过医生吃过药没有、家里还有什么人、家人的反应如何、小余除了画画有没有其他工作，以及小余的画到底卖得怎么样……刘涛尽其所知，一一作了回答。

"听说他喝多了会发飙？"老皮问。

"有时候是会发飙，"刘涛说，"但马上就会被对方控制住。小余太老实了，比我还要老实，他占不到任何便宜。"

"哦……可能也有遗传原因吧。"

进驻这个园区的都是艺术家，只有老皮是写东西的。他之所以搬进这个院子，完全是因为金老师。老皮和金老师年纪相仿，互相引为知己。金老师的一个学生搬走以后，金老师就把老皮拉过来了。平时来老皮工作室的只有金老师，他几乎每天都来，两人相对而坐，聊得天昏地黑。因此，当天色渐暗，老皮不禁产生了幻觉，觉得坐在他对面的不是刘涛而是金老师。一会儿他又觉得是个满脸络腮胡子、个子很高的人。也难怪，金老师以外，现在这个院子里老皮最了解的人就是小余了。

老皮站起身，说不清自己是要去开灯还是准备送客。刘涛也站了起来，同样神思恍惚。两人向门边走了几步，刘涛站住了。"我那个叔叔又打电话了，"他说，"我差点忘记说了。"

原来他并不是为小余的事来的,老皮心里想,我误会刘涛了。

两个人就这么站在昏暗里说起了金老师的事。由于南面的那块大玻璃稍稍透光,说话的时候他们始终看向那一点光亮。

由于疫情原因,所有进看守所的人都得先隔离十四天,期满出来以前也要隔离十四天。金老师的刑期是两个月,刨去两个十四天也就只有一个月零两天。刘涛叔叔的意思是不值得再折腾了。并且因为隔离的压力,里面也的确没有多余的单间了。至于亲友探视、送东西,因为是特殊时期都不可能。不能往里面打电话,只能从里面往外面打,对方还必须是座机。这年头谁还有座机呀,因此电话联系也是不现实的。金老师可以在里面写信,一周可以写一封。但就老皮对金老师的了解,他应该是不会做这件古老的事的。

老皮和刘涛来到院子里,王师傅所在的门房已经亮起了灯。身后艺术家画室所在的那栋大楼,也有不少窗户亮了起来,金老师画室那一层则漆黑一片。老皮忘了锁工作室,又返回去锁门,刘涛仍然跟在后面。他想提醒刘涛,小余的事暂时不要告诉金老师,但转念一想,就是想告诉也不可能呀,因为已经完全隔绝了。老皮只是说:"金老师知道又要大哭一场了。"

"不可能吧?"刘涛说。

"唉,你们还是不了解金老师,他肯定会哭的。"

老皮想起前些年一个朋友病逝,金老师闻讯后哭得不能自已,何况小余是他的学生,还那么年轻?

老皮没有进一步解释。

6

老皮让小关给王媛发微信,把从刘涛那儿了解到的情况告诉她。他特意嘱咐小关,不要提小余的事。王媛马上回复了,说钱已经充到金老师的卡里去了,限额一千五。王媛说:"我会继续充的,保证他在里面有钱用。"

吃过晚饭,王媛再次发来信息,说金老师用钱了,用了两百。金老师用多少钱,她都能收到短信通知。王媛说她马上再充两百。

老皮似乎看见了王媛兴奋的样子,也看见了金老师花钱的样子,也看见了小余满脸络腮胡子的样子。所有这些人都不在他眼前,但他的确看见了他们。

原载《当代》2020年第6期

宁肯

防空洞
城与年系列

北京以前并没有大杂院概念，至少我小时候还没有。那时候就算院子再大也有章法，几十户上百户人家的院子像迷宫，其实不过是重复的结果，往往院套院，夹道联结，各种夹道长长短短，或隐或显，其间角门、月亮门、垂花门、院门时隐时现。好多套院都有院门，包括门墩、影壁，一应俱全。没有街门的也有个门洞，墙头往往有喇叭花、藤萝，郁郁葱葱。院子里往往有枣树、杨树、榆树，讲究点的有西府海棠、石榴、丁香，南北正房带走廊，屋脊两端翘起像宋明的官帽，两头往往落着鸽子。东西厢房虽没有高高的屋脊但一行行青瓦同样饱含时间与阳光，青草萋萋，即使到秋冬荒草也好看，夕阳打在上面更加荒暖，常有大黄猫黑猫花猫衔草、捯草，贼头贼脑瞪着大眼珠子看鸽子飞过。特别是一场雪之后，雪覆盖了整个京城，如同覆盖了元朝或明朝，猫和鸽子都会留下痕迹，要没它们雪会覆盖得更远。雪化之后半干半湿的屋瓦与当院的青砖辉映，完全一体，加之一点残雪点缀，一点不国画，非常实，但实得又那么虚；院当间的青砖或几何，或圆，或太极；而靠墙根则是小块砖镶边，由于日久年深，许多砖有裂缝儿、缺角、凹凸，但由于纯是时间的结果依然整饬。那时各屋门前或窗下都有炉子、铝壶、拔火罐、煤箱子、竹车、自行车内胎外胎、脸盆、桶、鞋，杂乱无章又有着自身的秩序，如果油画是少不了这些细节的。各家做饭炒菜都只是在屋门口简单围一铁片或三合板的L小圈儿，里面放着煤球或蜂窝煤火炉子，有的什么也不围，炉子就在明面，常常铝壶呲呲作响，这家水刚开了灌壶那家又开了，至少烹炒煎炸，叮叮当当，乒乒乓乓，都是一角，就像乐队在边缘乐池里。院当间公共空间，大人晒东西、晾铺板，弹棉花，攥煤球；孩子跳皮筋，玩砍包，放小桌小凳写作业。阳光融融，仿佛永远不变。

"直到挖防空洞，各家盖起小厨房，空间消失。此前破四旧时影壁拆除了，门墩被毁，狮子只剩半张脸或没鼻子，砖雕拆了，鱼盆砸了，月亮门或垂花门的老对子划掉……这些都不算什么。防空洞不同——是在院当间从南到北将方砖起掉，给院子豁一条大口子，一时间北京城像考古发掘现场，彻夜灯火，铁锹飞舞，黄土喷香。通常要挖到两人多深一人多宽，两边砌上砖，中间发楦覆顶。所谓发楦，就是用木料做一个拱顶，把拱顶码放在单坯墙上，然后沿着拱顶砌上砖就成了一个拱形的洞顶，古代许多墓室也是这个技术，可以说是古时传下的。"

我不知道别的院具体是怎么开挖的，我们院是由我们这些孩子挖地窖开始的。当时上面也有规定，院子小的可挖可不挖，我们院的老顽固，以老张为首一直坚持不挖，最终我们开始自行其是。至今我还记得那是个阳光斑驳的早晨，大人都上班去了，我们撬起第一块三百年的方砖，也许是五百年，这方面我没确切概念，反正一点也没觉得有什么不妥。由于年深日久也由于古人的技术撬第一块砖太难了，砖与砖都关联着，撬一块砖等于撬所有的砖，但什么也难不倒我们。将第一块砖击碎，历史被我们撬动：下面居然是一层黝黑潮腻的泛着深厚霉味的油状的土，是且只能是北京的陈土，沉淀了太多的雨水、微生物，类似酒一样的东西。四块砖一起下我们几乎有点醉醺醺晕晕乎乎的。我们是这土地上的人，与这种土性佳酿味有着天然的联系，以致有一种找到我们自己的兴奋。

黑土之后很快见到黄土，越到下面黄土地越新鲜，简直像刚从蒸笼里出来还热气腾腾的，而它们事实上极其古老，比我们的院子的砖都古老，可以同半坡媲美。但我们那时哪里知道半坡，就连附近的周口店、山顶洞或琉璃河都不知道，我们什么都不知道。只知道珍宝岛，突然袭击，原子弹可能随时从天而降，警报一响立刻钻洞。我们知道冲击波，瞬间房子没了，飞起来，而且是连人带房带院子飞上天。从市到街道各种级别的防空演习、对空射击隔三岔五就搞一回，大家扶老携幼，背着干粮，有人高喊口号，就像赵玉敏那样，我们为只能钻别人的防空洞愤愤不平。

黝黑，有点像小牲口的五一子是我们这群孩子的头儿，但他最初的想法让我们大失所望。他要给自己挖个洞，别人不管。我们一听就急了，这怎么可以？！五一子说洞要挖大了大人不同意，他只能挖自己的。这倒是实情，另外五一子言外之意你们有本事也挖一个！这当然是不可能的，除了五一子我们谁都不敢，气人的也就在这地方。更气人的是大烟儿，大烟儿一向说话不着调不招人待见，竟然说别人五一子可以不管，他得算一个。什么叫"别人可以不管"，他有什么特殊的，他其实最没资格。但大烟儿这么一说事情就这样转移了，本来我们都攻击五一子，这下改为争取挤进五一子可能开放的一两个名额。五一子答应增加两人，大家争来争去，最后倒是不用争的文庆和小芹进入了三人名单。小芹是假小子，但主要是她有零花钱，我们镚子没有，包括五一子我们都宠着小芹。文庆白胖，不爱说话，但主意多，我们之中除了五一子就属他有威望，这三个人从来就是一团，其他人都瞎掰坦儿哄。大烟儿是坦儿哄的代表，但总是不甘埋没，使劲搅和。

"黑梦，黑梦，你不着急？"大烟儿问我。

"我不着急。"我说。

我不知道大烟儿要说什么。大烟儿的芝麻牙绿豆眼儿"绿豆"部分一如既往地像刮风一样，建议我跟我哥黑雀儿说这事。

"你跟黑雀儿一说，黑雀儿要是发话保准行，"鬼主意在这儿，"这可是我出的主意，你跟他说让咱俩都参加。"

我哥哥黑雀儿要是发话一百个没问题，五一子敢不听，问题黑雀儿是不会发话的，谁不知道我和黑雀儿的关系，大烟儿不靠谱就在这点。况且我哥哥黑雀儿进了"学习班"，什么时候回来都不一定。但大烟儿却说："你怎么这么死性，不用你哥黑雀儿亲自跟五一子说，你就说是你哥说的，让咱俩都参加，保准行！"我行，大烟儿还真未必行，但我不会。

我从没求过黑雀儿，也从未打过黑雀儿的旗号，而且谁都知道黑雀儿不会为我做什么事。谁都知道，黑雀儿讨厌我这个侏儒弟弟，我们院孩子从来不会因为黑雀儿照顾我什么，相反总是将我排除在外，忽略不计。当然也没人欺负我，极少时候如果我非要坚持，比如跟着大家去铁道玩也没人拦我。这些大烟儿都应该清楚，净说废话，但我还是愿意帮助大烟儿。不管他出于什么目的着不着调，他来找我我都喜欢。他贪图我在土站捡破烂儿捡的有的挺稀罕的烟盒，这我也知道，有时也真给他。反正不管怎么说大烟儿热情这点还挺动人的，如果我还有朋友大烟儿还真算，而且是唯一。

我拿出收集稀有烟盒的一个小木盒子，把一张蓝牡丹一点不犹豫地给了大烟儿，让他送给五一子，我说这个肯定行。五一子跟我要过蓝牡丹，我没给他，我不喜欢五一子。蓝牡丹极少，红牡丹倒是常见，蓝牡丹有一层所有烟盒都没有的膜，又亮又厚，极其华贵。大烟儿的豆眼儿竟然不眨巴了，竟然说不给五一子了自己留下，我不同意。

"你不想尽快钻地道了？"我是认真的。必须承认大烟儿比我聪明，他并不真的在乎飞机轰炸、原子弹、五一子的防空洞。我甚至有点生气，还傻帽儿似的有点伤心。坚决不同意，大烟儿几乎要哭了。

"给他太可惜了，求你了！"

"不行，你还给我吧。"

大烟儿成为五一子的第三个成员。

五一子刨开数百年的院子，这是我们插队的哥哥姐姐都没干过的事，虽然五一子限定了人数，但开挖那天我们还是忍不住都参加了。那是个礼拜四的早晨，简直像是我们的节日，大人们都刚上班去，院子成了我们的世界，老头老太太管不了我们，跺脚，戳拐棍儿也没用，晕过去都没用，爷爷奶奶对我们不算一回事儿。除了女孩子，不包括小芹，所有孩子都参加了：五一子、文庆、小芹、大烟儿、抹利、大鼻净、秋良、小永、死脖子、四儿……当然还有我。地窖挖到一人多深时开始L拐弯儿，向里掏，没人教我们，我们都看过《地道战》，看过不知多少遍，百看不厌，满脑子是地道战，不用想电影的场景我们就知道挖到下面，土扬不上来，就需要一只筐用一根绳子系着提上来，大家无师自通地一字排开，拉开距离，击鼓传花，传到院外。要是光五一子他们四个可就麻烦大了，光运土就不够跑的。然而五一子也没叫我们，是我们自愿的，到最后连我都参加了。

我们挥汗如雨，热火朝天，紧张异常，从上午到下午，中午饭都是边干边吃。主要也是饭太简单，就是啃点馒头窝头，馒头算好的，五一子和我还有大烟儿、大鼻净都是窝头，有的就点咸菜，五一子什么都不就。文庆和小芹吃得最好，一个是蛋炒饭，一个酱油炒饭。蛋炒饭我们多数人没吃过，那种蛋葱香总是让我们脑子片刻空白，但谁都不说。继续干，热火朝天，仿佛都得救了一样。我们有一种信念就是要把生米做成熟饭，并且有种预感：不可能只藏四个人，下面已经很大，虽然只起了四块砖。

大人陆续下班，因为洞口小看上去对院子影响不大，况且也不知道下面情况，大都忙不迭一堆家务等着，无暇顾及，有的骂两句就过去了。我们唯独担心张占楼，果不其然就是他。洞口那么小，我们天真而侥幸地希望张占楼不会找麻烦，院子都清扫得干干净净。张占楼直接推着自行车到了洞口，他肯定在一进大门就知道了院里的情况。他的胡子撅得老高：

"小兔崽子，给我上来！"

张占楼冲着洞口喊，像山田队长，好像身后带着日本兵，他使劲往洞里边看。我有点想笑，但别人都没有。我又想起了汤炳会，但张占楼那架势甚至比山田和汤炳会凶得多。显然他也有点惊讶：这么小的洞口里面竟然挖得那么深了，和外边堆了那么多的黄土一致。

一直是五一子挖，大烟儿往外递土，文庆、小芹从洞口传递。张占楼又喊了几声，五一子和大烟儿爬出来，两人都光着膀子，像土人。五一子蔫头耷脑一声不吭，反倒是大烟儿顶了张占楼几句，张占楼更是火冒三丈，吹胡子瞪眼睛：

"还反了你们，啊，挖起老祖宗来了！"

"谁反了，我们防突然袭击。"大烟儿又顶了一句。

"胡说八道！"

"你才胡说八道。"小芹也开口了。

小芹是最敢说的，超过真小子。张占楼没理小芹，直接拧了大烟儿和一声不吭的五一子，一手一个，拧得两人嗷嗷叫，让他们把土填回去，对四散奔逃的我们喊："都别跑，谁也跑不了，都过来填土，跑了的晚上我挨家儿把你们从被窝里揪出来！"又对闭了一只眼的五一子吼道："喊他们回来。"

"回来，回来！"

五一子踮起了脚尖。

张占楼是国民党留用人员，中华人民共和国成立前在傅作义的铁路局工作，本来有历史问题，现在北京铁路局工作，据说是会计。我们不懂什么是会计，我们院别的人都是普通劳动者，直到有人说就是拨拉算盘的。我们的哥哥姐姐带着学校的战斗队斗张占楼称老张是国民党，老张说他从未加入过国民党，哥哥姐姐说老张不老实，给国民党干活那还不是国民党？老张特能狡辩说我现在给共产党干就是共产党？那时双方都凶巴巴的。我们流着鼻涕看战斗队砸了张占楼的鱼盆、花盆，各种金鱼在廊前地上翻滚，抄出好多我们从未见过的东西，三间半我们院最高的也是唯一带廊的正房只剩下一间半，外院人对照着来。但也就是那一阵，过去那阵也就没什么了，虽然不能说和过去完全一样，但有些东西慢慢恢复了，特别是哥哥姐姐去广阔天地之后老张好像什么事都没了，又开始揪我们这一代人的耳朵，和过去一样。问题在于我们院里的人来北京多多少少都和张占楼有点关系，清末张占楼祖上就带着一家人离开了我们老家到了北京城，我们院里的大人大多和老张是同乡，亲戚里道，我们的父母竟然都管老张叫"叔"，动不动就"占楼叔"（叔），听上去特别扭，而我们从小大人就让我们叫他"三爷"，别说，他还真有点座山雕的架势，不管是不是国民党还是觉得他像国民党。我们在襁褓里他就揪我们的耳朵，现在回想起来好像我们都是他的子孙。我们院大人从来不管，都太憨厚，总是乐呵呵的。

问题还在于或者更要命的是老张还练把式，早晚练一种叫"通臂"的武术，我们一直认为是"铜臂"——听着就挺吓人。老张一脸白色的横肉，显然和练"通臂"有关。张占楼一儿一女都去了东北兵团，小女儿张晨书比我们略大，从来不和我们玩，除了上学很少出门，不和院里任何人说话，几乎是哑巴。老张的老婆跟张占楼一起游街时瞎了一只眼，现在是一只真眼一只假眼，本来她是我们院最漂亮的女人，现在比老张的白色横肉还瘆人，据说就是这只假眼反对我们院挖防空洞，反正我们都毫无道理地这么认为，大概那只假眼就代表了不讲理吧。我们太简单了。

老张家的后窗是一个夹道，夹道幽静，一向是我们的乐园，甚至称得上是神秘园,与另一个过道和角门相通,我们在这上房,捉迷藏,挖蚯蚓,捉毛毛虫,弹球,拍三角,骑马打仗。经常趴在老张家高高的窗台上偷窥,看哑巴般的张晨书,她的房间总是挂着窗帘,什么也看不见。有时我们玩得起劲,一眼看见张晨书站在窗前看我们。张晨书也一早一晚练"通臂",我们还真不敢惹她,她一身白衣白裤,两只眼睛和她妈的一只好眼一模一样。应该是填上地窖第二天也不第三天,我记不清了,下午,我们趴着躲在老张家对面房上,同样都戴上柳叶帽,等待时机。已经立秋了,我们还在漫长假期中,天高云淡,骄阳比盛夏还酷烈。我们预备了砖头,隐蔽了足有两小时,终于等来时机。老张的瞎眼老婆和张晨书一起出门了,太好了,我们原来想等到他瞎眼老婆出门再扔砖头。我们都觉得扎车带或拔气门芯儿太小儿科了,最终决定砸后窗户。这就不是一般孩子干的了,是街上那些坏孩子干的,但也只有这才能震撼老张。大烟儿、文庆已举起半块红砖,只等同样举起砖头的五一子一声令下。然而五一子却迟迟没有令下,五一子又放下了砖头。

　　五一子有时让我们不太理解,比如填防空洞我们真咽不下那口气,但他咽下了,还喊我们填。我们讨论过多种方案,还有弹弓射击,往窗户上抹屎等等。五一子放下砖头说砸窗户只能干一回,动静太大,派出所可能会来人。另外主要是后面的事也都不能干了,还真是,五一子早不说,非等到了这会儿。先易后难,先小后大,无论如何五一子还是受了红宝书影响,有时这种影响说不定从哪儿就冒出来,从谁那儿就说出来。五一子说拔气门芯儿可以让老张上不了班,迟到,写检查,扣工资。但大家实在心痒,都上到房上了。大烟儿提出抹屎,抹屎算不上什么大事但是恶心,不好查。大鼻净嘟嘟囔囔说就抹在张晨书的窗户上,五一子同意,大家一致同意。"太恶心了!"小芹反对,上次大烟儿提出来就被小芹一通臭骂。大烟儿这点特好,不怕任何人骂,多不受待见的被骂得狗血喷头的事他都会再次提出来。

　　"你们谁抹?谁抹?"小芹指着大烟儿和大鼻净,两人都不吭声,小芹又指五一子,小芹说谁抹的老张一回来她就告诉老张,这就没办法了。小芹死看不上张晨书,一提张晨书就连讽刺带挖苦。五一子开始也没同意抹屎,大鼻净说抹张晨书窗上他便同意了,他以为小芹会同意。小芹的脾气大家都知道,她一反对肯定干不成,但也没想到会发展到反过来去告状。

"告你们俩啊,要是我发现他们家窗户上有屎,我就说是你们俩干的。"小芹要不这么说大烟儿会自己偷偷干的。

我们拔了老张自行车的气门芯儿。拔气门芯儿并不简单,半夜三更要说跟排雷差不多有点夸张,但要是一下一下放了气,会像吹哨一样,嗞儿一下就暴露了。我们不仅佩服五一子更佩服小芹,小芹提醒五一子不要穿鞋,光着脚,气门芯儿要拧得特别慢,一点点拧慢慢放气,气放完了车带完全瘪了最后再拔气门芯儿,就跟过去她拔过气门芯儿似的。我们潜伏在四周,五一子出发时匍匐前进,戴着柳条帽,跟"人民战争"一样。我们大气不敢出,但异常镇定,我们都受过电影的训练,《地道战》《奇袭》看过太多遍。五一子爬回来,成功了,一点响声都没有!当我们寂静地把手叠在一起时小芹却冷静得出奇,不但没有一点喜悦反而责备五一子为什么只拔了一个?小芹和我们不一样好像是当然的,她爸妈是科学院的,虽然现在远在新疆但好像仍影响着小芹。五一子说忘了,我们觉得一个车带也可以了,反正不能骑了,还不一样!小芹拿着气门芯儿说不对,要把气门嘴一块拔出来。我们都忽略了气门芯儿由两部分组成:铜制气门嘴儿和一小截儿皮筋,五一子一根筋就拿回了皮筋,气门嘴放回——当然都是这样。但小芹说一般人只准备皮筋,皮筋坏了套上一个就行了,不准备气门嘴儿。小芹一说我们就明白了:没气门嘴就没法换气门芯儿,没法上班。小芹怎么知道的?但我们从来没问过。小芹跟我们一样又不一样,小芹从小跟姥姥住我们院,这是一样的,不一样的是她爸妈哥哥姐姐住在三里屯科学院宿舍,与老张无关。五一子犹豫了片刻,再次匍匐在地,压了一下柳条帽,向目标爬去。

早晨只有大鼻净和小永睡过头,没看见张占楼推车出去又推回来。我们躲在不同的窗帘后面看,老张一回来就赶紧拉严,只露一点缝儿。老张一下子就猜到是我们,瞪着大白脸上的圆眼睛,他那圆眼镜虽然一圈一圈的但我们仍能清楚地看到他的圆眼珠子,一看他就是气疯了,简直火眼金睛,我们的心都要跳出来。"小崽子,你们站出来,谁拔的?出来!"我们笑,谁会站出来?!"别让我逮着,逮着我揪下你们的耳朵,扒了你们的皮……"老张转了仨圈儿,将每家的门都掠了一遍,他那圈儿转得相当有功夫,不是故意的,完全是本能。山田队长般的目光所到之处窗帘缝儿——提前拉上,过后又拉开,我们互相打手势,做鬼脸,老张突然转身盯视,但窗帘拉得更快。

"别跟孩子做对。"忘了谁说的。

但没想到张占楼不仅有气门芯儿,还有备用气门嘴儿,简直没有他没有的东西。按理我们应当想到这点,至少小芹该想到,但孩子的世界又是一个一根筋的世界,换句话一个缺项的世界。我们早就知道张占楼的车不同于别人的车,太不同了,除了车好保养得也特别好,几十年像新车一样。七十年代自行车并不多,中国号称"自行车王国",实际得到七十年代末八十年代初,那才真是王国,看着都吓人,那时买自行车已不要票,自行车是三大件之一。但七十年代初我们院的自行车不过三四辆,且都是中华人民共和国成立前留下的旧车,经过了不知多少道手,大多如侯宝林相声所说"除了铃儿不响哪儿都响",独老张那辆不一样。一是名头很大,是大名鼎鼎的"凤头",锰钢,英国名车,虽然也是中华人民共和国成立前就买的,但买时就是新车,据说同时还买了许多备件,几辆车都用不完,这是我们后来才知道的。二是张占楼骑得特别经心,每天都擦,哪儿哪儿都锃亮,加快轴、车铃、大链套,这些都不仅是我们院也是我们那一片儿自行车所不具备的。我们常议论一件事就是什么是锰钢?说来说去谁也说不准,就知道锰钢骑多久都是新的。我们还记得抄老张家时好多东西都被抄走了,席梦思、集邮册、电唱机、字画、相册,多了去了,唯独英国"凤头"保留了下来,不是幸运,而是我们院大人把车藏了起来,坚壁了起来,具体说来就是五一子的爹和黑雀儿爹干的,我们院大人那点儿出息。

扎带比较狠,五一子有点犹豫,但架不住大烟儿和大鼻净吵吵,而且小芹同意扎带。事情定下来,大家异常兴奋,这和拔气芯儿不同,真的像是战斗了。大烟儿自告奋勇,这种已开了头但更带劲儿的事儿大烟儿愿干,五一子没伸头。大烟儿说他们家有他姥姥衲鞋底子的锥子,但这不是理由,谁家没有锥子?大烟儿不说还好,一说大家决定一起上,每人扎一锥子,这个提议竟然没有人反对。当然,我们也非常聪明,挨到快天亮了才出动，除小芹外个个戴着柳条帽匍匐前进，接近目标扇面打开。我们一如既往，秩序井然，像拿着枪一样拿着锥子，梦游般你扎完他扎。我们七个人，在两条车带上扎了七针，然后又梦游般撤回，消失，没发出一点响声，各回各家。只是快分手时大烟儿才对大鼻净说你丫不像八路像偷地雷的，大家忍不住笑。有人笑出声来，重重地挨了一拳，五一子做出骂人的口型，大家缩肩散开。

说好了每人扎一针，但大烟儿可不止扎了一针，简直是乱扎一通，后来张占楼补带时我才知道，他竟然没说，连我都没告诉。那天早晨我们看到了张占楼的茫然，想骂没有骂。我们看到老张拧上气门芯儿，回屋拎出一个白色的金属箱子，打开，里面是扳子活扳子全套乌亮工具，又拿来洗脸盆到自来水管子处接了多半盆水，把车放倒，扒开黑色外带，拉出内胎，坐着单手用气管子充气——没人能做到，老张轻而易举。充气时老张白色横肉的胳膊肩膀头的疙瘩肉一鼓一鼓的让我们吃惊。我们太熟悉老张的修车姿势，老张隔不了多久就要将自行车倒过来大卸八块，用一天的时间保养一遍，黄油、机油、汽油、煤油、胶水味充满了我们院，两个车轮闪着光亮亮地响，好像自动转动。这车没法不几十年还跟新的一样，拔个气门芯儿扎个带对老张来说不在话下，小菜一碟，慢说一个针眼，几个针眼不消一刻他就会补好，尽管几个针眼已相当让人吃惊。老张试完前带补后带，后带充完气后他在脸盆里又试了一遍，尽管之前已试过知道情况，他还是使劲摔在脸盆里。大烟儿扎的是后带，但那时我们还不知道他那样下作。我们看到老张从未有过的茫然无力的表情，这表情中至少有一半是知道我们有多恨他。但老张太爱他的车了，班都不上了，拿起带又开始锉，补。不管有多少个眼儿，何时补完，班都不上了。其实下班回来再补也是可以的，但老张不。这中间老张的独眼老婆出来给老张端了一碗稀饭，张晨书拿了一个煮鸡蛋，老张接过来，放在地上，都没顾上吃。老张的独眼老婆瞪着独眼看看天空说："扎一下就行了，扎那么多下干吗？"我们被抓住后总是想起那个望天儿独眼，我们应该读懂但又怎么可能？我们太小了。

事实正相反，我们甚至走出屋，大摇大摆从老张面前经过，我们目不斜视使劲绷着嘴，一走过老张身边就笑起来。大烟儿没出来，我们在院门口一齐有节奏地喊:"大烟儿!侯大烟儿!"这等于告诉老张扎带是谁干的,我们就是想出卖一下谁,我们太得意了。

我们被一网打尽,一个都没跑了,而且没想到张晨书也出手了。我当然不想被抓住,但甚至有一种莫名的冲动,我们连一个星期都没坚持住又故技重演就是往枪口上撞。我们的宿命就是一个孩子怎么可能等两个星期或一个月再干呢?那样概率就会小很多,张占楼、张晨书甚至独眼不会一个月天天都轮流值夜,但事实是我们只想到老张。如果没有张晨书参与张占楼身手再好我们也不会"全军尽墨"——这是我最近刚刚学到的一个词。张占楼的"通臂"身手我们算是见识了,加上如云的张晨书,留给一群地老鼠般的我们就只能像做梦一样。我后来专门在一本书上研究了一下"通臂",这种功夫讲究手、眼、身、法、步,核心叫"小连手",外行人看了眼花缭乱,变化莫测,内行人看了则是"醒懈有度,身步有章"。这并不令我惊讶,令我惊讶的是"通臂"的历史并不长,为清朝末年河北霸州人氏祁信成所创——当我读到这里时更是大吃一惊,张占楼的老婆就是霸州人,而且姓祁。不过那个夜晚"通臂"传人张占楼的独眼夫人并没出手,以她那种望天儿的目光应该是要动手的,我猜。也许用不着?也许实际动手了我们没发现。反正不知怎么一来我们的耳朵都被抓住了,张晨书揪了小芹和我,一手一个,张占楼揪住了五一子、大烟儿、大鼻净、文庆、抹利、小农子,一手三个。

三只耳朵紧贴在一起,如三只华灯,一边一束,绝对像梦,我们不同方向却紧挨在一起,几无空间,像哑剧一样随"指功"八卦或阴阳鱼似的旋转,直到旋进门像自动打开的屋内。我们在梦游中看见了老张的独眼老婆祁氏,那只望天儿的独眼。房间里空空荡荡的,没什么家具,但在我们看来仍然奢华。首先地面是花砖地,色彩富丽堂皇,有点宫殿的味道。我们院人家里大多还是三合土地面,稍好的抹了一层薄薄的水泥,水泥总是掉末末,永远有尘。花砖地呈棕红色,擦得极干净,一滑一滑,我们都不适应,弄得耳朵特别紧张。灯光很昏暗,靠窗是铺板,这个跟我们各家一样。八仙桌一看就不俗,仍是我们院最讲究的,桌面虽有硬伤,整体依然大气,雕花精美。不过没太师椅,两边是不伦不类的板凳,正面是只小方凳。桌子贴墙立着一个复杂又辉煌的铜座钟,洋气又古色古香。一盏布台灯，本来我们就没见过台灯，这种布台灯真奇怪。我们院大多是用的灯泡，刚有一两家有了管灯已很新鲜。对面墙一面角部已碎裂的穿衣镜一看就是中华人民共和国成立前的，虽然碎了但还是不舍得扔。老张的瞎了一只眼的老婆也就是祁氏，在我们进来后啪的一下打开了布台灯，光线很好。

老张把我们抓进屋并没有马上放开我们，就跟抓到鱼不放进水里一样，他把我们分成几组，让我们每个人都交代问题。八仙桌的三边整整齐齐地摆着三组六套纸和笔，一水的中华铅笔，专写交代材料的红线格稿纸。老张仍然不放手，由于我们都坐好了他不能再一齐揪着六个人，就一手揪着大烟儿一手揪着五一子，让我们写检查写下整个过程，除了写自己还要写别人。有时他放下五一子和大烟儿，把每个人的耳朵都或轻或重地揪一遍，大鼻净疼得直叫，抹利闭上了一只眼，没忍住还是小声叫了出来。老张让我们事无巨细除了写自己，更主要是写其他七个人都干了什么，说了什么，怎么说的，都如实交代出来。我们都写过检讨，在学校那是家常便饭，但这么写还从没有过，头都大了。

"听清没有？"

"听清了！"

"听清了！"

老张和张晨书都穿着白色练功服，连鞋都是白色的，腰间系了一根红绸子，如果不是这根红绸子看上去就像出殡的。独眼祁氏还是平时家庭妇女的样子，蓝对襟上衣，黑布裤子，但回想起来她的鞋也是白的，有些东西当时注意不到只有在回忆里才能看到。我说过通常我说"我们"并不包括我，我说过充其量我不过是他们的一个影子，一个旁观者：我既没拔过气门芯儿也更没扎过带，也从未参与任何意见，我没什么可写的。大概正因为如此他们一开始并没把我算上，八仙桌没我的位置，但既然张晨书也抓到了我也就给了我一套纸笔，不像张占楼。她一进屋放开了我和小芹，就回到里屋她的房间——那个我们打算抹屎的房间，拿来一根黄杆铅笔一页作业本上临时撕下的纸，让我坐在花砖地上写。五一子和文庆一边，大烟儿和小农子一边，大鼻净和抹利一边。另外炕沿上还有一套纸笔，是小芹的，下面放了一个马扎。这一切早有准备，只是大概没想到这么快就把我们一网打尽。

独眼祁氏或许仅仅出于习惯，为我们每个人倒了一小盅水，不是倒好端给你，而是把小茶盅先放你旁边。茶盅非常精致，有绛红色雕花和金边，茶壶也是那种高筒的有蓝色花鸟的茶壶，但哗哗倒水时她那假眼非常恐怖，并且就是假眼在看着你，但倒得滴水不漏。面对两个"通臂"或"铜臂"高手，也许是三个，我们没有任何余地，完全崩溃，只能唯命是从。类似"只许老老实实，不许乱说乱动"，否则耳朵受不了。事实上我们都已有点耳聋，耳朵嗡嗡响。另外老张的一句话——后来证明完全是谎言——让我们产生了不切实际不可能的幻想，他还故意说得非常随意，说要是按要求老实交代一五一十就不会告诉我们的家长。张占楼要求我们第一部分写自己，第二部分写别人。我们开始非常困难，平时写检查事实很简单，一句话就行，然后主要是骂自己，保证不再犯，但老张不要这些，要求就写事实，不写认识、保证我们哪会写呀？但神奇的是每个人一写到别人立刻顺当起来，好像有千言万语，往事历历在目，就连写字都困难的大鼻净也唰唰地写起来。以致我们忘了这是深更半夜，是在老张家，忘了独眼祁氏，忘了张晨书，当然老张始终都在。首当其冲的是大烟儿，大家交代得最多就是他，这也自然，他既是坏种，又无足轻重。他到底胡乱扎了多少针没有一个确切数字，他自己就不想确切，我们有的说八针，有的说十针，抹利和大鼻净一个写了十五针，一个写了二十针，其实没那么多。不过想起那天老张补完车带的情景我们也真是没话说，补完后那鼓鼓的红色车带麻麻嘎嘎十分可怕，就好像一个人不是脸上而是全身起了好些壮疙瘩，看着别提多恶心。我们不由得看一眼祁氏的假眼，冷汗直流。再有就是五一子，我们写了小芹主张要砸窗户，五一子没同意，大鼻净提出抹屎小芹反对，拔气门芯小芹出主意气门嘴儿一块拔……还有躲胡同房上用弹弓射击……没干的也都写了，乱七八糟的越写越乱，完全垮了，崩溃了，后来几乎都是胡言乱语，不知道都写了什么。老张看每个人写的，边看边提醒，看得越多掌握得越多，提醒得就越惊心动魄。"注意，"老张一边干咳一边说，"到底谁先提出的扎带，好好想想，写清楚。最早是谁后来又是谁？我看你们写的不一样，还有砸窗户想什么时候干？"

但是某种意义上，我们并没全军尽墨。

小芹没有写。小芹是不会写的，我们并不惊讶。张晨书放开我们后让小芹到炕沿写交代材料，纸笔和小板凳早已预备好，然后她进里屋拿东西。张晨书拿了纸笔后毫不客气（其实自然而然）揪着我的耳朵，将我按在花砖地上让我按她爸的要求写材料。我喜欢她的纤手，所以故意反抗，让耳朵更疼一点，我站起来三次被按倒三次。除了小芹我看上去像是最不听话的，实际另有原因。小芹靠在窗台上，两手抱在胸前，顺着花砖地过去我看着俘虏般的五一子文庆大鼻净他们。我不再起来，张晨书走到小芹面前，看着小芹，问小芹听见她爸的话没有，听见了，小芹说。张晨书完全可以强制小芹，就像张占楼强制其实并不需要强制的五一子他们，但是张晨书没有。我不知道她们之间有种什么东西，或者是纯粹女孩间的东西。当然，也许两个男孩间也有这种东西，只是在我的少年时代我从没见过。

张晨书看了一会儿小芹，小芹毫无动手的意思。

张晨书没办法，挨着小芹，也靠在窗台上。我站起来，张晨书立刻过来揪住我的耳朵将我按下，我不能说是灵指，但也差不多。哼！有时我的火气也非常大，而且混乱，而张晨书一点也没感觉到。

张占楼注意到小芹和他女儿，过了会儿才走过来。

"过去。"好像父亲一般，很有权威。

"不过去。"小芹跟得非常快，小芹跟她姥姥吵架吵惯了，从来就没大没小。

"别以为我不敢拧你耳朵！"张占楼牙龇出来不再像父亲。

"你敢！"小芹离张占楼近了点，不再靠窗台上，"我告诉你我这耳朵已经让你给拧坏了，"其实是张晨书拧的，但小芹就这么说，"我都听不清你说什么，明天我就上医院看病，到派出所报案，你给我报销医药费！别写了，你们还写什么？"小芹冲着五一子，"耳朵都聋了还写什么！"

张占楼大吼一声："写！"

抬起的头又都低下去，写或者假装写。

只有我啪地扔掉笔，我真的无所谓，怎么都行。但这样一来倒让老张得了一个机会，他非常敏捷地冲过来，揪着我的耳朵将我提起。也难怪五一子他们听话，他和张晨书太不同，力道真是不一般：我不得不双手抱住老张铁一样的手臂摽悠起来，让人想到古老卖艺的。

"我写，我写！"我说。

"放我出去！"

小芹在门口冲张晨书喊。

"别喊……"五一子他们几个几乎同时要求小芹。

小芹冲向门口却被张晨书拦住，"放我出去。"小芹说，但是面对张晨书她一点办法没有。张晨书并没揪小芹耳朵，也不搭话，三转两转就把小芹转到穿衣镜前。小芹就像只鸟，或者不如说她们两人都像鸟。小芹再想冲向房门已不可能，只能靠在镜子边上，张晨书在另一边。独眼祁氏继续轮留给我们倒水，包括给我倒。假眼说："干吗扎那么多针？一人一针也就行了。"她对每个人都说了一遍。

"不是我，我一针都没扎。"我打战地说，想到那补的带。

我写的也是这样。

我们恨死了大烟儿，应该说每个人都还规规矩矩，只扎了一针，因为想到别人也要扎。大烟儿没有一点别人意识，他机会不多逮着就特撒欢儿，不然老张也不会让我们写交代材料，写个通常的检查也就到头了。

但老张的后手有点过分了：他让我们每人把交代材料念一遍，写还可以，还要当面念？没说让念呀？不然就不胡乱说了，能看出大家都这表情。开始老张还说给每个人保密，这下完了，当面咬！老张过分了，他会遭报应的！我们把带扎成那样不就是报应了吗？老张若戴一顶战斗帽绝对就山田队长，绝对《地道战》再现，可惜没有高老忠。我不由自主地看了一眼花砖地上的柳条帽，它们摆了一排，整整齐齐，不像罪证倒像扫荡之后的战利品，每顶柳条帽子中间都有个杂牌武器的锥子。老张说我们撒谎，有人多扎了，我们齐喊："我就扎了一针，我就扎了一针……"

"我就扎了一针，没扎那么多！"大烟儿都哭了。

"我一针都没扎。"但我说话没人有任何反应，跟没说一样。

"我扎的，都是我扎的。"小芹说。

"不要管她，回答我的问题，"老张撇开小芹，"我再给你们每人一次机会，看你们诚实不诚实，说出自己扎了多针，别人扎了多少，他到底扎了多少针？"

每个人又报了一遍，自己的，别人的，大烟儿的。五一子先报的，这回大家学聪明了都跟着五一子，第二个人最关键，居然是大鼻净，跟五一子报的一模一样，接着是文庆、抹利，小农子，高压之下一致就是这样取得的。但问题并没解决，五一子居然说我也扎了一针，还是多出了一针。

"他到底扎了没有？"

"扎了！"大家齐刷刷的，连大烟儿都一块。

"五一子，"张占楼拿着五一子所写的，"你刚才念的，"顿了一下，"砸后窗房是小芹说的，但大家都说是你说的？还有，你说大鼻净提出在胡同的房上用弹弓绷我，到底是不是他？也有人说是你？"

"我提出的，怎么着吧？"小芹说。

小芹总是插嘴，老张不当回事，甚至"我们"也不再被当回事。我觉得应该附和一下小芹，便说："我提出的。"但我和小芹同样不被当回事，好像我们已经与此事无关，真奇怪。

我们都得到了暴打。五一子和我被吊起来打。大鼻净开始没被吊起来，后来见我们被吊起来他爹也破天荒笨拙地吊起儿子，抹利虽然没被吊起来但也被捆起来，还有小农子。反倒是大烟儿他爹没吊起大烟儿，而是拿鞋底子抽得大烟儿满院转圈儿跑，尖叫，两手忽扇。他也不跑远，每次挨一鞋底子跑几步，挨一鞋底子跑几步，总让他大喊大叫的爹追上。有其子必有其父，我和五一子那才真叫挨打，我们分别被五花大绑地吊在斜对门的门框上，我不想提到杀猪，同样也不想提到英雄，虽然事实上像前者但我更倾向后者——既然吊起来反而不屈；打吧！五一子到这分上了还算真不错，我佩服他，也理解他为什么那么恐惧。我们院大人不知哪儿来的毛病动不动就把孩子捆起来打或吊起来打，可能还是和来自农村有关。和杀猪有关。大人一般或用鞋底子抽，或用笤帚疙瘩或皮带或擀面杖。用擀面杖是真打，五一子装卸工的爹和黑雀儿蹬三轮的爹每次也不是上来就用擀面杖，但往往打着打着就疯了就抄起擀面杖。

张占楼是三天后将我们的交代材料交给我们家长的，我们以为事情过去了，但是没有。我们院家长大多是同一个棉纺厂的工人，工厂原在城里，三年自然灾害迁到远郊，休大礼拜，两个礼拜才回家一次。每次爹回来我们院都像过节一样——班车停在胡同口，我们往往就在胡同口等，接过大包小袋第一件事就是找吃的，食堂的糖三角，豆包，有时还有点心，梨、枣，甚至一暖瓶盐汽水，太欢乐了，太爱爹妈了。当然，我还要再说一次"我们"不包括我，因为黑雀儿爹并不在棉纺厂，他是城里一家小医院的勤杂工，每天回来。但是黑雀儿爹也是等到了周末，张占楼才作为"长辈"莅临每家，不仅拿出了交代材料，还有锥子、照片、柳条帽，独眼祁氏所写的笔录。照片效果最直接，当时五一子的爹就疯了。那是一架"海鸥"120的照相机，我们院唯一的一架相机，是张占楼给张晨书买的。听说以前他们家有架德国"莱斯"相机，我们不知道"莱斯"是什么意思，只知道发音。我们熟悉的还是这架，张晨书会自己洗相片，听说有显影液，暗室，曝光箱，我们在后夹道房上透过张晨书的窗户见到过部分神奇装置，还有就是贴在玻璃上晒的照片。我们不知道车带还可以上照片，不知何时贴在玻璃上的，怎么没被发现？

　　五一子他爹膀大腰圆，头有点秃，缺一颗门牙，说话漏风，打起人来跟黑雀儿他爹以前打黑雀儿一样，都是先是用鞋底子或皮带，但打着打着就冲动起来，上了擀面杖，就像犯了癫痫病一样。黑雀儿爹外号刚果，五一子爹也有外号，叫骡子，两人像兄弟。事实上从老家的亲戚关系论也沾亲带故，正像跟老张的关系一样。另外他们的冲动有一点也很像，就是癫痫般的人来疯，实际也有表演成分。千万别认为他们憨厚，他们傻没问题，但绝不憨厚。我不理解都多少年了怎么还那么感恩老张，以至需要表演，难道不是某种恐惧？感恩是否从来伴随着恐惧？感恩与恐惧究竟是一种怎样的原始关系？石器时代的关系？包括最古老的献祭因为什么？原始的东西从来就不朴素。不，他们不朴素。

　　再有他们打孩子有一个特点，总是紧着一两个孩子暴打，好像打得特别顺手，打惯了，也不知道这是什么原始道理。五一子上面有一哥一姐，下面有一个弟弟，但挨打最多的就是五一子，每次还都吊起来。我们家过去是我的哥哥黑雀儿挨打，现在黑雀儿爹不敢打了，总是找碴儿打我。黑雀儿爹打我这样一个非正常的人真的没道理，吊起来打就更没道理。这场血雨腥风的暴打只有小芹理所当然地逃过，事后小芹建议砸老张家后窗户，我们无一人响应。明摆着交代材料都写进去了不是不打自招吗？但是小芹认为没问题，我们说过就是我们？抓住了吗？要砸你去砸，我们说，我们都这样说。这是男孩子最不该对一个女孩说的话，我们说了，一点也没觉得什么。

黑雀儿摇摇晃晃地从"学习班儿"回来时，我正在房上看一本没头没尾中间有一个洞的书，一本我在土站捡的书。那洞像用木钻钻的，就是那种牛皮绳扯动两根棍儿从古代传下来那种钻，洞口粗糙，我一直猜不出为什么要钻这本书，什么人钻的。另外书是文言文，竖排版，书脊烂哄哄狗啃似的，不仅文言文我看不懂，每次读到窟窿这就断了，无法连上。但我还是喜欢这本书，因为我只有这样一本书。黑雀儿禁止我捡垃圾，但如果他不消灭我将我化为乌有，他又怎么可能真正禁止得了我？我埋头于垃圾站那时叫土站的一个重要原因就是偶尔能捡到一点可看的东西，如烂报纸，另外还有烟盒，偶尔会有一些更有用的东西比如一只小铜勺，诸如此类。虽然稀有，但没人比我更清楚土站是一个充满着怎样可能的世界，未知的世界，如那本有窟窿的书我就如获至宝。黑雀儿过去也捡破烂，我们一家子都捡，刚果蹬三轮带着我们一家满捡，黑雀儿就崛起于土站，他混出了大名，有名的顽主，认识众多的人，许多都是他手下的人，甚至有"佛爷"供着他，就是小偷。他学着刚果当年一吊吊他半宿那样吊起我……这件事我在别处说得很详细，在这儿就不多说了。我坐在房脊上看见穿一肥大国防绿的他出现在胡同口，那是真的部队上的国防绿，货真价实的馒头扣，并且四个兜的——他与解放军没任何关系，他只是名青工，学徒工。他没戴国防绿帽子，光头，似乎有意无意显摆一看就是学习班儿的光头，剃得不平，不说狗啃的也差不多。

"学习班儿"全称"毛泽东思想学习班"，有给黑五类办的，有给流氓小偷办的。给流氓办的也叫"流氓学习班儿"，这种班儿有派出所办的，时间比较短，半天一天的。有分局办的，时间就比较长，一两个月两三个月。黑雀儿这次去的是分局办的，简直像上了黄埔军校。要是过分了，比如被"强劳"也不好，就是这种学习班儿恰到好处，虽不能说志得意满，瞧他挂脖上的军挎的样子已经飘起来。军挎里是搪瓷缸子、红宝书、毛巾、牙刷，他眯着眼直视正午的太阳，刀刻般的眼睛与他爹（当然也是我爹）刚果如出一辙。他进了门，因为居高临下他头上的疤痕清晰可见，这些疤痕一点也不说谎，比他本人显出一种更坚实的东西。像猩猩一样我动用四肢在房上跟他到院里，没有立刻下来也没回避，他应该看见我了，他朝天上瞥了一眼，但就像同时看见了猫一样滑过去了，好像猫包括我就该在房上。

那是周四下午，快开学了，大烟儿和大鼻净在院当中拍三角，看见黑雀儿愣了半天，然后眼泪就下来了。

"哭什么，怎么了？不认识了？"黑雀儿棱着眼说。

事实上我的哥哥黑雀儿这次进"学习班儿"也有不光彩的地方，以前打群架没的说，英雄所为，至少是好汉，为朋友两肋插刀，或者为拍婆子带圈子也是男人的光荣，这次因为吃"佛爷"。"佛爷""现了"，就是"折"进去了。"佛爷"名声不好，过街老鼠，吃"佛爷"有点摆不上台面。黑雀儿挺敏感的，不管什么不一样都由不得和自己进去的不一样联系起来。

"没有，没有，"大鼻净赶快说，他倒没哭但理解大烟儿。

大烟儿惹的祸。我们普遍怪大烟儿。

"那你他妈的哭什么？"黑雀儿说。

"等五一子跟您说！"大烟儿说。

他们冲西南角上的五一子他们家喊五一子。

"五一子，五一子！"

其实我来讲岂不更好？他们同样看到我但像没看到一样，从来如此。我们院孩子能出来的都出来了，小芹、文庆、抹利、小农子、小永、四儿、秋良、死脖子，而此前院子凋零得好像就剩下大鼻净和大烟儿，当然还有房上的我。我们度过了一段从未有过的时光，特别是还互相当面揭发过，胡言乱语过，当面和偷偷摸摸无论如何还是大不一样。

五一子最后出来，他先出来了一下然后又回去拿烟就晚了，他找了好一会儿，应该是藏在什么地方。一盒皱皱巴巴的大前门，加上火柴，他给黑雀儿点上，自己竟也公然叼上一支。五一子也给了文庆一支，文庆四下看了下，但黑雀儿火柴已经等着他就点上了。文庆点上后大烟儿也挺挺胸脯要求，反正他从来不在乎拒绝，从来一点脸都不要，那天他可没少揭发五一子，他好像都忘了，但五一子还是给了他一支。然后，五一子拿着烟转了一圈，问谁还要。

"行呀，你们都长本事了。"黑雀儿笑，嘴角弯得很好看，我唯一喜欢黑雀儿的地方就是他的嘴角。至少在我们院，黑雀儿吃"佛爷"的事并没影响他在我们院孩子心目中的偶像地位，他的"英雄"事迹牢不可破。如果说黑雀儿是一种秩序，五一子也是，这秩序与黑雀儿相关。虽然这秩序让张占楼弄崩溃了，大家都没精打采，臊眉耷眼，黑雀儿一来秩序几乎自动恢复，五一子散烟也像是自动的，并不出于心机。"自然是一种秩序"，后来我在房上读一本书时看到这句话，我不知道我们算不算自然的一种。我觉得不算，因为有一个事实无法忽略，那就是小芹，小芹似乎也是一种秩序，因为还没等五一子张口小芹就先说了，从五一子早就想挖防空洞说起，为什么挖防空洞？小芹说得清晰，有条理，小芹既有权力又说得好，这是一种什么秩序？

"他把我们拧惨了，这么拧，把我们三个一起拧。"

"我们都挖好了他又让我们填上！"

"他还拧了黑梦！"

"黑梦没挖！也没拔气门芯！"

提到了我人们都齐刷刷地往上看，我坐在房檐上，唯一没抬头看的是黑雀儿。众说纷纭，像一场缺席的批判会。"他不管男的女的，都拧，把小芹都拧病了！是！是！都拧病了！还让我们写交代材料，认罪书，保证书，五一子给他爹打得三天爬不起来炕，腿差点给打折了……"

"挖，五一子，现在就挖。"黑雀儿说。

所有人都没想到。

"挖呀，愣着干什么？从哪填上的？就从那儿挖。"黑雀儿瞪眼，"拿东西去，挖！"

五一子去拿，后面的秩序动起来，大家陆陆续续去拿。黑雀儿还没回屋呢，他回了一下屋脱掉了衣服，光着膀子，穿着肥大好看的国防绿裤子，一把拿过五一子手里的镐："不行，四块砖不行，那叫防空洞？把砖都起了，把镐给我。早就该挖，你们挖得太好了！你们挖的这哪叫防空洞，这么大点地这不白菜窖吗？这丫都管！看我的，我先给你们起出印儿来，让你们看看什么叫防空洞。"黑雀儿赤膊撬起四块砖，八块、十二块、十六块、二十块、二十四块，在院当中豁开一条二十多米的大口子。

无论如何我们还是有些担心，当院这条黑色口子太惊人了，很多红色的虫子乱爬，有一块砖下竟然有一支锈箭，确切地说是一道箭印儿，大烟儿一拿起就碎了，只箭头还好。几百年的院子就这么开大膛，张晨书一直在门帘后看着一切，有几次拉上，又拉开。是独眼祁氏拉上的，我看得很清楚。

也许张晨书出手就能让黑雀儿找不着北，张占楼要回来黑雀儿行吗？黑雀儿可以动插子、军刺，黑雀儿还会点七节鞭，黑雀儿会叫人来，有一次在月坛公园茬架黑雀儿叫了上百人，这是让我们最放心的，我虽然在房上但心跟五一子文庆小芹他们是一样的。砖一起开，不干也得干了，索性干了，热火朝天。大人都在上班，且当爹的大都在郊区，院里只有一些家庭妇女和七八十岁的老人，爷爷奶奶瞪大眼睛："怎么又挖开了？"

小芹的姥姥喊小芹回屋，五一子的爷爷文庆的爷爷病孩子秋良的祖奶奶都在向孙辈发出喊声，但就像老树的声音，如果树会发声会站在老人一边。防空洞不是儿戏，是号召，是安全，是不用再排队钻别人的洞，所有上次参加过和没参加过挖洞的孩子都参加了，搬砖的搬砖，铲土的铲土，各种工具：土筐、脸盆、桶，没工具的排起长龙接力传递黄土，与天斗与地斗真是其乐无穷。我坐在房上只等黑雀儿回屋歇着然后一跃跳下参加挖防空洞，有黑雀儿在场的事我从不参与，这次黑雀儿回来他还是不会放过我去土站，现在叫垃圾站过去就叫土站。我想跟黑雀儿订个协定，对，就是协定，不是祈求，他不有事吗？识人多吗？要想不让我泡在土站捡破烂儿，每个星期或两个星期也行，给我找本书，什么书都行，是书就行。他吩咐一声这事对他不难，我想。黑雀儿终于回屋了，但很快搬出了我们家的太师椅，卷着肥大的裤腿喝起茉莉花茶来，摆明等着快要下班回来的张占楼。茉莉花茶是黑雀儿的当然也是我的疯娘给黑雀儿泡的，黑雀儿一回来我们的疯娘就高兴得屁颠儿屁颠儿屁颠儿的，连蹦再唱或喜笑颜开，世上若果有会笑的脏花就是黑雀儿的疯娘。热火朝天的劳动场面真是挺感人的，正好文庆他们家的老戏匣子播着电影录音剪辑《地道战》，百听不厌。文庆忽然跑回屋，把戏匣子的音量拨大："太阳出来照四方／革命的人民有了主张／男女老少齐参战／人民战争就是那／无敌的力量。"不知道文庆是什么意思，反正我坐在房上听得出了神，几乎要流泪。特别是重复听到"主席的思想传四方"一句我流下了热泪,百感交集,不知为什么要哭,就是想哭。

预感到老张回来了,我从房檐爬到了房脊,站起来,果然远远就看到老张的"凤头",那是一眼就能从自行车三轮车与人流中分辨出来的。或许我应该通风报信一下,高老忠还坚持敲钟呢,但是碍于黑雀儿我没有。通体乌亮的"凤头"以及全副摩电灯、大链套、加快轴的"凤头"让老张满脸横肉的大白脸在黄昏的人流中格外扎眼。我好像说过他的横肉也是练"通臂"练的,与胸肌和膀臂的肌肉走向完全一致。他一点不像会计,也不是武林中人,武林中人是豪迈的,他不豪迈。他一定是看到了院大门口数天前的一幕:抹利、四儿、小永甚至院里的女孩子都在传递黄土,路边堆了许多新鲜的像刚出蒸锅的好像热气腾腾的黄土。后来我常常回忆这个情景:一方是老张,一方是忙碌的孩子,有一刻很宁静,要是能永远这样宁静地停在这一刻该多美好?但老张一骗腿从"凤头"车上下来,还不等老张发话大门口的孩子就都自动停下,传递中止,就像履带出了故障。

老张问谁让我们又挖的?没人回答。

个个寂静垂手,像件衣裳,反正我看到的就是这样。

"黑雀儿。"

我不知我为什么要回答老张,似乎也只有我有这个权利,一种在房上的动物般的权利。当然,我也代表着黑雀儿,这不用说。老张看了我一眼,什么也没说就推车向院里走去,所有人回到衣裳中,跟着老张。

到了院里也一样,所有热火朝天的手臂、器物都自动停下,仿佛都有自动开关一样,没人有一点惊讶。

"继续干!"黑雀儿声音并不大。

"停!"老张皱着眉。

有人继续,有人没动,继续的也是很慢。

黑雀儿骂停下的人:"你们他妈的挖呀!"

"住手!"老张大喝,有层胡子的嘴直抽。

独眼祁氏与白色的张晨书将"凤头"接过来,推到自家门口的走廊内,又回来站在老张身后。其实那刻我也想到祁氏说不定也是练家子,张晨书更不用说。想不通的是黑雀儿竟然还坐在太师椅上,他那尖嘴的或者空空荡荡的身子骨行吗?

"你'出'来了?"张占楼蔑视地说。

黑雀儿不说话。

"进去""出来"专指公安局,黑雀儿进的是"学习班儿",虽然也是公安局办的但两者非常不同,后者几乎是荣耀。黑雀儿出口就带脏字:"什么叫'出'来,你他妈懂不懂?"光一个脏字就该上"通臂",但老张没有。

黑雀儿慢条斯理:"你他妈也老进学习班,你丫不知道那叫什么学习班?"

的确每逢过年"五一""十一"老张都会去学学。

"黑雀儿,"老张十分庄重地说,"我告诉你,你跟别人耍浑耍流氓可以,跟我不行。"

"怎么不行?"黑雀儿竟然不承认。

"我说不行就是不行。"

"你谁呀?"

"我是谁?我告诉你,这洞不能挖,我说不能就不能,你让他们挖的现在让他们把土都填回去!"

"我操,你丫说什么呢?说梦话呢。"黑雀儿一跃而起,国防绿兜起了一阵风,好像有翅膀一样,一下子跳老张跟前,完全不在乎"通臂",不在乎一掌即可让他飞起来,飘起来,相片一样贴在对面墙上。

"你要打我吗?你打我一下试试?哎,给你,你拧我耳朵?"黑雀儿侧过头去,耳朵几乎贴在老张的手上。

"你要不填我让你爹填。"

老张没用"通臂",提他爹干吗?真让我失望。黑雀儿比我更愤怒:"我X你妈!哎,你以为你是我祖宗?我X你丫真不知你是谁了?你丫不就一历史反革命!你都忘了?X你妈的!"一提刚果黑雀儿就失控。张晨书飘过来,谁都没看清楚就抽了黑雀儿一记耳光,非常响亮,接着一转身又是一记。黑雀儿根本没反应过来,不过他转瞬的反应也真快,出乎所有人意料:

"你打我行,他打我不行,来吧。"

张晨书被她的独眼妈拽回，不容置疑，搁着功夫。

"怎么着，你再试试？"黑雀儿侧脸，掏烟点上，打火机的火光离老张的脸非常近，"她打我两下，我都记你账上，"回过头冲着五一子，"你们继续挖。"老张脸上的横肉好像竖过来，越发的白。黑雀儿挨了两记耳光什么事也没有一样继续对张占楼说："咱们院就咱俩上'学习班儿'。"停了一下，他接着说，"你一个，我一个，你说什么人才上'学习班儿'？你说？说呀？"黑雀儿突然又大喝一声，"有问题的人才上学习班！"

黑雀儿吸了口烟："但是你知道吗？都是'学习班儿'，你和我不一样，我打架吃'佛爷'那是人民内部矛盾，你知道什么叫人民内部矛盾？就都还是人民，是人民和人民之间，你他妈是什么？你他妈是敌我矛盾！你上的那是'黑五类学习班儿'！'黑五类'你都忘了吧？你是敌人，我是人民，你看看这些人都是人民，都是无产阶级。你是国民党，你们家是一小撮儿，你还打我，叫你闺女打我，你们这是变天，你们家要变天！"

"我不是国民党。"

"你不是国民党谁是国民党，你最国民党！要不你怎么进地富反坏右学习班儿我怎么进流氓学习班，你是历史反革命我怎么不是？反革命就是国民党，国民党就是反革命！"黑雀儿啪地扔了烟，"你不光是历史反革命还是现行反革命，伟大领袖的话你也敢反对？'深挖洞，广积粮'你丫不知道？明明知道还反对？公然反对？不是现行是什么？你以为打完我就白打了没事？我告诉你，我把话撂这，待会儿我就能把你带走你信不信？伟大领袖的话你都敢反对，你不走有人给你戴上手铐子铐走。"

"我没反对，咱们院以可不挖……"

张占楼已消失了。或者尸体也不过这样。

"什么他妈可挖可不挖，你丫就是螳臂当车，你知道什么叫螳臂吗？就是刀螂，胳膊腿这么细，你丫能阻挡历史车轮吗？碾不碎你！"黑雀儿的"流氓学习班儿"真是没白上，别看满嘴胡嗳，还真就像那么回事，以前他没这样过，以前是短期。黑雀儿突然想起什么，"对了，我听说你还让他们写交代材料，你丫没病吗？你一资产阶级让无产阶级写交代材料，还给他们半夜三更过堂？是真的吗？"

死者或者非张占楼说："你们挖这洞没用，你们没经过，我经过，这洞防不了炸弹，没用的。"

"你们都听见了吧，'深挖洞，广积粮，不称霸'他说没用，五一子别挖了，你现在就去派出所报案……"话未说完，张占楼老婆独眼祁氏从老张背后走出来，众目睽睽，双膝跪下，一句话不说。

张晨书同样跪在母亲身边。

谁也没想到，所有人鸦雀无声。

黑雀儿的确是黑雀儿，反应真快，"三奶奶，"过去就搀张晨书边上的独眼祁氏，"三奶奶，我是胡说八道，吓唬三爷爷呢，起来，您快起来，我是真的胡说八道。"黑雀儿用力挽起三奶奶，眼圈儿都红了，"您把我三爷拉回去吧，别让他管这事儿了，苏修老要突然袭击咱们，不光是扔炸弹，还有氢弹、原子弹，冲击波一来房子就全倒了，没地躲没地藏，真的说不准什么时候就扔下来。您拉他回去，我真是吓唬他，突然袭击就几分钟的事，家门口有个洞还是好，真的我们'学习班儿'都放过片子。"

我们的爹头几年吊打黑雀儿满院子没一家吱声，只有瞎了一只眼的"三奶奶"劝过，她的一只眼总是有种说不出的东西。

张占楼被拽走时缓过点神来，还回点人样，甩了一句：

"黑雀儿，你早晚遭报应。"

黑雀儿笑："我吓，我还怕报应，我就是报应。"

原载《收获》2020年第6期